wiener Kreuzweg

Impressum:
ISBN: 978-3-903113-12-1
©2017 echomedia buchverlag/echo medienhaus ges.m.b.h.
Media Quarter Marx 3.2
A-1030 Wien, Maria-Jacobi-Gasse 1
Alle Rechte vorbehalten
5. Auflage 2019
Produktion: Ilse Helmreich
Layout: Elisabeth Waidhofer
Umschlagbild: ©Hilscher, Albert/ÖNB-Bildarchiv/picturedesk.com
Lektorat: Regina Moshammer
Herstellungsort: Wien

Besuchen Sie uns im Internet:
www.echomedia-buch.at

ANDREAS PITTLER

wiener Kreuzweg

Roman

WIENER TRIPTYCHON
I. TEIL: VORGESTERN

1. Vor Tagesanbruch

Februar 1938

In jenem Jahr kam der Frühling schnell. Die Meteorologen führten dieses atypische Phänomen auf ein Hoch zurück, das vom Golf von Biscaya ostwärts gezogen war, und durch ein hartnäckiges Tief, das sich in der Pannonischen Ebene hielt, wie festgeschraubt über Wien verblieb. Ganz gemäß der Wissenschaft sanken die Luftmassen großräumig ab, die Luft erwärmte sich adiabatisch, worauf es keine Kondensation und mithin keine Wolkenbildung gab. Der Wind umströmte die Stadt und ihr Umfeld antizyklonal, genau so, wie es von den Wetterkundlern erwartet wurde. Wien befand sich bereits im Februar in einer Inversionswetterlage, wodurch, auch dies eine Bestätigung der gängigen Lehrmeinung, die ehedem noch vorhandenen Wolken aufgelöst worden waren. Und da das Hochdruckgebiet keine Anstalten machte, etwa in Richtung der Balkanhalbinsel auszuweichen, so würde der barometrische Aktualwert auch in den folgenden Tagen kaum vom jetzigen Stand abweichen, lautete das allgemeine Credo der Gelehrten. Den Menschen freilich waren derlei Erklärungen rechtschaffen gleichgültig. Sie freuten sich einfach darüber, dass es endlich wieder warm war, und hofften, die düsteren Tage von Schnee, Eis und Finsternis mochten der Vergangenheit angehören.

Zu jenen, die sich über die anheimelnden Temperaturen freuten, zählte auch Baron Friedrich Wilhelm Glickstein, der an jenem Morgen, während er sich anschickte, sich an den Frühstückstisch zu begeben, einen ersten Blick aus dem Fenster warf und den strahlend blauen Himmel mit einem Lächeln quittierte. Beschwingt wünschte er seinem Diener Robert einen guten Morgen, wofür dieser sich pflichtschuldigst bedankte, ehe er den Wunsch in eigenen Worten erwiderte. Glickstein nickte nachlässig und griff nach seiner Stoffserviette, die er mit einer schnellen Handbewegung zu ihrer ganzen Größe entfaltete, um sie sodann auf seinem Schoß zu platzieren. Er riskierte einen ersten Blick auf die Titelseite der „Neuen Freien Presse" und nahm beiläufig zur Kenntnis, dass Robert damit begann, das Frühstück aufzutragen.

Ideologien neigen dazu, unversöhnlich zu sein. Selbst in einer Stadt wie Wien erhärtete die Praxis diese These täglich in mannigfacher Weise. Doch welcher Weltanschauung man auch immer sein mochte, bei der Erkenntnis, dass ein ordentliches Frühstück die Basis für einen erfolgreichen Tag darstellte, herrschte allgemeine Übereinstimmung. Naturgemäß wurde dies also auch im Hause Glickstein so gesehen. Wie gewohnt hatte Robert besonders mageren Schinken aus dem Niederösterreichischen und Käse aus dem Salzburgischen auf den Tisch gestellt. Dazu pflegte der Baron stets zwei weiche Eier zu sich zu nehmen, die exakt drei Minuten gekocht werden mussten. Und je nach seinem Appetit beschied sich Glickstein dabei mit einer oder eben mit zwei Kaisersemmeln, welche der Haushalt des Unternehmers schon im Morgengrauen von der benachbarten Bäckerei zu holen pflegte. Damit aber war das Petit Déjeuner des Barons Glickstein noch keineswegs abgeschlossen. Je mehr er zu Jahren kam, desto mehr entwickelte Glickstein eine Schwäche für Süßgebäck, und so tischte man ihm zumeist noch ein wenig Kuchen auf, wenn er nicht das Bedürfnis verspürte, eine dritte Semmel mit Butter und Marillenmarmelade zu konsumieren. Dies tat er meist im Spätsommer, wenn die Marillenernte in der Wachau eben erst vorüber war.

Nun aber schrieb man Februar, und vor dem Baron lagen kleine Madeleines, an denen er sich zu einem späteren Zeitpunkt gütlich zu tun gedachte. Und da er irgendwann einmal gehört hatte, dass man den Tag nicht gleich mit Kaffee beginnen sollte, ließ er sich stattdessen von Robert in eine große Tasse Tee eingießen, den er sich nun, während sein Blick wieder zur Zeitung zurückwanderte, in kleinen Schlucken einverleibte. Die Schlagzeile irritierte den Baron nachhaltig: „Dr. v. Schuschnigg bei Reichskanzler Hitler". Glickstein setzte behutsam das Porzellan ab und erlaubte sich ein missbilligendes Schnauben, das gleichwohl von Robert vorsorglich nicht zur Kenntnis genommen wurde, da sich der Diener nicht sicher sein konnte, ob der Baron durch diese Bekundung ein Gespräch als erwünscht erscheinen lassen wollte oder aber einfach für sich selbst eine wie auch immer geartete Gefühlsregung zu statuieren beabsichtigt hatte, die nicht für andere Personen gedacht gewesen war. Glickstein nahm gedankenverloren eine Kaisersemmel zur Hand, setzte das Messer an und teilte sie in zwei Hälften, auf die er sodann etwas Butter applizierte. „Dr. v. Schuschnigg bei Reichskanzler Hitler". Was für eine proskynetische Adoration dieses vulgären Emporkömmlings, kam es ihm in den Sinn. Von einem österreichischen Blatt, zumal von einer Zeitung mit einer derartigen Geschichte, mochte man doch erwarten können, dass es, wenn es sich schon veranlasst sah, Partei zu ergreifen, einen etwas patriotischeren Standpunkt einnahm. „Bundeskanzler von Schuschnigg bei Hitler"! So hätte der Titel des Artikels lauten müssen, wenn man sich nicht mit dem „Völkischen Beobachter" gemein machen wollte. Der Baron konnte sich lebhaft vorstellen, dass selbst der Doktortitel des Edlen von Schuschnigg nur deshalb ins Blatt gerückt worden war, um sich die grammatikalische Grundsatzfrage zu ersparen, ob ein „v." am Anfang einer Zeile großgeschrieben werden sollte. Dies warf sogleich die nächste Frage auf, kam es Glickstein in den Sinn, während er bedächtig die untere Semmelhälfte zum Munde führte. Ein „V. Schuschnigg" hätte wohl als eine Abkürzung von „Viktor" oder „Vitus" oder auch „Vinzenz" missverstanden werden können, überlegte er und konnte sich dabei des Anflugs eines Schmunzelns nicht erwehren. Doch wozu überhaupt eine solche Abkürzung? Ein „v." sparte gegenüber einem „von" gerade einmal einen einzigen Letter, eine Quantité négligeable mithin. Und sie ergab auch gar keinen Sinn, denn in der Zeile war sichtlich genug Platz, um sowohl den „Doktor" als auch das „von" auszuschreiben. Doch darum war es wohl gar nicht gegangen. Vielmehr sollte Österreichs Kanzler in den Augen der auch in Wien immer größer werdenden Anhängerschaft des Braunauer Schreihalses kleingemacht werden. Ein echter Affront, der ihn, Glickstein, eigentlich dazu veranlassen sollte, von einer weiteren Lektüre der „Neuen Freien Presse" Abstand zu nehmen.

„Seit wann bin ich auf die ‚Presse' abonniert, Robert?", fragte der Baron unvermittelt und erwischte seinen Diener sichtlich auf dem falschen Fuß. „Euer Hochwohlgeboren, seit ich denken kann", tat dieser nach einer Schrecksekunde kund. „Erinnere mich daran, diese meine Angewohnheit beizeiten zu überdenken." „Sehr wohl, Euer Hochwohlgeboren."

Es folgte ein Moment der Stille, in dem sich der Baron am Rest des Weißgebäcks gütlich tat. Er köpfte ein weichgekochtes Ei und löffelte dessen Inhalt sorgsam aus. Dabei überflogen seine Augen trotz des zuvor deutlich gemachten Missfallens den Inhalt des Artikels. Offiziell sprach man von einem Besuch, der auf Einladung des Reichskanzlers erfolge. Doch hinter vorgehaltener Hand wusste jeder, dass Hitler den österreichischen Kanzler zum Rapport befohlen hatte. Und was bei diesem Treffen vereinbart werden mochte, das konnte Österreich kaum zum Vorteil gereichen. „Ich möcht wetten, die braunen Horden sind mit unserem Doktor Schlitten gfahren", ließ sich der Baron schließlich vernehmen, während er den Eierbecher langsam von sich schob, was Robert signalisierte, dass er selbigen umgehend abzuservieren hatte. „Was die da auf dem Obersalzberg ausverhandeln, das wird uns schwer im Magen liegen. Merk dir meine Worte, Robert." Der Diener nickte. „Gewiss, Euer Hochwohlgeboren."

„Ärgerliche Gschichte. Dabei wär grad heut so ein schöner Tag", seufzte der Baron, der mit seiner Körperhaltung zu verstehen gab, dass er über die zuletzt gemachte Bemerkung keine weitere Konversation wünschte. Robert hatte verstanden und zog sich zurück, während Glickstein nun endlich zu einer Madeleine griff. Für einen kurzen Moment hielt er sie gedankenverloren in seinen Händen und betrachtete das Gebäck mit einer Mischung aus Verwunderung und Neugier. Ein dickes, ovales Sandtörtchen, das so aussah, als habe man als Form dafür die gefächerte Schale einer Jakobsmuschel benutzt. Eigentlich eine recht trockene Angelegenheit, kam es Glickstein in den Sinn, der das Gebäck, einer spontanen Eingebung folgend, in den Tee tunkte, um es etwas saftiger werden zu lassen. Genau so, wie es sein Vater selig immer mit seinem Altwiener Kipferl gehalten hatte, nur, dass es im Falle des alten Glickstein Milchkaffee gewesen war. Milchkaffee, den der Alte bis zuletzt stets als Häferlkaffee bezeichnet hatte, obwohl, genau betrachtet, jeder Kaffee in einem

Häferl kredenzt wurde. Zumindest hier in Österreich. Und zumindest, solange dies noch Österreich war, was, wenn man die Schlagzeile der Zeitung in Betracht zog, keineswegs noch lange der Fall sein musste oder auch, je nach Einschätzung, konnte.

Bedrückt durch diese trübe Erkenntnis, führte der Baron das aufgeweichte Stück Madeleine an seine Lippen. In der Sekunde nun, als dieser mit Tee durchmischte Kuchengeschmack seinen Gaumen berührte, zuckte Glickstein unmerklich etwas zusammen und war gebannt durch etwas Ungewöhnliches, das sich in ihm vollzog. Ein seltsames Glücksgefühl, das ganz für sich allein zu bestehen schien und dessen Grund dem Baron vollkommen unbekannt blieb, durchströmte ihn, und mit einem Schlage schien es ihm, als seien die merkwürdigen Wechselfälle der Politik, ja des Lebens an sich, ohne weitere Relevanz. Die Katastrophen der letzten Zeit wirkten belanglos, wurden durch den Geschmack des Tees und des Kuchens vielmehr abgelöst durch ein Gefühl, ja, eine Erinnerung an die lichten Momente der Jugend, da noch alles möglich gewesen war. Glickstein hatte den Frühstückstisch seines Vaters lebhaft vor Augen. Den alten Börsianer, wie er sein Kipferl in der mächtigen Hand hielt, während sich die Frau Mama am Kaviar gütlich tat, der, wie der Junge, der Friedrich Wilhelm damals war, nur zu gut wusste, direkt aus Astrachan am Kaspischen Meer importiert wurde. Denn wie alles, was den Frühstückstisch der Glicksteins zierte, kam auch dieser Fischrogen aus dem Hause Kattus, mit dem der alte Glickstein auf mehr als freundschaftlichem Fuße stand. Der Herr Papa schätzte Johann Nepomuk Kattus, doch noch mehr war er von dessen Vater eingenommen gewesen, dessen Aufstieg vom kleinen

Wein- und Kaffeehändler zum größten Faktoristen der Monarchie dem Börsianer großen Respekt abnötigte. Friedrich Wilhelm hatte dieses Bild immer noch vor sich und erinnerte sich daran, welche Magie dem Ortsnamen Astrachan damals für ihn innegewohnt hatte. Mit welch kindlicher Begeisterung war er in jenen Tagen dem Mysterium jener Stadt auf der Spur gewesen! In einem Schulatlas hatte er ein altes Bild von Astrachan gefunden, ein ummauerter Platz mit exotischen Kirchen, die gänzlich andere Kreuze trugen als jene, die man in Wien sehen konnte. Ein Turm, der so aussah wie die Darstellungen desjenigen aus Babel, ehe jener in sich zusammengestürzt war, und in der Tat mochte man in Astrachan nur unwesentlich weniger Zungen hören als ehedem an der biblischen Stätte.

Robert rang mit sich. Der Baron wirkte wie eine Statue, allein das versonnen-verschmitzte Lächeln, das dessen Lippen umspielte, wies den Herrn als einen Lebenden aus. Ob Hochwohlgeboren noch Wünsche hatte? Der Diener konnte die Antwort auf diese Frage ebenso wenig wissen, wie er ahnen konnte, dass sich der Baron gerade geistig in seiner Kindheit befand. In jener Zeit also, da Österreich im Konzert der Mächtigen noch die erste Geige gespielt und nichts, aber auch gar nichts darauf hingedeutet hatte, dass das mächtige Imperium der Familie Habsburg jemals ein Platz sein könnte, auf den nicht unablässig die Sonne des Glücks schien. Doch für Robert war die Erkenntnis ausreichend, dass der Baron, wo immer er sich mit seinen Gedanken auch befinden mochte, es ihn schon wissen lassen würde, sollte er ein weiteres Begehren in sich verspüren.

Friedrich Wilhelm Glickstein aber träumte sich hinweg in eine versunkene Welt der Redouten und der Walzerseligkeit, an die er sich in diesem Augenblick so genau zu erinnern meinte, dass es für ihn keineswegs von Belang war, ob ihn seine Erinnerung trog oder nicht. Der Mensch, so war auch dem Baron bewusst, gestaltete sich seine Welt so, wie er sie haben wollte, nach seinem Willen und nach seiner Vorstellung. Und wenn dies in der Wirklichkeit nicht möglich war, so musste eben die Phantasie dieses Manko ausgleichen. Und so mochte es keine Rolle spielen, ob am Tisch des Vaters Musik erklungen war oder nicht. Wesentlich war, dass die Szene mit Musik eben vollkommener war als mit der simplen Geräuschkulisse von scheppernden Geschirr und dem Schlürfen von Kaffee aus Tassen, die nun einmal Häferln waren.

Die Welt, die so in Unordnung geraten war, sie erschien dem Kinde heil. Doch war sie es nicht für alle Kinder? Zu jeder Zeit? Das Unwissen um die Alternativen, das Hinnehmen des Vorgefundenen, das schlichte Akzeptieren der Wirklichkeit, so wie sie sich präsentierte, zeichnete wohl jedes Menschenjunge aus. Man wird geboren, man lernt zu krabbeln, zu gehen, zu laufen und blickt mit schier grenzenloser Naivität auf die Welt, die sich einem darstellt. Und da man noch nicht um all die anderen Horizonte weiß, die sie aufweist oder auch nur aufweisen könnte, ist es die beste aller Welten. Eben, weil sie die einzige ist.

Der Baron dachte daran, wie ihn als Jüngling die Lektüre von Adalbert Stifters „Bergkristall" verstört hatte. Wie, so war es ihm damals durch den Kopf gegangen, konnten diese Menschen, diese Kinder, glücklich sein, da sie doch all dessen entbehrten, was dem Leben Annehmlichkeit verlieh? Aber, wovon man keine Kenntnis hat, das kann man auch nicht vermissen. Erst das Wissen untergräbt das Glück und bringt den Schmerz, den man ob der eigenen Unzulänglichkeit und jener der Welt empfinden muss. Die Erkenntnis war mithin tatsächlich eine faule Frucht, die jenen, der von ihr kostete, aus dem kindlichen Paradies vertrieb.

Als Dreikäsehoch nahm man alles als gegeben an. Als unabänderlich und ewig bestehend. Wer hätte je ahnen mögen, dass die schmucken Uniformen, die glänzenden Paniere, die blitzenden Helme und die polierten Stiefel der kaiserlichen Soldaten ein halbes Menschenalter später schon nichts mehr sein würden als eine ferne, sehr ferne Erinnerung? Damals, in jenen glücklichen Kindertagen, schien den Himmel kein Wölkchen trüben zu können. Lachen, Fröhlichkeit und ein unbändiger Optimismus, getragen von dem festen Glauben, dass die einzig mögliche Veränderung jene zum noch Besseren war. Und während der Baron den Rest der Madeleine zu sich nahm, kehrte sein Denken ein weiteres Mal zurück an den Frühstückstisch des Vaters, den er so deutlich vor Augen hatte, als wäre er um Jahrzehnte verjüngt und wirklich im Kreise seiner Eltern und seiner Geschwister.

Der Baron war wie gebannt durch etwas Ungewöhnliches, das sich in ihm vollzog. Ein unerhörtes Glücksgefühl, das ganz für sich allein bestand und dessen Grund ihm unbekannt blieb, durchströmte ihn. Mit einem Schlage waren ihm die Wechselfälle des Lebens gleichgültig, seine Katastrophen zu harmlosen Missgeschicken, seine Kürze zu einem bloßen Trug der Sinne geworden. Für einen kurzen Moment hörte der Baron auf, sich unbedeutend, zufallsbedingt, sterblich zu fühlen. Sterblich! Der Gedanke daran ließ Glickstein innehalten. Ihm fiel ein Satz ein, wonach, da den Menschen die unausweichliche Tatsache des Todes so unendlich viel Ungemach bereitete, sie übereingekommen seien, einfach nicht an sie zu denken. Von wem stammte diese Erkenntnis noch einmal? War es Pascal gewesen? Oder Montaigne? Oder doch dieser René Descartes mit seinem „Ich denke, also bin ich"? In jedem Fall, dessen war sich der Baron gewiss, handelte es sich um einen Franzosen, dem jene Erkenntnis zu verdanken war. Niemals, so spann er den Faden seiner Überlegung weiter, hätte sie von einem Österreicher stammen können, denn die Österreicher hatten von Anbeginn an eine ganz eigene Beziehung zum Tod. Nicht umsonst hieß es, der Tod, der müsse ein Wiener sein. Das Morbide, das war den Wienern gleichsam in die Wiege gelegt, und nicht umsonst kannte das örtliche Idiom eine schier unüberschaubare Vielzahl an mehr oder weniger pittoresken Synonymen für das Wort „sterben".

Robert schrak aus seiner apathischen Pose auf. War es tatsächlich möglich, dass Hochwohlgeboren zu summen begonnen hatte? Gut, der Herr des Hauses war in die Jahre gekommen, und da war es ihm durchaus zuzugestehen, sich den einen oder anderen Moment der Extravaganz zu leisten. Der Diener konzentrierte sich auf die erratische, immer wieder unterbrochene Melodie, um solcherart zu erraten, welches Lied den Baron tief in seinem Inneren beschäftigte. Es dauerte eine Weile, bis sich Robert in der Deutung der diskant und bruchstückhaft vorgetragenen Akkorde sicher war. Der Baron gab tatsächlich ein altes Heurigen-Couplet von sich.

„Wann i amal stirb, stirb, stirb, müaßnen mi d' Fiaker tragn." Auch Glickstein wurde bewusst, welches Lied von ihm Besitz ergriffen hatte. Selbst über der sentimentalen Erinnerung an die glückliche Kindheit schwebte also der Tod als das unentrinnbare Ende. Glickstein nahm einen Schluck

Tee zu sich und konzentrierte sich dabei auf einen warmen Sonnentag in der Vergangenheit, eine bukolische Szene voller Idylle, um endlich nicht länger an die trostlose Gegenwart denken zu müssen.

Doch das Bild aus einer nunmehr fernen Zeit führte dem Baron erst recht vor Augen, wie groß der Unterschied zu jenem Morgen war. Und das in jeder Hinsicht. Die über allen thronende Gestalt des Vaters, die begütigende Erscheinung der Mutter und die artige Kinderschar, oftmals ergänzt um geladene Gäste, sei es aus der Familie oder aus dem Bekanntenkreis des Vaters, der dann schon zu früher Stunde über seine Geschäfte zu reden pflegte, während er bei anderer Gelegenheit über die Lage im Staate räsonierte. In beiden Fällen war es den Kindern angeraten, sich leise zu verhalten und den Worten des Vaters zu lauschen, damit sie von ihm lernten, wie sie dereinst in der Welt bestehen konnten.

Nun aber war nichts von alledem geblieben. Vater und Mutter waren tot und begraben, hinabgesunken in das Reich der Schatten, wie die Monarchie, welcher der Vater einst so treu gedient. Die Geschwisterschar in alle Welt verstreut, die eigene Gattin hingeschieden vor ihrer Zeit, und so saß Friedrich Wilhelm Glickstein allein an seinem großen Frühstückstisch und hatte, wenn man von Robert absah, niemanden, dem er die Welt hätte erklären können. Was, genau betrachtet, gar kein so großes Übel darstellte, da er, je älter er wurde, umso weniger von dieser Welt verstand, die er schon lange nicht mehr die seine nennen konnte, wenn sie es denn überhaupt je gewesen war.

Und als der Moment der glückseligen Erinnerung an die Jugend ebenso verblasste wie der Geschmack der in Tee getränkten Madeleine auf seiner Zunge, da wurde der Baron durch den Gedanken an seine Tochter, die ihm allein geblieben war, wieder ein wenig aufgerichtet.

„Das Fräulein Tochter frühstückt nicht?", gab er halblaut von sich, aus seiner starren Pose als Denkmal seiner selbst gleichsam erwachend.

„Die junge Herrschaft ist gestern spät nach Hause gekommen", replizierte Robert in möglichst neutralem Ton.

„So? Ist sie das", ließ sich der Baron vernehmen, wobei offen blieb, ob er diese Worte an Robert gerichtet oder vielmehr zu sich selbst gesprochen hatte. Robert jedenfalls fühlte sich nicht adressiert und verharrte in Schweigen, darauf wartend, welche weiteren Schlüsse der Baron aus dieser Information gegebenenfalls noch ziehen würde.

Doch der schien, da die Madeleine unwiderruflich Geschichte war, aus seinen kontemplativen Betrachtungen aufgewacht und in die Gegenwart des Frühstückstisches zurückgekehrt zu sein. Er schenkte den Zeilen über die polnisch-italienische Freundschaft gleichwohl ebenso wenig Beachtung wie den Beschlüssen des rumänischen Ministerrates. Auch der Umstand, dass die deutschen Schulbehörden eine Ausweitung der Leibeserziehung auf nunmehr fünf Stunden die Woche beschlossen hatten, nahm er, wenn überhaupt, eher beiläufig zur Kenntnis. Robert sah den Baron gelangweilt durch die Börseseiten blättern, ein Eingeständnis, dass er sich eigentlich dafür interessieren sollte, es aber partout nicht tat. Auch die Literaturbeilage war schnell überblättert, es stand ja, wie der Baron oftmals betont hatte, ohnehin nichts in ihr, was Bestand haben würde. Der Baron faltete die Zeitung akkurat zusammen und legte sie neben den Teller, ehe eine nachlässige Geste seiner linken Hand Robert das Signal gab, nun mit dem Abräumen des Tisches beginnen zu dürfen.

„Spät nach Hause gekommen, so?", wiederholte Glickstein, als Robert sich neben ihm am Geschirr zu schaffen machte. „Was ich mich frag, ist, wie das Mädel in drei Monaten die Matura machen will, wenn's immer fortgeht in einer Tour."

Robert wusste, dass man keine Antwort von ihm erwartete, eine selbige vielleicht sogar als impertinent empfunden hätte, und so stapelte er einfach die Teller und Tassen auf sein Tablett, welches er sodann aufnahm, um es nach nebenan zu tragen. „Wie, Robert? Wie?"

Der Butler hielt mitten in der Bewegung inne. Derart direkt adressiert, kam er um eine Erwiderung keinesfalls umhin. Doch war Vorsicht geboten, denn ein falsches Wort mochte dazu führen, dass die wankelmütige Stimmung des Barons jäh in Groll umschlug, was bei seinem mit den Jahren immer deutlicher zu Tage tretenden aufbrausenden Temperament für einen Domestiken keineswegs zu empfehlen war. „Ich bin sicher, Euer Hochwohlgeboren, die junge Herrschaft ist sich ihrer Pflichten bewusst", gab Robert daher vorsichtig von sich.

„Na, da haben S' mehr der Sicherheit als ich, Robert", entrang sich dem Baron mit einem leichten Seufzer in der Stimme. „Mehr Sicherheit als ich", echote es noch, als Robert bereits den Raum verließ.

Caroline aber, der diese existenzielle Frage galt, drehte sich, während unten im Esszimmer ihr Vater an das Fenster trat, in ihrem Bett noch einmal um, wild entschlossen, vor dem Mittagessen kein Bein auf den Boden zu stellen.

Fünf Jahre zuvor, März 1933

„Der Landbewohner Niederösterreichs versteht seinen Vorteil fast besser als der Stadtbewohner zu verfolgen, kann jedoch im Übrigen von einer gewissen Indolenz nicht freigesprochen werden, welche ihn häufig selbst zu seinem Schaden beim Alten verharren macht, bloß weil es alt ist."

Viktor „Wickerl" Bielohlawek und Arthur „Turl" Strecha saßen in ihrer engen Bank in der fünften Reihe des Geographiezimmers und lauschten vermeintlich ergriffen den Ausführungen des Lehrers, der, so wie er es seit 25 Jahren tat, die niederösterreichische Landeskunde für eine weitere Generation an Schülern herunterbetete. Beim Worte „Indolenz" erntete der Vortragende ein paar verhaltene Kicherer, die er mit einem ins Allgemeine gerichteten strengen Blick umgehend zum Verstummen brachte. Er führte sodann eine vage Geste in die Richtung der hinter ihm an der Wand befestigten übergroßen Landkarte Niederösterreichs aus dem Hause „Freytag & Berndt" aus, die gleichwohl so unpräzise blieb, dass sich der Betrachter der Szene ebenso auf Retz wie auf Reichenau verwiesen fühlen konnte. „An den Weinbauern, den sogenannten Hauern, tadelt man großen Leichtsinn und Streitsucht. Ersterer stammt wohl daher, dass ihr Erwerb zumeist von der Witterung des Jahres abhängt, wodurch, wie durch ein Glücksspiel, der Leichtsinn geweckt wird. Letztere jedoch mag durch den zu reichlichen Weingenuss erhalten werden."

„Waun s' bsoffen san, de Gscherten, daun birnen sa se", zischte Turl glucksend seinem Sitznachbarn zu, auf einen billigen Applaus hoffend. Doch er hatte die Rechnung ohne den Senior vor der Tafel gemacht, der wie weiland Zeus strafend zu Strechas Platz strebte und selbigen aufforderte, laut zu wiederholen, was er eben zum Unterrichte beizutragen sich erkühnte. Strecha rang mit sich, doch der hoch erhobene Rohrstab, den der Lehrer auch bei einem Primaner ohne zu zögern einsetzen würde, sollte jener sich als widerborstig erweisen, brachte Turl dazu, sich langsam von seinem Platze zu erheben, sich sodann zu räuspern und schließlich auch den Rest der Klasse an seinen Gedanken teilhaben zu lassen. „Wenn sie betrunken sind, die Landmänner, dann werden sie wider einander handgreiflich, Herr Professor", präsentierte Strecha nun in einer etwas druckreiferen Version das zuvor gemachte Bonmot. Dabei schielte er angstvoll in das Antlitz des Geographen. Zur allgemeinen Überraschung entkam diesem ein Lächeln. Er wandte sich von Strecha ab und dem Rest der Klasse zu. „Meine Herren, Sie hörten eben die populärwissenschaftliche Übersetzung meines Vortrages. Prodesse et delectare sozusagen." Ohne weiter auf Strecha zu achten, hieß er diesen sich wieder zu setzen. Erneut beim Katheder angekommen, fuhr der Lehrer in seinem Vortrag fort, als hätte es die vordem stattgehabte Episode gar nicht gegeben.

„Die ältere Nationaltracht der Bauern, der breite Hut, der lange Rock mit hoher Taille, die kurzen Lederbeinkleider mit dem dazu gehörigen breiten Hosenträger, den blauen oder weißen Kniestrümpfen und den Bundschuhen, hat bei dem Nachwuchs schon seit längerer Zeit dem bequemen langen Beinkleid und dem Spencer oder Janker weichen müssen." Und nach einem kurzen Innehalten, um das Gesagte auch in das letzte Gehirn in der Eselsbank ganz hinten eindämmern zu lassen: „Auch das weibliche Geschlecht trägt vielfach zum Kopftuch oder zur Haube das geschlossene Kleid, doch in manchen Gegenden noch Röcke mit dem Mieder, Brusttuch und Schürze."

Wickerl wandte seinen Blick nicht von den Lippen des Lehrers, und doch versuchte er, durch eine unmerkliche Bewegung der Augäpfel die Wanduhr über der Tür in sein Sichtfeld miteinzubeziehen. 15 Minuten, so kündete diese, würde es noch dauern, ehe ihn die Gewandung niederösterreichischer Bauern nicht mehr zu kümmern brauchte. Doch es war gewisslich keine leichte Übung, noch eine weitere Viertelstunde lang Aufmerksamkeit vorzutäuschen, die es nicht gab. Was focht ihn, so sinnierte Wickerl, das Dirndl an, wenn seine Gedanken ausschließlich um ein gänzlich anderes „Dirndl", ein Mädchen nämlich, kreisten. Ihm schwebte eine gänzlich andere Bukolik vor als jene, die ihm hier kredenzt wurde. Nach Arkadien stand Wickerl der Sinn, und doch befand er sich nicht im Elysium, sondern vielmehr bei Thermopylae. „Wanderer, kommst du nach Ottakring, so verkündige dorten, du habest uns hier sitzen gesehen, wie das Gesetz es befahl."

Die Zeiger der Uhr schienen wie festgeschraubt, und von Turls Seite war nach dem gerade erst überstandenen Geplänkel auch kein erheiternder Beitrag mehr zu erwarten. Also blieb nur, sich in Geduld zu wappnen.

„Um das Glacis herum breiteten sich die Vorstädte aus, die erst seit der Zweiten Türkenbelagerung neu aufgebaut worden und allmählich durch Verbauung von Gärten, Feldern und Weingärten unmittelbar aneinander gerückt waren." Ohne es zu merken, da er abgelenkt war durch seine ganz eigenen Gedanken, die aber schon gar nichts mit Erdkunde zu tun hatten, schien der Geograph seine Betrachtungen der niederösterreichischen Auen gegen eine Darlegung der

Wiener Peripherie eingetauscht zu haben. Wickerl reckte den Kopf und richtete seine Konzentration wieder nach dem pädagogischen Vortrage aus.

„Man zählte deren 34. Im Norden, jenseits des Donaukanals, lagen Leopoldstadt und die Jägerzeile, diesseits des Kanals folgten von Ost gegen Süd und West Unter den Weißgerbern, Erdberg, Landstraße, Wieden, Schaumburgergrund, Hungelbrunn, Laurenzergrund, Matzleinsdorf, Nikolsdorf, Margareten, Reinprechtsdorf, Hundsturm, Gumpendorf, Magdalenengrund, Windmühle, Laimgrube, Mariahilf, Spittelberg, St. Ulrich, Neubau, Schottenfeld, Altlerchenfeld, Josefstadt, Strozzigrund, Alservorstadt, Breitenfeld, Michelbeuern, Himmelpfortgrund, Thury, Liechtental, Althan und Rossau."

So monoton der Lehrer die Namen ausgesprochen, so schnell waren sie aus seinem Munde gekommen, dass weder Bielohlawek noch, dessen war sich Wickerl sicher, irgendein anderer der Schüler in der Lage sein mochte, sie alle zu repetieren. Ja nicht einmal der Nachweis, dass der Herr Professor eben 34 Ortschaften benannt hatte, mochte gelingen. Und doch blieb keine Zeit, an dieser Stelle die Hand zu heben und um eine Wiederholung zu bitten, denn bruchlos ging die Darlegung auf die einzelnen Wiener Linien über, welche die Stadt sternförmig durchpflügten, oder, wie der Lehrer präzisierte, „dem Zentrum und damit der eigenen Vollendung im Herzen der Wienerstadt zustrebten". Immerhin begriff Bielohlawek nun, weshalb der Gürtel einstmals „Linienwall" geheißen hatte: ein Mauerring, der die einzelnen Straßen wie die Matzleinsdorfer oder die Hernalser Linie umschloss.

„Unser Wien ist, wie andere große Städte, wie das alte Rom, wie Paris oder London, im Laufe der Jahrhunderte aus einer großen Anzahl einzelner Ortschaften und Gemeinden zu einem großen Ganzen zusammengewachsen, denn die vordem genannten 34 Vorstädte waren vormals selbständige Gemeinden, die erst spät mit der inneren, also der eigentlichen, Stadt vereinigt wurden. Inzwischen aber sind, von Wien durch den Linienwall getrennt, ringsum zahlreiche weitere Ortschaften immer größer und stattlicher geworden, sodass auch ihnen die Stunde schlug, da sie in die Großcommune als äußere Vorstadtbezirke aufgenommen waren."

Wickerl meinte, Turl neben sich Luft ausblasen zu hören, und wenn es so gewesen, dann wunderte es Wickerl nicht. Sie beide stammten aus Ottakring und galten hier, auf dem altehrwürdigen Josefstädter Gymnasium, nicht wirklich als Wiener, wiewohl ihr Bezirk seit beinahe einem halben Jahrhundert Teil der Hauptstadt war. Für die Kommilitonen waren nicht die indolenten Hauer die „Gscherten", sondern bereits sie beide, die sie jenseits des Gürtels wohnten.

„Sind wir solcherart der Vergangenheit gerecht geworden, so wollen wir nun uns hineinversetzen mitten in das gegenwärtige Leben und Weben Wiens, das auf dem Stephansplatze seinen Brennpunkt findet." Das letzte Wort ward noch fertig ausgesprochen, als ein durchdringend schrilles Geräusch davon kündete, dass die Geographiestunde an ihr Ende gekommen war. Doch für den Lehrer war das Läuten bestenfalls ein Fingerzeig, den Vortrag mit gebotener Würde ausklingen zu lassen. „Doch wie es scheint, werden wir diese Umschau erst in der nächsten Stunde in Angriff nehmen können. Für heute, meine Herrschaften, Gott befohlen."

Die mit diesem Satz einhergehende nachlässige Geste der rechten Hand erst war es, die es den Schülern gestattete, sich von den Plätzen zu erheben. Respektvoll warteten sie, bis der Geograph seine Unterlagen aufgenommen und den

Raum verlassen hatte, ehe wirklich Bewegung in ihre Körper kam. Sie verhielten sich nun ungezwungen, frei von dem strengen Reglement des Unterrichts. Und da sie Primaner waren, sich also von den allgemein „Primaten" genannten Zöglingen der unteren Klassen durch eine mühsam erarbeitete Sonderstellung unterschieden, strebten sie dem Schulhofe zu, um sich dort die wohltuende Unterbrechung des Paukertums mit einer Zigarette zu versüßen.

Wickerl und Turl waren lange Zeit für sich geblieben, von den Mitschülern als nicht standesgemäß gemieden, doch in diesem Jahr waren zwei weitere Söhne kleinbürgerlich-proletarischer Herkunft dem Klassenverband beigetreten, die gleich den beiden Ottakringern in der Sozialistischen Arbeiterjugend aktiv waren. Und so trat der lange Georg mit seiner charakteristischen Löwenmähne schon im Treppenhaus an die beiden heran und schien es kaum erwarten zu können, sie in einer ruhigen Ecke nach ihrer Meinung zu den jüngsten Entwicklungen im Lande zu befragen. So schnell schloss er zu ihnen auf, dass der ebenso kleine wie rundliche Josef, der Vierte im Bunde, Mühe hatte, mit ihm Schritt zu halten. Wickerl kam als Erster in den Hof und wandte sich nach rechts, wo er seine „Sport Export" im windgeschützten Bereich des Torbogens entfachte. Und während er den ersten Rauch der Zigarette in die kalte Märzluft blies, hörte er Georg auch schon hektisch fragen: „Was sagt ihr zu dem, was vorgestern im Parlament geschehen ist?"

„Meinst du die Wahlen in Deutschland? Die waren doch gestern, oder?" Turl erntete für seinen Einwurf mitleidige Blicke der beiden anderen. Strecha zuckte unwillkürlich zusammen, fühlte sich gemaßregelt durch den stillen Tadel seiner Genossen. Und gerne hätte er sich mit einem geschliffenen Bonmot rehabilitiert, doch so sehr er auch nachgrübelte, ihm wollte partout nicht einfallen, was die beiden sonst meinen konnten. „Hast du heute nicht die Zeitung gelesen?" Sein staunendes Kopfschütteln veranlasste Georg, in atemlosem Stakkato wiederzugeben, was sich im Hohen Hause am Samstag zugetragen hatte. Im Zuge einer umstrittenen Abstimmung über die Konsequenzen des jüngsten Streiks der Eisenbahner waren alle drei Präsidenten des Nationalrates der Reihe nach zurückgetreten, sodass die Mandatare schließlich führungslos auseinandergingen. „Und jetzt steht zu befürchten, dass der Millimetternich das zu seinen Gunsten ausnützt und das Parlament ausschaltet, damit er autoritär regieren kann", schloss Georg seinen Bericht ab. „Vor allem jetzt, wo Hitler in Deutschland auch an der Wahlurne triumphiert hat", assistierte Josef, der die Gruppe endlich auch erreicht hatte. „Und was ändert das für uns?" Wickerl zuckte mit den Schultern, ehe er ein weiteres Mal an seiner Zigarette zog. „Vom bürgerlichen Parlamentarismus haben wir doch ohnehin nichts zu erwarten."

Energisch erhob Josef Einspruch. „So darfst du nicht denken, Wickerl. Natürlich ist jedwede Illusion in den Staatsapparat der Bourgeoisie fehl am Platz, aber es ist dennoch ein Unterschied, ob sich die Arbeiterbewegung legal zu Wort melden kann oder ob sie wieder wie zur Zeit unserer Großväter verfolgt und in den Untergrund gedrängt wird."

„Jetzt siehst du aber ein wenig zu schwarz, lieber Sepp. Die werden sich in der Präsidiale zusammensetzen und irgendeinen Kompromiss finden, mit dem dann jede Seite sagen kann, den ganzen Vorfall habe es nie gegeben." Wickerl schnippte die aufgerauchte Zigarette von sich und ließ dann seinen Blick auf Josef ruhen. Der aber schien von

Bielohlaweks Argumentation keineswegs überzeugt. „Erinnere dich. Die Hahnenschwanzler haben schon vor über zwei Jahren einen Eid geleistet, dass sie die Demokratie abschaffen wollen. Die lassen sich so eine Chance nicht entgehen."

Gerne hätte Wickerl darauf etwas erwidert, doch das markante Schellen der Pausenklingel ermahnte die vier daran, dass sie sich ohne Umschweife in die Klasse zurückzubegeben hatten. Die hohe Politik ward vertagt, der Blick in die Vergangenheit Gebot der nächsten Stunde.

Im Gegensatz zu seinem Kollegen von der Erdkunde war der Historiker ein leidenschaftlicher Erzähler, und er verstand es, den Schülern durch seine Geschichten auch die Geschichte an sich nahezubringen. Nachdem er den Gruß abgewartet und sodann „Setzen" angeordnet hatte, begann er ohne Umschweife mit dem Unterricht. „Mir ist zu Ohren gekommen, dass ihr in der vorigen Stunde über Wien gesprochen habt. Es passt zwar nicht ganz zu unserem aktuellen Lehrstoff, dennoch drängt es mich, hier quasi ad hoc ein kleines Addendum anzubringen. Kennt jemand von den Herrschaften die Sage, die sich mit dem Stock im Eisen verbindet?"

Allerorten erntete der Geschichtelehrer grübelnde Gesichter. Der Primus raffte sich schließlich dazu auf, vage darauf zu verweisen, dass in alten Zeiten Handwerksburschen, wenn sie auf die Walz gingen, in die Lärche gegenüber dem Stephansdom einen Nagel einschlugen, zum Zeichen, dass sie heil wiederkehren mochten. Der Historiker freilich winkte ab. Das habe er nicht gemeint. Ob denn niemand die Geschichte mit dem verwunschenen Schloss kenne, fragte er mit schierer Begeisterung im Antlitz.

Wickerl brauchte eine gute Weile, bis ihm bewusst wurde, dass der Professor kein Haus, sondern tatsächlich eine Sperrvorrichtung gemeint hatte. Denn der Lehrer hatte nicht länger zugewartet und mit der Erklärung begonnen. „Es wird erzählt, der Rat der Stadt habe den Stamm dieser Lärche mit einem Eisenband umgeben und dasselbe mit einem Schloss verschließen lassen, welches kein Mensch zu öffnen vermochte. Dieses Schloss hatte ein fremder Geselle verfertigt, der für seine Arbeit einen schier unerschwinglich hohen Lohn verlangte. Der Stadtrat verweigerte diese Bezahlung, worauf der Geselle den Schlüssel mit sich nahm, um niemals wieder die Wienerstadt zu betreten. Nun musste der Rat einen hohen Preis für denjenigen aussetzen, dem es gelingen mochte, einen Schlüssel zu machen, welcher das Schloss erneut zu öffnen vermochte. Nachdem viele Schlosser von nah und fern vergeblich ihre Kunst versucht hatten, kam ein pfiffiger Lehrling daher, der den Preis zu gewinnen vermochte. Er hatte nämlich", und an dieser Stelle hob der Professor den Zeigefinger seiner rechten Hand steil in die Höhe, „bemerkt, dass stets, wenn er den Schlüssel in die Esse tauchte, eine unsichtbare Hand den Bart umdrehte. Und so setzte er diesen nun verkehrt an und steckte ihn in die glühenden Kohlen. Wieder ward er umgedreht, und unser Lehrling hatte den Teufel ausgetrickst. Der Schlüssel passte, und das Schloss am Stock im Eisen war bezwungen."

Mit nachgerade kindlicher Begeisterung strahlte der Professor die Schüler an, die fanden, es ihm schuldig zu sein, ihrerseits zu bekunden, wie sehr sie vom Erzählten angetan seien. Wickerl nahm dies mit dem Ausdruck leichter Belustigung zur Kenntnis. Die Welt, mochte sie auch aus den Fugen geraten sein, sie wollte immer noch betrogen sein.

Mai 1933

Wehmütig stützte sich der alte Bielohlawek auf die Fahnenstange, die eben noch in der Ecke des Sektionslokals gelehnt war. Dieses Jahr würde er sie nicht mitführen dürfen. Nicht dieses Mal. Die Regierung hatte den traditionellen Maiaufmarsch der Arbeiterbewegung, der 43 Jahre zuvor zum ersten Mal feierlich begangen worden war, schlicht verboten. Zwar versuchte die Parteiführung, die Anordnung der Regierung zu unterlaufen, indem sie alle Genossen aufforderte, am 1. Mai eben spazieren zu gehen, doch Freund wie Feind wusste, dass dies nur den halbherzigen Versuch darstellte, das Gesicht zu wahren. Das blutrote Fahnentuch hing schlapp an seiner Verankerung und bot damit ein ähnlich trauriges Bild wie die Versammlung der Genossen im Lokal, die nicht wussten, was an jenem Tage auf sie zukommen mochte. Der alte Bielohlawek seufzte und blickte auf die Spitze der Stange, an der sich in einem eigens montierten Kreis drei Pfeile befanden. Als er die Fahne zum ersten Mal getragen hatte, war dieses Symbol noch gar nicht erfunden gewesen, fiel es Bielohlawek ein.

Auch damals saß die Partei nicht im Parlament. Doch welch ein Unterschied zu heute! Es war nur noch eine Frage der Zeit bis zum Triumph gewesen. Damals. An jenem 1. Mai, an dem Bielohlawek erstmals mit den Ottakringern über den Ring marschiert war.

Es war das Jahr 1907 gewesen. Kaiser Franz Joseph herrschte über Österreich, Kaiser Wilhelm II. über Deutschland und die Pascher Milli über all ihre Galane. Und obwohl Miroslav Bielohlawek, der sich nun in Wien Friedrich nannte, sich stolz zur Sozialdemokratie bekannte, hätte er jedes einzelne

Barthaar des alten Kaisers in seiner exakten Länge zu Papier bringen können. Auch „Wilhelm Zwo" war ihm überaus geläufig mit seinem hochgezwirbelten Schnauzer. Allein die Pascher Milli kannte er nicht, obwohl sie jeden Abend in der *Güldernen Schnepfe* auftrat, die kaum einen Steinwurf weit von Bielohlaweks Wohnung entfernt lag. Doch ein Sozialdemokrat ging nicht in solche verrufene Spelunken, wo man dem Wein, dem Weib und dem Gesang frönte. Ein denkender Arbeiter trank nicht, schon gar nicht in einem Etablissement von so zweifelhaftem Ruf. Der hielt sich überhaupt fern von solch oberflächlicher Unterhaltung und saß in seiner kargen Freizeit besser über Bücher gebeugt, deren Inhalte den Horizont erweiterten, neue Welten erschlossen und das eigene Wissen mehrten.

Bielohlawek erinnerte sich noch gut daran, als er, gerade einmal 15 Jahre alt, anno 1900 aus Klatovy in Böhmen nach Wien gekommen war. Keine zehn Worte Deutsch hatte er damals beherrscht. Doch in den Reihen der Partei, in die er drei Jahre später eingetreten war, hatte er die Hauptsprache der Monarchie wie im Handumdrehen gelernt. Erst hatte er primär Erzählungen einfachen Inhalts gelesen, Eschenbach, von Saar oder Hauptmann, bald schon größere Romane, Andersen-Nexö, Tolstoi oder Gorki, und schließlich hatte er sich an die politischen Schriften, an Bebel, Lassalle und, ja, auch an Marx und Engels, gewagt. Und wenn er einmal etwas nicht verstanden hatte, dann hatte er sich an die kundigen Genossen, an Albert Sever und Franz Schuhmeier, gewandt, die hatten es ihm dann schon erklärt.

Vor allem der Genosse Schuhmeier war eine imponierende Erscheinung gewesen. Ein feuriger Redner, der auch die kompliziertesten Zusammenhänge so einfach erklären konnte, dass jeder sie verstand. Manche Dinge aber waren von vornherein so sonnenklar, dass sie gar nicht erst der Erläuterung bedurften. Die Sache mit dem Wahlrecht zum Beispiel. Wieso durften die Reichen, die Großgrundbesitzer, die Fabrikanten und die Großbauern, die Gewerbetreibenden, die Händler und die Pfaffen wählen, das Heer der arbeitenden Menschen aber nicht? So etwas konnte nicht gerecht sein! Wozu gab es ein Parlament, wenn darin nicht die ganze Nation vertreten war? Und so war es nur natürlich, dass die Sozialdemokratie von Anfang an für das allgemeine Wahlrecht rang.

Deutlich hatte Bielohlawek noch vor Augen, wie sie im November anno 1905 zum ersten Mal über den Ring gezogen waren. Bezirk um Bezirk, stolz vertreten mit seiner eigenen Standarte, defilierte am Parlamentsgebäude vorbei, getragen von dem einen und einzigen Ruf: Heraus mit dem Wahlrecht!

Der Zeitpunkt dafür hätte auch günstiger nicht sein können, wie ihm die Genossen verdeutlichten. Denn in Russland war eine Revolution im Gange, und das Kaiserhaus konnte es sich unmöglich leisten, hinter den Zaren zurückzufallen. Und genau so war es gekommen. Der Maiaufmarsch im Jahre 1907 hatte schon den ersten freien Wahlen in der Monarchie gedient, bei dem erstmals zahlreiche Arbeiterführer in das Hohe Haus entsandt worden waren. Victor Adler, Jakob Reumann, aber auch die Genossen Sever und Schuhmeier, sie wurden jetzt Reichsratsabgeordnete und bewiesen, dass der Kampf sich gelohnt hatte.

Langsam und traurig wickelte Bielohlawek die Fahne um ihre Stange. Erstmals seit 26 Jahren würde er sie nicht mitführen können, denn selbst im Kriege war sie hochgehalten worden. Nun aber durfte die Partei nicht länger Flagge zeigen. Nach all den großen Erfolgen nun eine vernichtende Niederlage.

„Russisch müsste man reden", hörte er den Genossen Habitzl neben sich, „so, wie der Genosse Bauer gsagt hat. Bolschewisten müssten wir werden. Das sind die Einzigen, vor denen sich die Mächtigen fürchten."

„Na ja, den Hitler drüben hat das aber nicht sehr beeindruckt", gab Bielohlawek zu bedenken. „Aber du willst doch unseren Millimetternich nicht mit dem Schreihals aus Braunau vergleichen? Der Abzwickte tät schön schauen, wenn wir endlich einmal dagegenhalten würden."

Bielohlawek wiegte skeptisch den Kopf. So Unrecht hatte er nicht, der Habitzl. Aber eine Revolution? Wie sollte man die noch bewerkstelligen unter den gegebenen Bedingungen. Überall herrschte Arbeitslosigkeit. Die Leute hatten keine Beschäftigung, kein Geld und keine Perspektive mehr. Woher sollten die noch die Kraft zum Kämpfen nehmen? Wer für sich und die Seinen keine Zukunft sah, der gab einen schlechten Soldaten der Arbeiterklasse ab. Man sah es ja schon ganz deutlich in der Sektion. Noch vor fünf, sechs Jahren hatte man überpünktlich erscheinen müssen, um noch einen Sitzplatz im Lokal zu ergattern. Jetzt blieben ganze Tische leer. Und wenn man dann die Genossen fragte, warum sie nicht gekommen waren, dann sahen sie nur betreten zu Boden und suchten verlegen nach Ausflüchten. Es hatte Zeiten gegeben, da war die Ottakringer Bezirksorganisation mit Zehntausenden Mitgliedern und Sympathisanten Richtung Ring gezogen. Jetzt musste man froh sein, wenn der Spaziergang eine vierstellige Teilnehmerzahl aufwies. Und selbst wenn man genug Leute auf die Straße brachte, was hatte man damit faktisch erreicht? Nichts, wenn man es objektiv betrachtete. Der bürgerliche Gegner fürchtete sich schon lange nicht mehr vor dem Proletariat. Dem ging es nur noch darum, den revolutionären Schutt, wie er es nannte, ein für alle Mal hinwegzufegen. Die Proletarier hatten nichts mehr zu verlieren, denn sie hatten schon verloren. Und bald, nur allzu bald, würde man ihnen auch wieder ihre Ketten anlegen. Die Geschichte entwickelte sich nicht vorwärts, sie schritt zurück. Und das mit Siebenmeilenstiefeln. Bielohlawek schluckte. Da stand er, ein ausgewachsenes Mannsbild von leidlich 48 Jahren, und kämpfte mit den Tränen. Eilig wandte er sich von Habitzl ab und strebte der Toilette zu, wo er sich einschloss, um wenigstens einen Moment lang für sich zu sein.

Nicht einmal der Wickerl war erschienen, kam ihm in den Sinn. Dabei war der bei der SAJ. Aber gut, der hatte in ein paar Tagen Matura, vielleicht lernte er. Das war immerhin auch ein Ziel. Der Bub sollte es einmal besser haben als der Vater, sollte nicht schwere Bierfässer auf einen Wagen stemmen, nicht bei Wind und Wetter kreuz und quer durch Wien kutschieren müssen. Wenn wenigstens das funktionierte, dann war nicht alles völlig vergebens gewesen. Bielohlawek schnäuzte sich umständlich, dann fuhr er sich mit der Hand durch die Frisur, um sie wenigstens oberflächlich zu ordnen. Er sah noch ein letztes Mal in den Spiegel, ehe er wieder in das Sektionslokal ging. „Also, Burschen, gemma's an!"

Am nächsten Morgen traute der alte Bielohlawek seinen Augen nicht. Er hielt das „Kleine Blatt" in Händen, das ihm als Ersatz für die „Arbeiter-Zeitung" dienen musste, die nicht mehr in der Trafik angeboten werden durfte, da sie unter Vorzensur stand. Somit war der Partei allein ihr kleinformatiges Boulevarderzeugnis geblieben, das nun in Balkenlettern verkündete, am gestrigen Tag habe man den 1. Mai „großartig wie nie" gefeiert. Bielohlawek hegte die Befürchtung, der Autor dieser Zeilen sei am Vortag jedenfalls nicht auf der Ringstraße gewesen.

Es stimmte wohl, dass Zehntausende der Anregung der Parteiführung gefolgt und über den Ring spaziert waren, aber wie konnte man von einem Triumph der Arbeiterarmee sprechen, wenn der Marsch einem Spießrutenlauf gleichgekommen war? An allen Ecken und Enden hatten sich Polizei und Heer aufgestellt, bewaffnet mit Maschinengewehren, Mörsern und aufgepflanztem Bajonett. Spanische Reiter verwehrten den Zugang selbst zur Oper, und allenthalben warteten berittene Einsatzkräfte darauf, die Wiener Arbeiter einfach niederzureiten. Dass es letztlich nicht zur Eskalation gekommen war, lag nur daran, dass die Arbeiter auch die zweite Weisung der Parteiführung befolgt hatten und nach exakt einer Stunde wieder abgezogen waren. Punkt 11 Uhr war alles vorbei gewesen. Keine Reden, keine Forderungen, kein gemütliches Beisammensein. Und jeder, der seiner fünf Sinne Herr war, wusste, dass dieser Spaziergang weiter nichts gewesen war als ein kollektiver Gang zu einem Begräbnis. Da konnte die Parteizeitung noch so sehr von einem Erfolg schreiben, real war man geschlagen.

Eilig trank Bielohlawek seinen Malzkaffee aus und nahm das Pausenbrot aus den Händen seiner Frau entgegen. Ein weiterer Anlass, wehmütig zu werden. Früher hatte sie ihm stets ein Menagereindl mitgegeben, vollgefüllt mit einer warmen Köstlichkeit, waren es nun gefüllte Paprika, ein Gulasch oder Krautrouladen gewesen. Jetzt bekam er zwei Scheiben Schwarzbrot, die irrtümlich an einem Kanten Butter angekommen waren, sodass sich Spurenelemente von Letzterer auf ihnen fanden, vorausgesetzt, man suchte lange genug nach ihnen. Bielohlawek konnte es seiner Gattin nicht verübeln. Mehr war auch beim besten Willen nicht mehr zu bekommen. Die Lebensmittel- und Mietpreise stiegen ins Unermessliche, die Löhne aber blieben gleich. Was vor einigen Jahren noch für ein saftiges Stück Bauchfleisch gereicht hatte, das genügte nun mit Ach und Weh für einige Kartoffeln und ein wenig Kohlgemüse. Und selbst das nur, weil Bielohlawek weder rauchte noch trank. Und weil er, im Gegensatz zu den meisten anderen in seinem Umfeld, wenigstens noch eine Arbeit besaß. Es hieß, dem alten Baron gehe es finanziell auch nicht besonders, doch immerhin hatte er bislang noch niemanden entlassen, wodurch er sich wohltuend von den anderen Kapitalisten unterschied.

Bielohlawek beschleunigte sein Tempo, um zeitgerecht am Tor der Hernalser Brauerei einzutreffen. Nachlässig grüßte er den Portier, der ihm mit einen Nicken dankte. Er wandte sich nach rechts, ging in den Pausenraum, wo er seine persönlichen Effekten verstaute. Er seufzte noch einmal tief auf, dann machte er sich an sein Tagewerk.

Februar 1938

Hermann Strecha konnte seine Ungeduld kaum noch zügeln. In allergrößter Erregung wartete er auf die Zeitungen, die, dessen war er sich sicher, über den Ausgang des Treffens zwischen Schuschnigg und Hitler ausführlich berichten würden. Schon im Vorfeld hatte es allerorten geheißen, in Berchtesgaden werde sich das Schicksal Österreichs entscheiden. Für Strecha war dieser Umstand zweitrangig. Viel wichtiger war ihm die Erkenntnis, dass sich dort sein eigenes Schicksal entscheiden konnte. Er war 52 Jahre alt, und ein Systemwechsel würde wohl seine letzte Chance sein, doch noch jene Ziele zu erreichen, die er sich gesteckt hatte, als er 1914 in den Schützengräben von Galizien gelegen war. Seit damals verfolgte ihn der Schwur, den er sich selbst geleistet hatte. Wenn ich diese Hölle überlebe, wenn ich unbeschadet heimkehre, dann mache ich Geschichte, waren seine Worte damals gewesen. Doch die Vorsehung schien es nicht eilig damit zu haben, Strecha die Gelegenheit zu geben, sein Gelöbnis zu verwirklichen.

Mit Schaudern dachte er daran zurück, wie er sich nach dem Krieg bei den Sozialdemokraten engagiert hatte. Das war nun wirklich nicht seine Heimat geworden. Die redeten immer nur, doch Taten folgten so gut wie nie. Vor allem hatten die Roten stets nur komplizierte Erklärungen parat, warum die Dinge waren, wie sie waren. Dabei war doch eigentlich alles ganz einfach. Wenn man es zu etwas bringen wollte, dann musste man diejenigen beiseiteschieben, die einem im Weg standen. In seinem, Strechas, Fall hieß das Hindernis Friedrich Wilhelm Glickstein. Ein Jude natürlich, auch wenn er hundertmal so tat, als sei er Protestant. Die

Parteigenossen von den Nationalsozialisten hatten ihm die Augen geöffnet. Die Religion, so hieß es, sei einerlei, in der Rasse liege die Schweinerei. Nun, wenn er es genau betrachtete, dann hatte er gar nichts gegen die Juden an sich. Doch wenn er etwas zählen wollte in der Welt, dann mussten die eben beseitigt werden, denn sonst käme er nie in den Besitz der Hernalser Bräu.

Strecha ertappte sich dabei, wie er laut auflachte. Ihm fielen die Ereignisse von vor 20 Jahren wieder ein. Schon damals war es um die Brauerei gegangen. Doch die Roten planten damals irgendeinen Volksbesitz, so wie sie das in Russland taten. Wo alle bestimmten, bestimmte aber niemand. Schon gar nicht er. Also hatte es eines anderen Weges bedurft, um ans Ziel zu kommen.

Und daher musste er nun innig hoffen, dass Schuschnigg nicht vor Hitler kapitulierte. Nur wenn sich der blasse Tiroler weigerte, Hitler in allen Punkten Recht zu geben, bestand die Chance, dass die Deutschen in Österreich einmarschierten. Dann würde es zu einer Art nationaler Revolution kommen, und wenn er dabei seine Karten richtig ausspielte, dann würde er am Ende des Tages der neue Chef der Hernalser Bräu sein.

Strecha wusste genau, welche Taktik man einzuschlagen hatte. Im Reich drüben war es vor einigen Jahren ähnlich gelaufen. Die Nazis hatten den Juden all ihren Besitz weggenommen, und wer dabei gewieft vorgegangen war, der hatte sich im Namen der Nazis des Unternehmens, in dem er selbst arbeitete, bemächtigt. „Arisierung" nannte man das. Sicher, er würde der Partei einen nennenswerten Teil des Profits abtreten und eventuell sogar irgendeinen Aufpasser akzeptieren müssen. Doch das war nebensächlich. Wichtig blieb allein das Ziel, endlich auch zum Kreis der Wichtigen, der Bedeutenden, der Herren zu zählen. Dann nämlich hörten all diese Demütigungen auf, diese ewigen Zurücksetzungen, der Mangel an Respekt. Dann war er nicht mehr der kleine, namenlose „Adabei", den alle bei den Soireen, Empfängen und Vorstandssitzungen übersahen. Dann war er der Chef, und die anderen mussten ganz genau zuhören, was er zu sagen hatte.

Der richtige Zeitpunkt. Nur um diesen ging es, dessen war sich Strecha gewiss. Nur, wann war der gekommen? Oft schon, zu oft, hatte er sich gedacht, jetzt gilt es. Doch dann war die Geschichte doch wieder anders verlaufen. Er hatte sich mühsam emporgearbeitet, war vom kleinen Buchhalter zum Prokuristen geworden. Doch in den Augen der anderen war er immer noch der kleine Niemand, als den sie ihn kennengelernt hatten. Und darum, daran gab es keinen Zweifel, musste er diesen letzten, entscheidenden Schritt setzen, um tatsächlich zu triumphieren. Strecha erinnerte sich zurück. Vor nahezu dreieinhalb Jahren schien es beinahe schon so weit gewesen zu sein, als Otto Planetta und einige andere mitten im Sommer einen Putsch wagten. Atemlos war Strecha damals am Radio gehangen, hatte mit sich gerungen, ob es für ihn vorteilhaft wäre, sich schnell noch der Erhebung anzuschließen. Blieb er untätig, so sagte er sich an jenem Tag, dann mochten ihm andere zuvorkommen und seine Ziele vereiteln. Wagte er sich aber zu sehr aus der Deckung, dann bestand die Gefahr, dass ihn die Gegner erwischten, bevor er die Früchte seiner Saat ernten konnte. Und so war er letztlich zu Hause geblieben. Wofür er nur Stunden später dem Schicksal dankte. Denn die Erhebung war zusammengebrochen, noch ehe sie auch nur den kleinsten Erfolg erzielen konnte. Planetta war von Schuschniggs Schergen gefasst und wenige Tage danach hingerichtet worden. Seitdem galt er zwar als Märtyrer der Bewegung, doch Strecha war sich sicher, dass diese Tatsache Planetta reichlich kalt ließ.

Strecha selbst war damals eine gute Weile in Deckung gegangen. Er saß Tag für Tag in seinem muffigen Büro, erledigte seine Arbeit und betete inständig darum, dass ihn niemand ans Messer lieferte. Und erst, als das neue Jahr begonnen hatte, wagte er wirklich aufzuatmen.

Doch seit dieser Zeit waren nun bereits über drei Jahre vergangen. Er wurde immer älter und lief Gefahr, ein weiteres Mal zu spät zu kommen. So gesehen war der aktuelle Konflikt zwischen Österreich und Deutschland wahrscheinlich seine allerletzte Chance. Und dementsprechend nervös wartete er auf Nachricht.

Dabei war er sich sicher, dass es den Bielohlaweks nebenan nicht anders ging. Doch die hatten dafür ganz andere Gründe als er. Sicher, beide hassten sie das regierende Regime aus ganzem Herzen. Doch für die Bielohlaweks würde die Machtübernahme der Nationalsozialisten bedeuten, vom Fegefeuer endgültig in die Hölle zu kommen, während es für ihn die Erlösung wäre. Und Strecha nahm sich vor, sobald das Radio verkündete, dass Schuschnigg Kanzler gewesen war, würde er zu Glickstein gehen und die Schlüssel zur Brauerei verlangen. Nicht umsonst hatte er in den letzten Monaten etliche Arbeiter dazu überredet, mit ihm an einem Strang zu ziehen. Mit denen würde er dann die Hernalser Bräu übernehmen und vollendete Tatsachen schaffen, noch ehe irgendjemand aus Berlin auch nur in Wien eingetroffen war. Er berauschte sich an diesem Gedanken und fand endlich für einen Augenblick innere Ruhe.

Als er die Zeitungsjungen auf der Gasse ihre Ware ausrufen hörte, stürzte er wie der geölte Blitz auf die Straße und kaufte eilig ein Exemplar. Noch im Gehen überflog er den Artikel auf der Titelseite und war enttäuscht. Offenbar hatten sich die beiden Politiker doch geeinigt. Schuschnigg blieb Kanzler, musste aber einige österreichische Nationalsozialisten in seine Regierung aufnehmen und deren Bewegung de facto legalisieren. Verärgert warf Strecha die Zeitung weg. Wieder nichts. Er verfluchte sein Unglück und marschierte schnurstracks in sein Stammlokal, in der festen Absicht, sich dort zu besaufen.

Zu seiner Überraschung traf er dort einige Gesinnungsgenossen, die bereits eifrig über die jüngsten Ereignisse diskutierten. Er grüßte sie und nahm neben ihnen Platz.

„Hat er sich also wieder irgendwie rausgewunden, der bigotte Provinzler", ließ sich einer vernehmen, der aber sogleich von einem anderen beruhigt wurde. „Das heißt gar nichts. Das ist der Anfang vom Ende. Der Schuschnigg zappelt halt noch ein bisserl, aber übers Monat ist er weg vom Fenster, und dann sind wir dran. So oder so."

„Genau. Entweder der Miklas betraut unseren Anwalt ganz legal mit der Regierungsbildung, oder wir holen uns die Macht eben mit Gewalt. Egal wie, bald sind wir die Herren. Sehr bald sogar."

Strecha saß schweigend neben den Männern und hing seinen Gedanken nach. Hoffentlich haben sie Recht, sagte er sich, wobei er sich gleichzeitig darüber amüsierte, dass sich auch diese einfachen Arbeiter als „Herren" sahen. Für die, dessen war er sich sicher, würde sich rein gar nichts ändern. Wie auch? Manche waren die geborenen Führer und andere die geborenen Untergebenen. Das war in der Volksgemeinschaft nicht anders als in einer Demokratie. Strecha nahm einen großen Schluck aus seinem Bierglas und kämpfte gleichzeitig gegen die Vorstellung an, er könnte gleich den anderen nur ein geborener Untergebener sein. Er spürte, wie bei diesem Gedanken seine Hand zu zittern begann, und eilig stellte er das Glas wieder ab, damit die Übrigen diese Schwäche nicht entdecken mochten.

Da saß er: Hermann Strecha. 52 Jahre alt. Ein Niemand, der nichts mehr wollte, als ein Jemand zu sein. Die Frage war, ob ihm die Vorsehung gewogen sein würde oder nicht. Und diese Frage quälte ihn nun schon viel zu lange. Wenn es diesmal wieder nicht funktioniert, dann ertrage ich es nicht länger, sagte er zu sich, dann lege ich meinen Kopf in den Herd und dreh den Gashahn auf. Dabei versuchte er sich selbst davon zu überzeugen, dass er es ernst meinte. Doch wenn er ehrlich zu sich selbst war, dann erinnerte er sich daran, dass er genau diese Ankündigung schon 1934 gemacht hatte. Und 1933. Und all die Jahre davor. Und sie wahrscheinlich auch noch machen würde, wenn er schon lange am Stock daherhumpelte und inkontinent war.

Als er lange nach Mitternacht sturzbetrunken nach Hause wankte, begann er, erst leise, dann immer lauter, ein altes Kampflied zu intonieren. „Es pfeift von allen Dächern, für heut' die Arbeit aus. Es ruhen die Maschinen, wir gehen müd' nach Haus. Daheim ist Not und Elend, das ist der Arbeit Lohn. Geduld, verrat'ne Brüder, schon wanket Judas Thron." Die letzten Zeilen schmetterte er bereits mit solcher Inbrunst, dass in der Gasse einige Lichter angingen. Irgendwo wurde ein Fenster geöffnet. „Eine Ruh is da", rief wer, „aber gach aa no!" Warte nur, dachte sich Strecha, dich kriegen wir auch noch.

2. MORGENS (1900-1918)

Sommer 1905

„Keine Widerred! Du gehst da jetzt mit mir mit und wirst sehen, das wird sich alles in Wohlgefallen auflösen. Das wär doch glacht, wenn ich dir keinen Posten verschaffen könnt!" Myslivski lachte und klopfte Bielohlawek aufmunternd auf die Schulter. „Wirst sehen, die Arbeit ist kein Beinbruch, und gut zahlt ist sie auch." Bielohlawek sah den Älteren dankbar an.

Sie erreichten das Fabriktor, überquerten den großen Vorplatz und hielten auf das Lohnbüro zu. Dort angekommen, ließ Myslivski seinem Schützling den Vortritt. „Eine do! Gemma, gemma, kalt is ned", bemühte er sich um einen Urwiener Stehsatz. Bielohlawek blickte in das aufmerksam-interessierte Gesicht eines Mannes in mittleren Jahren, der ihn über den Rand einer Nickelbrille hinweg musterte. „Servus, Schani, du alte Hüttn", begrüßte Myslivski den Buchhalter. „Ich bring einen Neuen, für den ich die Hand ins Feuer leg. Der Bursch is vif, der kann's weit bringen." Dabei schob Myslivski Bielohlawek dezent nach vorne.

„Weißt eh, fähige Leut könn ma immer brauchen." Der Schani schlug ein großes Buch auf, dessen Seiten jede Menge Spalten aufwiesen. Sodann griff er sich einen Bleistift, führte dessen Mine an seine Zunge, befeuchtete selbige so und verharrte dann einen Augenblick in abwartender Pose.

„Also, wie heißt er?"

Bielohlawek sah Myslivski an, der nur grinste.

„Na, was ist? Hat's ihm die Red verschlagen? Oder kann er ned Deutsch?"

Myslivskis Grinsen ging in ein Lachen über. „Mich brauchst ned anschaun, Fritzl. Der Schani redt mit dir, ned mit mir!"

„Ach so, Entschuldigung, ich hab glaubt, Sie meinen den Herrn Myslivski."

„Na, red ich vielleicht chinesisch oder was. Ich hab doch deutlich ihn angsprochen. Schielen tu ich auch nicht, also weiß ich gar ned, was er hat."

Bielohlawek dämmerte es langsam. Wenn man in Wien vornehm tat, dann befleißigte man sich im Gespräch mit jemandem, mit dem man nicht per Du war, der dritten Person.

„Ich bitt nochmals um Verzeihung. Mir war nicht bewusst, dass er mit er mich meint", griff er den Sprachstil des Buchhalters auf. „Mi…, Friedrich Bielohlawek. Das ist der Name."

„Na servas, da hat er sich ja was Feines ausgsucht. Schreibt er sich so, wie man's spricht?"

„Na ja, B I E L O H L A W E K", buchstabierte Bielohlawek.

„Hab ich mir eh denkt. Weißhäuptl halt, gell?" Dabei gluckste der Buchhalter vor Lachen.

„Geboren ist er …?"

„Schon, tät ich sagen", bemühte sich Myslivski um eine Prolongation des humorigen Anteils an der Szene.

„Wann und wo", wurde Schani sachlich.

„1. August 85 in Klatovy, also in Klattau, Böhmen."

„Na mir soll's recht sein. Gut! Zuständig simma immer noch dort? Oder hat er schon seine Heimatberechtigung hier in Wien."

„Da simma dran. Wart noch ein wengerl, Schani, dann passt das auch."

Der Buchhalter blickte Myslivski fest in die Augen. „Gut, weil du's bist. Aber das bringt mir bald in Ordnung, verstehst!"

„Sicher. Mach dir keine Sorgen."

„Einverstanden. Wann fangt er an?"

Bielohlawek war im Begriff, auf die Frage zu antworten, und biss sich eilig auf die Lippen, als er begriff, dass diesmal tatsächlich nicht mit ihm gesprochen worden war. „Ich nehm ihn gleich mit, damit er sich einmal alles anschaun kann. Und wenn's passt, dann macht er morgen schon seine erste Schicht."

„Is gut." Der Buchhalter erhob sich und drückte Myslivski die Hand. Dann wandte er sich Bielohlawek zu. „Die Hernalser Bräu schenkt ihm ein enormes Vertrauen. Es wär besser, er enttäuscht das ned. Versteht er mich?" Bielohlawek nickte.

Sie verließen eben das Gebäude, als ein überaus gut gekleideter Jüngling eilig dem Ausgang zustrebte. „Grüß Sie, Myslivski, steht alles zum Besten?"

Der Angesprochene nahm Haltung an. „Jawohl, alles zum Besten", rapportierte er, als gelte es, militärisch Meldung zu erstatten. Der Jüngling wollte schon weitergehen, als er doch stehenblieb und sich noch einmal zu den beiden Arbeitern umdrehte. „Er hat doch eine Tochter, wenn ich mich recht erinnere. Hat die nicht unlängst gheiratet?"

„Jawohl, hat sie. Im Mai. Sehr aufmerksam von Euer Gnaden, dass Sie sich daran noch erinnern."

„Na ja, wie sagt mein Papa immer: ‚Wir sind doch hier eine einzige große Familie.'" Dabei lächelte der junge Glickstein schmal. „Und? Ist schon was unterwegs?"

„Wenn Gott will, dann bald", gab Myslivski unbeholfen zurück.

„Na dann hoffen wir das Beste, gelt? Sag er's rechtzeitig, wenn er Großvater wird. Dann lass ich was aus meiner Privatschatulle springen. Alsdern, Myslivski, weiter so!" Ohne einen abermaligen Gruß des Arbeiters abzuwarten, eilte Glickstein nun tatsächlich zu seiner nächsten Verpflichtung.

„Das war der Juniorchef", klärte Myslivski Bielohlawek auf. „Der wird früher oder später den Laden da übernehmen. Mit dem musst du's dir gutstellen. Ist aber nicht allzu schwer, wie du grade gsehen hast." Und abermals nickte Bielohlawek. Innerlich aber war er überzeugt davon, dass sich seine Wege nie mit jenen des Chefs kreuzen würden.

Jänner 1906

Miroslav Bielohlawek saß mutlos in seinem Zimmer in der Ortliebgasse, das er sich mit zwei Kollegen teilte. Vor über fünf Jahren war er in der Hoffnung, dem Elend und der Trostlosigkeit seiner böhmischen Heimat zu entfliehen, nach Wien gekommen. Nun war ein halbes Jahrzehnt vergangen, und er war seinem Ziel keinen einzigen Schritt nähergekommen. Natürlich schrieb er denen zu Hause, dass er sich mache, dass es jeden Tag ein wenig besser werde, doch mittlerweile wussten wohl auch die Seinigen, dass diese Bekundungen wohl jeglicher Realität entbehrten.

Wenigstens, so dachte Bielohlawek, war er dieser mörderischen Schinderei in den Favoritner Ziegelgruben entronnen. Dort hätte er kein Jahr mehr durchgehalten, gestand er sich ein. Und im Vergleich mit den Lebensbedingungen am Wienerberg war es in Klatovy ja noch Gold gewesen. Nicht einmal ordentlichen Lohn hatte man ihnen im zehnten Hieb gezahlt. Lediglich Jetons, die sie in den firmeneigenen Läden gegen Lebensmittel eintauschen mussten, die doppelt so teuer und nur halb so gut waren wie in den Geschäften außerhalb des Konzernkomplexes. Doch wie sollte man an Erdäpfel, Kraut oder Obst herankommen, wenn man nie auch nur eine einzige Münze sah? Geschweige denn, dass man, wie versprochen, etwas Geld in die Heimat zu schicken vermochte. Bielohlawek schämte sich. Alle hatten so große Hoffnungen in ihn gesetzt, und nun enttäuschte er sie. Er hatte auf der ganzen Linie versagt, und er trug sich ernsthaft mit dem Gedanken, der Schmach selbst ein Ende zu bereiten.

Eine Idee, die nicht er alleine hatte. Immer wieder hängten sich Arbeiter in den Baracken auf oder ertränkten sich in den Ziegelteichen, weil sie das ganze Elend nicht mehr ertrugen. Das eigene ebenso wenig wie jenes ihrer Umgebung, die dazu verdammt war, wie Tiere vor sich hin zu vegetieren. Bielohlawek hatte Frauen gesehen, die während ihrer Schicht gebaren. Die Kinder wurden einfach neben den Ofen gelegt, und erst nach Schichtende hielt man Nachschau, ob sie noch am Leben oder aber schon gestorben waren. Die Hölle, so wusste er aus dieser Erfahrung, war nichts, das im Jenseits auf Sünder wartete, die Hölle war das Hier und Jetzt.

So gesehen war es eine mehr als glückliche Fügung gewesen, dass Bielohlawek bei einem tschechischen Tanzvergnügen am Laaer Berg den alten Myslivski kennengelernt hatte. Der war sofort davon überzeugt gewesen, dass Bielohlawek unbedingt weg aus den Ziegelwerken musste. Und so hatte er ihn bei sich in der Hernalser Brauerei untergebracht. Das Stemmen der Fässer auf den Wagen war zwar einigermaßen mühsam, doch war dies erst einmal bewerkstelligt, dann war der Rest des Tagewerks verhältnismäßig gemütlich. Vor allem zahlte der alte Glickstein in echtem Geld. Erstmals konnte sich Bielohlawek die eine oder andere Kleinigkeit leisten – und vor allem auch ein paar Heller und Kronen zurücklegen. Myslivski achtete darauf, dass es den Arbeitern gut ging, und so schöpfte Bielohlawek erstmals seit einem halben Jahrzehnt neuen Mut.

Als Myslivski ihn daher gefragt hatte, ob er sich den anderen anschließe, um die Ankunft des neuen Jahres im neuen Arbeiterheim zu feiern, da hatte er nicht lange gezögert. So kam es, dass Bielohlawek mitten unter seinen Kollegen an einem Tisch saß, Hernalser trank und den Älteren beim Politisieren zuhörte.

„Stimmt das wirklich, dass der Baron den Bau mit seinem Geld unterstützt hat?", wollte einer wissen. „Der Glickstein hat uns Geld geborgt, ja", erklärte der Mann mit den pomadisierten Haaren und dem steil nach oben gezwirbelten Schnurrbart. „Aber halt zu seinen Bedingungen. Wir dürfen kein anderes Bier ausschenken als das seine, und wir müssen das Geld natürlich auf Heller und Pfennig zurückzahlen. Er ist zwar wesentlich humaner als alle anderen, aber ein Kapitalist ist und bleibt er trotzdem."

„Ein Kapitalist? Ich dachte, der Baron ist ein Jud?", warf ein anderer am Tisch ein. Der Schnurrbart musterte ihn kurz, um herauszufinden, ob der Mann unsagbar naiv oder enorm durchtrieben war, kam schließlich aber zu dem Schluss, dass der Arbeiter es tatsächlich nicht besser wusste.

„Ein Kapitalist ist einer, der selbst nicht arbeitet. Der lässt andere für sich arbeiten. Und er zahlt den Arbeitern nicht den Gegenwert dessen, was sie produzieren, sondern nur einen Teil. Den Rest behält er, und damit wird er reich, obwohl er selbst nichts tut."

„Na, Franzl, das ist aber auch in Ordnung so. Immerhin stellt er ja die ganzen Mittel, die Werkzeuge, die Fabrikshalle und all so was. Er gibt die Arbeit. Da ist es ja nur logisch, dass er auch etwas abbekommt", meldete sich ein Vollbärtiger mit rundem Gesicht.

Der Schnurrbartträger, der, wie Bielohlawek jetzt wusste, Franz hieß, lächelte schmal. „Was aber, wenn da keine Arbeiter sind, die aus seinen Produktionsmitteln eine Ware herstellen? Was dann? Dann sitzt er da mit einem Haufen Krempel und verdient keinen lumpigen Heller damit! Glaub mir, so ein Kapitalist braucht uns weit mehr als wir ihn." Dann wandte er sich wieder an den anderen, und sein Lächeln wurde eine Spur breiter. „Mit Religion, lieber Freund, hat das gar nichts zu tun. Bei der Gier nach Geld hört sich die Konfession auf."

„Ich mein, das ist ja gut und schön. Wir Arbeiter bauen den Reichtum auf. Das stimmt schon. Aber ohne die Herren hätten wir keine Arbeit. Dann täten wir auch schön schauen", gab das Rundgesicht zu bedenken.

„Aber Franz Joseph, jetzt mach einmal einen Punkt", wurde der Schnurrbart-Franz bestimmt. „Durch Jahrhunderte hindurch hat die Menschheit durch eigene Arbeit sich zur Zivilisation emporgearbeitet. ‚Als Adam pflügte und Eva spann, wo war da der Edelmann?', heißt es so treffend. Und selbst wenn du Recht hättest, dann wären immer noch beide Seiten gleich wichtig. Doch trägt unser System dem Rechnung? Tut es das?" Franz wartete einen rhetorischen Moment ab, ehe er fortfuhr. „Nein, das tut es nicht. Die hochherrschaftlichen Persönlichkeiten von Kirche und Adel, sie haben drei, vier, fünf Stimmen bei der Wahl, ihre Wählerklassen sind so gestaltet, dass schon 50, 60 Stimmen genügen, damit einer von ihnen gewählt ist. Und wie sieht es bei uns Arbeitern aus? Wir müssen die Stimmen eines ganzen Bezirks, einer ganzen Stadt, eines halben Kronlandes gewinnen, um wenigstens ein Mandat zu erringen. Nennst du das gerecht?"

Das Rotgesicht schwieg betreten. „Schau dir nur an, wie es bei der letzten Gemeinderatswahl war. Die Christlichen haben nur ein paar tausend Stimmen mehr gehabt als wir. Doch sie bekamen 128 Sitze im Gemeinderat und wir gerade deren zwei."

Myslivski ließ während des Vortrags beständig den Blick auf seinem Schützling ruhen. Es war diesem anzusehen, dass er begierig war, alles, was er an diesem Tisch hörte, zu verstehen. Doch ebenso offenkundig war ihm derart vieles neu, dass er Mühe hatte, den Überblick zu bewahren. Myslivski lächelte still. So war es ihm seinerzeit auch gegangen, als er noch ein junger Spund gewesen war. „Franzl", nutzte er daher eine eben entstandene Gesprächspause, als die Gruppe eine neue Bestellung bei der Kellnerin aufgab, „darf ich dir den Miro..., den Fritzl vorstellen? Der arbeitet bei mir in der Brauerei. Ist ein wirklich guter Kerl."

Der Angesprochene hielt dem jungen Burschen seine Rechte hin. „Servas", sagte er gedehnt, „ich bin der Schuhmeier Franz. Aber alle sagen Franzl zu mir. Sagen wir uns Du, wenn's recht ist." Bielohlawek ergriff die Hand des Gemeinderates beinahe ehrfürchtig. „Es ist ... eine Ehre ... für mich", stammelte er unbeholfen. Schuhmeier lachte laut auf. „Aber geh, ich bin nix Bsonderes. Weil, was Bsonderes gibt's gar ned, weißt! Ned amol in der Hofburg, weil, so ganz unter uns: Sogar der Kaiser geht zu Fuß aufs Scheißhaus."

Einige Arbeiter, die Schuhmeiers letzte Bemerkung gehört hatten, brachen in Gelächter aus. Bielohlawek überlegte fieberhaft, ob es nun angezeigt war, in die allgemeine Heiterkeit einzufallen, doch bemerkte er die missbilligende Miene der Kellnerin und hielt sich zurück. Versonnen sah er ihr nach, als sie mit den leeren Gläsern in der Hand wieder der Schank zustrebte. Myslivski fing den Blick des Jungen auf und klopfte ihm aufmunternd auf die Schultern. „Die Fanny, die tät dir schon gfallen, gell. Und passen tät s' auch zu dir!" Bielohlawek wurde rot wie ein Paradeiser und sah verschämt zu Boden.

„Elfe is, Leutln", verkündete Schuhmeier in der Zwischenzeit. „Eine Stund noch bis zum neuen Jahr. Das kommt zerst, und dann kommt der Sozialismus. Weil nicht nur dem alten Jahr, auch der alten Gesellschaftsordnung wird bald die Stunde schlagen, das versprech ich euch."

Die anderen nickten beifällig. „Darauf trinken wir", rief das Rotgesicht, und alle hoben ihre Gläser. Auch Bielohlawek stemmte das seine in die Höhe. Doch er tat es auf eine Weise, die ihm garantierte, dass er dabei die Fanny nicht aus den Augen verlor.

In den folgenden Wochen wurde Bielohlawek Stammgast im *Café Arbeiterheim*. Sooft es seine Arbeit zuließ, ging er zu einem der Vorträge, die dort regelmäßig abgehalten wurden. Danach setzte er sich in die Nähe der Schank und ließ dabei die Fanny nicht aus den Augen. Nach einer kleinen Weile gab es erste Dialoge. Man unterhielt sich über das Wetter, die Arbeit, die anderen Gäste. Und man kam sich näher. Und jeden Abend, wenn die Fanny den Friedrich mit einem „Pfiat di" in die Nacht entließ, nahm sich dieser vor, beim nächsten Mal nun endlich zu fragen, ob sie nicht einmal mit ihm gemeinsam einen Spaziergang machen wolle. Der Satz freilich blieb noch eine ganze Weile ungesprochen. Und als er dann endlich gesagt werden konnte, da gab es einen ganz konkreten Grund dafür.

März 1912

„Mein Sohn, ich habe dich kommen lassen, weil ich deine Gegenwart bei der morgigen Soiree wünsche." Friedrich Wilhelm hatte sich schon lange daran gewöhnt, dass sein Vater in privaten Unterhaltungen ganz anders sprach als in der Öffentlichkeit. Wenn der alte Glickstein im *Café Central* seinen berühmt gewordenen Nachmittagskaffee einnahm oder wenn er sich einmal an der Börse blicken ließ, dann benutzte er stets ein reichlich unverständliches Idiom, das sehr stark durch jiddische Einsprengsel geprägt war. Es hatte beträchtliche Zeit gebraucht, ehe der Sohn einmal den Mut aufbrachte, den Vater nach dem Grund für dieses Verhalten zu fragen. Der alte Salomon hatte nur geschmunzelt und verschmitzt lächelnd gemeint, es sei durchaus kein Nachteil, wenn einen die Umwelt für einen leicht verschrobenen Sonderling halte und ergo unterschätze. Waren sie jedoch unter sich, so zeigte sich schnell, weshalb es Salomon Glickstein gelungen war, zu einer der bedeutendsten Gestalten des wirtschaftlichen Lebens in der Donaumonarchie zu werden.

„Du bist jetzt beinahe 27 Jahre alt, da ist es höchste Zeit, dass du unser Handwerk von Grund auf lernst. Und das wiederum, mein Sohn, wird dir nur gelingen, wenn du zusiehst und vor allem zuhörst." Salomon ließ seinen Blick auf dem Sprössling ruhen, und der wusste, was der Vater von ihm erwartete. „Ich werde pünktlich zur Stelle sein, Papa." Mit einem „Dann ist es ja gut!" war er entlassen.

Am nächsten Abend fand sich Friedrich Wilhelm in adäquater Garderobe im Salon ein und drängte sich, seiner Stellung in diesem Kreise entsprechend, in die hintere Ecke. Viele der Anwesenden kannte er vom Sehen, den Rest zumindest vom Hören. Der Vater stand in der Mitte und unterhielt sich unverbindlich mit seinesgleichen, ehe der alte Robert, der so hieß, um ihn von seinem gleichnamigen Sohn zu unterscheiden, der seit einiger Zeit ebenfalls im Dienste der Familie Glickstein stand, in der Türfüllung erschien und verkündete, es sei angerichtet. Der Baron strebte daraufhin der Tafel zu, und seine Gäste folgten ihm erwartungsvoll.

Naturgemäß nahm der Hausherr in der Mitte des Raumes Platz. Flankiert wurde er von Baron Wenckheim zur einen und von Baron Wertheimstein auf der anderen Seite. Im Anschluss gruppierten sich die übrigen Gäste nach ihrem Rang um den Tisch, sodass Friedrich Wilhelm am unteren Ende neben den Jüngsten in der Runde Platz fand. Von ihnen wurde erwartet, dass sie nach Tunlichkeit alles unterließen, was die allgemeine Aufmerksamkeit auf sie zu lenken vermochte. In diesem Kreise waren sie wie Kinder, die, der alten Regel entsprechend, gesehen, aber nicht gehört werden sollten.

Nachdem die Dienerschaft die Suppe aufgetragen hatte, richtete Wenckheim das Wort an seinen Sitznachbarn. „Was, so frage ich dich, lieber Salomon, soll man von diesen höchst verstörenden Nachrichten halten, die uns aus Ungarn erreichen?"

Friedrich Wilhelm brauchte geraume Zeit, um zu erfassen, was der Wortführer damit meinte. Am Vorabend hatte sich sein Vater noch mit einigen Herrschaften darüber unterhalten, dass es in Ungarn zu einer veritablen politischen Krise zu kommen drohte, da die magyarischen Scharfmacher die unveräußerlichen Rechte des Herrscherhauses zu schmälern trachteten. Seine Majestät der Kaiser hatte daraufhin den ungarischen Regierungschef Khuen-Héderváry nach Wien beordert und ihm unmissverständlich mit Abdankung gedroht, sollte die ungarische Seite in dieser Sache nicht zum Einlenken bereit sein.

„Ich frage mich, was sich die Ungarn erwartet haben", begann Salomon Glickstein, „keine Nation in unserem Reich hat derart viele Privilegien eingeräumt bekommen wie die magyarische, und es gibt durchaus nicht wenige, die meinen, dass die Tschechen, die Polen, ja die Slawen im Allgemeinen, durchaus eine ähnliche Behandlung verdienen würden wie die Ungarn. Budapest wäre daher wohlberaten, den Bogen nicht zu überspannen."

„Das ist wohl wahr", meldete sich Wertheimstein nun zu Wort, „wir Deutsche geben den Ungarn schon viel zu lange viel zu sehr nach. Ich meine, schon allein die ganze Idee rund um den sogenannten Ausgleich anno 67 war doch, bitte schön, monströs." Der Sprecher blickte herausfordernd in die Runde. „Jawohl! Monströs, sage ich." Er erntete gemurmelte Zustimmung. „Hört, hört", ließ sich ein grauhaariger Mann in Friedrich Wilhelms Nähe vernehmen, von dem der Jüngling nicht mit Sicherheit wusste, um wen es sich handelte.

„In der Tat", griff Wertheimstein den Zuruf dankbar auf, „man muss sich fragen, was in Andrássy, Tisza und die anderen gefahren ist, dass sie ernsthaft in Erwägung ziehen, dem obersten Kriegsherrn das Recht auf Einberufung der Reservisten entziehen zu wollen. Ein Feldherr ohne Armee ist wie ein Hirte ohne Herde. Das muss doch jedem einleuchten."

„Die Vorlage kam von Kossuth", warf einer am anderen Ende des Tisches ein.

„Immer wieder dieser Name", blaffte ein anderer. „Als ob uns der alte Kossuth nicht schon genug Ungemach bereitet hätte, muss sich jetzt auch noch der junge aufplustern."

„Ich frage mich, ob die Ungarn so unverständig oder aber so insubordinant sind", ergriff nun wieder Wenckheim selbst das Wort. „Noch nie in der Geschichte, möchte ich meinen, war die Weltlage so volatil wie in unseren Tagen. An allen Ecken und Enden brodelt es, die Welt gleicht einem einzigen riesigen Pulverfass, sodass ein einzelner Funke genügt, uns alle in den Abgrund zu reißen. Und ausgerechnet in einer solchen Situation wollen die Ungarn unserem Herrscher seine Friedenswaffen aus der Hand schlagen? Das ist, meine Herren, frivol, in höchstem Ausmaß frivol."

Natürlich wusste Friedrich Wilhelm, worauf Wenckheim anspielte. Seit einem halben Jahr kam der Globus nicht mehr zur Ruhe. Zuerst hatten sich die Albaner gegen das Osmanische Reich erhoben, dann versuchten die Italiener, dem Türken die nordafrikanische Küste zu entreißen, und schließlich wäre es durch eine mehr als unnötige Auseinandersetzung zwischen dem Deutschen Reich und Frankreich um ein Haar zu einem weltumspannenden Kriege gekommen. Friedrich Wilhelm verstand immer noch nicht, was Deutschland in Marokko verloren hatte, und das eisenbeißerische Gebell des zweiten Wilhelm, sein Land wolle einen Platz an der Sonne, war ebenso entbehrlich, wie es objektiv gefährlich war. Man konnte wahrlich von Glück reden, dass die Diplomatie noch einmal den Sieg davongetragen hatte, denn es war eine Sache, wenn sich irgendwo tief im Inneren des Balkans ein paar Schafhirten an die Gurgel gingen, doch eine gänzlich andere, wenn die Armeen der bedeutendsten Staaten der Erde aufmarschierten. Die Sache mit der „Panther" allerdings hatte allerorten die Menschen den Atem anhalten lassen und deutlich vor Augen geführt, wie wenig es in solchen Tagen bedurfte, um gänzlich unbedacht in die Katastrophe zu schlittern.

„Also ich bin gerade aus Abbazia zurückgekommen", ließ sich nun ein Mann vernehmen, den Friedrich Wilhelm unter dem Namen Eckstein kannte. „Dort sieht man das naturgemäß völlig anders."

„So? Wie denn?", wollte der alte Glickstein wissen und sprach damit wohl der gesamten Gesellschaft aus der Seele.

„Dort stehen sich Kroaten und Ungarn eigentlich unversöhnlich gegenüber, wie allgemein bekannt sein dürfte", genoss Eckstein die ihm zuteil gewordene Aufmerksamkeit. „Einig sind sich die beiden nur dann, wenn es gegen uns Österreicher geht. Ihrer Meinung nach bräuchte es gar keinen Habsburger auf dem Thron. Weder in Budapest noch in Zagreb."

„Ich dachte, die Kroaten sind so kaisertreu", gab Wenckheim zu bedenken.

„Das waren sie mal. Bevor unser hochwohllöblicher Souverän beschlossen hatte, ihnen ihre Dienste gegen die ungarischen Aufständischen anno 48 nicht zu vergelten."

„Es heißt, seine kaiserliche Hoheit, der Erzherzog-Thronfolger, plant, die Rolle der slawischen Untertanen in der Monarchie aufzuwerten, wenn er erst einmal auf dem Thron sitzt", erinnerte Wertheimstein.

Der alte Glickstein schüttelte mit müdem Blick seinen Kopf. „Das ist, mit Verlaub gesagt, eine Schnapsidee." Friedrich Wilhelm sah jäh zu seinem Vater hin und registrierte dabei, dass er beileibe nicht der Einzige in der Runde war, der seines Vaters Worte überraschend fand. „Seien wir doch ehrlich", fuhr der Baron unbeirrt fort, „das Gebilde unserer geliebten Monarchie ist jetzt schon in äußerst unpraktikabler Weise verschachtelt. Diese dauernden Delegationen und elendlangen Verhandlungen zwischen Trans- und Cisleithanien, all das lähmt unseren Staat doch schon auf außerordentlich schmerzhafte Weise. Wenn dann auch noch die Slawen dazukommen, wir also einen, wie sagt man, ... Trialismus haben, dann bedeutet dies das Ende für ein ersprießliches Wirtschaftsleben im gesamten Donauraum."

„Wie wahr, lieber Salomon", sprang ihm Wenckheim bei, „all diese Zölle und Formalitäten. Und überall irgendeine Behörde, die man saturieren muss, damit man ordentlich Geschäfte machen kann. Das kann einem die eigene Tätigkeit schon verleiden."

„Und außerdem wär das doch ohnehin nicht praktikabel. Als ob die Polen dieselben Interessen hätten wie die Kroaten, und die Slowenen stets eines Sinnes wären mit den Tschechen. Und da sind dann ja noch die Ruthenen, die man auch nicht unterschätzen sollte", statuierte nun auch Eckstein.

„Richtig, lieber Freund, ganz richtig", attestierte der Baron. „Ich war im Herbst in Lemberg, da merkt man, dass sich die Slawen untereinander auch nicht grün sind. Für die Polen ist Lemberg die Hauptstadt einer polnischen Provinz, die Ruthenen aber sind felsenfest davon überzeugt, dass Lemberg ihnen gehört."

„Ich tät ja sagen", mischte sich nun auch der Graf Gehlen, der sich bislang ausnahmslos auf das Essen konzentriert hatte, in das Gespräch ein, „das Problem ist, dass die mitwohnenden Nationen unserer geliebten Monarchie allesamt so heißblütig sind. Wenn auch nur ein klein wenig mehr Rationalität ihnen innewohnen würd, dann täten s' einsehen, dass diese ganze Balgerei um irgendwelche Heimaten doch ganz und gar unsinnig ist. Das einigende Band der Monarchie gereicht allen zum Nutzen, alle profitieren sie von einem großen Wirtschaftsraum, von militärischer Stärke und politischem Gewicht in der Welt. Als ob so ein unabhängiges Staaterl etwas zählen könnt. Meine Herren, man braucht sich doch nur dieses Montenegro anschaun. Wer nimmt denn diesen Bauern, der dort so tut, als wär er ein König, ernst?"

Wenckheim lachte auf. „Ja, das ist so wahr, Herr Graf. Trefflich. Vortrefflich, möcht ich sagen. Ich hab ghört, der König Nikola hat ein Dutzend Kinder, die er in die ganze Welt verheiratet hat in der Hoffnung, dass seine Schwiegersöhne ihn einmal finanziell aushalten."

„Genau!" Das kam wieder von Eckstein. „Und der hat so ein kleines Hauserl in diesem Cetinje oder wie das heißt, und da hat er sich im größten Zimmer unseren Kaiser, den Zaren, den dritten Napoleon und die Victoria von England an die Wand malen lassen, damit er wenigstens einmal im Kreise der wahren Monarchen sein kann."

Unter lautem Gelächter wurde ein weiterer Gang aufgetragen.

„Sag, Eckstein, ich hab ghört, Abbazia soll sehr schön sein um die Zeit", griff Wenckheim den Faden des Gesprächs wieder auf, nachdem die Hauptspeisen gegessen waren.

„Grandios, ganz grandios, kann ich dir sagen. Während bei uns da noch der Schnee liegt, blühen dort schon die Blumen. Und erst das Klima. So mild, dass einem das Herz aufgeht", kam Eckstein ins Schwärmen.

„Bist mit der Südbahn hingfahren?", wollte Wenckheim nun wissen.

„Ja, du, das ist durchaus kommod. Da setzt dich in dein Coupé, rauchst dir eine Zigarre an, und eh die noch aufgraucht is, bist schon weit über 'n Semmering und hast das steirische Hügelland vor dir. Dann kriegst vor Marburg ein schönes Déjeuner, und ehe die zweite Zigarre ihr natürliches

End gfunden hat, stehst schon am Bahnhof von Abbazia und lasst dich zu deinem Hotel chauffieren. Mit der Benzinkutsche natürlich. Man muss ja mit der Zeit gehen, ned wahr!"

„Wo hast denn logiert?", erkundigte sich Gehlen.

„Na, im Kvarner natürlich. Da kenn ich nix. Noblesse oblige, wie man so schön sagt."

„Also ich war ja im Jänner in Mentone. Dort war's auch recht schön", gab Wertheimstein eine Nuance zu pikiert zum Besten. „Ach wirklich? Warst in Monte Carlo auch? In der Spielbank etwa gar?", zeigte der alte Glickstein Anteilnahme.

„Selbstverständlich. Es heißt ja, dass die dort sogar seine Majestät der Kaiser regelmäßig mit einem Besuch beehrt."

„Ja, aber angeblich setzt er immer nur Nebbichbeträge", gluckste Wenckheim.

„Na, wenn er doch so sparsam ist, unser Herr, der Kaiser", kam es von Eckstein, und Friedrich Wilhelm vermochte nicht zu sagen, wie viel Spott in dieser Aussage mitschwang.

„Kaufmann wär er kein guter, unser geliebter Kaiser", urteilte der alte Glickstein, „mit so einer Philosophie bleibst ewig ein Greißler."

Der alte und der junge Robert betraten nun wieder den Raum, gefolgt von einigen weiteren Bedienten, und servierten zum Nachtisch Sorbet, an dem sich das Gros der Gesellschaft gütlich tat. Schließlich wurde Kaffee gebracht und eine Kiste feinster Zigarren dargereicht. Für eine kleine Weile erstarb die Unterhaltung, da die Herren an ihrem Rauchwerk sogen, um dann den Rauch versonnen wieder auszublasen. Als die Reihe an Friedrich Wilhelm kam, blickte er fragend in die Richtung seines Vaters, der kaum merklich nickte. Und nur einen Wimpernschlag später gab der junge Robert dem jungen Glickstein Feuer.

„So!", ergriff Wenckheim schließlich das Wort, „gessen hamma, trunken hamma, tabakieren tumma, jetzt, lieber Salomon, wird's langsam Zeit, dass d' uns reinen Wein einschenkst. Immerhin hat's gheißen, du wirst uns heut eine Offenbarung machen. Jetzt wär der richtige Moment, tät ich sagen."

Der alte Glickstein nahm noch langsam einen Schluck aus der Kaffeetasse, dann lehnte er sich zurück. „Meine Herren", sagte er, ehe er noch einmal an der Zigarre zog, „ich werd, ob man's glaubt oder nicht, ned jünger. Jedenfalls bin ich alt genug, um mir meiner Endlichkeit bewusst zu sein. Und daher, hab ich mir gedacht, ist es langsam Zeit, an meine Nachfolge zu denken. Ihr alle hier kennts meinen Buben, der mir schon bisher viel Freude bereitet hat und der zu den allergrößten Hoffnungen berechtigt."

Friedrich Wilhelm vermochte nicht zu sagen, ob es am Tabakqualm oder aber an den Worten seines Vaters lag, dass ihm plötzlich schwummrig wurde. Mit Mühe nur vermochte er Haltung zu bewahren, war ihm die allgemeine Aufmerksamkeit, die ihm nun zuteil wurde, doch überaus unangenehm. „Es wäre mir also ein Herzensanliegen, wie man so schön sagt, dass ihr meinen Junior mit derselben Achtung in eurer Mitte aufnehmt, die ihr mir zeitlebens entgegengebracht habt", hörte er seinen Vater sagen. „Und so möchte ich an dieser Stelle mein Glas erheben und auf die Zukunft trinken." Alle fielen in den Toast ein, und erstmals seit langem erkannte Friedrich Wilhelm auf dem Gesicht seines Vater so etwas wie eine milde Zufriedenheit. Gleich darauf jedoch erfasste ihn abermals Unruhe. Er fühlte sämtliche Blicke auf sich ruhen und wusste, es wurde von ihm erwartet, dass er den Trinkspruch erwiderte. Umständlich räusperte er sich. „Allein in solch einer Runde sitzen zu dürfen, ist bereits eine Auszeichnung. Ich hatte den besten Lehrer, den man sich nur wünschen kann. Meinen Vater. Und ich kann nur hoffen, dass sich der Schüler des Lehrers eines Tages auch würdig erweisen wird. Dazu kann ich alle Hilfe brauchen, die ich bekommen kann, vor allem jene aus diesem Kreise. Erlauben Sie mir daher, mein Glas zu erheben – auf die großen Vorbilder, denen die Jugend nachstrebt."

Seine kleine Rede wurde überaus wohlwollend aufgenommen, und als Friedrich Wilhelm Augenkontakt mit seinem Vater aufnahm, da las er in dessen Antlitz Anerkennung und Stolz. Es waren fast zehn Jahre vergangen, seit er bei den Schotten sein Abitur abgelegt hatte, doch war ihm bewusst, seine wahre Reifeprüfung hatte er eben in dieser Runde abgelegt.

Einige Monate später

Weshalb seine Mutter ausgerechnet auf die Südtiroler Bergwelt als Ort für den Sommerurlaub verfallen war, erschloss sich Friedrich Wilhelm in keinster Weise. Auch dass der Vater widerspruchslos seine Zustimmung zu dieser Reise erteilte, überraschte den Junior über alle Maßen. Umso mehr, als er sich eben erst wirklich in die Geschäfte der väterlichen Unternehmungen eingearbeitet hatte. Am meisten jedoch irritierte ihn das versonnene Lächeln seines Vaters, das ihn vermuten ließ, es stecke noch etwas anderes hinter der Idee, die Sommerfrische an einem so entlegenen Ort zu verbringen.

Als der Tag der Abreise gekommen war, brachte Vaters Gräf & Stift Friedrich Wilhelm und seine Mutter zum Westbahnhof, wo für die beiden im Expresszug nach Innsbruck ein eigenes Abteil reserviert war. Die Fahrt verlief quälend langsam, und mit jedem Kilometer Schienenstrang, den sie hinter sich ließen, kam Friedrich Wilhelm mehr zur Überzeugung, den langweiligsten Tagen seines Lebens entgegenzusehen.

In Salzburg wurde plötzlich die Tür zum Abteil geöffnet, was Friedrich Wilhelm aus seinen Gedanken riss. Die korpulente Dame, die die Öffnung nahezu vollkommen ausfüllte, kam ihm irgendwie bekannt vor, auch wenn er sie nirgendwo einordnen konnte. „Aber meine allerliebste Betty, habe ich es mir doch gleich gedacht", gab sie übersprudelnd vor Freundlichkeit zum Besten. „Trude!", rief da seine Mutter aus, „na, das ist aber eine Überraschung! Was machst denn du da?"

Na was wohl? Auch mit der Bahn fahren, dachte Friedrich Wilhelm missmutig. Er wollte geistig eben darüber räsonieren, dass die Fahrt nun noch unangenehmer werden würde, da die zwei Gnädigsten sicher ohne Punkt und Beistrich miteinander parlieren würden, als er jäh in seinem Nachsinnen unterbrochen wurde. Trude hatte sich nämlich endlich ins Abteil gequetscht, wodurch der Blick frei auf ein hinter ihr stehendes Fräulein wurde. Diese Frauensperson unterschied sich in jeder Hinsicht von besagter Trude, war sie doch überaus anmutig, von bemerkenswert schlanker Statur und besaß ein gänzlich liebreizenden Gesicht, das von strohblondem Haar umrahmt wurde. „Meine Hetty kennst du ja sicher noch", schnatterte die Mutter des wunderschönen Wesens aufgekratzt. „Aber sicher doch, wir haben uns doch erst unlängst im Dommayer gsehen. Grüß dich, liebe Hetty", replizierte Mutter Glickstein, „das ist mein kleiner Fritz", ergänzte sie mit einer ausladenden Geste in die Richtung ihres Sohnes, der sich dabei fühlte, als hätte er eben in eine Zitrone gebissen. Da kam ihm endlich einmal ein bezauberndes Mädchen unter, und seine Mutter ruinierte gleich alles, indem sie ihn „kleiner Fritz" nannte. Wie beschämend!

„Sehr angenehm, Ihre Bekanntschaft zu machen", kam es kaum hörbar aus dem Munde Hettys. Dabei knickste sie leicht. Für einen kurzen Moment nur blickte sie in Friedrich Wilhelms Richtung, dann sah sie sofort wieder zu Boden. Friedrich aber wusste, was von ihm in einer solchen Situation erwartet wurde. Er sprang von seinem Sitz hoch und verbeugte sich. „Aber ich bitte Sie, Gnädigste, die Freude ist ganz meinerseits." Gleich danach besann er sich der Etikette und ergriff die fleischige Hand Trudes, um darauf einen Kuss zu applizieren. „Enchantez, Madame!" Da er sich dabei voll auf sein Tun konzentrierte, entging ihm der verschwörerische Blick, den sich die Mütter in diesem Augenblicke zuwarfen.

Und so kam es für ihn auch überraschend, dass Trudes und Hettys Ziel gleichfalls das malerische Taufers im Münstertale war. Konnte so etwas tatsächlich Zufall sein? „Du wirst sehen, dieser Ort ist so wunderbar, das wird dir die Sprache verschlagen. Und erst diese reine Bergluft! Einfach herrlich!" Offenkundig war Trude bereits in jener Gegend gewesen. „Weißt du, Fritz, die Trude kennt sich in Südtirol wirklich gut aus. Und sie hat mir so lange von Taufers vorgeschwärmt, dass ich mir gedacht habe, das sollten wir uns auch einmal ansehen." Na bitte, dachte Friedrich Wilhelm. Solche Zufälle gab es nicht.

Die nächste Stunde verging mit intensivem Geplauder der beiden Älteren, das in einem derartigen Stakkato vorgebracht wurde, dass es Friedrich Wilhelm an ein Geschnatter erinnerte. Da war ja beinahe die Fadesse vor Salzburg noch angenehmer gewesen, sagte er zu sich, ehe er einen weiteren verstohlenen Blick in Hettys Richtung riskierte, die nach wie vor vollkommen erstarrt auf ihrem Platz saß und ihr Handtäschchen anstarrte.

„Jetzt sei doch nicht so ein verstockter Fisch", ermunterte ihn seine Mutter, „unterhalte dich doch mit der Hetty! Oder willst du, dass das gute Kind vor lauter Langeweile trübsinnig wird?"

Das hatte gerade noch gefehlt. Er verstand sich doch nicht im Geringsten auf Konversation. Schon gar nicht mit einer Repräsentantin des anderen Geschlechts! Was, um Himmels willen, sollte er zu Hetty sagen? Und warum hatten die beiden Damen ausgerechnet jetzt vollkommen mit dem Sprechen aufgehört, sodass eine bleierne Stille im Abteil herrschte. Jetzt musste er ganz einfach etwas sagen. Gott! Wie er solche Situationen hasste!

„Ähm. Und, Hetty, gehst du noch zur Schule?"

Dem Mädchen war die Szene ganz offenkundig ebenso unangenehm wie ihm. Hetty blickte nur ganz kurz hoch, dann schlug sie ihre Augen auch schon wieder nieder. „Ich habe gerade bei den Ursulinen maturiert", erwiderte sie kaum vernehmlich. „Jetzt sei aber einmal nicht so bescheiden, Hetty. Du kannst dem jungen Mann ruhig sagen, dass du mit Auszeichnung maturiert hast", kam es tadelnd von ihrer Mutter, die sich gleich darauf an die Glicksteins wandte: „Sie war Jahrgangsbeste, müsst ihr wissen!" Hetty wurde bei diesen Worten rot wie ein Paradeiser, und deutlich konnte Friedrich erkennen, wie sich ihre Finger in das Leder ihrer Tasche krampften.

„Und im Herbst geht sie nach Wien, damit sie dort Medizin studiert. Mein Heinrich hat schon alles geregelt."

„Na so etwas", entfuhr es der Baronin Glickstein, „hast du das gehört, Fritz, eine Frau, die studiert!"

„Offen gestanden, ich wusste gar nicht, dass das geht", zeigte sich Friedrich überrumpelt.

„Warum sollte es denn nicht gehen", kam es erstaunlich entschlossen aus Hettys Mund, „da nun Frauen an Intelligenz und Willenskraft den Männern nicht nachstehen, so ist nicht einzusehen, weshalb den Frauen höhere Berufskreise verschlossen bleiben sollen. Wenn Kaiserinnen und Königinnen durch tatkräftige und weise Regierung sich unsterblichen Ruhm in der Geschichte erworben haben, warum sollten dann Frauen für unfähig erachtet werden, in höheren Berufskreisen segensreich wirken zu können."

„Na da schau her, Fritz. Die Hetty weiß, was sie will, was? Ich bin entzückt." Die Glickstein strahlte, als hätte man ihr eben ein kostbares Geschenk überreicht.

„Und du glaubst wirklich, dass sich ein Mann von einer Frau behandeln ließe?" Friedrich war bewusst, dass diese Frage wie ein Vorwurf daherkam, doch fiel ihm nichts ein, womit er dem Satz nachträglich die Schärfe nehmen konnte.

„Das sei dahingestellt", antwortete sie, deren Stimme nun immer fester und lauter wurde, „doch es gibt ja auch Frauen, die einen Arzt brauchen. Und Kinder. Kinder vor allem. Da schadet es bestimmt nicht, wenn man mit ein wenig weiblicher Intuition und vor allem mit entsprechendem Einfühlungsvermögen an die Dinge herangeht."

Friedrich nickte eifrig, in der Hoffnung, er könne dadurch den Eindruck von eben übertünchen. „Ja", fuhr Hetty derweilen fort, „nicht wenige moderne Mediziner sind sogar der Ansicht, dass eine Krankheit des Körpers umso sicherer überwunden werden kann, wenn man sich auch der Seele annimmt." Friedrich bemerkte ein leichtes Glühen auf Hettys Backen und verstand mit einem Mal, dass die junge Frau in der Medizin tatsächlich ihre Bestimmung gefunden hatte.

„Ja, davon habe ich gehört", mühte sich Friedrich nun um eine gewisse akademische Reputation, „ich denke da vor allem an diesen Doktor aus der Berggasse, diesen ..."

„Freud. Sigmund Freud", half ihm Hetty, „ja, dem ist die Psyche ein ganz besonderes Anliegen. Aber so weit wie er würde ich gar nicht gehen. Ich meine eher etwas anderes, etwas Allgemeineres."

„Was denn?" Friedrich brauchte nun nicht einmal mehr so zu tun, als sei er interessiert, das Thema sprach ihn tatsächlich an, und mit einem Mal war auch die Bahnfahrt nicht mehr so quälend lange und eintönig.

„Man muss nur einen flüchtigen Blick in unsere Hospitäler werfen, um festzustellen, dass man dort unmöglich gesund werden kann. Die Leute liegen auf engstem Raum zusammengepfercht, oft sechs oder gar acht Personen in einem einzigen Zimmer, den Blicken der anderen schutzlos ausgeliefert und über ihren Zustand zumeist gänzlich im Unklaren gelassen." Hetty richtete sich gerade auf und sah nun Friedrich direkt in die Augen.

„Ich meine, wenn man erkrankt ist, dann ist man doppelt verletzlich und verwundbar. Dann braucht man Zuwendung, braucht man jemanden, der einem Zuversicht und Optimismus gibt. Bei uns aber liegen die Menschen in ihren Feldbetten und warten darauf, ob ihnen die Natur noch eine Chance gibt oder ob sie in dieser trostlosen Umgebung sterben. Es ist nicht die Medizin allein, die Krankheit kuriert, oft ist es auch die Hoffnung, wieder ganz gesund zu werden, die dem Körper hilft, die eigenen Kräfte zu mobilisieren, um die Krisis zu überwinden. Ein nettes Wort zur rechten Zeit gesprochen mag da Wunder tun."

Friedrich war sich nicht sicher, ob diese Ansicht wissenschaftlich haltbar war, doch Hetty brachte sie mit solcher Überzeugungskraft vor, dass er sich dabei ertappte, einfach Zustimmung zu signalisieren. „Und um wie viel mehr hat diese Ansicht ihre Berechtigung im Bereich der Allgemeinmedizin. Aufrichtige Fürsorge und eine Handvoll Heilkräuter sind ohne Zweifel die richtige Antwort auf die meisten Unpässlichkeiten, die uns tagtäglich gesundheitlich widerfahren."

„Nun ja, das mag für Verkühlungen und Schnupfen durchaus richtig sein, aber hilft das auch gegen die ernsten Erkrankungen, mit denen wir konfrontiert sind?" Zur allgemeinen Überraschung hatte sich die Baronin in die Unterhaltung eingeschaltet. „Denn wenn dem so wäre, dann bräuchten wir uns ja vor der Schwindsucht weiter nicht zu fürchten."

„Gnädigste Baronin, das ist sogar ein ausgezeichnetes Beispiel für meine Ansichten", griff Hetty den Einwurf auf. „Natürlich muss man jemanden, der an der Lunge leidet, aus jener Umwelt herausholen, welche die Krankheit verursacht und beschleunigt. Deshalb schicken wir diese Maladen ja auch in die Berge oder ans Meer, weil ihnen die dortige Luft viel besser bekommt. Aber es ist natürlich auch das gänzlich andere Ambiente, das ihnen behagt und der Genesung zuträglich ist. Es kommt eben darauf an, die Gesamtheit der Faktoren zu berücksichtigen."

„Wenn ich das einmal so sagen darf: Ich bin überzeugt davon, dass Sie an der Universität brillieren werden." Friedrich war selbst über seine emphatische Bemerkung überrascht. Noch mehr freilich verwunderte ihn das ungekannte Gefühl, das ihn angesichts Hettys beschlich. Es war zwar nicht das erste Mal, dass ihm ein Exemplar der weiblichen Gattung wohltuendes Prickeln bescherte, doch diesmal, so gestand er sich ein, war es anders. Nicht nur ihr Äußeres nahm ihn für sie ein, ihr Intellekt, ja, ihre ganze Persönlichkeit hatte etwas zutiefst Faszinierendes, und Friedrich kam zu dem Schluss, dass ausgerechnet das öde Taufers in seiner trostlosen Bergwelt die schönste Destination werden könnte, die er bislang aufgesucht hatte.

Tatsächlich erwiesen sich die folgenden Tage als in jeder Hinsicht erfreulich. Man logierte im selben Gasthof, saß morgens wie abends am selben Tisch, was umso leichter war, als die kleine Herberge nur einen Table d'hôte anbot, an dem man sich an den lokalen Köstlichkeiten gütlich tat. Friedrich hätte es freilich bevorzugt, wenn sich eine Gelegenheit geboten hätte, einmal ein wenig Zeit mit Hetty allein zu verbringen, doch wich deren Mutter nicht von ihrer Seite, was auch die Form der Unterhaltung recht streng limitierte. Und als Friedrich schon jede Hoffnung aufgegeben hatte, der klugen Schönen ein wenig näherzukommen, war es ausgerechnet der Wirt, der ihnen einen entscheidenden Hinweis zukommen ließ.

Die Gesellschaft möge sich doch unbedingt das berühmte Kloster im benachbarten Müstair ansehen. Die Kirche dort habe Fresken, die gingen noch auf Karl den Großen zurück. „So wos hobt's es jo goa nit in eichan Wean", erklärte der Wirt in seinem gutturalen Tirolerisch. Hetty war sofort von der Idee begeistert. Immerhin sei sie noch nie in der Schweiz gewesen. Ihre Mutter aber erkundigte sich zuerst danach, wie weit denn dieses Müstair von Taufers entfernt sei. Zwei Kilometer, lautete die Antwort. „Gute Güte", wehrte sie ab, „das ist nichts für mich. In meinem Alter sollt man nicht mehr auf den Bergen herumkraxeln." Den Einwand des Gastwirtes, es handle sich praktisch um eine ebene Straße, ließ sie nicht gelten. „Die Höhenluft da, die macht mich immer gleich so müde. Wenn ich dann auch noch marschier, dann könnts mich auf halber Strecke aufsammeln."

„Du hast ja so Recht, meine Liebe, die Wanderung zur Konditorei am Eck ist Wegstrecke genug für einen Tag. Man braucht's ja nicht zu übertreiben", pflichtete ihr die Baronin bei, um sich dann mit einem verschwörerischen Blick dem eigenen Sohn zuzuwenden. „Aber du könntest der Hetty doch deinen Arm und dein Geleit antragen. Schadet doch nicht, wenn du dich auch einmal um etwas anderes als Zahlen und Bilanzen kümmerst, meinst du nicht." Und Friedrich tat sich schwer, sich seine Freude nicht allzu sehr anmerken zu lassen.

In der Tat war die Strecke auf der österreichischen Seite rasch zurückgelegt. Die beiden gingen einfach bis ans Ende des Dorfes, wo man schon den Grenzposten ausmachen konnte. Die dortigen Gendarmen waren Wanderer gewohnt und schenkten den beiden jungen Leuten weiter keine Beachtung, zumal deutlich ersichtlich war, dass sie keine Waren oder dergleichen mit sich führten. Man ließ Hetty und Friedrich also anstandslos passieren, erkundigte sich nicht einmal nach irgendwelchen Personaldokumenten. Vor ihnen lag nun eine grüne Wiese, an deren Rand die Schweizer Fahne im Wind flatterte. Unmittelbar dahinter ließ sich der viereckige Turm der Kirche des Johannesklosters erkennen, der die gesamte Szenerie ebenso dominierte, wie die markige Burgruine jene von Taufers prägt. Die Schweizer Zöllner verbeugten sich höflich und fragten in getragenem Hochdeutsch, ob die Herrschaften etwas zu verzollen hätten. Als die beiden dies verneinten, hob einer der Uniformierten den Grenzbalken und hieß sie in der Eidgenossenschaft herzlich willkommen.

Beinahe ehrfürchtig betraten sie gemeinsam das Kircheninnere. Sofort waren beide gebannt von dem Meer an Farben, das ihnen von der Altarseite entgegenleuchtete. Ganz oben in der Apsis thronte Gott, darunter waren mannigfache Szenen aus der Bibel dargestellt, während rechts vom Altar eine steinerne Statue des großen Karl gleichsam über die Heiligkeit des Ortes wachte. Langsam, die Bilder auf sich wirken lassend, gingen sie näher heran. Direkt unter dem Altarfenster fiel ihnen beinahe gleichzeitig eine Darstellung auf, die einen bärtigen Mann mit Krone auf dem Haupt im Kreise einiger anderer beim Mahle darstellte. Mochte man auf den ersten Blick an das letzte Abendmahl denken, so merkten beide rasch, dass es sich nicht um diesen zentralen Moment im Leben Jesu handeln konnte. Denn genau genommen saß nur der eine Mann bei Tisch, die anderen versorgten ihn ganz offenkundig mit Speis und Trank. Auch wäre es doch überraschend, eine Abendmahldarstellung mit Tänzerinnen zu schmücken. „Das ist der Tanz der Salome", entfuhr es Hetty mit einem Mal. „Sieh nur, da bringt man dem Herodes den Kopf des Täufers dar."

„In der Tat", bestätigte Friedrich diese Vermutung. „Dann ist diese schlanke Figur am rechten Bildrand die Salome. Faszinierend, irgendwie." Aber nicht annähernd so faszinierend wie du, dachte Friedrich, hütete sich jedoch, diesen Satz auch nur ansatzweise laut auszusprechen.

„Ich mag Malerei. Kunst im Allgemeinen", erklärte Hetty. Friedrich lächelte. „Dann bist du in Wien gerade richtig. Ich kann mir keine Stadt vorstellen, die mehr Kunstwerke beherbergt als unser Wien."

„Ja, darauf freue ich mich schon sehr. Wenngleich es ein wenig einsam sein wird, wenn man alleine vor den Bildern steht." Dabei warf Hetty einen flüchtigen Blick auf Friedrich. „Es wäre mir eine Ehre, dich zu solchen Exkursionen begleiten zu dürfen", sagte er schnell.

„Das wäre schön."

„Ja, das wäre es." Friedrich ertappte sich dabei, dass er leise seufzte. Hetty drehte sich nun direkt zu ihm. „Du weißt aber schon, dass unsere Mütter das alles arrangiert haben, oder?"

„Wie meinst du das?" Friedrich hob die Augenbrauen leicht nach oben.

„Na die ganze Reise. Unser Zusammentreffen. Einfach alles. Die beiden wollen uns verkuppeln. Und zwar im Auftrag unserer Väter." Sie sah ihn lange und durchdringend an.

„Wenn dem wirklich so ist, dann hätten sie, um ganz ehrlich zu sein, eine sehr gute Idee gehabt. Zumindest, was mich betrifft", brachte Friedrich mühsam hervor.

„Das heißt, du magst mich?" In Hettys Augen las Friedrich mehr als nur Neugier. Ihm war, als hoffte sie regelrecht darauf, dass er ihre Frage bejahte.

„Und wie! Ich hätte mir das nicht gedacht, und ich muss auch sagen, dass ich mich auf derlei Dinge gar nicht verstehe, aber ich glaube, was ich für dich empfinde, das nennt man gemeinhin ... Liebe."

„Oh, Friedrich." Ehe der junge Glickstein wusste, wie ihm geschah, hatte sich Hetty auf die Zehenspitzen gestellt und ihm einen Kuss direkt auf die Lippen gedrückt. „Ich liebe dich auch. Und wie!"

„Ich muss doch sehr bitten!" Drohend und unwirsch kamen ihnen die Worte des Priesters entgegen. „Das ist ein Haus Gottes und kein Sündenpfuhl. Wenn Sie nicht beabsichtigen, sich zum Gebet niederzulassen, dann muss ich Sie dringend ersuchen, die Kirche zu verlassen."

Hetty und Friedrich verkniffen sich ein Lachen und sahen zu, dass sie ins Freie kamen. Nächst der Kirche kehrten sie in einem Gasthof ein, wo ihnen das berühmte Bündnerfleisch kredenzt wurde. Und da ihnen von den eingewechselten Franken noch etwas geblieben war, kauften sie für ihre Mütter noch ein paar Pralinees, ehe sie sich auf den Rückweg nach Taufers machten. Als sie sich im Niemandsland zwischen den beiden Grenzposten befanden, suchte Hettys Hand die seine. Friedrich ergriff sie dankbar und war sich sicher, endlich erfahren zu haben, was Glück bedeutete.

Sommer 1914

Wie jeden Juni fuhr Friedrich Bielohlawek doppelt so viele Touren wie gewöhnlich. Die Gasthäuser hatten eigene Gärten errichtet, um mehr Gäste zeitgleich verköstigen zu können. Die warmen Temperaturen trugen das Ihrige dazu bei, dass die Menschen mehr Bier als sonst konsumierten, was gut für Baron Glickstein, aber weitaus anstrengender für Friedrich Bielohlawek war. Doch er mochte sich nicht beklagen, denn immerhin gab es für jede Fahrt, die er extra machen musste, einige Kreuzer zusätzlich, und die konnte er gut gebrauchen. Jetzt, da er wusste, dass Fanny endlich in anderen Umständen war. Fünf Jahre hatten sie darauf gewartet, dass sich Nachwuchs einstellte, und nun, da sie die Hoffnung eigentlich schon aufgegeben, sich auf ein Leben ohne Kinder eingestellt hatten, da offenbarte Fanny ihrem Mann, dass sie nun doch ein Kind unter dem Herzen trug. Bielohlawek war darüber so aus dem Häuschen gewesen, dass er gänzlich gegen seine Gewohnheit einen Weinbrand bestellt und auf einen Zug ausgetrunken hatte. Er wurde Vater! Ihn durchströmte ein derartiges Glücksgefühl, wie er es zuletzt verspürt hatte, als Fanny bei einem Maiausflug auf den Wilhelminenberg zu ihm gesagt hatte, dass sie seinen Antrag annehmen würde, vorausgesetzt, er würde ihr endlich einmal einen machen. Er hatte dann noch lange mit den Genossen gefeiert – und das, obwohl Fanny gemeint hatte, er solle sich nicht zu früh freuen, denn so eine Schwangerschaft sei keine gemähte Wiese –, und so war er am folgenden Tag in allem ein wenig langsamer. Das Stemmen der Bierfässer auf den Wagen fiel ihm schwer, und er war heilfroh, wenn er endlich auf dem Kutschbock ein wenig verschnaufen konnte.

Rechtschaffen müde gönnte er sich nach Feierabend noch ein kühles Glas Apfelsaft im *Finken,* wo er sich im Kreise der Kollegen gut aufgehoben fühlte. Alles schien seinen gewohnten Gang zu gehen, als plötzlich ein ihm völlig fremder Mann in den Gastgarten stürmte und aus Leibeskräften schrie: „Den Erzherzog-Thronfolger haben s' erschossen."

Jäh erstarb jedwede Konversation. Alle wollten unbedingt mehr von dem Manne wissen, doch dieser konnte mit keinen weiteren Informationen dienen, außer mit jener, dass Franz Ferdinand in Sarajevo einem Attentat zum Opfer gefallen sei. Tief verstört ging alsbald jeder nach Hause, und auch Bielohlawek suchte die eigene Wohnung auf, von einer gewissen Unruhe getragen, was nun werden mochte.

Am nächsten Morgen wusste man bereits mehr. Die ganze Brauerei war in heller Aufregung. Die Zeitungen wussten zu berichten, dass seine kaiserliche Hoheit auf einer Inspektionsreise durch Bosnien gewesen war, als auf sein Automobil eine Bombe geworfen worden war. Diese habe noch nicht allzu viel Schaden angerichtet, und der Thronfolger sei wohlbehalten im Rathaus von Sarajevo angelangt. Dort habe er aber verlangt, ein verletztes Mitglied aus seinem Gefolge im Spital besuchen zu können, und auf dem Weg dorthin sei er dann von mehreren Schüssen niedergestreckt worden. Von einem „grausamen Schicksalsschlag", welcher die „Völker getroffen" und „im Innersten erschüttert" habe, war da die Rede. Und alle Blätter überschlugen sich vor Treuebekundungen zu den Habsburgern: „Die Völker des Reiches", hieß es etwa in der amtlichen „Wiener Zeitung", „bringen ihrem Herrscher und dem erhabenen Erzhause heute nicht nur ihre tiefsten und reinsten Empfindungen entgegen, sondern auch das heilige Gelöbnis, jetzt und in alle Zukunft unbeugsam festzuhalten an der Treue für Thron und Reich und ihr Bestes einzusetzen für den Glanz der Krone, für die Ehre und die Größe des Vaterlandes."

Vor allem aber kam rasch die Vermutung auf, das Königreich Serbien habe die Täter gedungen, um Österreich ins Verderben zu stürzen. Eine solche Provokation dürfe nicht hingenommen werden, vielmehr müsse man die Serben umgehend zur Räson bringen und für ihren Frevel hart bestrafen. Bielohlawek las gleich den anderen Männern die Blätter, die von Hand zu Hand gingen, während gleichsam die Arbeit gänzlich ruhte. „Recht haben s', die Zeitungsschmierer! Das dürf ma uns ned gfallen lassen! Die haben auf uns gschossen, in heimtückischer Absicht!"

„Bleib sachlich, Karl", ermahnte ihn Bielohlawek, „sie haben ned auf uns gschossen, sie haben auf den Erzherzog gschossen."

„Und was macht das bitte für einen Unterschied?", fauchte Karl.

„Dass wir noch leben", replizierte Bielohlawek lapidar.

„Jetzt mach aber einmal einen Punkt, Fritz", wurde er von einem Genossen zurechtgewiesen. „Ich bin weiß Gott kein Anhänger der Monarchie, aber immerhin war der Erzherzog-Thronfolger so etwas wie unser nächstes Staatsoberhaupt. Natürlich darf man so etwas nicht hinnehmen. Da müssen auch wir Sozialdemokraten beim Erzhause stehen, und zwar über alle Parteigrenzen hinweg."

Bielohlawek musterte den Kollegen langsam. „Und was heißt das genau?"

„Krieg! Es braucht einen Krieg!", rief Karl enthusiasmiert.

„Ah ja! Weil einer gstorben ist, sollen jetzt Tausende sterben. Oder wie?"

„Dieser Tod muss gerächt werden. Diese hinterfotzigen Balkanneger stecken doch hinter jeder Schweinerei, die in den letzten 50 Jahren ausgeheckt worden ist", beharrte Karl auf seiner Meinung, und Bielohlawek merkte, wie ihm etliche, die um sie herumstanden, beipflichteten.

„Selbst wenn du Recht hättest, was tät das bringen? Würde Franz Ferdinand von den Toten auferstehen, wenn wir in Belgrad einmarschieren? Wär dann alles wieder gut?"

„Wenigstens würd so etwas nicht wieder geschehen, wenn's kein Serbien mehr gäb", insistierte Karl.

„Da steht, die Täter waren bosnische Serben. Also Serben, die Bürger unseres Staates sind. Das bedeutet ja wohl, dass so etwas sehr wohl wieder geschehen könnte, weil dann auch die serbischen Serben Bürger unseres Staates wären. Es sei denn natürlich, du rottest alle Serben aus. Aber selbst dann wäre es zweifelhaft, dass dann eine Ruh wär, weil, weißt eh, die Slawen, die halten ja alle zusammen. Also müsstest die Kroaten gleich mitausrotten. Und dann die Slowenen. Und dann die Tschechen, gell, Zwerschina." Dabei betonte Bielohlawek Karls Nachnamen mit besonderem Genuss.

„Willst du vielleicht andeuten, ich sei kein aufrechter Untertan seiner Majestät des Kaisers", fuhr dieser auf und brachte sein Gesicht ganz nah an jenes von Bielohlawek. „Aber ganz und gar nicht", blieb dieser sachlich, „was ich damit sagen will, ist, dass hier ein Verbrechen geschehen ist, und wie bei einem Verbrechen üblich, sollen die Verbrecher bestraft werden, aber doch bitte nicht gleich alle Söhne und Töchter jenes Volkes, dem die Verbrecher angehören. Oder würdest du wirklich wollen, dass man alle Wiener aufhängt, wenn ein Wiener irgendwo einen Mord begangen hat?"

„Davon redet doch kein Mensch, Fritz", mengte sich nun wieder der Kollege ein, „was der Karl sagt, ist, dass wir dieses Königreich zerschmettern müssen, das sich auf unsere Kosten aufblähen will. Oft und oft hat unsere Majestät die Serben ermahnt. Doch wie sich zeigt, ohne Erfolg. Und wie heißt es so schön? Wer nicht hören will, muss fühlen."

„Genau", heizte Karl die feindselige Stimmung wieder an. „Krieg! Krieg! Nieder mit Serbien!"

Und Bielohlawek sah sich vergeblich nach einem Verbündeten um. „Krieg! Krieg!", kam es nun schon von mehreren Seiten.

„Krieg, meine Herren, ist das Stichwort. Krieg ich vielleicht eine Leistung für den Lohn, den ich so großzügig entrichte?" Von allen unbemerkt war Baron Glickstein im Hof erschienen und über die Bummelei sichtlich unzufrieden. Und beinahe war Bielohlawek dankbar für den harschen Ton des Chefs, denn er ermöglichte ihm einen Rückzug, ohne von seiner inhaltlichen Position abweichen zu müssen. Wortlos kletterte er auf seinen Kutschbock und lenkte das Gefährt langsam aus der Einfahrt.

Doch die folgenden Tage heizten die Stimmung immer mehr an. Allerorten wurde nach Rache gerufen, und wer in der Wienerstadt den Eindruck erweckte, Serbe zu sein, der lief Gefahr, an Ort und Stelle gelyncht zu werden. Vor der Botschaft auf der Wieden kam es zu Tumulten, und selbst die Sozialdemokraten bekundeten dem Kaiserhaus ihre unverbrüchliche Treue. Das Bestellen einer serbischen Bohnensuppe wäre fraglos als Hochverrat angesehen worden, hätte es noch jemanden gegeben, der sie angeboten hätte. Und zahllose Jungen träumten bereits davon, für Gott, Kaiser und Vaterland ins Feld zu ziehen.

Doch während die allgemeine Begeisterung wuchs und wuchs, verdüsterte sich Bielohlaweks Gemüt immer mehr. „Ich sag dir's, Fanny", stöhnte er, „die werden wegen diesem eitlen Pfau einen Krieg vom Zaun brechen, und Hunderttausende werden sterben. Und weißt, wovor ich mich am meisten fürcht? Dass sie mich auch einziehen. Und dann verreck ich für nix und wieder nix! Und wenn genug gstorben sind, wenn meine Gebeine irgendwo in einem Loch ganz weit weg von da schon halb vermodert sind, dann werden sich die feinen Herrschaften an einen Tisch setzen und so tun, als ob nix gwesen wär. So wie sie's immer tun!" Er seufzte tief. „Weißt, von uns verlangen sie, dass wir die Serben hassen. Nicht einmal Menschen sollen wir in ihnen sehen. Tiere, Ungeheuer, die man sofort totmachen soll. Aber wenn's dann zu Friedensverhandlungen kommt, dann sagen unsere Herrscher zu deren Herrschern gnädiger Herr und fragen nach dem werten Befinden und ob der Cognac auch wohltemperiert ist. So schaut's nämlich aus!"

Jeder neue Tag, der erstand, sah mehr hasserfüllte Reden unter Bielohlaweks Kollegen. Vor allem, als sich zeigte, dass die Deutschen mit den Österreichern in den Krieg ziehen würden. Bielohlawek hielt sich von den Gesprächen abseits, doch zu Hause fühlte er sich durch die jüngsten Entwicklungen nur noch bestätigt. „Wenn die Deutschen gegen die Serben marschieren, dann werden die Russen gegen die Deutschen marschieren. Und weil die Russen dann im Krieg sind, werden die Engländer auch in den Krieg ziehen, weil sie mit den Russen verbündet sind. Und jetzt", er hob beschwörend den Zeigefinger, „kommt das Beste. Der deutsche Kaiser ist mit dem Zaren und mit dem König von England verschwägert! Na, die werden sich gegenseitig was antun. Aber es sind ja nur ihre Untertanen, die sich die Schädel blutig schlagen sollen. Mit denen kann man es ja machen!"

Fanny setzte sich zu ihrem Mann an den Tisch, legte ihre Hand auf die seine und sah ihn mitfühlend an. „So schlimm wird's schon nicht kommen, Fritz. Das ist wie seinerzeit mit der Bosnien-Krise. Das schupft das stehende Heer auch ohne Aushebungen. Die Serben knicken doch eh beim ersten Schuss ein. Also mach dir keine Sorgen."

Bielohlawek schüttelte heftig den Kopf. „Man darf die Serben keinesfalls unterschätzen. Die kämpfen ja für ihre eigene Heimat. Die werden von uns überfallen, klar, dass die da einen Grund haben, sich zu wehren. Nein, unsere einzige Hoffnung sind, so merkwürdig das auch klingt, die Ungarn, denn es heißt, der Tisza will den Krieg nicht, weil er Angst hat, dass dann die Slawen die Mehrheit in der Monarchie stellen. Ein blödes Argument, aber wenn's uns hilft, ein Völkermorden zu verhindern, dann soll's mir recht sein."

Tatsächlich schien die Kriegshysterie nach zwei, drei Wochen wieder etwas abzuklingen. Mitte Juli war der Ton in den Gazetten und öffentlichen Stellungnahmen immer noch scharf, doch von einem Angriff war zumindest vorerst nicht mehr die Rede. Am 24. Juli jedoch, versteckt im offiziellen Staatsorgan auf Seite 5, musste Bielohlawek seine Hoffnungen auf einen gütlichen Ausgang der Affäre endgültig begraben. Die österreichische Regierung hatte der serbischen, wie er dem Artikel entnahm, eine scharfe Note überreicht, in welcher sie die Serben praktisch zur Selbstaufgabe aufforderte. Konkret stellte die österreichische Seite zehn Bedingungen auf, welche Serbien zu erfüllen habe, wolle es einen sonst unausweichlichen Kriegsfall noch vermeiden. Demnach sollte das Königreich alle Lehrer, Offiziere und sonstige staatliche Funktionäre entlassen, welche sich, wie es hieß, der Propaganda gegen Österreich schuldig gemacht hätten. Verdächtige Vereine seien umgehend aufzulösen, jede Publikation, in der Kritik an Österreich geübt werde, müsse unterdrückt werden. Schließlich, und das war wohl der härteste Punkt der Note, sollte Serbien es Österreich gestatten, die Ermittlungen über das Attentat von Sarajevo selbst auf serbischem Boden führen zu dürfen.

„Darauf können die gar nicht eingehen", klagte Bielohlawek am Abend Fanny. „Wenn sie der österreichischen Polizei erlauben, in Serbien als Exekutive zu fungieren, dann hat Serbien aufgehört, ein souveräner Staat zu sein. Und das wissen die Unsrigen."

Fanny wusste nicht so recht, weshalb dieses Detail nun so verhängnisvoll sein sollte. „Ja, verstehst du denn nicht", drang Bielohlawek in sie, „das haben die Unsrigen absichtlich da hineingeschrieben. Damit diese Note von den Serben abgelehnt werden muss. Dann nämlich haben die Österreicher den Vorwand, endlich mit dem Krieg anzufangen." Ohne es zu wollen, kämpfte Bielohlawek mit Tränen. „Du kannst mir glauben, in drei, vier Tagen beginnt die Mobilmachung. Und in einer Woche steck ich schon in einer Uniform irgendwo in einem Drecksloch in Irgendwasevo."

Fanny fand keine Worte, mit denen sie ihren Mann hätte trösten können, so tat sie, wozu allein sie imstande war. Sie umarmte ihn. Dies aber führte dazu, dass der Mann, der bei anderen Gelegenheiten so souverän, beherrscht und stark wirkte, plötzlich zum verängstigten Kinde wurde. „Endlich bist du schwanger", schluchzte er, „und ich werde die Frucht unserer Liebe nie heranwachsen sehen." Er wollte noch weitersprechen, doch er konnte nicht mehr. Er rang um Fassung, wandte sich dann schroff ab und eilte aus dem Zimmer. Eine gute Weile verging, ehe er zurückkehrte. Nun war er es, der seine Frau in den Arm nahm. Dann ergriff er ihre Hand und führte sie zum Bett. „Gehen wir schlafen, Fanny. Ich möchte neben dir liegen und einschlafen. Und von dir und unserem Kleinen träumen."

Wie nicht anders zu erwarten, ging die serbische Regierung auf alle Bedingungen des Ultimatums ein, außer auf jene, den österreichischen Behörden auf ihrem Territorium amtliche Befugnisse einzuräumen. Darauf hatten Ballhausplatz und Hofburg nur gewartet. Schon tags darauf prangten von den Titelseiten der Zeitungen die Beschlüsse der Regierung zur Mobilmachung. Bielohlawek fühlte sich hundeelend, doch es gab keine vernünftige Ausrede, von der Arbeit fernzubleiben. Also schleppte er sich in die Brauerei und bemühte sich, so gut es eben ging, die aufreizenden Reden der Kriegsfanatiker zu überhören.

Und als war das allein nicht Ungemach genug, brach an seinem Wagen auch noch ein Rad. Bielohlawek fluchte und machte sich dann daran, das Rad auszuwechseln. Er kam ins Schwitzen und keuchte wie nach einem Dauerlauf, als er sich endlich auf den Bock schwingen konnte. Dort verschnaufte er eine Weile, um wieder zu Atem zu kommen.

„Alle scheinen sich vor Begeisterung zu überschlagen, dass wir endlich wieder einmal in den Krieg ziehen. Sie, Bielohlawek, aber nicht. Hab ich nicht Recht?"

Fritz zuckte zusammen, als die Person des Barons ganz plötzlich und unvermittelt neben ihm aus dem Boden wuchs. Noch mehr freilich erstaunte ihn, dass der Chef seinen Namen wusste. Er erinnerte sich mit einem Mal daran, dass ihn diese Fähigkeit Glicksteins schon etliche Jahre zuvor beeindruckt hatte, als er mit dem alten Myslivski das erste Mal durch das große Tor geschritten war.

„Ich will nicht in den Krieg. Das ist wahr", sagte er knapp.

„Das kann ich gut verstehen. Jetzt, wo Ihre Frau guter Hoffnung ist." Woher wusste der Chef solche Dinge? Glickstein wurde ihm unheimlich. „Um ehrlich zu sein, ich würde auch so nicht in den Krieg wollen. Weil ich ihn für ein völlig untaugliches Mittel zur Lösung von Konflikten halte."

Glickstein hakte ganz lässig seine Daumen in die Armlöcher seiner Weste. Auf seinem Gesicht zeigte sich ein sphingenhaftes Lächeln. „Sie wollen also partout ned mit Kanonen auf Spatzen schießen, was?" Bielohlawek fand die Wortwahl zwar etwas befremdlich, nickte aber trotzdem. „Wissen S' was, Bielohlawek, ich hab Respekt vor Ihrer Haltung. Ich werd schauen, was sich machen lasst. Aber ich müsst mich schon sehr täuschen, wenn es mir mit meinen Verbindungen nicht gelingen sollt, für Sie eine Unabkömmlichkeit zu bekommen. Machen S' Ihnen also keine allzu großen Sorgen. Das Hinterland braucht schließlich auch sein Bier, es muss ja wehrhaft bleiben, ned wahr? Und wer soll die Leut beliefern, wenn Sie in Serbien herumturnen. Außerdem ist mir der Georgi eh noch einen Gefallen schuldig. Der wird das schon schupfen."

Bielohlawek starrte den Baron ungläubig an. „Das würden S' wirklich machen? Für jemanden wie mich?"

„Ja, warum denn ned?"

„Herr Baron, ich weiß gar nicht, wie ich Ihnen danken …" Bielohlawek fehlten die Worte und er sah einfach nur ergeben in die Richtung Glicksteins. Der aber winkte jovial ab. „Es kommt alles zrück im Leben. Wer weiß, wofür's gut ist. Vielleicht retten grad Sie mir eines Tages das Leben. Was ned könnten, wenn S' in Serbien wären. So gesehen ist das keine gute Tat, was ich da mach, ich tätige nur eine Investition in die Zukunft. Und wie bei allen Investitionen wird sich erst zu zeigen haben, ob sie sich auch lohnt. Aber das fallt, wie man so schön sagt, unter unternehmerisches Risiko." Dabei zwinkerte der Baron schelmisch, ehe er seines Weges ging. Bielohlawek aber atmete tief durch und konnte das erste Mal in jenem Jahr den Sommer genießen.

Zur selben Zeit

Hermann Strecha saß bei seinem fünften Krügel. Obwohl er sein Studium der Rechte aus wirtschaftlichen Gründen nicht hatte beenden können, war er immer noch als Alter Herr in seiner Burschenschaft wohlgelitten. Und naturgemäß versäumte er keinen einzigen Kommers, denn nur dort konnte sich ein kleiner, unterbezahlter Buchhalter tatsächlich als Herr fühlen. Die Füchse sahen nahezu ehrfürchtig zu ihm auf, und die Burschen zollten ihm den ihm zuständigen Respekt. Außerdem bestand ja theoretisch immer noch die Chance, dass er sein Studium tatsächlich eines Tages beendete, wenn er die dazu nötigen Mittel aufbrachte, denn immerhin war er noch nicht exmatrikuliert. Und dass er auf der Bude als Alter Herr behandelt wurde, weil er die Kommilitonen hatte wissen lassen, er sei jetzt in Iglau Referendar, was er nur als Absolvent sein konnte, das war schließlich bestenfalls eine Notlüge, sagte er sich.

Strecha bestellte noch ein Bier und spürte, wie er innerlich zu glühen begann. „Wir haben ein Recht auf unseren Platz an der Sonne", grölte er unmotiviert, fand jedoch sofort heftigen Beifall, der ihn ermutigte, weiterzusprechen. „Der Slawe, der ist doch ein Untermensch! Wie kann der es wagen, sich an dem edlen Blute eines Deutschen zu vergreifen?"

„Wacker gesprochen, Kamerad Strecha", kam es vom anderen Ende des Tisches.

„Wenn der Kaiser sich das gefallen lässt, dann wär's besser, er dankte sofort ab. Hier darf es kein Zaudern und kein Sssögern geben!" Umständlich erhob er sich, wobei er Mühe hatte, das Gleichgewicht zu halten. Auch seine Zunge gehorchte ihm nicht in dem Ausmaß, in dem er es gewünscht hätte. „Immer feste druff, sag ich, imma feste!" Ihm schwindelte, und unter dem Beifall der anderen Burschenschafter ließ er sich wieder auf seinen Stuhl fallen. „Lieb Vaterland, magst ruhig sein", stimmte einer an, und die anderen fielen sofort mit ein. „Es braust ein Ruf wie Donnerhall, wie Schwertgeklirr und Wogenprall", lallte Strecha selig. Der Krieg, der unausweichliche und alles entscheidende Krieg, er würde endlich die Wende bringen, würde seinem verkorksten Leben doch noch Sinn und Weihe geben. Er richtete seinen glasigen Blick in eine unbestimmte Ferne. Der Vater fiel ihm ein und dessen ewige Vorhaltungen, wie sehr er ihn enttäuscht habe, weil aus ihm nichts Rechtes geworden sei, obwohl er nun schon beinahe 30 Lenze zählte. Ein verkrachter Student, ein Habenichts, der vor den Trümmern seiner Existenz stehe, weil er nicht auf ihn gehört und ein Handwerk erlernt habe, so wie alle Strechas vor ihm. Mit Schrecken erinnerte er sich an die letzte Begegnung mit dem Vater, bei welcher dieser ihm vorgeworfen hatte, der Jungspund halte sich für etwas Besseres und sei doch keinen Schuss Pulver wert. Nun aber würde er in den Krieg ziehen und hochdekoriert nach Hause kommen. Angesichts seiner Orden und Ehrenzeichen würde der alte Knacker zu schweigen haben. Keiner würde mehr den vermaledeiten Mummelgreis beachten, weil alle nur ihn, den glorreichen Helden, anschmachten würden. Und Strecha verlangte lautstark ein weiteres Bier.

Benebelt vom Alkohol, torkelte Strecha eine gute Weile später, eingerahmt von einigen Bundesbrüdern, durch die nachtleeren Straßen. An einer Ecke erspähten sie eine Wirtschaft, die noch beleuchtet war. „Kommts, Burschen, da gemma eine", lallte Strecha und zog die Kameraden mit sich.

Tatsächlich herrschte in der Stube noch Hochbetrieb. Die Korporierten ließen sich an einem Tisch nieder und orderten eine weitere Runde Bier. Die dralle Maid, welche die Bestellung brachte, stach Strecha sofort ins Auge. Sie war objektiv ziemlich korpulent, doch ihr flachsblondes Haar kontrastierte auf aufreizende Weise mit ihrem vollen roten Mondgesicht, in dem zwei große, meerblaue Augen dominierten. Strechas Blick wanderte nach unten, wo aus der Bluse, die zu einem Dirndl gehörte, wie es üblicherweise in den Alpenregionen getragen wurde, zwei fleischige, übergroße Brüste hervorlugten, die sofort Strechas Sinneslust anfachten. „Das ist ein Mensch", schmatzte er, „genau nach meinem Geschmack", wobei er keine Sekunde darauf Rücksicht nahm, dass er nicht nur von seinen Kameraden, sondern eben auch von der Bedienung gehört wurde. Die Frau kicherte schrill, was Strecha dazu ermutigte, ihr ungeniert an den Hintern zu fassen. „Und ein Gstell hat die, alle Achtung!" Die Kellnerin versuchte, sich dem harten Griff Strechas zu entziehen, doch das heizte ihn nur noch mehr an. „Gebärfreudiges Becken, wie man so schön sagt. Na, Fräulein, simma vielleicht in festen Händen oder sonstwie vergeben?" Das Kichern wurde noch schriller. „Sie gfallen mir, der Herr!", kam es viel zu hoch aus ihrem Munde, „ich bin doch grad erst 18 worden."

„Na, im besten heiratsfähigen Alter, was", feixte einer von Strechas Freunden.

„Es wird bald Krieg geben, Fräulein, da müssen S' Ihnen tummeln, dass die besten Männer noch erwischen, bevor sie in den Krieg ziehen", kam es von einem anderen.

„Krieg! Genau", riss Strecha wieder die Initiative an sich. „Der Krieg, der kommt sehr bald. Ich weiß das. Weil mich juckt schon mein Säbel ganz narrisch." Das Gelächter der Kellnerin kippte endgültig in den Diskant. „Sie Schelm, Sie", brachte sie gerade noch heraus, ehe sie schnell in Richtung Schank enteilte.

Während die übrigen Burschenschafter Bier um Bier in sich hineinschütteten, hielt sich Strecha mit seiner Konsumation auffallend zurück. Er wurde wieder leidlich nüchtern und beobachtete die Szenerie. Der Wirt war vollauf damit beschäftigt, sich mit irgendwelchen Leuten, die wohl Stammgäste waren, zu besaufen, die anderen Gäste achteten nicht auf das, was sie umgab. Langsam und von den Kameraden unbemerkt, erhob sich Strecha und schlich zur Budel, wo die Kellnerin damit beschäftigt war, Gläser zu waschen, um für die nächsten Bestellungen wieder welche vorrätig zu haben. „Komm mit, du Schöne", hauchte er ihr ins linke Ohr. Schon hatte er sie am Arm gefasst und bugsierte sie, ohne dass sie sich sonderlich wehrte, aus dem Blickfeld des Gastwirts. Nahe der Tür zu den Abtritten umschlang er ihre Körpermitte mit beiden Händen und drückte ihr einen festen Kuss auf die Lippen, während er gleichzeitig seinen eigenen Unterleib hart gegen den ihren presste. „Spürst des?", keuchte er, „spürst, was du mit mir machst?"

Die Kellnerin sah ihn mit einer Mischung aus Verwirrung und aufkeimendem Interesse an. „Ich bin ned so eine, wie du vielleicht denkst", sagte sie leise und wurde durch einen neuerlichen Kuss davon abgehalten, weiterzusprechen. „I normal aa ned. Aber du raubst mir den Verstand", krächzte Strecha und rieb sein Genital an ihrer Schürze. „Da gibt's doch sicher irgendwo einen Lagerraum oder so."

„Aber das kann ich doch nicht machen. Die Gäst, der Wirt!"

„Scheiß drauf! Die sind eh alle fett. Und der Wirt selber am meisten. Komm! Komm schon! I brauch des jetzt. Und ich seh's dir an, du brauchst es auch." Mit einer schnellen Abfolge weiterer Küsse, mit denen er nicht nur ihren Mund, sondern auch ihre Wangen, ihren Hals und schließlich ihre Schultern bedeckte, brachte er sie langsam in Wallung. Deutlich sah er ihr an, wie sie schwankend wurde. Schnell wandte er sich um und griff nach einer Flasche Schnaps, die an einem der bereits verwaisten Tische übrig geblieben war. Er nahm einen kleinen Schluck und hielt sie dann der Frau an die Lippen. Diese öffnete den Mund, und Strecha flößte ihr reichlich ein. Ihre Wangen röteten sich noch mehr und erweckten den Eindruck, als glühten sie. „Da hinten", presste sie hervor, und Strecha zog sie mit sich in den angewiesenen Bereich.

In einem eigenen Raum hatte der Besitzer der Wirtschaft Bier- und Weinfässer und andere Vorräte gelagert. Strecha wuchtete die dicke Frau auf eines der Fässer und gab ihr neuerlich zu trinken, während er gleichzeitig begann, an ihrer Bluse herumzunesteln. Mit einiger Mühe gelang es ihm, ihren Busen freizulegen, den er sofort derb zu kneten begann, was ihr zunächst sichtlich unangenehm war. Doch Strecha unterdrückte ihren Protest mit neuerlichen Küssen, um daneben damit fortzufahren, an ihren Brustwarzen herumzuschrauben, als handle es sich dabei um die Verschlusskappen einer Radmutter. „Ned so wild, herst", ermahnte sie ihn, doch er grunzte unwirsch und rieb sein Geschlecht an ihrem linken Knie, ehe er einen brünftigen Schrei ausstieß. „Ich will dich haben. Ich muss dich haben", gurgelte er und schlug ihren Dirndlrock hoch. Ob der sommerlichen Temperaturen war die Kellnerin nicht allzu umfangreich gewandet, doch seine Versuche, ihre Scham bloßzulegen, scheiterten an der widerspenstigen Unterhose, die partout nicht unter den Röcken hervorzubringen war. „So wart doch", klagte sie, „du ruinierst mir ja mein ganzes Gwand." Sie glitt von dem Fass, lockerte ihren Gürtel und zwängte dann das Höschen unterhalb des Bundes durch, um sodann mit einem Griff an ihre Beine das Kleidungsstück tatsächlich von ihrem Leibe zu lösen, ehe sie wieder auf dem hölzernen Deckel Platz nahm und die Beine spreizte.

Strecha hätte ihren Spalt nur allzu gerne genau in Augenschein genommen. Er ertappte sich bei der Frage, ob ihr Schamhaar genauso hell war wie jenes auf ihrem Haupt. Doch der Stoffwulst, der sich über ihren Unterbauch wölbte, versperrte ihm jede Sicht auf diesen intimen Körperteil. Gleichviel, dachte Strecha. Eilig knöpfte er seinen Hosenstall auf, schob die Untergatte zur Seite und holte seinen Penis heraus, der angesichts der Situation leidlich versteift war. Er ließ seinen Oberkörper auf jenen der Kellnerin fallen und griff dabei mit der rechten Hand nach seinem Genital, welches er auf diese Weise in die richtige Richtung zu lenken suchte. Mit drei Fingern knetete er gierig seinen Schaft, mit dem Zeigefinger aber suchte er nach dem richtigen Eingangsportal. Endlich fündig geworden, drängte er seinen Kolben in den Schlitz. Die Kellnerin öffnete ihre Lippen und begann, tief und heftig zu stöhnen. Strecha war wegen seiner Erektion besorgt und fragte sich, ob er nicht doch zu viel Alkohol getrunken hatte. Immer wieder lief er Gefahr, aus der Frau herauszurutschen, sodass er weiterhin die Hilfe seiner Hand brauchte, um den Akt zu einem befriedigenden Ende bringen zu können.

Die Fingerspitzen der Kellnerin krallten sich in seinen Rücken, er war offenbar auf dem richtigen Weg, sagte er sich, als ein merkwürdiges Zucken durch ihn ging, das ihn nicht wenig erstaunte. Konnte es wirklich sein, dass er sich ergoss, obwohl sein Rohr noch gar nicht zu voller Größe angewachsen war? „Oh! Schon?" Der enttäuscht-traurige Blick der Kellnerin bestätigte seinen Verdacht. „Na ja", maulte er entschuldigend, „du hast mich mit deiner Sinnlichkeit und Schönheit so überwältigt, da hab ich nicht an mich halten können."

Die Frau sah ihn fragend an. „Tut mir leid, das passiert mir sonst nicht. Aber du warst einfach so wunderbar." Er rückte unmerklich von ihr ab, was sie durch eine Prolongation der Umarmung zu unterbinden trachtete. Strecha drückte ihr einen Kuss auf die Stirn. „Wirst sehen, beim nächsten Mal wird's besser werden. Viel besser!"

„Versprochen?", fragte sie beinahe kläglich.

„Sicher. Da simma dann auch in einem Bett. Alleine und ungestört. Da haben wir dann alle Zeit der Welt. Wirst sehen, da wird dann alles anders."

„Das sagst jetzt nicht nur so?"

„Aber geh, Schatzerl. Ich doch nicht. Ich weiß doch, was sich ghört. Apropos: Wie heißt denn überhaupt? Ich bin der Hermann."

„Fini", hauchte sie.

„Alsdern, Fini, wann hast den Schluss heute? Bis dahin bin ich sicher wieder gut in Schuss. Und dann passiert mir so was nimmer."

„Weiß ned. In einer Stund vielleicht."

„Ich wart auf dich, Fini."

Strecha verstaute seinen mittlerweile geschrumpelten Penis wieder in der Unterhose, küsste Fini noch schnell auf die Wange und sah zu, dass er wieder zu seinen Kameraden kam.

Natürlich hatte Strecha nicht auf die Fini gewartet. Und er machte im Gegenteil einen großen Bogen um die Gastwirtschaft. Er war mit gänzlich anderen Dingen beschäftigt, als dass er sich an eine buchstäblich „besoffene Gschicht'" hätte erinnern wollen.

Zwei Tage nach dem Vorfall im Lagerraum stand Strecha vor dem Tor der örtlichen Kaserne und sprach den Wachposten an. „Ich möcht mich freiwillig melden. Wie mach ich das?"

„Ergänzungskommando. Linker Flügel, hinterer Trakt", kam es blechern aus dem Mund des Uniformträgers. Tatsächlich hatten sich zwischenzeitlich die Ereignisse überschlagen. Österreich hatte Serbien formell den Krieg erklärt, was wiederum das Zarenreich dazu veranlasste, Österreich den Krieg zu erklären. Und gemäß seiner Beistandsverpflichtung trat das Deutsche Reich daraufhin in den Kriegszustand mit Russland ein. Allgemein ging man davon aus, dass Frankreich und England folgen würden. Die kaiserliche Armee brauchte ergo jeden Mann und war dankbar für Männer wie Strecha, die von sich aus den Weg zur Musterung fanden. Die amtsärztliche Untersuchung war eine Angelegenheit von wenigen Minuten. Ein beleibter Glatzkopf schaute Strecha kurz in den Mund, hieß ihn zu husten, klopfte ihm Brust und Rücken ab und erklärte ihn dann für tauglich. Strecha wurde zu einem Offizier gerufen, der ihn zunächst nach seinen Personalien fragte. Dann wollte er wissen, wo er gedient habe.

„Nirgendwo, Herr Oberleutnant." Erstmals sah ihn der Militär direkt an. „Wieso das denn? Er ist doch schon fast 30. Wie gibt's denn so etwas?"

„Ich war zurückgestellt wegen meinem Studium, Herr Oberleutnant."

„Aha. Aber so ein Studium dauert doch höchstens vier, fünf Jahr. Da wär er doch spätestens anno 11 oder 12 fällig gwesen!"

„Freilich wahr, Herr Oberleutnant. Aber das Ergänzungskommando von Trebitsch, wohin ich damals zuständig war, das hat sich nie mehr bei mir gmeldet. Und weil ich einen guten Posten als Referendar ghabt hab, war mir das gar nicht so Unrecht, Herr Oberleutnant."

„So, so. Gar ned so Unrecht", schnaubte der Offizier verächtlich, „und jetzt hat er den Posten nimmer, oder wie oder was?"

„Doch, schon, Herr Oberleutnant. Aber jetzt, wo das Vaterland bedroht wird von finsteren slawischen Horden, jetzt darf man nicht beiseite stehen, sondern muss Gut und Blut geben für die Heimat und für seine Exzellenz, den Kaiser."

„Na, die richtige Einstellung hat er ja. Tauglich ist er auch, sagt der Medicus, also passt das." Er kritzelte irgendwelche Krakel auf einen Wisch und drückte den dem Strecha dann in die Hand. „So! Damit ist er jetzt ganz offiziell Soldat der kaiserlich-königlichen Armee. Halt er sich zur Verfügung, er wird dieser Tage eingezogen werden zur Grundausbildung. Weil bei ihm müss ma ja offenbar mit dem kleinen ABC anfangen." Strecha entging die Herablassung nicht, die in den Worten des Oberleutnants mitschwang, aber er beschloss, sich davon nicht kränken zu lassen. In wenigen Tagen schon würde er des Kaisers Rock tragen, und dann konnte er endlich beweisen, was für ein Mann in ihm steckte.

Strecha hätte nicht geglaubt, wie eintönig eine Ausbildung an der Waffe sein konnte. Stundenlang exerzierte er mit 99 anderen im Kasernenhof, ein ewiges Auf und Nieder, ohne erkennbaren Sinn und Zweck. Er verstand nicht, weshalb er, der er doch einfach nur Serben totschießen wollte, den ganzen Tag lang ein „Links, rechts, links, rechts" üben musste. Mit einem Parademarsch gewann man keinen Krieg. Und vor allem, mit jedem Tag, den er sinnlos in der Kaserne vertrödelte, schwanden seine Chancen, sich mit Ruhm zu bekleckern.

Denn der Krieg hatte im August bereits volle Fahrt aufgenommen. Bereits am 7. August hatten die Deutschen Lüttich genommen und strebten auf Löwen zu. Die Österreicher aber kamen in Serbien kaum vorwärts, während sie alle Hände voll zu tun hatten, das Kronland Galizien gegen die vorrückende Masse russischer Truppen zu halten. All das geschah, sagte sich Strecha, weil man Männer wie ihn nicht an die Front warf. Er war kaum noch zu bändigen und erkundigte sich bei jedem Vorgesetzten, der ihm unterkam, wann es denn endlich in die Schlacht ginge. Stets erhielt er dieselbe Antwort. Die Ausbildung dauere drei bis sechs Wochen. Ihm aber kam es vor wie eine Ewigkeit.

Am 1. September traf dann die Schreckensnachricht in Wien ein. Lemberg hatte geräumt werden müssen. Die ganze Ostflanke der Monarchie lag ungeschützt vor den Soldaten des Zaren. Strecha war fassungslos. Wenn der Feind sich Lembergs bemächtigen konnte, dann war es nur noch eine Frage der Zeit, bis er über Stanislau und den Dukla-Pass nach Ungarn einfiel. Nun war das Vaterland wirklich in allerhöchster Gefahr.

Offenbar sah das auch das Oberkommando so, denn noch am selben Abend wurde Strecha und seiner Kompanie der Marschbefehl in den Osten erteilt. Sie erhielten den folgenden Tag frei, um ihre persönlichen Angelegenheiten zu regeln, am 3. sollten sie dann in Zügen an die Ostfront transportiert werden. Strecha überlegte kurz, wie er den Tag am besten nutzen konnte, und verfiel auf die Idee, sich in voller Montur fotografieren zu lassen. Das Bild sollte an seine Eltern in Trebitsch expediert werden, damit die dort sahen, was für ein Held aus ihrem Sohn geworden war.

Also begab er sich ohne Umschweife zum nächsten Atelier und setzte den Gedanken in die Tat um. Zufrieden mit sich, trat er wieder auf die Straße und dachte daran, sich irgendwo ein resches Glas Bier zu gönnen, als ihn jemand von der Seite ansprach. „Hermann? Bist das du?"

Er drehte sich in die Richtung, aus der die Stimme gekommen war. Zu seinem Schrecken erblickte er Fini. Die sah gar nicht mehr so hochrot aus wie vor einigen Wochen, vielmehr fahl und kränklich. Selbst abgenommen schien sie zu haben. „Ja, servus, Fini", begann er unbeholfen, „ewig nicht mehr gsehen, was?"

„Das kannst du laut sagen", entgegnete sie, „gwartet hab ich auf dich. Jeden Tag. Ohne Unterlass. Aber du bist nie kommen. Obwohl du es mir versprochen hast."

„Siehst ned, Mädel, was passiert ist? Einzogen haben s' mich. Wegen dem Krieg, ned wahr?" Dabei deutete er auf seine Uniform, die seine Lüge gleichsam bestätigen sollte. „Glaubst ned, ich wär viel lieber mit dir zsammengwesen als in der blöden Kasern. Aber was soll man da machen. Wenn dich der Kaiser ruft, dann kannst ned einfach Nein sagen. So was heißt Desertion und wird mit dem Tod bestraft", erläuterte er in bedeutungsvollem Ton. Fini aber brach in Tränen aus.

„Na, na, na. Das ist ja jetzt auch kein Beinbruch, Schatzerl. Ich komm ja wieder! Du glaubst doch ned im Ernst, dass der Russ mich derwischt. Den Hermann, den bringt nix um. Und wenn der Wickel in ein paar Monaten wieder vorbei is, dann holen wir einfach alles nach." Er bemühte sich um ein gewinnendes Lächeln.

„In ein paar Monaten hab i an Bauch so groß wie ein Kürbis", quetschte Fini unter Tränen hervor. Es brauchte eine Weile, bis Strecha begriff, was sie damit hatte andeuten wollen.

„Heißt das, du bist … du kriegst ein Kind?" Sie nickte. „Und ist das leicht von mir?"

„Von wem denn sonst", schrie sie gequält auf, sodass sich Strecha eilig umsah, ob sie damit das Aufsehen von Passanten erregte, „glaubst, i puder mit an jeden umadum oder wie? Eine solchene bin i ned. Nie gwesen." Strecha trat an sie heran und nahm sie begütigend in den Arm. „Ist ja schon recht. Ich glaub dir's ja." Sie schluchzte und zog laut hörbar Rotz auf. „Ich hätt ja dich auch ned lassen. Aber du hast mir so gfallen an dem Abend. Sofort verliebt hab ich mich in dich. Und jetzt steh ich da, ich blöde Kuh. Niemand wird mir noch eine Stellung geben, wenn erst die Kugel da unten sichtbar ist. Meine Eltern werden mich zum Teufel schicken, und ich werde ned wissen, wohin mit mir. Mir bleibt nur mehr des Wasser." Dabei heulte sie abermals los.

„Jetzt beruhig dich doch erst einmal. Fini! Fini! Sorg dich ned. Das kriegn wir schon hin. Komm, gemma zu meinem Oberst. Der wird wissen, was man da machen kann." Fini sah Strecha mit treuherzigen Augen an. „Des tätst machen für mich?"

„Aber sicher doch. Du bist doch mein Schatzi, Fini! Und meinem Buben hast auch unter dem Herzen. Ein Hermann, der weiß, was sich ghört. Wegen mir kommst du ganz sicher ned ins Elend. Verlass dich drauf."

Eine halbe Stunde später saßen die beiden im Vorzimmer des Kasernenkommandanten. Immer wieder tätschelte Strecha unbeholfen Finis Hand, die ihm dafür einen dankbaren Blick zuwarf. „Wirst sehen, es wird alles gut werden", wiederholte er ein ums andere Mal. Endlich ging die Tür auf, und der Pfeifendeckel des Obersts hieß Strecha einzutreten.

„Strecha! Was gibt's? Aber rasch. Ich bin sehr beschäftigt und in Eile."

„Herr Oberst, es warat wegen der Fini, die was quasi meine Gefährtin ist."

„Und?"

„Na ja, es hat sich herausgestellt, dass sie in anderen Umständen ist. Mir haben zwar ursprünglich erst zu einem späteren Zeitpunkt heiraten wollen", log Strecha, „aber unter den gegebenen Umständen ... Na, Sie wissen schon, Herr Oberst. Ich tät die Fini ungern mit einem Bankerten zrücklassen, falls ich ... na ja ... ned zurückkomm."

„So, so, eine Schand ham S' ihr antan, und jetzt wollen S' das vertuschen."

„Herr Oberst, so kann man das ned ..."

„Nur so kann man das. Aber bitte! Ich bin Militär und kein Sittenwächter. Sie wollen also, dass das Kind einen Namen hat, hab ich Recht?"

„Jawohl, Herr Oberst."

„Und das pronto, weil wir morgen an die Front gehen, richtig?"

„Jawohl, Herr Oberst."

Kurz mahlten die Kiefer des Obersts, der offensichtlich mit sich um eine Entscheidung rang. „Blahovec! Holen S' den Kompaniegeistlichen! Aber dalli!"

Die nächsten 20 Minuten erlebte Strecha wie durch einen Nebel. Nachdem der Oberst dem Priester die Notwendigkeit einer Notheirat verdeutlicht hatte, erklärte der sich nach hinhaltendem Widerstand dazu bereit, die beiden zu trauen. Der Oberst selbst und Blahovec, sein Offiziersdiener, fungierten als Zeugen, und in Nullkommanichts verließen Hermann und Fini das Amtszimmer des Obersts als Herr und Frau Strecha.

Weihnachten 1914

Der Krieg brachte gleich zu seinem Beginn eine ungeahnte Menge an Belastungen. Lebensmittel wurden sofort spürbar teurer, ehe die meisten von ihnen überhaupt vom Markt verschwanden und nur noch im Schleich, wie es hieß, beziehbar waren. Kaffee wurde bald schon aus Eicheln geröstet, weil es nicht einmal mehr Malz gab. Für den Preis einer Semmel hätte man vor dem Krieg noch deren sechs oder gar acht bekommen, und Fleisch, für die meisten Wiener ohnehin nahezu unerschwinglich, wurde zu einem Mythos wie der fliegende Holländer oder das Donauweibchen. Jeder hatte davon gehört, doch keiner sah es je. Die Hernalser Bräu war von diesen Schwierigkeiten nicht betroffen, weil der Baron vorausschauend sämtliche Lager prall hatte füllen lassen, sodass die Produktion vorerst keine Einschränkungen erfuhr. Und weil die Lieferungen aus Pilsen und Budweis immer öfter ausblieben, profitierte die Hernalser sogar noch von der angespannten Lage, was in gewisser Weise auch einen Segen für Fritzl Bielohlawek bedeutete, der mit seiner Fanny eine Zimmer-Küche-Kabinett-Wohnung auf der Hernalser Hauptstraße beziehen konnte. Er hatte es kaum erwarten können, nach Schichtende seine Fanny aufzusammeln, um ihr das neue Domizil zu zeigen. „Wo gemma denn hin, bei dera Kältn?", hatte sie partout wissen wollen, und es hatte einiger Beredung bedurft, um ihr Geduld zu geben. „Wirst schon sehn, mein Engerl", war alles, was Fanny aus ihrem Mann herausbekam.

Endlich hatten sie den Elterleinplatz erreicht. „Ah, bist du denn narrisch wordn", fauchte Fanny, die nun zu dem Schluss gekommen war, er wolle sie aus Anlass der bevorstehenden Festtage in das *Lercherl von Hernals* einladen, eines der besten Wirtshäuser des gesamten Bezirks. Bielohlawek war einen Moment lang verwirrt, ehe er Fannys Irrtum bemerkte. „Nein, nein", sagte er mit verschmitztem Lächeln, „viel besser! Das wird viel besser." Was Fanny nur noch ratloser machte. Sie erreichten ein einstöckiges Haus, das fraglos seine 100 Jahre auf dem Buckel hatte, und zu Fannys großer Überraschung gingen sie hinein.

„Bsuchen wir leicht wen?", fragte sie, immer noch von ihrer großen Neugier angetrieben. Bielohlawek aber lächelte nur. Sie kamen in den Innenhof, in dem eine große Linde stand. Fanny fielen sofort die Pawlatschen auf, die sowohl die Rückfront des ersten als auch die Vorderfront des zweiten Trakts schmückten. „Da ist's ja echt schön, hörst", entfuhr es ihr, was Bielohlaweks Lächeln nur noch breiter machte. Er führte sie die Freitreppe hoch und gelangte mit ihr auf die Empore, die zu einigen Wohnungstüren führte. „Wer wohnt denn da?", wollte Fanny wissen. Doch Bielohlawek klopfte nicht. Vielmehr holte er einen Schlüssel aus seinem Hosensack und sperrte auf. „Wir", entgegnete er und strahlte dabei über das ganze Gesicht.

Fanny schlug die Hände vor dem Kopf zusammen. „Dich hat's echt erwischt. Du bist ja wahnsinnig, Jesusmariaundjosef!" Sie kam aus dem Staunen nicht heraus. „Zwick mi! Schnell, Fritzl, zwick mi. I maan, i traam!" Ihr Mann aber lachte. „Nein, Fanny, du träumst nicht! Ich hab die Wohnung da gemietet. Am Ersten können wir einziehen." Er geleitete sie ins Innere. „Schau, da hast eine ganz brauchbare Küche. Mit einem eigenen Fenster auf den Innenhof. Und dahinter ist ein schönes großes Zimmer. Gut, hinten raus ist's ein bisserl finster, aber wennst denkst, wie wir jetzt wohnen, dann ist das wurscht. Und da drüben, schau, da ist noch ein Kabinett. Da geht sich ein Bett für uns und später sogar noch eines für unser Bauxerl aus." Der Stolz, der Bielohlawek durchströmte, war ihm deutlich anzusehen.

„Aber Fritzl, das muss ja ein Vermögen kosten. Das können wir uns doch nie und nimmer leisten", zeigten sich auf Fannys Stirn Sorgenfalten. „Aber geh, so schlimm ist es gar nicht. Ich hab mir das genau ausgerechnet. Mit dem, was ich in der Brauerei verdien, bleibt uns sogar noch genug zum Leben. Gut, Geld für neue Möbel oder eine Waldpartie haben wir dann nicht mehr, aber wenn wir das wollen, dann gemma halt in die Schwarzenbergallee."

„I glaub, mi setzt nieder. Halt mi, Fritzl, halt mi ganz fest, sonst haut's mi um." Sie fiel ihrem Mann um den Hals und bedeckte seine Wangen mit zahllosen Küssen. „Pass doch auf", wehrte er sie glucksend ab, „du derdrückst mi ja. Und das Bauxerl auch." Tatsächlich rückte sie ein wenig von ihm ab und drehte sich vergnügt im Kreise. „I glaub des ned. A eigene Wohnung! Zum ersten Mal a eigene Wohnung." Gleich darauf hielt sie inne und wurde ernst: „Was werden denn da Mama und Papa sagen?"

Bielohlawek machte eine wegwerfende Handbewegung. „Die werden froh sein, dass in ihre vier Wänd endlich wieder atmen können. Ich mein, dort war's schon für uns vier viel zu eng, und jetzt stell dir einmal vor, da wär dann noch das Bauxerl dazukommen. Das wär sich nie ausgangen." Gleich darauf durchzuckte ihn eine Erkenntnis. „Wart, ich hab dir ja noch gar nicht alles gezeigt." Eilig griff er nach ihrer Hand und zog sie wieder auf die hölzerne Balustrade. Zwei Türen weiter hielt er an. „Schau. A Häusl. Unser eigenes. Das müss ma uns nur mit den Nachbarn nebenan teilen."

„Was", kam es ungläubig von der Fanny, „ein Klo für nur vier oder fünf Leut! Wo gibt's denn so etwas?"

„Das weiß ich nicht", wich das Grinsen nicht aus Bielohlaweks Gesicht, „das Klo ist zumindest vorerst nur für zwei. Ja, weil die Nachbarwohnung steht noch leer. Die ist genauso gschnitten wie unsere. Nur spiegelverkehrt halt, wie man so schön sagt."

„Das ist alles ned wahr. Gleich wach ich auf und lieg neben der Mama, die wieder den ganzen Wienerwald absagelt." Bielohlawek legte seinen Arm um ihre Schultern. „Das kann dir passieren. Aber ned jetzt. Und nur noch eine gute Woche. Weil dann simma da!"

Tatsächlich ruckelte am ersten Tag des Jahres 1915 ein von zwei Mähren gezogener Bierwagen langsam die Hernalser Hauptstraße stadteinwärts. Auf dem Kutschbock saßen Bielohlawek und die schwangere Fanny, hinter ihnen türmte sich an Hausrat, was sie in der kurzen Zeit hatten organisieren können. Vor allem das klobige Doppelbett, das ihnen Freunde der Schwiegereltern überlassen hatten, machte Fanny stolz, denn das Wichtigste in einem Haushalt, darüber bestand kein Zweifel, waren ein Bett und ein funktionierender Herd. Alles andere mochte sich finden. Voller Stolz blickte Fanny am Abend eines arbeitsreichen Tages auf das gemeinsame Werk. Im Kabinett stand das Doppelbett samt einem kleinen hölzernen Kästchen und einer ebenfalls hölzernen Wiege, in der schon Fanny selbst gelegen war. „Ein Nachtkastl hamma aa, Fritzl, ich glaub's ned. Des is ja fast schon wie bei die feinen Leut!"

Das Zimmer war vorerst noch recht kärglich möbliert. Ein Diwan, der schon wesentlich bessere Tage gesehen hatte, stammte aus dem Fundus der Brauerei. Der Baron hatte jemanden angewiesen, das mottenzerfressene Ding, wie er es nannte, auf den Sperrmüll zu werfen, gerade, als Bielohlawek von seiner letzten Lieferfahrt zurückgekehrt war. Dieser hatte die Gelegenheit beim Schopf gepackt und den Chef gefragt, ob er das Teil mit sich nehmen dürfe. Auf diese Weise hatten sie nun ein Möbel, auf dem sie abends ausruhen konnten und das dem Bauxerl eines Tages, wenn es zu groß geworden war, um noch bei den Eltern in der Wiege zu liegen, als Schlafplatz dienen konnte. „Und da, in der Ecken", erklärte Fritz seiner Frau, „stell ich mir einen Bücherschrank hin. Den schreiner ich mir selber mit der Hilfe vom alten Myslivski. Der hat ein Talent für so was."

Gegenüber jener Ecke, gleich neben der Tür, hatten sie einen großen Kleiderschrank positioniert, an den sich eine kleine Kredenz anschloss, auf der das Lavoir samt einer Wasserkanne Platz fand. „Was sagst? In der Mitten warat Platz für so einen echten Esstisch. So wie ihn die Gstopften haben. Was meinst?"

„Ja, das wär schön." Bielohlawek nickte. „Eines Tages, mein Schatz, werden wir uns auch den leisten können."

Vorerst aber mussten sie sich mit dem wackeligen Tisch in der Küche begnügen, der auf einfachste Weise aus einer Holzplatte bestand, an die vier Beine geleimt waren, was dem Ganzen eine beunruhigende Fragilität verlieh. Dahinter fand gerade noch eine schlichte Holzbank Platz, auf der, wenn sie eng zusammenrückten, beide sitzen konnten. Nächst der Verbindungstür zum Zimmer war ein Gehänge montiert worden, in dem ihre Teller und Schüsseln sowie die paar Gläser, über die sie verfügten, verstaut werden konnten. Und in angemessener Entfernung zum Sparherd ging sich auch noch ein sogenanntes Kuchelkastel aus, in dem sie die wenigen Vorräte, über die sie verfügten, unterbringen konnten. „Weißt, was schön wär? Wenn man bei dem Tisch noch so ein Besteckladel anbringen könnt. Dann hätt ma die Löffel, Gabeln und Messer immer gleich griffbereit." Bielohlawek nickte. „Eine gute Idee. Da red ich auch mit dem Myslivski drüber. Dem fallt da sicher was dazu ein."

Es war schon nach 10 Uhr abends, als beide in ihrem ersten eigenen Bett lagen. „Schlafst du schon?", wollte Fanny wissen. „Nein", brummte er. „Ich glaub, ich kann gar ned einschlafen", fuhr sie fort, „da ist so unglaublich viel Platz, das bin ich gar ned gwohnt." „Und so ruhig is", ergänzte Fritz, „kein ohrenbetäubendes Schnarchen, das bin i ned gwohnt." Dabei lachte er glucksend. Fanny aber stieß ihn neckisch an. „Red ned so über die Mama, die kann doch nix dafür." Er nickte. „Eh ned. Aber trotzdem wird mir die Sägerei ned fehlen." Nun lachte auch sie. „Weißt was? Mir aa ned!"

Durch das Fenster sahen sie die leeren Äste der Linde und konnten dabei auch ein Stück Nachthimmel erblicken. „Hättest dir das je gedacht. Dass wir beim Schlafen einmal den Himmel sehen?", fragte sie. „Ghofft hab ich's, ghofft."

„Und jetzt is es wahr worden. Wir haben so ein Glück, wir zwei." Bielohlawek drehte sich zu seiner Frau und küsste sie auf die Stirn. „So ist es. Und jetzt schlaf! Morgen ist wieder ein harter Tag."

Zwei Monate später

„Du, Fritz, die Wohnung nebenan, die ist doch immer noch ned vergeben, oder?"

„Was ich weiß, nein. Warum?"

„Kannst du dich noch an die Fini erinnern? Die was früher auch einmal bei uns im Café kellnert hat?"

„Die Blade?"

„Die etwas Stämmigere, ja", korrigierte sie ihn leicht verärgert.

„Gut. Die Stämmige. Was is mit der?"

„Die kriegt demnächst auch was Kleines. Und deshalb muss sie aus ihrer Wohnung raus. Weil dort is sie nur Bettgeherin, und das geht sich mit einem Kind natürlich ned aus. Jetzt hab i mir denkt ..."

Bielohlawek sah seine Frau mitleidig an. „Aber Schatzerl, wenn sich deine Fini ned einmal eine Aftermiete leisten kann, wie soll sie dann so eine Wohnung finanzieren? Das geht sich ja nie aus. Und außerdem: Hat's einen Vater zum Kind?"

„Wirst jetzt moralisch auf deine alten Tag oder was?" Fanny stemmte empört die Hände in die Hüften.

„Aber naa, so mein ich das doch ned. Ich frag wegen dem Geld. Wenn s' was Kleines hat, dann wird s' kaum kellnern können und also auch nix verdienen. Also braucht s' irgendeinen Mann, der was nach Hause bringt, verstehst." Bielohlawek sah sie mit großen Augen an.

„Ah so, ja. Tschuldige. Ich hab jetzt gmeint, du willst keine, die was einen Bankert hat, in der Nachbarschaft."

„Geh, Schatzi, sei ned so blöd. Du weißt, wie wurscht mir diese ganze bürgerliche Moral und der kirchliche Blödsinn sind. Aber deine Fini hat gar nix davon, wenn s' am Ersten da einzieht und am Fünfzehnten wieder delogiert wird, weil s' die Miete ned zahlen kann, verstehst?"

„Den Vater gäbert's eh. Nur ist der im Krieg. Ich hätt ja gsagt, der kann ned ewig dauern, der Krieg. Aber jetzt schaut's so aus, als wär das doch alles ned so einfach."

Bielohlawek ließ sich auf dem Diwan nieder. „Da hast echt Recht. Ein Wahnsinn eigentlich. Ich kann mich noch genau daran erinnern, wie s' gsagt haben, zu Weihnachten sind die Burschen wieder daheim. Jetzt hamma bald März, und sie sind immer noch ned da. Und wenn doch", setzte er hinzu, „dann im Sarg."

Augenblicklich biss er sich auf die Lippe. „Nein, keine Angst. Dem Gschamsterer von deiner Fini, dem passiert scho nix", beeilte er sich, Fanny zu beruhigen. „Ich bin echt froh, dass der Baron dir die Gschicht gebügelt hat. Weil ich haltert das ned aus, diese andauernde Anspannung, weil ich mich auffressen tät vor Sorge um dich. Ich weiß gar ned, wie die Fini das packt. Ich wär schon dreimal gstorben vor Angst um dich."

Bielohlawek stand wieder auf und nahm seine Frau in den Arm. „Ich red gleich morgen mit dem Hausherrn. Schau ma einmal, wie viel der für die Wohnung da überhaupt haben will. Und dann sehen wir weiter. In Ordnung?" Fanny sah zu ihm auf und nickte. Fritz erkannte den dankbaren Blick in ihren Augen und drückte ihr einen Kuss auf die Stirn. „So", sagte er sodann mit einiger Bestimmtheit in der Stimme, „und jetzt geh ich rüber zum Myslivski. Wär doch glacht, wenn wir in die blöde Ecken da nicht endlich ein Bücherkastl hinkriegerten."

Fanny grinste. „Was glaubst, was kommt früher? Dein Bücherschrank oder der Sozialismus?"

Bielohlaweks Augen blitzten schelmisch auf. „Am besten beide gleichzeitig. Weil dann sind die Bücher bestimmt gratis, und ich hab was, was ich reinstellen kann in das Regal."

Es bedurfte einiger Überredungskunst, den Hausbesitzer davon zu überzeugen, die zweite Wohnung der Fini zu überlassen, doch gemeinsam gelang es, genügend Münzen zusammenzukratzen, um dem Herzen des Hausherrn einen Stoß zu geben. Und so zog Bielohlawek zum zweiten Mal binnen weniger Wochen Hausrat durch die Hauptstraße, diesmal freilich ohne Pferde und auf einem wackeligen Leiterwagel, auf dem die wenigen Habseligkeiten der Fini locker Platz hatten. Und seufzend verabschiedete er sich ein weiteres Mal von der Idee eines Bücherregals, denn die Fanny drang so lange in ihn, bis er ihr nachgab und das gesparte Holz herausrückte, um der Fini daraus ein Bett zu zimmern. Aber wenigstens, so tröstete sich Fritz, war die Fanny jetzt den Tag über nicht mehr so allein, was ohne Frage ein großer Vorteil war. Denn mittlerweile war ihr Bauch schon reichlich angeschwollen, und jeden Moment konnte es so weit sein. Bielohlawek fühlte eine große Erleichterung, dass in diesem Falle jemand in Fannys Nähe war, um ihr bei der Geburt zu helfen. Doch wieder kam alles ganz anders.

Am zweiten Sonntag im März war Fritz gerade damit beschäftigt, dem Geländer der Pawlatsche einen neuen Anstrich zu verpassen, als ihn ein spitzer Schrei aufschreckte. „Jessas", entfuhr es ihm, „es ist so sweit!" Er ließ Pinsel und Farbtopf fallen und eilte in die Wohnung. Fanny saß mit einem besorgten Gesichtsausdruck auf dem Diwan, wo sie eben damit beschäftigt war, ein weiteres Kleidungsstück für das Bauxerl zu stricken. „Hast das auch ghört?"

„Ja sicher", keuchte Bielohlawek, „ich hab glaubt, du warst das!"

„Dann muss es drüben bei der Fini so weit sein." Mühsam kämpfte sich Fanny hoch und watschelte in Richtung Wohnungstür, wobei sie sich den Bauch hielt. „Lass nur, ich schau nach", meinte Fritz und umkurvte seine Gattin, um schneller in der benachbarten Wohnung zu sein. Und gerade, als er deren Tür öffnete, schrie die Fini ein weiteres Mal laut auf. „Ich sag's ja", rekapitulierte Fanny über Fritzens Schulter, „sie hat die Wehen."

„Na servas! Und was mach ma jetzt?" Fritz stand seine Ratlosigeit deutlich ins Gesicht geschrieben. „Hol die Mama! Aber schnell auch noch. Ich bleib derweil bei der Fini", beschied ihm die Fanny.

Bielohlawek eilte die Stiegen abwärts, dabei zwei Stufen auf einmal nehmend. Er sprintete durch den Innenhof und den Hausflur des vorderen Trakts, um dann auf der Hernalser Hauptstraße nach links einzubiegen. Als wäre die wilde Jagd hinter ihm her. Völlig außer Atem kam er bei den Schwiegereltern an. „Die F ..., die F ...", keuchte er nur, „Kind", brachte er gerade noch heraus. Fannys Mutter sprang auf. „Is es so weit? Die Fanny kriegt ihr Kind?" Bielohlawek schüttelte den Kopf und bemühte sich immer noch darum, wieder normal atmen zu können. „Die Fanny ... schickt mi ..., die Fini ..., die kriegt ... das Kind."

Die Schwiegermutter war zwar ein wenig enttäuscht, doch wusste sie, was sich gehört. „Gut, ich geh gleich rüber. Gib du noch der Prihoda drüben Bescheid, die soll auch kommen. Immerhin war die früher Hebamme. So jemanden kann man immer brauchen." Bielohlawek nickte und machte sich umgehend auf den Weg.

Nachdem er auch die Prihoda mobilisiert hatte, lief er, so schnell es eben noch ging, zurück zu seinem Wohnhaus. Schon von weitem hörte er Finis Laute, doch schloss er aus dem Umstand, dass sie nun schon alle paar Sekunden schrie, dass sie sich bereits unmittelbar vor der Geburt befand. Tatsächlich drang Fannys eindringliche Stimme, wie sie die Fini beruhigte, zu ihm auf den Gang. „Ein bisserl noch, komm schon, Fini. Ich seh schon sein Kopferl. Tu fest pressen, ein wengerl noch, dann ist alles gut."

Er erreichte die Tür und hielt sich an deren Stock an. Tatsächlich drückte Fanny der Freundin fest die Hand und begleitete sie teilnahmsvoll durch ihre Wehen. „Deine Mutter kommt gleich. Und die Prihoda bringt s' auch mit." Fanny wandte sich kurz um, sah dann aber wieder der Fini in die Augen. „Gut is", sagte sie über die Schulter, „aber wenn s' nicht gleich da sind, dann brauch ma s' eigentlich eh nimmer." Und wieder quiekte die Fini, als hätte man ihr eben ein Messer in den Bauch gerammt. Sie krümmte sich kurz, dann ging ihr Atem in ein schnelles Hecheln über, ehe sie zu gurgeln begann, während ihr Kopf nach hinten auf das Kissen fiel. „Nicht ohnmächtig werden, Fini, gleich bist über den Berg. Schau, da ist schon das Halserl. Und die Schultern kommen auch schon."

Bielohlawek widerstand der Versuchung, einen Blick auf die Szene zu werfen. Nicht, weil er es für unmoralisch gehalten hätte, eine fremde Scham zu begutachten, sondern weil er Angst hatte, der Anblick wäre zu viel für ihn. Doch er kam nicht dazu, lange über diese Frage nachzusinnen. Mittlerweile waren auch die zwei Frauen eingetroffen und schoben Fritz brüsk beiseite. „Was is? Steh da nicht unnötig herum. Mach schnell ein Wasser heiß und bring's uns. Und saubere Tücheln auch gleich. Gemma, gemma! Schlaf ned, es pressiert!" Und Bielohlawek tat, wie ihm geheißen.

Er kam eben mit dem Lavoir voller Wasser, das er eilig über dem Ofen zum Kochen gebracht hatte, zurück, als abermals ein Schrei die Stille zerriss. Doch diesmal war der Ton ganz anders, und Bielohlawek ahnte auch gleich, warum. Dieses Mal war es nicht die Fini, die da lautstark auf sich aufmerksam machte, es war ihr Kind. Fritz schaffte es gerade noch, das Schaffel neben seine Schwiegermutter zu stellen, da wurden ihm schon die Tücher vom Unterarm gerissen, mit denen das Kleine abgerieben wurde, ehe man es einwickelte. Die Prihoda hatte bereits mit einer großen Schere die Nabelschnur durchtrennt und kümmerte sich nun um die Mutter, während die Schwiegermama den Kleinen hielt. Die Krisis, so befand Bielohlawek mit einer nicht geringen Erleichterung, war vorbei. Alles kehrte allmählich zur Normalität zurück.

Fanny tätschelte noch einmal die Hand ihrer Freundin, dann nahm sie, schon allein, um Platz für die anderen zu schaffen, ihre gesamte Kraft zusammen, um sich von der Bettkante zu erheben. Sie trippelte in kleinen Schritten auf ihren Mann zu, hielt aber dann plötzlich inne, verdrehte die Augen und starrte dann entsetzt zu Boden. „Jessasmarandana", brachte sie gerade noch hervor, während sich der Boden unter ihren Füßen dunkel verfärbte. Von dunkler Ahnung getrieben, drehte sich Fannys Mutter um und hatte Mühe, den Kleinen nicht fallen zu lassen. „Dera is die Blasn platzt", rief sie aus, „Fritzl, tummel di, desselbe noch einmal, aber dalli."

Und so kam es, dass am Abend jenes Märzsonntags zwei völlig erschöpfte, aber überglückliche Frauen in ihren Betten lagen, während sich Bielohlaweks Schwiegermutter und die alte Prihoda um zwei Babys kümmerten. Bielohlawek aber saß im *Finken* und nahm all sein Erspartes zur Hand. „Eine Runde für alle. Weil i bin heit Vater worden. 49 Zentimeter hat er. Ein Prachtkerl, sag ich euch!" Und er sonnte sich in der allgemeinen Antwort, die da lautete: „Also ganz der Papa!"

Während sich die Fini und die Fanny von ihren Strapazen erholten, zog langsam der Frühling ins Land. Der Krieg aber, der war immer noch nicht zu Ende. Und erstmals dämmerte es den Menschen, dass er wahrscheinlich noch sehr lange dauern würde.

November 1918

Doch selbst die allergrößten Pessimisten wären nie auf die Idee gekommen, dass das große Sterben gar kein Ende fand. Das Jahr 1915 ging in Strömen von Blut unter, und das Jahr 1916 tat es ihm gleich. Es hieß, die Menschen trauerten um den geliebten Kaiser, der am 21. November jenen Jahres für immer seine Augen schloss. Aber noch viel mehr trauerten sie um ihre Ehemänner, ihre Söhne und ihre Väter. Im vierten Kriegsjahr gab es kaum noch eine Familie, in deren Stube nicht ein blasses Foto, umrahmt von Trauerflor, hing. Und als hätte die psychische Qual noch nicht genügt, wurde auch die physische Not immer größer. Außer Rüben gab es kaum noch etwas zu essen, das Brot beinhaltete schon beinahe mehr Sägespäne als echtes Korn, und selbst die Eicheln für den Kaffeeersatz waren mittlerweile Mangelware. Die Regierung untersagte der Arbeiterbewegung jedweden Protest, und die Beschäftigten in den Betrieben, die mittlerweile größtenteils Frauen waren, standen unter dem Kriegsrecht. Sie schufteten mit leerem Magen bis zur Erschöpfung, und es kam nicht nur einmal vor, dass jemand mitten in der Arbeit einfach umkippte.

Auch an Glicksteins Brauerei ging die Entwicklung nicht spurlos vorüber. Immer wieder gab es Produktionsausfälle, weil einfach keine Rohstoffe mehr zu beziehen waren, mit denen man das Bier hätte herstellen können. Und dennoch wollte die Bevölkerung die Hoffnung auf ein gutes Ende des großen Kriegs nicht aufgeben. „Alles für den Sieg", hieß es, und die Menschen gaben nicht nur all ihr Geld, mit dem sie weiter eifrig Kriegsanleihen zeichneten, sondern auch ihr Metall, damit daraus Munition gegossen werden konnte. Selbst die Eheringe wollte man ihnen abknöpfen. Als ob damit die Wende im Völkerringen zu erzielen gewesen wäre.

Bielohlawek konnte seinen Zorn auf die Regierung kaum noch bändigen. Jeder Schuss ein Russ, jeder Stoß ein Franzos, jeder Tritt ein Brit hatte es geheißen. Doch getreten und gestoßen wurden die Arbeiter und ihre Angehörigen, denen man jedwede Existenzgrundlage entwand. „Über die Montenegriner lachen nur die Hühner", lautete die vorwitzige Zeile irgendeines servilen Schreibers anno 1914. Das Lachen war mittlerweile allen vergangen. Und Bielohlawek wusste, so konnte und durfte es nicht weitergehen.

Da traf um die Zeit des zweiten Geburtstags von Wickerl und Turl die Nachricht aus dem Osten ein, dass die Russen den Zaren gestürzt hatten. Sie waren des Krieges müde, und Bielohlawek hoffte, die Österreicher würden es ihnen nachmachen. Vorerst aber blieb alles beim Alten. Man schuftete, man hungerte, man fror. Und man wartete darauf, dass endlich jemand das Signal zum Aufstand gab.

Der kam aus einer Ecke, aus der es nicht einmal Fritz vermutet hätte. Ausgerechnet die Rüstungsbetriebe in Wiener Neustadt traten in den Streik. Schnell griff die Bewegung aufs Steirische und auf Wien über, doch die Obrigkeit besaß noch genügend Autorität, um jeglichen Widerstand gewaltsam zu brechen. Allerorten fahndeten die kaiserlichen Schergen nach Umstürzlern, und so standen sie schließlich auch vor den Toren der Brauerei, wo sie vom Baron die Herausgabe aller Sozialdemokraten verlangten, damit sie vom Standgericht abgeurteilt werden konnten. Der Baron entgegnete knapp, er kenne keine Sozialdemokraten, nur Menschen. Und die arbeiteten bei ihm. Punkt und aus. Die

Polizisten mussten unverrichteter Dinge wieder abziehen, denn mit einem Baron wollten sie sich dann doch nicht anlegen.

Einige Monate später machte sich Bielohlawek, hungrig und müde, in seiner Küche zurecht, um seinen Dienst in der Brauerei anzutreten, als es energisch an seine Tür klopfte. Neugierig öffnete er. Vor ihm stand die gekrümmte Figur Myslivskis. „Tummel dich, Fritz", schnarrte er, „irgendwelche Heißsporne haben die Brauerei besetzt und wollen den Baron aufhängen!"

„Willst mich rollen in aller Früh? So deppert kann doch keiner sein!"

„Anscheinend doch. In Ottakring drüben haben s' einen Arbeiterrat gebildet, und der will jetzt Revolution machen. Genau so, wie sie's vor einem Jahr in Petersburg gmacht haben."

„Na, das wird aber auch Zeit", erklärte Bielohlawek, „nur, was hat das mit dem Baron zu tun?"

„Die sagen, er ist ein Ausbeuter und ghört eliminiert." Das letzte Wort dehnte Myslivski mit sichtlich angewiderter Miene. „Wart, ich komm."

Ein knappe Viertelstunde später standen die beiden vor den Toren der Brauerei. Dort hatte sich eine enorme Menschentraube gebildet, die sich wild gebärdete. Lauthals wurden irgendwelche Parolen gerufen, andere beschränkten sich darauf, einfach nur ihre Fäuste in die Luft zu strecken. Bielohlawek und Myslivski hatten Mühe, sich Zutritt zum Firmengelände zu verschaffen. Sie zwängten sich durch die Massen und gelangten endlich in den Innenhof. Dort sahen sie auf der Stiege zum Bürotrakt einen hochgeschossenen Jüngling in Soldatenuniform, dessen linken Arm eine rote

Binde zierte. „Die Zeiten der Kapitalisten sind vorbei", schrie er, „in Prag haben s' die Ausbeuter schon rausgworfen, und in Agram auch. Jetzt sind wir dran! Nieder mit den Habsburgern, nieder mit den Expropriateuren!" Und obwohl sich Bielohlawek sicher war, dass die Mehrheit der Anwesenden nicht wusste, was ein Expropriateur war, so brandete ihm gleichwohl tausendfach Zustimmung entgegen. Wie aufs Stichwort stießen zwei andere Milizionäre einen sichtlich ramponierten Glickstein ins Freie. „Und mit dem Kerl da, mit dem fangen wir an", statuierte der Jüngling zufrieden.

„Auf die Gaslatern mit ihm", johlte einer. „Genau", stimmte ihm ein anderer zu, „hängts eam auf, die Sau!"

Bielohlawek gab sich einen Ruck und durchpflügte das Leutemeer vor sich, bis er an den Treppenansatz gelangte. „Jetzt aber einmal halblang", schrie er aus vollen Lungen, „das könnt ihr doch nicht machen. Nicht mit dem Baron!"

„Nicht mit dem Baron", äffte ihn der Junge nach, „allein schon, dass du das Schwein Baron nennst, zeigt, dass du ein Verräter deiner Klasse bist."

„Ich bin Genosse seit 15 Jahren, du halbe Portion", polterte Bielohlawek, „alle, die da arbeiten, kennen mich. Was man von dir ned sagen kann. Hast du überhaupt schon einmal irgendwo gearbeitet? Wer bist du überhaupt?"

Bielohlaweks laute Worte verfehlten ihre Wirkung nicht. Die mordlüsterne Stimmung in der Menge ebbte ab. Bielohlawek wandte sich von dem jungen Burschen ab und den Leuten zu. „Genossen! Seids vernünftig! Dass wir die Fabrik in die Hände des Volkes geben, dafür bin ich auch, keine Frage. Mit dem Krieg muss auch die Ausbeutung ein für allemal enden. Aber wollen wir deswegen zu Mördern werden?"

„Der Fritzl hat Recht", ließ sich einer aus dem Publikum vernehmen, „es wär ned Recht, den Glickstein abzukrageln."

„Freilich wär's nicht Recht. So etwas kann niemals Recht sein. Drum ist es auch so Unrecht, was die Habsburger und ihre Schergen all die Jahre getan haben. Und von denen wollen wir uns doch unterscheiden, nicht wahr?", griff Bielohlawek den Einwurf auf. „Ich sag, wir nehmen die Brauerei in Besitz, und den Glickstein, den lassen wir heimgehen. So einfach ist das."

Einer der beiden Milizionäre war mit dieser Lösung sichtlich nicht einverstanden. Er knuffte den Baron, dass dieser sich schmerzvoll wand. „Und ich sag, wir hängen ihn auf. Der hat uns lange genug karniefelt. Jetzt kommt die Abrechnung."

Bielohlawek nahm den Burschen in Augenschein. Er kannte ihn. Der Sohn vom alten Petschina, der seit einem Unfall mit seiner Bierkutsche ein lahmes Bein hatte und vom Fensterkitt lebte. Der Staat hatte sich nicht eine Minute um Petschina gekümmert und ihn dem Elend preisgegeben. Es war gerade der Baron, der Petschina jene kleine Rente ausgesetzt hatte, von der er jetzt schlecht, aber eben doch lebte. Glickstein wäre dazu nicht verpflichtet gewesen und hatte es dennoch getan. Insofern war es doppelt ungerecht, dass jetzt ausgerechnet der junge Petschina sich zum Richter über den Baron aufspielte. Drohend trat Bielohlawek an ihn heran.

„Du markierst jetzt ab, Bub, und ganz schnell auch noch! Sonst geh ich zu deinem Vater, und der haut dir ein paar Fotzen runter, dass d' wieder zu Verstand kommst!"

Tatsächlich schluckte der Bursch, und auch sein Kumpan fühlte sich sichtlich unwohl. „Komm, Gustl, lassen wir's besser. Es ist eh gscheiter, wenn ma uns zuerst ums Parlament kümmern. Die einzelnen Fabriken und ihre Besitzer, die rennen uns ned weg." Bielohlawek nickte leicht mit dem Kopf in die Richtung des Sprechers, behielt dabei aber Gustl Petschina genau im Auge. „Hör lieber auf deinen Spezi. Sonst reißt dir dein alter Herr am Abend den Allerwertesten auf. Der trickert dich so, dass d' mit 'm Arsch auf die Uhr schaust. Also schau, dass d' weiterkommst."

In der Menge machte sich Ratlosigkeit breit, und die nutzte Bielohlawek, um sich des Barons zu bemächtigen. Er führte ihn die Treppe abwärts und zwängte sich durch ein enges Spalier, das ihnen gerade genügend Platz bot, um ans Tor zu gelangen. „Gehn S' heim, Herr Baron. Schnell am besten. Alles Weitere findet sich schon." Dabei nickte er begütigend. Glickstein sah ihn erleichtert an und machte dann, dass er um die nächste Ecke kam.

„So, jetzt, wo das geklärt ist, wird es Zeit, dass wir ein Fabrikskomitee bilden. Immerhin ist die Hernalser Bräu jetzt in Arbeiterhand. Also müssen wir uns überlegen, wer welche Verantwortlichkeiten übernimmt, damit die Produktion ungestört weitergehen kann. Genossen, Freiwillige vor." Bielohlaweks Vorstoß überrumpelte die meisten, und so stieß er auf eine Mauer des Schweigens. „Ich sag, der Fritzl soll das machen", hörte er Myslivskis Stimme aus dem Hintergrund. „Der ist genau der Richtige, der weiß, was zu tun ist."

Bielohlawek kam nicht umhin, sich über die Wankelmütigkeit der Männer zu wundern. Eben wollten sie noch Blut sehen, und jetzt stimmten sie unisono dem Vorschlag zu, dass er die Fabrik leiten sollte. Mühsam unterdrückte er ein Lächeln.

Während Bielohlawek daranging, die Versammlung wieder in geordnete Bahnen zu lenken, stürmte Fini hektisch zu Fanny in die Wohnung. „Ich pack's ned, ich pack's ned", rief sie immer wieder. „Was packst denn ned?", wollte Fanny wissen. „Der Hermann. Er lebt. Und er kommt endlich heim." Dabei wedelte sie ganz aufgeregt mit einem Stück Papier, das sie der Freundin in die Hand drückte. Fanny setzte sich nieder und begann zu lesen: „Laibach, 2. November 1918. Liebste Fini! Du glaubst nicht, was wir in den letzten Tagen erlebt haben. Zu Beginn des Monats waren wir noch drauf und dran, den Italiener endlich in die Schranken zu weisen, und dann kommt auf einmal ein Telegramm vom Hauptquartier, und es heißt: Wir kapitulieren. Das hat hier natürlich niemand verstanden. Aber andererseits waren wir froh auch. Immerhin, wir haben überlebt. Dann heißt es auf einmal, ganze Einheiten sind von den Italienern gefangen genommen worden, obwohl der Krieg schon aus ist. Da haben wir natürlich noch einmal Angst bekommen, weil wir alle wollten nur noch nach Hause, und keiner hatte Lust, sich quasi im letzten Moment noch einsperren zu lassen. Aber unser Kommandant, der Oberst Körner, hat die Ruhe bewahrt und uns versprochen, er bringt uns alle sicher nach Wien zurück. Und der Oberst, musst du wissen, der hat die ganze Zeit über auf uns aufgepasst, das ist der einzige Offizier, dem wir hier noch vertrauen. Jedenfalls hat er uns dann vor ein paar Tagen alle eingesammelt und hat gesagt, wir marschieren ins Krainische hinüber. Wir kommen trotz des ungünstigen Wetters rasch voran und erreichen eine kleine Ortschaft namens Cervignano, wo wir plötzlich aufgehalten werden. Wieder blicken wir in gesenkte Bajonette, und diesmal sind es unsere eigenen Leute, die uns bedrohen. Sie haben noch dieselben Uniformen an wie wir, nur nennen sie sich jetzt Jugoslawen. Und stell dir vor, die wollen uns auch gefangen nehmen. Wie zuvor die Italiener. Da steigt der Oberst Körner aus seinem Wagen und tritt dem Trupp mutig ganz allein entgegen. Ich sehe, wie sich seine buschigen Augenbrauen zusammenziehen und wie er die Männer grollend anschnauzt, was sie sich eigentlich einbilden, dass sie uns da so einfach aufhalten. Wir seien nur die Vorhut einer ganzen Armee, die jetzt nach Hause ziehe und die ebenso wenig aufgehalten werden könne wie eine Lawine. Da haben sich die von der anderen Seite nervös angesehen und uns schließlich passieren lassen. Klar, die wollten auch nicht mehr kämpfen, die waren auch froh, dass endlich eine Ruh ist. Und so kamen wir einen Tag später in Laibach an, wo wir noch einmal übernachtet haben. Heute wurden wir nun in einen eigens für uns zusammengestellten Sonderzug verfrachtet, und wenn alles gut läuft, dann erhältst du diesen Brief erst nachdem ich dich endlich wieder in meine Arme schließen konnte. Ich kann dir gar nicht sagen, wie lieb du mir bist. Ich denke ständig nur an dich, meine Liebste. So, jetzt kommt Bewegung in den Zug, und ich muss schließen. Bei nächster Gelegenheit gebe ich ihn ab. In Liebe dein Gatte!"

„Weißt", ereiferte sich Fini, „seit einer halben Ewigkeit hab ich nichts mehr von ihm ghört ghabt. Ich hab mir schon solche Sorgen gmacht, dass ihm was passiert ist. Jeden Tag hab ich mich halb zu Tode geängstigt, dass ein Brief vom Heer kommt, weißt eh, so mit schwarzem Rand und so. Ich hab schon zum Himmelvater betet, dass mir alles recht wär, selbst, wenn er in Gfangenschaft oder gar im Lazarett glandet wär. Hauptsach, hab ich mir gsagt, er lebt. Und jetzt das. Jetzt ist er nicht nur pumperlgsund, nein, jetzt kommt er auch noch heim." Fini klatschte vor Begeisterung in die Hände. Fanny aber lächelte und umarmte die Freundin. „Ich freu mich so für dich, Fini! Wirst sehen, jetzt wird alles gleich viel leichter."

Und während sich in der kleinen Pawlatschenwohnung in Hernals das warme Gefühl des Glücks ausbreitete, griff einige Kilometer weiter südlich ein sichtlich missgestimmter Kaiser zu einem Bleistift, um der Forderung der ihn Umgebenden nachzukommen und seine Abdankungsurkunde zu unterzeichnen.

Wieder einige Tage später

Bielohlawek war die nächsten Tage kaum zum Schlafen gekommen. Glickstein hatte seinen Rat befolgt und war der Brauerei vorerst ferngeblieben. Bielohlawek kümmerte sich also, so gut er es vermochte, um die Produktionsabläufe und sorgte dafür, dass auch weiterhin Bier an die umliegenden Gasthäuser geliefert werden konnte. Bald gestand er sich ein, dass es einfacher war, Tag für Tag auf dem Kutschbock zu sitzen und Fässer von A nach B zu bringen, als darauf zu achten, ob noch genügend Gerste, genug Hopfen und ausreichend Malz in den Speichern war. Und jeden Abend kam er hundemüde nach Hause, aß noch eine Kleinigkeit, ehe er ohne Umschweife im Kabinett verschwand, wo er auf sein Bett fiel, um beinahe umgehend einzuschlafen.

Genau diese Abfolge plante er auch für jenen Donnerstag, als er seine müden Knochen heimwärts schleppte. Er hatte sein Haus schon fast erreicht, als er merkte, dass ihm ein Soldat in zerschlissener Uniform folgte. Naturgemäß fragte er sich, um wen es sich bei dem Mann handelte, denn es war ja immerhin möglich, dass er von den Reaktionären auf ihn angesetzt worden war. Doch bezwang Bielohlawek seine Unruhe, als er endlich das eigene Haustor erreicht hatte. Er trat in den Flur des Vordertrakts und strebte dem Innenhof zu. Der Soldat freilich war immer noch direkt hinter ihm. Bei der Linde angekommen, hielt Bielohlawek jäh inne und wirbelte herum. „Was willst du da?", herrschte er den Fremden an. „Es heißt, ich wohn da", stammelte der Angesprochene und sah dabei reichlich hilflos drein. „Da wohnst du ned", erklärte Bielohlawek bestimmt, „da wohnen nur wir und die Fini." Dabei deutete er auf das hinter ihm befindliche Gebäude.

„Ja eh. Die Fini. Die is mei Oide."

Auf Bielohlaweks Gesicht zeigte sich ein Lächeln. „Sag bloß, du bist der Hermann?" Der Soldat bestätigte die Vermutung durch eine einschlägige Kopfbewegung. Bielohlaweks Lächeln wurde breiter. Spontan ergriff er die Hand des anderen und schüttelte sie. „Servas, Hermann. I bin der Fritz. Gut, dass d' wieder da bist." Und ohne auf eine Reaktion des Uniformträgers zu warten, schleppte er ihn in den ersten Stock, wobei er an seiner eigenen Wohnungstür vorbeiging, um gleich jene der Fini zu öffnen. „Fini! Komm her und schau, wen i dir mitbracht hab", rief er ins Innere.

Silvester 1918

Schwerfällig erhob sich Hetty von ihrem Lager. Sofort begann ihr Körper heftig zu zittern, und Hetty wusste, das lag nicht nur an der beißenden Kälte. Sie trat an ihren Schminktisch und griff mit unruhiger Hand nach dem kleinen, braunen Fläschchen, das dort stand. Über ihre Pupillen hatte sich ein dichter Schleier gelegt, sodass sie nicht in der Lage war, die Aufschrift zu entziffern. Doch ihr war auch so bewusst, was sich in dem Glas befand. Sie schraubte umständlich die Verschlusskappe ab, dann nahm sie einen größeren Schluck vom Inhalt. „Laudanum ist halt doch die einzige Hilfe, die mir noch geblieben ist", sagte sie zu sich selbst, ehe sie sich auf den Hocker vor dem Schminkspiegel fallen ließ. Es war bereits kurz vor 7 Uhr, und Friedrich erwartete sie sicher bald in den unteren Räumlichkeiten, damit sie sich um die Gäste kümmerte.

Doch irgendetwas hielt Hetty davon ab, ihre Hand nach den diversen Tuben und Cremen auszustrecken. Stattdessen nahm sie gedankenverloren einen kleinen Puderpinsel, mit dem sie sich über die Nase strich. Wie konnte es nur so weit kommen, fragte sie sich, ehe sie für längere Zeit in brütendem Sinnieren versank.

Es gab doch niemanden in meiner Umgebung, der so klug war wie ich. Selbst alle Buben habe ich an Intelligenz, an Fleiß und an Wissen alsbald übertrumpft. Der Lehrer Meyerbaum, der alte, misogyne Hagestolz, er hat mich regelrecht gehasst, doch selbst er musste zugeben, dass kein anderer so begabt war wie ich. Ja, er war es schließlich sogar, der öffentlich dafür eintrat, dass ich studieren sollte. Er hat an mich geglaubt, und warum auch nicht, schließlich glaubte ich selbst an mich. Wann aber habe ich diesen Glauben verloren? Wann?

Unwillkürlich liefen ihre Erinnerungen zurück an jene Sommerfrische in Südtirol, die nun gute sechs Jahre zurücklag. Sicher, Friedrich hatte sie über die Maßen beeindruckt. Aber damals wäre es ihr nicht im Traum eingefallen, das Studium für eine Heirat aufzugeben. Sie wollte doch nicht so enden wie ihre Großmutter, ihre Mutter und deren Freundinnen, ja wie die meisten ihrer eigenen Freundinnen. Sie wollte Akademikerin werden, wollte auf eigenen Beinen stehen, wollte ihrem Leben ihren eigenen Stempel aufdrücken. Und dann tat sie haargenau dasselbe wie alle ihre Gefährtinnen? Warum, um Himmels willen, war ihr das passiert?

Sicher, in jenen Tagen war plötzlich alles rasend schnell gegangen. Der alte Glickstein war völlig unerwartet verstorben. Einfach in seinem Stammcafé in sich zusammengesunken und obiit. Friedrich musste von einem Augenblick auf den nächsten die Brauerei übernehmen, was ihm mit seinen 27 Lenzen kaum jemand zutraute. Also redeten ihr plötzlich alle zu, seine Mutter, ihre Mutter, ja sogar ihr Vater, Friedrich brauche jede Hilfe, die er bekommen könne, und eine treusorgende Ehefrau sei der sicherste Halt im Leben eines Mannes. Deshalb sei es unerlässlich, dass sie ihre eigenen Bedürfnisse für den Moment hintanstelle, damit Friedrich die schier überwältigende Last, die ihm das Schicksal aufgebürdet, auch schultern könne. Und es stehe doch außer Zweifel, dass Friedrich ein moderner Mann sei. Der werde ihr das Studium nie und nimmer verweigern. Also sei es ihre Pflicht, zu ihm zu stehen, gerade in solch einem tragischen Moment.

Hetty war sich im Klaren darüber, dass ihre größte Schwäche stets darin bestanden hatte, es allen recht machen zu wollen. Das hatte sich gerade in jenem Sommer vor fünf Jahren so deutlich gezeigt. Natürlich hatte sie nachgegeben. Natürlich hatte sie Friedrich nach Ablauf der Trauerzeit geehelicht. Und tatsächlich hatte sie darauf verzichtet, sich zwischenzeitlich an der Universität zu immatrikulieren. Nächsten Herbst dann, hatte ihr Friedrich zugesichert.

Doch im nächsten Herbst herrschte Krieg. Der betraf die Familie zwar nicht unmittelbar, doch als die Russen plötzlich und unerwartet Lemberg nahmen und auf Peremyschl zuhielten, da wurde Friedrich plötzlich nervös und verfrachtete sie an die Adria. Den gesamten ersten Kriegswinter hatte sie in Abbazia verbracht. Allein, verunsichert und immer öfter tieftraurig.

Sie konnte sich selbst nicht erklären, was sie damals, im Frühjahr 15, dazu veranlasst hatte, sich ausgerechnet der lungenkranken Baronesse Greilsheim anzuvertrauen. Wahrscheinlich war sie es einfach nur leid gewesen, das Mädchen, das noch jünger war als sie, dahinwelken zu sehen. Wortreich hatte die Greilsheim ihr verdeutlicht, wie sehr sie sie beneide. Sie sei hübsch, verheiratet und sehe einer grandiosen Zukunft entgegen, während sie, die Greilsheim, sterben werde, ohne jemals vom süßen Trunk der Liebe gekostet zu haben. Nie werde sie vor dem Traualtar stehen, nie einen Galan haben, und übers Jahr schon würden ihre Gebeine in einem kühlen Grabe modern, ohne dass sie jemals auch nur einen Moment der Freude hätte genießen können. Wahrscheinlich lag es an jenen Klagereden, dass Hetty der Greilsheim ihr Herz ausschüttete. Ja, sie sei verheiratet. Aber darum sei sie kein Gran glücklicher, denn alle Welt erwarte von ihr, dass sie dem Gatten endlich ein Kind gebäre, einen Sohn zumal. Auch sie habe große Träume gehabt, habe studieren, es aus eigener Kraft zu etwas bringen wollen, doch nun sei sie de facto ebenso begraben wie jene, die bereits das Zeitliche gesegnet hatten. Und dann war Hetty in Tränen ausgebrochen.

So üppig flossen die Ströme ihrer Trauer die Wangen abwärts, dass die Greilsheim zu dem Schluss kam, die Freundin sei tatsächlich noch mehr zu bedauern als sie selbst, die sie todgeweiht darniederliege. Und als Hetty sich gar nicht mehr zu fassen vermochte, da sie sich, wie sie gestand, schrecklich dafür geniere, der armen Greilsheim eine solche Szene zu machen, da war jener schicksalshafte Moment gekommen, in dem ihr die Greilsheim erstmals Laudanum einflößte.

Ohne dieses Mittelchen konnte Hetty seitdem nicht mehr sein. Immer, wenn sie einen Schluck nahm, waren all ihre Trauer, ihre Verzweiflung, ihre Hoffnungslosigkeit im Nu verflogen. Und wenn sie dann ihrer Mutter oder Friedrich oder dessen Gästen gegenübertrat, dann lobten sie alle für ihr sonniges Gemüt, ihre ansteckende Heiterkeit und ihre espritvollen Bemerkungen. Damit war sie zwei Jahre lang gut über die Runden gekommen. Im Gegensatz zur armen Greilsheim, über der mittlerweile, so wie sie befürchtet hatte, Gras wuchs. Nicht einmal im Sterben war der traurigen Baronesse ein wenig Empathie gegönnt gewesen, denn als sie auf den Tode lag, da beschäftigte alle, die sie umgaben, nur die schreckliche Nachricht vom Ableben des geliebten Kaisers.

Hetty begann zu weinen. Die arme, arme Greilsheim. Was musste das für ein Gefühl sein, wenn man spürte, der grimme Schnitter fasste einen an, und niemanden herum kümmerte es, weil alle Welt um einen alten Mann trauerte, der sein Leben in vollen Zügen hatte genießen können und der nicht gezaudert hatte, unzählige Menschen in den Tod zu schicken. Dessen Ende dauerte jeden, während die traurige, ungepflückte Blume in ihrem schaurigen Beet endgültig verwelkte. Hetty griff sich ein zweites Mal die Laudanum-Flasche und nahm einen weiteren Schluck.

„Ich kann nicht mehr", schrieb sie auf ein Blatt Papier, das sie aus ihrer Schublade genommen hatte, „ich habe auf der ganzen Linie versagt. Weder bin ich Mutter geworden, noch habe ich studiert, noch bin ich meinem Mann die Frau, die er sich wünscht und die er braucht. Die Baronesse ist untergegangen, der alte Kaiser ist untergegangen, unser Land ist untergegangen. Vielleicht ist es also Zeit, dass auch ich untergehe. Und mit dem letzten Rest Selbstachtung, der mir noch geblieben ist, sollte ich dafür sorgen, dass ich, solange ich noch Herrin meines Schicksals bin, diesen Untergang selbst bewusst herbeiführe. Denn dann habe ich wenigstens einmal in meinem Leben etwas selbst getan. Verzeiht mir."

Hetty wusste selbst nicht, weshalb sie die letzten beiden Worte noch hinzugesetzt hatte. Sie unterschieden sich auch deutlich im Schriftbild von dem Absatz davor. Die Buchstaben waren krakelig, von unsicherer Hand gemalt. Ganz so, als wäre ihr erst an diesem Punkt klargeworden, welche Tat sie beabsichtigte und welche Konsequenzen diese in sich trug. Sie straffte ihren Rücken, atmete noch einmal tief ein, dann langte sie ein drittes Mal nach der Laudanum-Flasche und trank sie zur Gänze aus.

Wie jämmerlich bin ich doch, lautete ihr erster Gedanke, als sie endlich wieder erwachte. Sie hätte doch wissen müssen, dass Laudanum für einen Selbstmord denkbar ungeeignet war. Wenigstens hatte die Familie den Anstand besessen, ihre Tat zu vertuschen. Von der allgemein verbreiteten Unterernährung war die Rede gewesen. Verbunden mit einem Anflug von Grippe, wie sie derzeit ja so schrecklich in der Stadt grassiere. Zum Glück aber habe man es nicht mit der spanischen zu tun gehabt, denn sonst wäre die gute Hetty mit Sicherheit verloren gewesen. Mit diesem Kommuniqué hatte sich die Bekanntschaft zufriedengegeben.

Hetty haderte mit sich selbst. Ihr war speiübel, sie hatte mörderische Kopfschmerzen, und mehr und mehr sickerte ihr die Erkenntnis ein, was sie getan hatte. Vor allem aber verbot ihr der Arzt jedwedes Schmerzmittel, sodass sie zwar nicht in der Hölle gelandet war, aber immerhin durch diese ging.

Ihr einziger Trost war der erste Besuch Friedrichs gewesen. Der hatte sich beinahe schüchtern an ihr Bett gesetzt, sie lange traurig angesehen und dann gemeint, es tue ihm so unendlich leid, dass er ihr all das angetan habe. Hetty verstand ihn zunächst nicht, glaubte, er habe ihr einen Vorwurf gemacht. Doch dann begriff sie, dass er sich die Schuld für ihr Tun gab. Sich! Und wie liebevoll er sie dabei angesehen hatte! Ihm sei spät, aber hoffentlich nicht zu spät, bewusst geworden, wie sträflich er sie vernachlässigt habe. Doch das werde sich jetzt gänzlich ändern. So wie das Land einen Neubeginn vollziehe, würden auch sie ganz neu anfangen. Und er habe begriffen, dass Hetty auch für sich eine Aufgabe brauche, und die bestehe darin, endlich ihren Traum vom Studium zu verwirklichen. „Glaub mir, Liebste", sagte er zärtlich, „du wirst ab sofort jede Unterstützung von mir bekommen, die du benötigst. Und mach dir bitte keine Sorgen wegen des Geredes unserer Mütter. Ein Kind können wir später immer noch haben, das besitzt keine Priorität. Studiere du, so wie du es immer wolltest, und ich werde hinter dir stehen und stolz auf dich sein." Er küsste sie sachte auf die Stirn. „Nur eines musst du mir versprechen", ergänzte er leise, „tu so etwas bitte nicht mehr. Du bist viel zu kostbar. Und ohne dich könnte ich nie leben. Ich verspreche dir hiermit hoch und heilig, ich werde mich bessern. Du wirst keinen Grund zu Klage oder Traurigkeit haben. Ehrenwort!"

Hetty schossen die Tränen in die Augen. Sie war gerührt von so viel Zuneigung. Mit all der Kraft, die sie in jenem Moment noch besaß, stemmte sie sich hoch, um ihren Mann zu umarmen. Sie fühlte seine Hände auf ihrem Rücken und hörte, wie er ihr ins Ohr flüsterte, dass alles wieder gut werde. Und daran dachte sie noch lange, nachdem Friedrich wieder gegangen war, weil die Schwester ihn mit den Worten hinauskomplimentiert hatte, dass die Patientin jetzt vor allem viel Ruhe brauche. Als ob sie die finden konnte angesichts der Ziele, die nun vor ihr lagen.

3. MITTAGS (1919-1933)

Februar 1919

Fanny lief aufgeregt von der Küche ins Zimmer und wieder zurück. Fritz versuchte ihr Tun zu ignorieren, doch irgendwann konnte er sich nicht mehr zurückhalten. „Was ist denn? Hast Hummeln im Hintern oder was?" Sie schickte ihm einen giftigen Blick. „Du hast leicht reden, für dich ist das heute ja Routine! Aber für mich? Mitte 30 hab ich werden müssen, dass ich das endlich erleb."

Natürlich brauchte Fritz nicht lange, um zu erraten, was sie so nachhaltig beschäftigte. Franziska Bielohlawek durfte zum ersten Mal in ihrem Leben an einer Wahl teilnehmen. Und wenn Fritz aufrichtig zu sich selbst war, dann gestand er sich ein, dass es ihm acht Jahre zuvor nicht wesentlich anders ergangen war, als er erstmals an die Urne hatte schreiten dürfen. Gleich danach fiel ihm freilich ein, wie stolz er schon anno 1907 gewesen war, damals in der festen Überzeugung, er dürfe seine Stimme nun für einen Kandidaten abgeben. Doch dann hatte er zur Kenntnis nehmen müssen, dass er mit seinen 22 Jahren noch zu jung war, um wahlberechtigt zu sein. Und außerdem, so hatte man ihm damals beschieden, wohne er noch nicht lange genug an derselben Adresse, sodass er auch aus Gründen der fehlenden Heimatberechtigung vom Urnengang ausgeschlossen sei. „Routine? Du weißt, ich war auch erst ein einziges Mal wählen. Damals, im 11er Jahr, wie ich den feschen Franz gwählt hab." Dabei dachte er wehmütig an Schuhmeier zurück, dessen Ermordung durch einen politischen Gegner anno 1913 für die gesamte Ottakringer Arbeiterschaft ein enormer Schock gewesen war. „Diesmal wählen wir aber keinen Kandidaten, diesmal stimmen wir nur für eine Partei", fügte er ein wenig unmotiviert hinzu.

„Wie meinst das jetzt?" Fanny, eben noch damit beschäftigt, die richtige Kleiderauswahl zu treffen, blieb in der Tür stehen und sah ihn verwirrt an. „Na, weil s' das Wahlgesetz geändert haben. Früher hatten wir ja pro Wahlkreis nur ein Mandat, und für das bewarben sich halt verschiedene Kandidaten. Jetzt ist das, so weit ich das verstanden hab, mit den Wahlkreisen wurscht, weil jetzt stimmst du einfach für die Partei. Und die Mandate werden dann gemäß der jeweiligen Gesamtzahl an Stimmen auf die einzelnen Gruppen aufgeteilt."

„Na umso besser", grinste Fanny, „brauch ich mir keine Namen merken." Sie wandte sich wieder dem Kleiderschrank zu. „Aber aufpassen musst du trotzdem. Die tschechoslowakischen Genossen kandidieren extrig." Neuerlich spiegelte sich Konfusion in Fannys Gesicht. „Was soll das jetzt wieder heißen?" Bielohlawek zuckte mit den Schultern. „Ja, was weiß denn ich, was den Genossen da wieder eingefallen ist. Jedenfalls hat der Bertl, also der Genosse Sever, gestern in der Sektion erklärt, dass die Genossen von der Tschechoslowakischen Sozialistischen Partei auf einer eigenen Liste kandidieren. Für die tritt der Dvorak an. Weißt eh, der mit dem wuchtigen Schnurrbart."

Fanny schüttelte den Kopf. „Was soll denn der Blödsinn schon wieder? Wieso kandidieren nicht alle auf derselben Liste. Ich bin sicher, der Toni kandidiert bei uns, obwohl er genauso ein Tscheche ist wie du und ich."

„Gut, der Genosse David lebt ja auch schon ewig in Wien. Der war schon da, da war ich noch gar nicht auf der Welt. Aber bitte, ich hab auch gsagt, das bringt ja gar nichts, wenn wir uns da auseinanderdividieren. Doch in der Parteileitung glauben s' halt, das bringt uns zusätzlich Stimmen. So als Flankenschutz quasi."

Fanny kam nicht dazu, mit dem Kopfschütteln aufzuhören. „Flankenschutz! Du hast ein Vokabular. Das ist eine Wahl, hörst, und kein Krieg." Bielohlawek spürte den Schalk im Nacken. „Na ja, man sagt ja auch Wahlkampf. Oder sogar Wahlschlacht. So gesehen …"

„So gesehen wird's ihr Männer einfach nie erwachsen. Für euch ist alles immer eine Art Räuber-und-Gendarm-Spiel. Drum wird's jetzt wirklich Zeit, dass wir Frauen da auch mitreden können. Dann regiert nämlich endlich der gesunde Menschenverstand."

Noch ehe Fritz etwas antworten konnte, war Fanny auch schon wieder verschwunden. Er hörte sie im Kabinett rumoren, und erst nach einer geraumen Weile kam sie wieder heraus. „Na", fragte sie, „wie schau ich aus?" Bielohlawek blieb der Mund offen. „Na servas Kaiser! Bin ich froh, dass wir schon verheiratet sind. Weil in dem Aufzug rennen dir sicher die Männer im Dutzend nach." Fanny reagierte mit einem koketten Hüftschwung. „Danke", sagte sie noch, dann ging sie wieder nach draußen. „Jetzt muss ich aber schauen, ob die Fini auch schon so weit ist." Bielohlawek verdrehte die Augen zur Decke. Das, so wusste er, konnte dauern. Aber wenigstens bot ihm dieser Umstand die Gelegenheit, in Ruhe die Zeitung zu studieren. Er trank den Rest seines Zichorienkaffees aus und versenkte sich in den Leitartikel.

Bevor er dazu überging, auch noch die Kleinanzeigen zu studieren, beschloss er, einmal in der Nebenwohnung Nachschau zu halten, wo seine Frau so lange blieb. Er klopfte an, Hermann öffnete ihm die Tür. Strecha trug trotz der winterlichen Kühle nur ein weißes Unterleiberl sowie eine schwarze Stoffhose. Im Mundwinkel klemmte eine Zigarette.

„Servas Fritzl, komm eine da", forderte er den Nachbarn auf. „San die Fanny und die Fini noch ned fertig?" Strecha zuckte mit den Schultern. „Weißt eh, wie Frauen sind. Die putzen sich für so was stundenlang auf. Damit s' dann herumstolzieren können wie die Pfauen." Bielohlawek lächelte. „Du, das hab ich damals vor acht Jahren auch gmacht. Ich hab extra mein besten Gwand anzogen für die Wahl. Meinen Hochzeitsanzug nämlich. Den hab ich genau zweimal anghabt. Beim Heiraten und beim Wählen."

„Na ja", Strecha hob und senkte seine Schultern ein weiteres Mal. „Ich wähl mit dem, was ich halt grad anhab. Is ja ned so, als wenn wir auf Brautschau wären, oder?" Bielohlawek konnte nicht behaupten, dass Strecha Unrecht gehabt hätte. „Also, was ist jetzt, da drinnen?", rief er durch die geschlossene Tür, um die unangenehme Stille zu überbrücken. „Wir warten schon."

„Wir sind's gleich", kam es von hinter der Tür zurück. Tatsächlich hatte Strecha seine Zigarette noch nicht fertig geraucht, als die beiden Frauen in die Küche traten. Fini trug ein blaues Kostüm und sogar einen Hut auf dem Kopf. Selbst Bielohlawek musste sich ein Lächeln angesichts dieser Adjustierung verkneifen, während Strecha aus seinem Herzen keine Mördergrube machte. „Fini, wie schaust denn du aus? Ma glaubt ja grad, da kommt die Gräfin Bamsti." Aus ihren Augen schossen Giftpfeile: „Was is? Gfall ich dir leicht nicht?" Hermann wiegelte ab. „Na, na, passt eh. Hauptsach, wir gengan endlich." Er zog sein Sakko vom Stuhl und legte es an. Bielohlawek trat einen Schritt nach vorne und steckte Strecha eine rote Nelke ins Knopfloch, ehe er eine ebensolche auch an der entsprechenden Stelle seiner Jacke platzierte. „Alsdern! Gemma!"

Bis zum Wahllokal war es ein Fußmarsch von nicht einmal fünf Minuten. Vor dem Tor standen die Wahlwerber der diversen Parteien, um ihre Stimmzettel loszuschlagen. Bielohlawek trat an den Vertreter der Sozialdemokraten heran. „Servas, Gustl. Wir brauchen viere." Gustl nickte nur. Er feuchtete seinen Zeigefinger an, indem er ihn an seine Zunge führte. Dann zählte er genau vier Blatt Papier ab und überreichte sie Fritz, der sich einen behielt, während er die übrigen drei an Fanny, Fini und Hermann verteilte. Dabei konnte er deutlich sehen, wie sich die Wangen der beiden Frauen vor Aufregung röteten, wohingegen er bei Hermann das Gefühl hatte, als sei diesem das ganze Procedere ein wenig peinlich. Wer weiß, sagte er sich, vielleicht war es auch Hermanns erstes Mal. Doch er beschloss, die Sache auf sich beruhen zu lassen, und drang nicht weiter in den Nachbarn ein.

Vor der Wahlkommission hatte sich eine kleine Warteschlange gebildet, und Bielohlawek unterhielt die Umstehenden mit ein paar Geschichten, die er zuvor in der Zeitung gelesen hatte. Dann hörte er auch schon das Wort „Nächster". Mit einer eleganten Handbewegung schickte er seine Frau vor. „Name?" „Franziska Bielohlawek." „Geboren?" „12. März 1886 in Olmütz." „Wohnhaft?" Sie nannte ihre Adresse. Der Vorsitzende der Wahlkommission blätterte inbrünstig in seinen Listen. „Bielohlawek! Da hamma S' ja. Bitte, wenn Sie zur Urne schreiten wollen, Gnädigste." Und zum ersten Mal in ihrem Leben durfte Fanny Bielohlawek sich als Teil einer Volksherrschaft fühlen, einer Republik, in der alles Recht vom Volk ausging. Mit einem seligen Lächeln schwebte sie an ihrem Mann vorbei auf den Gang zurück, und Bielohlawek war es, während er selbst seinen Stimmzettel in die Urne warf, als hörte er draußen die Fini und die Fanny enthusiastisch schreien.

„So", brachte er wieder Sachlichkeit in die kleine Gruppe. „Gwählt hamma, jetzt gemma ins Wirtshaus." Hermann verzog das Gesicht. „Grad heut, wo wir keinen Alkohol kriegen." Dann grinste er. „Als ob das für dich von Belang wär, was, Fritzl?!" Sie überquerten die Straße und gingen in die Gaststätte, in der die Sozialdemokraten für diesen Tag ihre Wahlzentrale eingerichtet hatten. Trotz der frühen Stunde waren schon zahlreiche Tische besetzt, und inmitten der Versammelten erkannte er den mittlerweile 70-jährigen Anton David, dessen weißer Schnurr- und Kinnbart ihm die Würde eines alten Weisen gaben. Gleich daneben machte er den mächtig geschwungenen Schnauzbart Albert Severs aus, der eifrig auf einige Genossen einredete. Hermann hatte in der Zwischenzeit einen freien Tisch gefunden und lotste die Gruppe zu diesem.

Der Wirt fragte sie, ob sie das Menü haben wollten, das, wie er auf Nachfrage ausführte, Gulasch sei. „Ein Gulasch ohne ein Seidel Bier, das heißt irgendwie nix." Der Wirt zwinkerte Strecha verschwörerisch zu. „Geh, der Bertl trinkt auch eines. Eines kann ich dir schon bringen. Weil eines ist keines, ned wahr?" Die Erleichterung war Hermann deutlich anzusehen. Unter dem Tisch zog derweilen Bielohlawek unauffällig sein Portemonnaie aus der Tasche und überprüfte mit einem schnellen Blick seine Barschaft. „Wissts was, zur Feier des Tages geht das Essen heut auf mich." Hermann richtete sich gerade auf. „Dann zahl ich aber den Kaffee."

Die Speisen waren längst schon konsumiert, und Hermann, der sich nicht hatte lumpen lassen wollen, bestellte für die Damen, wie er betonte, noch extra Mehlspeisen. So saßen sie vor ihren Kaffeetassen, während Fini und Fanny je an einem Stück Torte herumstocherten. Über all dem Lärm nahm Bielohlawek wahr, dass nahe der Schank das Telefon läutete. Sever startete auf den Apparat zu und hielt sich, nachdem er abgehoben hatte, das freie Ohr zu. Gleich danach bat er um Ruhe. „Das waren eben die Zahlen aus Salzburg. Dort haben s' schon ausgezählt. 32.000 für uns, 43.000 für die Schwarzen, 28.000 für die diversen nationalen Listen."

Bielohlawek war über dieses Ergebnis nicht enttäuscht. Salzburg war nicht gerade eine Hochburg der Sozialdemokraten. Wichtiger waren die Resultate in Wien und Niederösterreich, aber auch in der Steiermark. Zwei Stunden später brandete Jubel in dem Lokal auf, in Kärnten waren die Sozialdemokraten mit beinahe der Hälfte aller Stimmen als Sieger hervorgegangen. Dafür gab es aus der Steiermark eher enttäuschende Signale, während es in Niederösterreich offenbar um jede einzelne Stimme ging. Zeitweise sah es so aus, als gewänne die Partei, dann wieder so, als würden die Christlich-Sozialen triumphieren. Doch so richtig stieg die Spannung erst nach Einbruch der Dunkelheit, als ein Genosse aus der Bezirksvertretung eintraf. „Ruhe, Genossen, Ruhe. Der Genosse bringt die Resultate von unserem Wahlkreis." Sofort wurde es so still, dass man die sprichwörtliche Stecknadel hätte fallen hören. Der Bote trank noch schnell einen Schluck und begann dann mit unsicherer Stimme vorzulesen. „Wahlkreis 7, bestehend aus den Bezirken Rudolfsheim, Ottakring und Hernals. Gültige Stimmen: 169.533. Davon entfallen auf die Sozialdemokratische Arbeiterpartei 111.705." Grenzenloser Jubel brandete auf, und das ganze Lokal spendete stürmischen Beifall, was den Berichterstatter beinahe ein wenig verlegen machte. Erst, als es wieder ein wenig leiser geworden war, fuhr er fort. „Christlich-Soziale 29.551 Stimmen. Deutschnationale 11.047 Stimmen. Mittelstandspartei 264 Stimmen und Tschechoslowakische Liste 16.966 Stimmen." Abermals hob Applaus an, doch der Redner bat mit erhobener Rechten noch um einen Moment der Stille. „Das bedeutet, dass auf die Sozialdemokraten sieben Mandate, auf die Christlich-Sozialen und die Tschechoslowaken je ein Mandat entfallen. Ich danke für die Aufmerksamkeit." Unter dem neuerlich tosenden Beifall setzte er sich nun und nahm das dargebotene Glas Bier dankbar an.

„Acht von neun. Gar ned so schlecht", begann Bielohlawek, „alle neune wär zwar besser gwesen, aber man darf nicht unbescheiden sein." Fini und Hermann nickten. Fanny aber sah ihren Mann durchdringend an. „Und wie viele von den Sitzen gehen an Frauen?" Strecha grinste schief. Fritz aber ergriff die Hand seiner Frau: „Wenn diesmal keine ins Parlament einziehen sollte, dann nominieren wir das nächste Mal dich." Er lachte, und die Strechas fielen in das Gelächter mit ein. Fanny aber blieb ernst und meinte, sie werde ihn daran erinnern.

Einige Tage später wusste die „Arbeiter-Zeitung" zu berichten, dass sieben Sozialdemokratinnen, davon sechs in Wien und eine in Niederösterreich, in die Nationalversammlung gewählt worden waren. Und Fanny fühlte sich direkt ein wenig stolz, diesen Erfolg mit ihrer Stimme mitermöglicht zu haben.

April 1919

Baron Glickstein war wieder Herr über seine Brauerei. Die stürmischen Wolken des vorangegangenen Novembers hatten sich verzogen. Zwar musste er, wie auch die Schwarzenbergs, die Liechtensteins, die Harrachs und die Rohans, auf seinen Adelstitel verzichten, doch seine Besitztümer blieben unangetastet. Die Koalitionsregierung aus Sozialdemokraten und Christlich-Sozialen hatte sich auf ein Betriebsrätegesetz verständigt, dass der Belegschaft eines Unternehmens eine gewisse Mitsprache zugestand, doch der Chef war wieder der Chef, so wie es auch in der Monarchie der Fall gewesen war. Und wenn er es genau betrachtete, dann war diese Veränderung sogar etwas, von dem er profitieren konnte. Die Arbeiter, so fand Glickstein schnell heraus, fühlten sich nun nicht mehr einfach nur ausgebeutet, nein, sie fingen an, sich mit ihrem Betrieb zu identifizieren, und das konnte man, wenn man clever vorging, durchaus für die eigenen Ziele nutzen. Und die Abschaffung des Adels blieb ohnehin Makulatur, da ihn jeder, aber auch wirklich jeder, wie selbstverständlich weiterhin „Herr Baron" nannte. Kein Wunder also, dass Glickstein zufrieden war.

Als durchaus hilfreich erwies es sich, dass Fritz Bielohlawek der Sprecher der Arbeiter war, denn zu ihm hatte Glickstein seit den Vorfällen im November ein besonders gutes Verhältnis. Bielohlawek verlangte von ihm nichts Unbilliges, und so gewährte er die Forderungen der Belegschaft ohne Zögern, wofür Bielohlawek im Gegenzug dafür sorgte, dass der Laden ungestört lief.

Umso erstaunter war Glickstein, als er am letzten Werktag im März in die Brauerei kam und den charakteristischen Geruch von Malz vermisste. Er sah sich um und konnte keine Betriebsamkeit ausmachen. Was war da los? Streikten die Arbeiter etwa? Er ließ seinen Prokuristen kommen. „Walcher, was ist da los? Warum wird nicht gearbeitet?" Der alte Mann zuckte mit den Schultern. „Keine Ahnung, Herr Baron! Soll ich nachfragen?" Die Antwort Walchers verärgerte Glickstein. „Lassen S' mir den Bielohlawek holen. Aber stante pede. Ist das klar?" Walcher verbeugte sich servil und verließ rückwärts gehend das Büro.

Zehn Minuten später stand Bielohlawek dort, wo zuvor noch der Prokurist gestanden war, und hörte dieselbe Frage. „Streikts ihr etwa? Wenn ja, aus welchem Grund?" Bielohlawek schüttelte den Kopf. „Mitnichten, Herr Baron. Wir sind alle arbeitswillig. Allein, wir können nicht."

„Ihr könnt nicht? Ja warum denn, in aller Heiligen Namen?"

„Es gibt keine Gerste mehr, Herr Baron!"

Die Nachricht traf Glickstein völlig unvorbereitet. Wochenlang hatte er sich Sorgen gemacht, irgendwelche revolutionären Wogen könnten wieder hochgehen, irgendwer mochte auf die Idee kommen, die Produktionsmittel zu vergesellschaften, oder die Brauerei würde irgendwie unter Aufsicht gestellt werden. Doch dass seine Lager plötzlich leer waren, auf diese Idee war Glickstein nicht gekommen. „Wie ist das möglich?", fragte er daher mehr sich selbst als Bielohlawek. Und dennoch war es Letzterer, der antwortete. „Herr Baron werden sicher wissen, was sich vor zehn Tagen in Ungarn ereignet hat. Seitdem kommt von dort keine Lieferung mehr. Und daher stehen wir jetzt ohne Gerste da."

„Aber was hat denn das eine mit dem anderen zu tun?", fragte Glickstein, der sich düster daran erinnerte, dass in Ungarn so etwas wie eine Revolution stattgefunden hatte, verständnislos. Der bisherige Staatspräsident Graf Károlyi war zurückgetreten, nachdem die Alliierten den Ungarn weitreichende Gebiete im Südosten abgesprochen hatten. Die schon bislang regierenden Sozialdemokraten waren daraufhin eine Koalition mit den Kommunisten eingegangen, die unter ihrem charismatischen Anführer Béla Kun eine Räterepublik nach dem Vorbild der Sowjets und der Bayern ausgerufen hatten.

„Wollen die Kommunisten keine Geschäfte machen oder wie?"

„Ich glaube, daran liegt es nicht einmal. Es sind einfach die Grenzen geschlossen worden, und jetzt kommt niemand von Österreich nach Ungarn und umgekehrt niemand von Ungarn nach Österreich."

Glickstein fuhr auf. „Und wie lang, um Himmels willen, soll das dauern?" Bielohlawek zuckte mit den Schultern. „Wer kann das schon sagen." Glickstein zündete sich eine Zigarre an und dachte nach. Dann erhob er sich aus seinem Schreibtischsessel. „Bielohlawek, so geht das nicht. Wir müssen was tun. Unsere Lager sind wegen der kritischen Phase in den letzten Monaten ohnehin kaum voll, da können wir uns keinen Produktionsausfall leisten."

„Wem sagen Sie das, Herr Baron! Ich konnte ja überhaupt nur deshalb so schnell kommen, weil eben nichts da ist, was ich an die Wirtshäuser liefern könnt. Normalerweise wär ich jetzt auf Tour."

Der Baron packte Bielohlawek am Ärmel. „Bielohlawek, wir müssen von irgendwoher Gerste auftreiben. Egal wo. Wenn wir die Wirten nicht beliefern können, dann laufen die zur Konkurrenz über, und dann kann ich den Laden da zusperren. Und dann bin ich bankrott, und ihr seid arbeitslos. Wir sitzen da also alle im selben Boot."

„Das ist mir durchaus klar. Nur, wo wollen Sie auf die Schnelle das Getreide herbekommen? Die Sommergerste ist gerade erst gesät worden. Das dauert noch mindestens bis Mai, bis die geerntet werden kann. Und von der Wintergerste wird nimmer viel übrig sein, nehm ich an."

Glickstein unterdrückte einen Fluch. Er wusste, dass Bielohlawek Recht hatte. Er zog wieder an seiner Zigarre und trat an die große Landkarte, die hinter der Sitzgruppe an der Wand hing. „Niederösterreich können wir vergessen. Das bissl, das da angebaut wird, das teilen sich die Schwechater und die Wieselburger. In der Steiermark haben sie, soviel ich weiß, überhaupt keine Gerste. Bleibt eigentlich nur Oberösterreich."

„Schon. Aber da sind die Schärdiger dran. Und die Grieskirchner. Außerdem haben s' viel von der Gerste als Kaffeeersatz verwendet."

„Stimmt schon. Aber die sind beide nicht so groß, als dass sie alles verwendet haben können. Wir müssen es einfach versuchen."

„Herr Baron, ich bitt Sie, diese Idee ist einfach, wie soll ich sagen, sie ist undurchführbar. Selbst wenn die dort noch Gerste haben, bis wir mit unsere Wagel dort hinkommen, sind drei, vielleicht sogar vier Tage vergangen. Und was glauben S', wie viel wir auf so eine Kutschen draufbringen. Ned bös sein, Herr Baron, aber das reichert grad einmal für ein paar Krügel."

Glickstein begann zu lächeln. „Lassen S' das meine Sorge sein, Bielohlawek. Wir machen das schon. Schicken S' die Arbeiter z'haus und sagen S' denen, sie kriegen selbstverständlich weiter vollen Lohn. Dann gehen S' selber nach Haus und melden sich dort für, sagen wir, zwei Tage ab. Ich erwart Sie in einer Stunde vor dem Tor. Und dann retten wir die Firma."

Fritz war sich sicher, dass der Baron verrückt geworden war, aber die Abwegigkeit dieser Gedanken war derart gewaltig, dass es interessant werden konnte, das Scheitern dieses Plans aus nächster Nähe mitzuverfolgen. Also sagte er dem Baron zu, genau wie aufgetragen zu verfahren.

Als er zur Brauerei zurückkam, wartete Glickstein schon in seinem Gräf & Stift auf ihn. „Na, Bielohlawek, simma schon einmal in einer Benzinkutschen gfahren?" Fritz verneinte. „Na sehen S', ist doch einmal was anderes als zwei PS, was?"

Glicksteins Fahrer bewegte das Automobil langsam aus der Stadt und hielt dann auf die Straße nach Sankt Pölten zu. Bielohlawek verspürte eine aufkommende Übelkeit und presste seine Lippen fest zusammen. Glickstein ahnte, was in seinem Sitznachbarn vorging. „Ja, ja, das Benzin, gell. Das ist ned jedermanns Sache. Aber das vergeht." Um sich abzulenken, warf Bielohlawek einen Blick auf den Tachometer. Glickstein beobachtete das Interesse seines Arbeiters mit nicht geringem Stolz. „Wenn wir einmal in die Vierte schalten, dann fahren wir bei gerader und ebener Strecke locker 70 Kilometer in der Stunde. Da hält kein Zug mit."

„Was heißt das, in die Vierte?" Glickstein erläuterte Bielohlawek das Konzept und kam darüber völlig ins Schwärmen. Ich hab schon vor zehn Jahren gsagt, die Zukunft gehört dem Automobil. In Amerika bauen sie diese Dinger sogar schon am Fließband, hab ich ghört. Der Henry Ford, der hat das Auto so billig gemacht, dass es sich bald schon jeder wird leisten können. Früher oder später wird das bei uns auch so sein. Und dann ist man im Nu von einem Ende Österreichs am anderen."

Tatsächlich erreichten sie nach einer guten Stunde Fahrzeit Sankt Pölten. Da es bereits auf Mittag zuging, beschied der Baron, eine Atzung wäre durchaus angebracht. Bielohlawek stimmte diesem Vorschlag zu, nachdem er erfahren hatte, dass es dabei ums Essen ging. Sie betraten zu dritt ein Wirtshaus, und Glickstein erklärte, die Rechnung ginge auf ihn, der Fahrer und Bielohlawek sollten daher keine falsche Scham an den Tag legen.

Solchermaßen gestärkt, fuhren sie mit frischem Elan weiter und erreichten gegen 4 Uhr nachmittags Linz. Von dort ging es auf Feldwegen weiter, sodass sie nicht mehr so schnell vorwärts kamen. Als sie endlich die von Glickstein ausgewählte Region erreichten, war es bereits dunkel. „Das macht nichts. Wir legen uns gemütlich in einem Landgasthof nieder, und morgen machen wir dann Nägel mit Köpfen."

Am folgenden Tag kam Bielohlawek aus dem Staunen nicht heraus. Glickstein ging kurzentschlossen zum Bürgermeister des Ortes und klopfte ihn während seiner Brotzeit aus dem Haus. „Wer san Se, und wos woin Se?", fragte der Dorfkaiser. „Gott zum Gruße, guter Mann. Ich bin daran interessiert, Gerste zu kaufen, und wie ich auf dem Weg hierher gesehen habe, gibt es hier jede Menge Anbauflächen. Der Preis, mein Verehrtester, spielt keine Rolle." Dabei lächelte der Baron breit.

Der Bürgermeister schmatzte einen Augenblick und schien zu überlegen. „Schon möglich, dass es hier einige Bauern gibt, die Gerste gelagert haben. Aber die sind alle der Grieskirchner im Wort."

„Zu welchem Preis, wenn ich fragen darf?" Bielohlawek verstand nicht viel von solchen Dingen, doch er war sich sicher, dass die Summe, die der Einheimische nannte, unverschämt hoch war. Glickstein aber grinste nur. „Ich zahle jedem, der mit einem Wagen Gerste vor den Gasthof da drüben kommt, das Doppelte. Und ich verspreche zusätzlich eine langfristige geschäftliche Beziehung, die sich für ihre Leute hier nur lohnen kann. Wir sind die Hernalser Bräu, wir haben einen Ausstoß von 350.000 Hektolitern per anno. Dagegen ist die Grieskirchner, ohne irgendjemanden beleidigen zu wollen, eher eine Hausbrennerei, wenn Sie verstehen, was ich meine. Ich denke also, Ihre Leute werden wissen, was zu tun ist."

Dem Bürgermeister war bei Glicksteins Rede mehr und mehr der Mund offen geblieben. Der Baron wartete jedoch keine Antwort ab, wünschte dem Mann einfach einen guten Tag und zog mit einem ebenso sprachlosen Bielohlawek wieder ab. Als dieser sie außer Hörweite wusste, drehte er sein Gesicht Glickstein zu. „Und Sie glauben, das funktioniert, Herr Baron?"

„Und wie das funktionieren wird, mein Bester. Wir gehen jetzt einfach zurück in den Gasthof, lassen uns eine schöne Jause servieren, und in einer Stunde werden da fünf, sechs große Wagen stehen." Als sie nach ihrer Brotzeit wieder ins Freie traten, zeigte sich allerdings, dass Glickstein sich geirrt hatte. Es waren zehn Wagen.

Einer der Bauern stand von seinem Kutschbock auf. „In Aigen drüben gibt's aa no a poa Bauern, de wos a Gerste hom."

„In Haslach aa", rief ein anderer. „In Pfarrkirchen sowieso aa", ein dritter. Glickstein wandte sich lächelnd an Bielohlawek. „Seien S' doch so gut, und sagen S' dem Wirten, wir bleiben noch zum Mittagessen." Dann gab er den Bauern die Anweisung, sie sollten die Leute aus den Nachbardörfern benachrichtigen.

Bielohlawek war überaus beeindruckt. Bis zum Einbruch der Nacht war der ganze Platz von Wagen überfüllt. „Das ist mehr als genug, um den Betrieb einige Wochen lang aufrecht zu erhalten. Aber wie wollen wir das alles jetzt nach Wien kriegen?", stellte Fritz die naheliegende Frage.

„Ganz einfach, lieber Bielohlawek, ich kauf mir einen Zug."

Einige Tage später saß Bielohlawek im Kreise seiner Kollegen im *Finken* und genoss die allgemeine Aufmerksamkeit, die ihm zuteil wurde. „Ich hab glaubt, der macht einen Witz! Aber nein, der ist wirklich nach Linz gfahren, hat dort mit den Staatsbahnen verhandelt, und zwei Tage später sind wir mit einem eigenen Sonderzug, bis oben hin beladen mit Gerste, nach Wien gfahren. Na, und den Rest der Gschicht kennts eh selber. Ich glaub, wir haben noch nie so hart gearbeitet wie in die letzten paar Tag, aber ich bin mir sicher, es hat sich ausgezahlt."

Glickstein aber fand Bielohlaweks Vermutung in der Presse bestätigt, die seinem Coup breiten Raum einräumte. Die Hernalser Bräu war in aller Munde und konnte zusätzliche Bestellungen entgegennehmen. Allerdings musste sich der Baron von seinen Aktionären die Frage gefallen lassen, ob die zu erwartenden Einnahmen wirklich die enormen Kosten würden decken können. Und ein weiteres Mal lächelte Glickstein. „Die Kommunisten werden sich in Ungarn ned lang halten können, davon dürfen Sie ausgehen, meine Herren. Dann wird der Verkehr wieder aufgenommen werden, und die ungarischen Lieferanten werden uns ihre Gerste wie gehabt anbieten. Dann aber können wir sagen, wir haben jetzt Lieferanten aus Oberösterreich. Wenn ihr Ungarn also wollt, dass wir euer Getreide nehmen, dann müsst ihr im

Preis entsprechend nachlassen. Keine Sorge, meine Herren, was wir jetzt vorgestreckt haben, das holen wir über die Ungarn doppelt wieder herein. Ein Baron Glickstein ist nämlich kein Abenteurer, meine Herren. Ein Baron Glickstein tätigt Investitionen. Und wie Sie sicher noch von meinem seligen Herrn Papa wissen, ein Glickstein irrt sich nie."

Oktober 1919

Erwartungsgemäß hatte Hetty es nicht geschafft, bereits im Sommersemester an der Universität zu inskribieren. Sie war einfach noch zu schwach gewesen. Eine Woche nach der anderen verging, und die Ärzte rieten immer noch davon ab, das Spital zu verlassen. Friedrich besuchte sie in jeder freien Stunde und verbrachte schließlich den ganzen Februar mit ihr in Menton, damit sie wieder zu Kräften kam. Tatsächlich fühlte sie sich mit dem beginnenden Frühjahr immer stärker, und so begann sie, kaum dass sie wieder in Wien eingetroffen war, sich darüber zu informieren, welche Fähigkeiten sie sich aneignen sollte, wenn sie auf der Universität bestehen wollte. Sie erbat sich private Audienzen bei diversen medizinischen Koryphäen und erwarb an Lehrbüchern, was immer sie in die Finger bekam. Friedrich zeigte sich über die Maßen beeindruckt und meinte gegenüber Hettys Eltern, eigentlich studiere sie bereits, was Hettys Wangen mit einem Anflug von Stolz zum Glühen brachte.

Dann brach der Tag an, den Hetty in all den Wochen herbeigesehnt und gleichzeitig gefürchtet hatte. Begleitet von Friedrich schritt sie zur Immatrikulation. Am zuständigen Schalter der Universität herrschte ob ihres Erscheinens großes Erstaunen. Der Pedell blickte anfänglich Hetty gar nicht an, sondern fragte Friedrich, welche Fächer er zu belegen gedenke. Friedrich lachte und meinte, seine Gattin sei es, die sich an der Universität einzuschreiben wünsche. Der Beamte zog die Augenbrauen hoch. Das sei höchst ungewöhnlich, ließ er spitz vernehmen, er wisse gar nicht, ob das überhaupt möglich sei. „Keine Sorge, mein Gutester, es ist möglich", statuierte Friedrich mit jener Bestimmtheit in der Stimme, welche Wirtschaftskapitäne von jeher auszeichnete. „Seit dem Erlass von Staatssekretär Glöckel diesen April stehen sämtliche Universitäten dieses Landes ohne Ausnahme auch den Frauen frei. Ganz abgesehen davon will meine Gattin Medizin studieren, und meine Berater haben mich davon in Kenntnis gesetzt, dass die Universität Wien das Frauenstudium in dieser Fakultät bereits im Jahre 1900 ohne Einschränkung erlaubt hat."

Friedrich starrte den Pedell nieder, sodass dieser einen Rückzieher machte. „Wenn dem so ist, dann darf ich die gnädige Frau bitten, diese Formulare hier auszufüllen." Mit sichtlichem Widerwillen reichte er ihr einen Stapel Papiere über den Tisch. „Wenn Sie die Güte haben würden, mir auch gleich das Vorlesungsverzeichnis aushändigen zu wollen", ließ sich Hetty schmallippig vernehmen, „dann kann ich mich auch gleich für jenen Unterricht eintragen, den ich in diesem Semester zu besuchen gedenke." Der Beamte tat wie ihm geheißen, verkniff sich ein leichtes Kopfschütteln dennoch nicht, und Friedrich war sich sicher, den Satz „Was kommt als Nächstes" aus dem Mund des Pedells gehört zu haben. Hetty aber war so sehr damit beschäftigt, ihre Angaben in die entsprechenden Akten einzutragen, dass sie dem Gemecker des Bediensteten gar keine Beachtung schenkte. Und nur wenige Minuten später hielt sie ihren abgestempelten Universitätsausweis in Händen. Eine halbe Ewigkeit sah sie einfach nur auf das kartonierte Dokument und strahlte dabei wie ein Kind vor dem Christbaum.

„Ich habe etwas für dich", rief sich Friedrich ins Gedächtnis. Er kramte in seinem Mantel und holte einen bemerkenswert dicken Wälzer hervor. „Der Dornblüth", entfuhr es Hetty. „Ganz genau", erklärte Friedrich voller Stolz, „und zwar die 9. Auflage. Brandaktuell sozusagen." Von Hetty ging ein nachgerade berückender Glanz aus, als sie ihrem Mann um den Hals fiel. „Ich denke, so glücklich war ich seit unserem Hochzeitstag nicht mehr", sagte sie dann.

Bald schon unterteilte sich Hettys Tagesablauf in „Verbreitung", „Übertragung", „klinische Bedeutung", „Symptome" und „Behandlung". Eifrig exzerpierte sie Tag für Tag aus ihren Büchern, wenn sie nicht gerade in einem engen Pult eingezwängt war und den Vorträgen der Dozenten lauschte. Und war sie sich die ersten Wochen noch als ein vollkommener Fremdkörper vorgekommen, so ließ sie ihr Lernfortschritt rasch selbstbewusster werden. Immer öfter meldete sie sich in einer Vorlesung zu Wort und wuchs innerlich um ein paar Zentimeter, wenn der Professor ihre Antwort als die richtige anerkannte. Erstaunlich schnell war das Semester zu Ende gegangen und die Prüfungen standen an. Sie lernte, wie sie noch nie für irgendeinen Anlass gelernt hatte, und verspürte in sich eine grundlegende Zuversicht, die ersten Hürden auf dem Weg zur „Frau Doktor" mit Bravour zu nehmen.

Umso unverständlicher war ihr, dass sie am Morgen der ersten Prüfung mit einer nie gekannten Übelkeit erwachte. Ihr war schwindlig, im Kopf dröhnte ein hämmernder Schmerz, und sie fühlte sich generell so matt und schwach, als sei sie über Nacht krank geworden. Aber ein Kneifen kam für sie nicht in Frage. Sie raffte sich auf, legte ihre besten Kleider an und schleppte sich aus dem Haus. Dankbar nahm sie zur Kenntnis, dass Friedrich den Chauffeur angewiesen hatte, Hetty ins Josephinum zu fahren, sodass wenigstens der Weg zum Lehrsaal keine sonderliche Anstrengung darstellte. Doch als sie vor der Tür zum Zimmer des Professors darauf wartete, dass ihr Name aufgerufen wurde, durchzog ihren Magen ein derartig schmerzhaftes Ziehen, dass sie sich einer Ohnmacht nahe wähnte. „Reiß dich zusammen, Hetty", sagte sie sich, „nach der Prüfung ist das alles vorbei. Es geht schon. Du musst nur wollen."

Je länger sie darauf wartete, vor den Dozenten gerufen zu werden, desto elender fühlte sie sich. „Bloß nicht umfallen", mahnte sie sich, „darauf warten die Herren doch nur. Damit sie sagen können, wir Frauen seien eben für ein Studium nicht geschaffen. Aber ich werde ihnen beweisen, dass wir Frauen genauso viel können wie sie. Also jetzt nur nicht schlappmachen!"

Endlich öffnete sich die Pforte. „Frau Glickstein, wenn ich bitten dürfte." Hetty erhob sich und musste sich kurz an der Lehne der Sitzbank festhalten, um das Gleichgewicht wiederzufinden. Mit vorsichtigen Schritten legte sie die kurze Distanz zurück und sah sich schließlich dem Vortragenden gegenüber. „Meine Gnädigste, Sie schauen mir gar nicht gut aus. Sind Sie sicher, dass ich Sie examinieren soll?" Sie nickte matt. „Na, dann nehmen S' doch erst einmal Platz. Wollen S' vielleicht ein Glaserl Wasser?" Hetty bejahte. Tatsächlich tat es gut, einen kleinen Schluck zu trinken. Ihr wurde bewusst, dass sie seit dem Erwachen nichts zu sich genommen hatte. Vielleicht war gerade das der Fehler gewesen. Jetzt aber fühlte sie sich wenigstens ein klein wenig besser. „Können wir?", fragte der Professor. Sie nickte ein weiteres Mal.

„Gut. Dann gleich in medias res, nicht wahr! Also zur ersten Frage. Frau Kollegin, was ... Frau Kollegin? ... Um Himmels willen, Sie werden mir doch nicht ... aber Frau Kollegin!" Der Professor sprang von seinem Stuhl auf und wich instinktiv zurück. Hettys Körper aber bog sich von unten nach oben einmal durch, ihr Kopf wurde nach hinten gezogen, ehe er unerwartet nach vorn schnellte. Dabei öffnete sich automatisch ihr Mund, und ein Schwall einer undefinierbaren, ungustiösen Flüssigkeit ergoss sich auf die Schreibtischkante und in weiterer Folge auf den Boden. Noch ehe der Professor reagieren konnte, sank Hetty seitwärts vom Stuhl.

Zum zweiten Mal binnen eines Jahres wachte Hetty im Spital auf. Noch mehr als dieser Umstand freilich verwirrte sie Friedrichs Reaktion. Kaum, dass sie zu sich gekommen war, umarmte er sie auch schon innig und erklärte, sie habe ihn zum glücklichsten Mann der Welt gemacht. Hetty gestand sich ein, keine Erinnerung daran zu haben, die Prüfung überhaupt absolviert zu haben. Und selbst wenn dies der Fall war, so bestand ihrer Ansicht nach keine Veranlassung für eine derartige Euphorie, denn wegen eines einzigen Examens wurde man beileibe noch nicht zur Doktorin promoviert.

Ihre Irritation blieb Friedrich nicht verborgen. Er rückte ein klein wenig von ihr ab und sah ihr tief in die Augen. Sie las in seinem Gesicht eine schier unendliche Glückseligkeit, die sie erst zu deuten wusste, als Friedrich wieder zu sprechen begann. „Ja, liebste Hetty, du bist schwanger. Im dritten Monat schon. Wir bekommen Nachwuchs."

Hetty brauchte eine kleine Weile, um diese Nachricht zu verarbeiten. Sieben Jahre hatte sie sich vergeblich darum bemüht, endlich ihre ureigenste Aufgabe als Ehefrau zu erfüllen, und ausgerechnet jetzt, da sie sich anschickte, Medizinerin zu werden, trug sie ein Kind unter dem Herzen. Sie atmete schnell und heftig, fühlte sich wieder schwindlig und wähnte sich von einer abermaligen Ohnmacht bedroht. Glücklicherweise missdeutete Friedrich ihr Verhalten und glaubte, sie sei über die Kunde ebenso erfreut wie er. „Du glaubst ja gar nicht, wie schwer es für mich war, nicht sofort unseren Müttern Bescheid zu geben, als mir der Herr Doktor den Grund für deine Ohnmacht bei der Prüfung nannte. Doch ich finde, diese Botschaft müssen wir ihnen unbedingt gemeinsam überbringen. Die Frau Mama wird ganz aus dem Häuschen sein vor Begeisterung."

Hetty nickte matt. Sie konnte an nichts anderes mehr denken als an das Kind. Aber nicht so, wie man es von einer Mutter wohl erwartete. Vor ihrem geistigen Auge sah sie einen süßen kleinen Fratz, der mit glucksendem Lachen alle ihre Medizinbücher zerriss.

Sommer 1922

„Ich weiß nicht, Fritz, wie das noch weitergehen soll!" Fanny saß grambebeugt am Küchentisch und stöhnte laut auf. „Ich hab vollkommen den Überblick verloren, was jetzt was kostet. Du bringst mir jedes Mal größere Scheine mit, ich mein, wo soll das noch enden?"

Fritz war sich völlig im Klaren darüber, was seine Frau bedrückte. Seit Monaten galoppierte die Inflation durch das Land, und was vor Jahr und Tag um ein paar Heller zu haben gewesen war, das kostete jetzt nahezu eine Million Kronen, und niemand hatte eine Vorstellung davon, in welche Höhen die Preise noch klettern würden. Die Miete wurde schon lange nicht mehr monatlich oder wenigstens wöchentlich teurer, sie stieg von Tag zu Tag, und auch wenn der Baron auf die Bitte Bielohlaweks hin, die Lohnzahlungen in immer kürzeren Abständen vornahm, so gab es keineswegs die Garantie, dass das Arbeitsentgelt am nächsten Morgen noch für die Bezahlung der Wohnkosten reichen würde.

„Der Hausherr sitzt mir im Gnack, und der Greißler gibt nichts mehr her, was man nicht sofort bar bezahlt. Ich weiß nicht, wie ich uns noch durchbringen soll." Und Fritz war sich sicher, in Fannys Augen ein paar Tränen zu sehen. Eigentlich war es ihm in den Sinn gekommen, die tragische Situation mit einem Schmäh zu entschärfen und zu sagen, es sei doch bemerkenswert, dass sie es zu Millionären gebracht hätten, doch Fannys Gesichtsausdruck ließ es ihm geboten erscheinen, auf einen derartigen Kalauer zu verzichten.

„Ja, ich hab heut zu Mittag eh mit dem Hermann drüber gredet. Wir müssen uns einfach etwas einfallen lassen, wie wir uns da absichern können. Wir gehen heute am Abend ins Parteisekretariat und sagen denen, sie müssen dem Konsum klarmachen, dass es da andere Wege der Finanzierung braucht, sonst können sich die Arbeiter nicht einmal mehr Milch und Brot leisten, von Butter und Kaffee ganz zu schweigen. Ich mein, wozu haben wir eine eigene Lebensmittelkette, wenn die uns dann in solchen Zeiten nix nützt."

„Ich hab ghört", sagte Fanny, „dass die Bürgerlichen ins Niederösterreichische gehen und dort Uhren, Schmuck und andere Wertgegenstände gegen Eier und Speckseiten eintauschen."

„Ja, das wird wahrscheinlich sogar stimmen. Aber davon haben wir auch nichts. Wir haben weder Schmuck noch irgendwas aus Gold und Silber. Die Einzigen, die von der ganzen Misere profitieren, sind die Bauern, die sich jetzt ihre Katen mit allerlei teurem Krimskrams vollstellen können."

„Am besten wär's, wir würden irgendwo ein Lager anlegen für die Sachen, die nicht so schnell verderben. Geselchter Schinken, Konserven, Kaffee, Tee, Zwieback und so Sachen. Wenn wir das jetzt kaufen, dann haben wir eine gute Weile was davon und sparen uns später eine Menge Kosten."

Fritzens Gesicht begann zu leuchten. „Das ist eine hervorragende Idee, Fanny. Genau, das haltet ja alles eine gute Weile. Da brauchen wir uns nur noch um das Brot und um die Milch zu sorgen, und das bekommen wir irgendwie hin." Er umarmte seine Frau. „Ich habe ja immer gewusst, dass ich ein vifes Mädel geheiratet hab."

Sie wehrte ihn lachend ab. „Dazu muss man ja kein Genie sein. Aber das Problem mit dem Hausherrn, das bleibt. Der steht bei uns mittlerweile dauernd auf Anschlag. Und dazu fällt mir leider nichts ein." Fritz kratzte sich am Kinn. „Gut, ich schnapp mir den Hermann, und wir regeln das."

Zwei Stunden später pochten die beiden beim Hausbesitzer an die Tür. Ein Dienstbote öffnete ihnen. „Die Herren", sagte er in spöttischem Ton, „wünschen?"

„Die Herren", entgegnete Fritz in feierlichem Ton, „wünschen den Hausherrn zu sprechen."

„Bedaure, das wird leider nicht möglich sein. Der gnädige Herr ist bei Tisch", wehrte der Domestik ab. „Na, umso besser", erklärte Hermann jovial, „wir haben eh auch einen Hunger." Er drängte den Diener, der darob heftig protestierte, ab und marschierte schnurstracks in jene Richtung, in welcher er das Esszimmer vermutete.

„Ferenc, was ist da los?", erkundigte sich der Immobilienherr, um gleich darauf irritiert fortzufahren: „Ich muss doch sehr bitten, meine Herren. Ihr Eindringen in meine Privaträume ist in höchstem Ausmaß impertinent. Ich muss darauf bestehen, dass Sie augenblicklich mein Heim verlassen."

Hermann wollte bereits aufbrausen, doch Fritz legte ihm kalmierend die Hand auf den Unterarm. „Euer Gnaden", begann er, „wir haben nicht vor, Sie bei Ihrem Essen zu stören. Es geht uns nur darum, Sie von unserer misslichen Lage in Kenntnis zu setzen, in die wir völlig unverschuldet gekommen sind. Sie wissen so gut wie wir, dass wir für diese Inflation rein gar nichts können. Sie hat all unsere Ersparnisse aufgezehrt, denn waren im Vorjahr zehn Kronen noch ein kleines Vermögen, so bekommen Sie, wie Sie selbst nur zu gut wissen, heute dafür nicht einmal mehr ein Hühnerei."

„Das ist mir bewusst", hielt der Hausbesitzer unwirsch entgegen, „aber dafür bin ich nicht verantwortlich. Wenn ich nicht darauf schau, wo ich bleib, dann geht es mir genauso wie Ihnen, meine Herren. Das ist eben keine Zeit für Sentimentalitäten."

„Aber es ist doch so, werter Herr, dass wir mit Ihnen einen Mietvertrag unterschrieben haben, und da steht ganz klar, dass die Miete wöchentlich im Voraus zu bezahlen ist. Wöchentlich. Nicht täglich oder alle zwei Tage."

Der Hausbesitzer wurde knallrot. „Sie bolschewistischer Umstürzler kommen mir mit dem Recht?"

„Wir können auch mit den Genossen kommen", knurrte Hermann, „wenn Ihnen das lieber ist."

„Sie drohen mir?"

„Nein, wir pochen nur auf unser Recht. In diesem Staat, der real der Ihre ist, haben wir wenig genug, worauf wir bauen können. Aber was Recht ist, muss Recht bleiben. Und wenn Sie sich nicht daran halten, mit Verlaub, dann sehen auch wir uns dazu berechtigt, unsererseits Maßnahmen zu ergreifen", meinte Fritz.

„Also doch eine Drohung! Unverschämtheit! Scheren Sie sich zum Teufel!" Der Hausherr war aufgesprungen und fuchtelte wild mit dem Zeigefinger durch die Gegend. „Wenn Sie mir die Miete nicht auf Heller und Pfennig in die Hand drücken, dann lasse ich Sie delogieren. Und dann können Sie sehen, wo Sie bleiben", rief er mit sich überschlagender Stimme.

Hermann war drauf und dran, auf den Widersacher loszugehen, doch Fritz hielt ihn zurück. „Komm, Hermann, gemma. Das bringt ja nix."

Den ganzen Heimweg über fluchte Strecha wie ein Rohrspatz. „Ich bin so ein Trottel! Das gibt's ja alles nicht! Das Herz hab ich mir rausreißen lassen für diese Blutsäufer! Im Dreck bin ich glegen für sie. Zwei Verwundungen!" Er deutete mit dem Finger auf die betreffenden Stellen. „Steckschuss in Galizien, Schulterschuss am Isonzo. Mein ganzes

Erspartes ist weg. Verdienen tun wir einen Nasenrammel. Und dann kommt dieser Drecksack und sagt, ihm ist das alles wurscht."

„Ich weiß genau, wie du dich fühlst, Hermann. Aber das bringt uns jetzt auch nicht weiter. Wir müssen halt …"

„Was müssen wir? Einen Scheißdreck müssen wir. Diese verlogenen Drecksratten werden immer reicher, und wir Deppen lassen uns von denen das letzte Hemd ausziehen."

„Die Genossen sind sich doch eh dessen bewusst und …"

„… reden deppert in der Quatschbude herum. Leiwand, da haben wir wirklich was davon! Da können wir uns ja echt etwas kaufen davon!"

„Ich bin sicher, in der Parteizentrale werden sie wissen, was zu tun ist. Ein Streik vielleicht, oder …"

„Aber hör mir doch auf mit dem ganzen Blödsinn! Das bringt doch alles nix. Blut muss fließen! Blut!"

Fritz blieb stehen und starrte Strecha entsetzt an. So kannte er seinen Nachbarn gar nicht. „Du bist ja völlig außer dir, Hermann. Jetzt beruhig dich doch erst einmal. Das ist ja nicht gsund, so."

Strecha trat mit voller Wucht gegen einen Abfalleimer, sodass dieser laut scheppernd umfiel. „Gsund ist diese Gsellschaft nicht. Das muss alles ganz anders werden. Aber ganz anders."

„Ja eh! Drum sind wir ja Sozialdemokraten. Damit wir die neue Gesellschaft errichten."

„Mach mir einen Gfallen, Fritz. Verschon mich mit diesen Phrasen. Von denen hab ich in den letzten vier Jahren genug ghört. Aber ich könnt nicht sehen, dass irgendwas besser worden wär. Österreich ist am Arsch, und wir, wir sind sein Abszess."

Später am Abend lag Fritz grübelnd neben Fanny, die gleich ihm keinen Schlaf fand. „Ich mach mir echt Sorgen um den Hermann", begann er schließlich, „ich hab da heute eine Seite an ihm sehen müssen, die gfallt mir gar ned."

„Na ja, ihm wächst das auch alles über den Kopf. Wer will's ihm verdenken?"

„Ja. Eh. Ich hab heut eh in der Sektion gsagt, die Alliierten, die haben uns in diese Lage gebracht, jetzt müssen sie auch schauen, dass wir da wieder irgendwie rauskommen."

„Vor allem aber müssen wir schauen, dass wir irgendwie da rauskommen. Aus der Mietmisere, mein ich", ließ sich Fanny nach einer kleinen Weile vernehmen.

„Wenigstens da hat der Hermann eine gute Idee ghabt. Wenn der da wirklich mit seine Spinatwachter auftaucht, dann holen wir einfach die Genossen von der Brauerei, und dann werden wir ja sehen, ob sich die Kieberer aufmucken trauen." Fritz setzte sich abrupt auf. „Das ist überhaupt die Idee! Wir organisieren einfach ein Rollkommando. Wann immer irgendwo einer von uns von einer Delogierung bedroht ist, dann rücken wir gemeinsam an und beschützen uns gegenseitig. Auf die Art können uns die Hausherren den Hobel ausblasen mit ihrer Gier." Fanny tätschelte zärtlich seine Hüfte. „Siehst. Du hast ja auch gute Ideen. Ich hab ja gwusst, dass ich einen blitzgscheiten Kerl heirat." Dabei lächelte sie verschmitzt. Und Fritz, erleichtert darum, eine Lösung für das Problem gefunden zu haben, bettete seinen Kopf wieder auf den Polster und war nur Sekunden später endlich eingeschlafen.

In den folgenden Tagen warteten sie darauf, ihren Plan umzusetzen, doch der Besuch des Hausherrn blieb aus. Fritz vermochte nicht zu sagen, ob dieser durch ihren Besuch eingeschüchtert worden war oder ob er andere Gründe hatte, der Wohnung fernzubleiben, doch letztlich war das rechtschaffen gleichgültig. Dass sie ihre Wohnung nicht verloren, das zählte allein.

11. März 1925

Wie jeden Mittwoch erwartete Glickstein abends Gäste zum Diner. Er führte damit eine Tradition seines Vaters fort, was ihm lange unbewusst geblieben war, bis er eines Tages von der Erkenntnis gestreift worden war, dass er just bei einer solchen Soiree in den Kreis der führenden Wirtschaftskapitäne des Landes eingeführt worden war, ein Vorgang, den er nur zu gerne eines Tages auch bei seinem Sohn durchgeführt hätte. Doch bislang hatte ihm seine Frau lediglich eine Tochter geschenkt, und mit jedem Tag, den Gott werden ließ, erschien es unwahrscheinlicher, dass dem Hause Glickstein noch ein Stammhalter beschert würde.

Da also Glickstein schon am Sinnieren war, kam ihm auch in den Sinn, dass er nicht nur das Ritual eines Jour fixe jeden Mittwoch von seinem Vater übernommen hatte, sondern auch dessen Gäste. Und interessanterweise war es bald nach dem Tod des Grand Seigneurs auch in den anderen teilnehmenden Familien zu einem Generationswechsel gekommen, sodass der „junge" Glickstein jeden Mittwoch mit dem „jungen" Wenckheim, dem „jungen" Wertheimstein und dem „jungen" Feinstein zu Abend aß. Hinzugekommen war lediglich Senatsrat Ehrlichmann, den Glickstein als Verbindungsmann zur staatlichen Verwaltung kennen und schätzen gelernt hatte. Und wie schon zu Zeiten des Salomon Glickstein blieb es völlig ausgeschlossen, dass eine Frau mit am Tische sitzen konnte.

Es war kurz nach 19 Uhr, alle Gäste saßen bereits auf ihren angestammten Stühlen, als der „junge" Robert die Suppe auftrug. Dies war gemeinhin das allgemeine Signal, von den Plattitüden über das Wetter, das gesundheitliche

Befinden oder die jüngst stattgehabten privaten Betätigungen zu den ernsten Themen überzugehen. Und wie schon zu Salomons Zeiten lauteten diese: Börsenkurse, politische Prognose und sozioökonomische Rahmenbedingungen. Vor diesem Hintergrund kam es für Glickstein überraschend, dass Feinstein die Debatte mit einem gänzlich anderen Gesprächsgegenstand eröffnete.

„Habts das heute auf der Titelseite von der ‚Neuen Freien Presse' glesen? Irgendein Tugendbold hat den Bettauer niedergschossen?"

Wertheimstein sah gar nicht erst von seiner Suppe auf. Zwischen zwei Tauchmanövern seines Löffels quetschte er hervor: „Den wen?"

„Na, diesen Sudelschriftsteller", ließ sich Feinstein nun vernehmen, „der was es mit den Nackerten hat. Weißt eh, ‚Er & Sie', so ein vulgäres Zuhälterblattl, extrem obszön und sittlich vollkommen verdorben."

„Woher weißt denn das so genau, Feinstein?", ätzte Glickstein mit verschmitztem Lächeln. „Hast es heimlich studiert oder wie?" Erwartungsgemäß errötete Feinstein. „Aber ganz und gar ned", platzte er heraus, um, als er sich wieder gefangen hatte, zu ergänzen: „Mitnichten, lieber Freund. Mir reicht voll und ganz, was in den seriösen Gazetten steht. Ich muss ja auch nicht in so ein zwielichtiges Lichtspiel gehen, um zu wissen, dass man als Mann von Welt einen großen Bogen um Herrenfilme macht."

„Wenn der Bettinger so ein Saubartl war", wagte sich Wenckheim an ein erstes Urteil, „dann ist ihm anscheinend recht geschehen. Oder täusch ich mich da?"

Das heisere Räuspern, das unmittelbar darauf erklang, kam aus der Kehle von Senatsrat Ehrlichmann. Dieser war sich seiner Stellung in der Tafelrunde für gewöhnlich wohl bewusst. Man erwartete von ihm, dass er es als ausreichende Ehre ansah, überhaupt an diesen Essen teilnehmen zu dürfen, weshalb es die Toleranz der übrigen Gesellschaft zu sehr strapaziert hätte, wenn er sich auch noch ungefragt zu Wort gemeldet hätte. Doch in diesem Punkte schien der Senatsrat nicht an sich halten zu können, so sehr drängte es ihn, sich an der Debatte zu beteiligen. Glickstein befand, da dieses ihm an sich unwillkommene Thema die abendliche Runde ohnehin schon nachhaltig irritierte, mochte es auch keinen sonderlichen Schaden mehr darstellen, wenn sich auch der Beamte äußerte. Mit einem leicht angedeuteten Nicken ermunterte der Baron daher Ehrlichmann, seine Ansicht in dieser Angelegenheit kundzutun.

„Ich denke, man tut dem Bettauer Unrecht, wenn man ihn auf seine, nun sagen wir einmal, Erotica, reduziert. Vielmehr ist er ein faszinierender Schriftsteller, dessen realistische Darstellungen viel über unsere gegenwärtige Gesellschaft aussagen."

„Aber geh", entfuhr es Wertheimstein, der eben seinen Löffel neben den nunmehr leeren Teller platzierte, „was schreibt er denn so, der Bettauer? Am End etwa gar Mordgschichten? Das wär ja doch zu viel der sardonischen Ironie."

„Tatsächlich spielt das Verbrechen in seinen Werken eine nicht unwesentliche Rolle. Aber primär setzt er sich mit unserem System auseinander, seinen Schwachstellen und den daraus resultierenden negativen Konsequenzen."

„Is er gar ein Kummerl?", fragte da Wenckheim.

„So weit ich weiß, steht er den Sozialdemokraten nahe", replizierte Ehrlichmann, „doch darum geht es gar nicht.

Ich hab erst vor kurzem einen wirklich interessanten Roman von ihm glesen. ‚Die Stadt ohne Juden' hat der gheißen. Und da schreibt er, dass die politische Rechte alle Juden aus Wien ausweist."

Feinstein fuhr hoch. „Na da hast es. Der Mann ist ja nicht bei Sinnen! Wie kann man nur auf solche Ideen kommen?"

Ehrlichmann lächelte schmal. „Ich würde den Gedanken nicht völlig außer Betracht lassen. Es gibt nicht wenige, die tatsächlich so denken. Vor allem aber denken immer mehr so." Er beugte sich leicht nach vorn. „Und ich bin mir sicher, dass der Täter auch zu denen gehört, die so denken." Er wandte sich explizit an Feinstein. „Da ja bereits der Artikel in der ‚Neuen Freien Presse' erwähnt worden ist: Den hab ich auch glesen. Und da steht kein Wort des Bedauerns für Bettauer drinnen. Vielmehr wird betont, dass der Schütze moralisch über jeden Zweifel erhaben ist und aus berechtigter Empörung gehandelt habe, während Bettauer eben versauter Schmutzfink sei, der es nicht besser verdient habe." Nach einer kurzen Gedankenpause setzte er noch einmal nach. „Und ich möcht nicht wissen, wie viele heute gsagt haben: Recht gschieht ihm, dem Itzig."

Das letzte Wort traf die Versammelten wie ein Peitschenschlag. Selbst Glickstein fühlte sich auf das Unangenehmste berührt. „Was der Herr Senatsrat sagt, ist leider nicht von der Hand zu weisen. Der ewige Antisemitismus, meine Herren, er hat wieder Saison."

Wertheimstein rieb sich die Schläfen. „Siehst, Friedrich, und genau das versteh ich nicht. Woher kommt das auf einmal? Das war ja früher nicht da. Sicher, der eine oder andere hat einmal einen unpassenden Witz gmacht, und ein paar unverbesserliche Idioten wie dieser Schönerer damals oder auch der Lueger, die haben unsereins nach Tunlichkeit gemieden. Aber heutzutage bekommst ja beinahe schon den Eindruck, die fürchten sich vor uns mehr als vor dem Jüngsten Gericht."

„Apropos." Glickstein gab Robert einen Wink, er möge den Hauptgang auftragen. Dann wandte er sich an seine Gesellschaft. „Das Problem, meine Herren, liegt in unserer Niederlage im Krieg. Dadurch ist nämlich das schöne und überaus effiziente Gleichgewicht in unserer Gesellschaft verloren gegangen."

Wertheimstein machte große Augen. „Aha. Und wie meinst jetzt nachher das?"

„Ganz einfach, lieber Freund. Solange wir noch die Monarchie hatten, waren da die Ungarn, die Polen, die Tschechen, die Südslawen, die Ukrainer und so weiter. Das Deutschtum war gegenüber dieser Übermacht immer in der Minderheit. Immer. Und darum haben die feinen Herren Arier uns nicht nur wirtschaftlich, sondern eben auch politisch gebraucht, denn ohne uns hätten sie gegen Slawen, Magyaren und Romanen nie die Oberhand behalten. Daher haben sie sich darauf beschränkt, auf die primitiven Stetl-Juden zu schimpfen, denn, seien wir uns ehrlich, meine Herren, auf die schimpfen wir ja auch." Glickstein unterbrach sich kurz, um Robert das Auftragen des Hauptgangs zu ermöglichen. „Aber dann", fuhr er schließlich fort, „zerbrach die Monarchie. Übrig geblieben sind nur Wien, eine Handvoll Dörfer und jede Menge Berg. Die Herren vom Deutschnationalismus, die sind jetzt gänzlich unter sich. Die brauchen uns nicht mehr. Im Gegenteil. Nun sind wir es, die ihnen im Wege sind. Und daher geht's nicht mehr länger gegen irgendwelche mosaischen Spinner, die geistig im Mittelalter steckengeblieben sind, sondern gegen uns alle, die wir irgendwie vom Blute Judas abstammen."

Ehrlichmann nickte eifrig. „Ich hab erst unlängst den Spruch gehört, die Religion ist einerlei, in der Rasse liegt die Schweinerei. Für die können wir hundertmal zum Christentum konvertiert sein, wir bleiben in ihren Augen stets Juden und damit auf einem Niveau mit dem Flickschuster auf der Mazzesinsel."

„Also ich muss schon sagen, das ist doch unerhört", empörte sich Wenckheim, „man kann mich doch nicht gemein machen mit so einem Wanderrabbi."

„Wunderrabbi."

„Was meinst?"

„Wunderrabbi. Es heißt Wunderrabbi, nicht Wanderrabbi", bemühte sich Feinstein um Aufklärung. Wenckheim verzog das Gesicht. „Jetzt sei doch nicht blöd, Feinstein. Was kommst mir da mit einem Wunderrabbi. So einen Ahasver mein ich. Aber das ist ja jetzt auch ganz egal. Fakt ist, dass man sich in meiner Familie gar nicht mehr dran erinnern kann, wann einer von uns zuletzt in einer Synagoge war. So etwas kann man doch ned einfach ignorieren!"

„Du bist aber schon noch in der IKG, oder?", fragte Wertheimstein nach.

„Na gut, ja. Aus Tradition. Aber das heißt doch nix. Das ist ja nur so eine Formalie, nicht wahr!"

„Für dich und mich vielleicht schon. Für die nicht", betonte Glickstein. „Die haben uns im Visier. Und warum? Weil wir jetzt die Konkurrenz sind. Und wenn sie uns nicht im ökonomischen Wettkampf beseitigen können, dann schicken s' uns halt irgendwelche Krakeeler an den Hals. Das ist heute Politik, mein lieber Freund."

Wenckheim legte angewidert sein Besteck nieder. „Jetzt ist mir doch glatt der Appetit vergangen. Gut, wir haben den Krieg verloren. Aber das ist doch noch kein Grund, dass die Sitten so verrohen."

„Weißt eh, Wenckheim, ein Grund findet sich immer. Ist's nicht der, so ist's ein anderer. Was immer die gebildete Menschheit für hehre ethische Prinzipien aufgestellt hat, letztlich beugt sich der Mensch doch immer nur den zwei ewig gleichen Maximen: der Gier und dem Neid." Aus Glicksteins Worten klang unüberhörbare Melancholie.

„Und was heißt das jetzt?", hakte Wenckheim pikiert nach. „Soll ich meine Vermögenswerte in die Schweiz verschieben oder was?"

„Mein Papa selig", erklärte da Wertheimstein, „hat immer gsagt, man soll nie auf ein Pferderl allein setzen, weil auf diese Art machst nie einen Reibach."

„Ich denke, vorerst genügt es, wachsam zu bleiben. Der Fall Bettauer beweist, einzelne Irre wird es immer geben. Unsere Aufgabe ist es daher, dafür zu sorgen, dass die nicht die Mehrheit kriegen."

Glicksteins Diktum stieß auf ungeteilte Zustimmung. So wie im unmittelbaren Anschluss daran das Parfait, das einmütig mit ebensolcher bedacht wurde. Robert reichte schließlich die Zigarren, und Glickstein fand, es sei nun endlich an der Zeit, direkt über das Geschäft zu sprechen.

„Es ist nicht ohne Witz, dass wir grade heute über so ein Thema gesprochen haben. Ich frag mich nämlich schon seit längerem, ob ich mir nicht in der Tschechoslowakei eine kleine Brauerei zulegen sollt. In Náchod droben zum Beispiel.

Der alte Mautner sagt, die Stadtbräu steht zum Verkauf. 's wär keine schlechte Idee, ein zweites Standbein im Ausland zu haben. So für alle Fälle."

„Meine Rede", fühlte sich Wertheimstein bestätigt. „Wir machen unsere Textilien ja auch nicht nur in Judenburg und Ottakring. Im Gegenteil, wir haben unsere Niederlagen in Zlín und Groß-Betschkerek niemals veräußert."

„Wir liefern unsere Produkte von Wien aus in die ganze Welt, egal, ob es sich dabei um unsere Tresore oder unsere Aufzüge handelt", statuierte Wenckheim. „Eine zweite Fabrik wär da völlig widersinnig."

„Aber wenn man wirklich gegen uns mobilzumachen beginnt, was dann? Deine Aufzüg kannst ja ned mitnehmen", gab Feinstein zu bedenken. „Jetzt seids doch nicht alle solche Pessimisten. Als ob der Bettauer der einzige jüdische Schreiberling gwesen wär! Es ist schon so, wie die Presse schreibt. Der war ein Lustmolch, und darum hat ihm jemand den Richter gmacht. Ned mehr und auch nicht weniger. Immerhin arbeiten für die Presse selbst genug jüdische Journalisten. Friedländer, Benedikt, Sternberg sage man nur. Und denen is nie was gschehn. Also übertreiben wir jetzt nicht gleich, tät ich sagen."

Glickstein war, als wollten sowohl Ehrlichmann als auch Feinstein etwas erwidern, doch der Baron war sich dessen bewusst, dass ein Überreizen des Themas dem Abend endgültig eine ungute Wendung geben würde. Und so befand er, es war mehr als angezeigt, sich auf unverfänglicheres Terrain zu begeben. „Übrigens, was glaubt ihr? Bleibt der Goldkurs weiterhin auf diesem unerwartet hohen Niveau?"

Wenckheim war zwar ein wenig irritiert von dem plötzlichen Themenwechsel, ging aber ohne Umschweife darauf ein. „Ich würde nicht darauf setzen. Die Währungen haben sich international stabilisiert, also gibt es gegenwärtig keinen Grund, in Gold zu investieren. Und wo keine sonderlich große Nachfrage, da gibt früher oder später der Preis nach, das ist selbstevident."

Er erntete allgemeines Nicken. „Noch einen Cognac, die Herren?"

Sommer 1925

Mit Bravour hatten die Söhne von Bielohlawek und Strecha die Volksschule abgeschlossen. Sie genossen die Ferien und machten sich über die Zukunft weiter keine Gedanken. Die machten sich die Bielohlaweks dafür umso mehr. „Fanny, der Bub is echt ein Blitzgneißer. Es ist eine Schand, wenn der weiter in der Volksschul bleibt. Da gibt's sicher was Besseres für ihn. So ein Gymnasium, das wär was. Aber das können wir uns nie leisten."

Fanny fuhr fort, den Teig zu kneten. „Die Pfaffen zahlen talentierten Kindern die Schul. Aber natürlich nur, wenn s' von katholische Familien sind und sich verpflichten, später selber Pfarrer zu werden. Aber für die sind wir ja nur gottverfluchte Heiden, von denen brauchen wir uns also nix erwarten."

Fritz klopfte mit den Fingerspitzen auf die Tischplatte. „Ich hab mir überlegt, ob ich den Baron angehen soll, damit der mir ein Darlehen gibt oder so." Fanny wirbelte herum. „Tu das nicht, Fritz. Das ist keine gute Idee. So was bleibt ned unter der Tuchent, und wenn das im Betrieb die Runde macht, dann sagen alle, wenn du als Betriebsrat irgendeinen Kompromiss eingehen musst, du machst das nur, weil dir der Glickstein Geld geben hat."

Bielohlawek nickte bedächtig. „Da könntest Recht haben, Fanny. Das tät kein gutes Bild abgeben." Und nach einer kurzen Pause. „Aber es wär ewig schad um den Buben. Irgendeinen Weg muss es doch geben." Und Fanny sah ihrem Mann an, wie sehr er unter der Situation litt. „Du, ich red einmal mit der Gabi", bot sie Fritz an, „die sitzt doch da im Gemeinderat in der Schulkommission oder wie das heißt. Vielleicht kennt die jemanden, der uns helfen kann." Fannys Worte waren Labsal für Fritz. Mit einem Mal kam wieder Energie in ihn. „Recht hast du, die Partei. Natürlich. Ich mein, wenn wir das neue Wien aufbauen, da muss doch auch für Arbeiterkinder eine Möglichkeit bestehen, eine anständige Schule besuchen zu können. Ich frag den Genossen Sever."

Den traf er, wie erwartet, im *Café Arbeiterheim* an, über dem er seine Wohnung hatte. Bielohlawek wartete, bis Sever alleine war, sprach ihn dann an und setzte ihm sein Problem auseinander. Sever lächelte. „Fritzl, du brauchst dir gar keine Sorgen zu machen. Der Otto hat das schon vor ein paar Jahren perfekt geregelt. Wir haben die alten Kadettenschulen in Bundeserziehungsanstalten umgewandelt, in denen begabte Arbeiterkinder kostenlos Unterricht erhalten. Diese Institute schließen wie ein herkömmliches Gymnasium mit der Matura ab und berechtigen damit zu einem Universitätsstudium. Wenn du willst, kann ich deinen Buben dort jederzeit anmelden." Bielohlawek war so überwältigt, dass er sofort darum bat, Wickerl dort aufzunehmen.

Die Begeisterung im Hause Bielohlawek kannte keine Grenzen. Vater, Mutter und Sohn fieberten dem ersten Schultag im September entgegen, und als sie schließlich gemeinsam die Anstalt betraten, strotzten sie allesamt vor Stolz. Aufmerksam lauschten sie den Ausführungen des Anstaltsleiters, der den Eltern auch gleich eine Liste jener Materialien und Lehrbehelfe mitgab, über die der Schüler optimalerweise verfügen sollte. Das dämpfte den Enthusiasmus ein wenig, und am Abend, nachdem Wickerl eingeschlafen war, saßen Fritz und Fanny am Küchentisch und brüteten über dem neuen Problem.

„Die Schul kostet uns zwar nix, aber dieses ganze Werkzeug, was der Bub dort braucht, das gibt's nicht umsonst.

Alles zsamm kostet das auch eine Lawine." Fritz stöhnte leise auf. Und auch der Hinweis Fannys, dass vielleicht die Partei auch hier eine Lösung an der Hand haben könnte, stimmte ihn nicht fröhlicher. „Ich kann doch ned dauernd zum Sever pilgern wegen allem und jedem. Die Partei ist eine Kampfgemeinschaft und keine Armenausspeisung, wo sich jeder nimmt, was er grade braucht." Fanny schwieg. Sie wusste, ihr Mann hatte auch seinen Stolz, und den musste sie ihm in solchen Momenten lassen. Denn es hatte Fritz sicher schon einige Überwindung gekostet, bei Sever wegen des Freiplatzes für Wickerl vorzusprechen, da war es ihm einfach nicht zuzumuten, jetzt noch einmal in eigener Sache um etwas zu bitten. Sie tätschelte Fritz daher liebevoll den Arm und plädierte dafür, erst einmal schlafen zu gehen.

Drei Tage sprachen sie das Thema nicht an. Fritz, weil ihm keine Lösung einfiel, Fanny, weil sie nicht wusste, ob ihr Plan aufgehen würde. Doch da ihr ein gewisser Hang zur Neugier Eigen war, wollte sie im entscheidenden Moment selbst dabei sein. Es kam für Fritz einigermaßen überraschend, dass Fanny erklärte, ihn zur Sektionssitzung begleiten zu wollen.

„Wieso denn das? Sonst gehst ja auch nie mit", sagte er daher. Fanny aber war auf diesen Satz vorbereitet. „Du hast doch selbst gsagt, dass heute dieser Vortrag über proletarische Literatur ist. Den möcht ich mir eben anhören." Fritz kam dieses Interesse zwar spanisch vor, doch da Fanny tatsächlich oft und gerne Bücher las, schien ihr Interesse durchaus nicht unlogisch. So ließ er sie denn bei sich unterhaken und spazierte mit ihr am Arm ins Sektionslokal.

Er setzte sich auf seinen gewohnten Platz und bot Fanny den Stuhl neben sich an. Dabei freilich war ihm, als wechselte Fanny mit einigen Genossen verstohlene Blicke. Sofort befand er sich innerlich in Alarmzustand. Was ging da vor sich? Hatte er etwa seinen eigenen Geburtstag vergessen? War das der Grund, dass Fanny auf einmal mitgegangen war? Er sah sich um und fühlte sich gleichzeitig beobachtet, und er konnte nicht behaupten, diese Situation sonderlich angenehm zu finden.

Seine Anspannung nahm noch zu, als plötzlich der Sektionsleiter auf ihn zukam. „Lieber Fritzl, sei uns bitte nicht böse, aber die Fanny hat uns ihr Herz ausgeschüttet. Sie hat das gmacht, weil sie genau gewusst hat, du würdest dir eher die Zunge abbeißen, bevor du selber was sagst."

Bielohlawek hatte das Gefühl, als träte ihm Schweiß auf die Stirn. Er wollte zu einer Erwiderung ansetzen, doch der Sektionsleiter hob die Hand. „Warte, Fritzl, warte. Wir alle kennen den Wickerl. Er ist ein echter Vifzack. Und wir alle sind einer Meinung. Der Wickerl soll's einmal besser haben im Leben. Da hat die Fanny ganz Recht. Und darum ..."

Wie aufs Stichwort erhoben sich jetzt auch andere Genossen und traten an Bielohlawek heran. „... haben wir ein bisserl was zsammglegt. Was sich halt so ausgeht, ned wahr." Der Sektionsleiter griff in seine Weste und holte mehrere Banknoten hervor, zumeist Fünfer und Zehner, alles in allem aber eine für Fritz beeindruckende Summe. „Das geht nicht, das kann ich nicht annehmen. Ihr habt doch selber nix", stotterte er. „Aber geh, jetzt hab dich nicht so. Was wären wir für eine Bewegung, wenn wir nicht alle zsammhelfen würden. Das weißt grad du am besten, Fritz." Und um sein Argument zu untermauern, fuhr der Sektionsleiter fort: „Du warst es doch, der damals, als es den alten Höfinger so schwer erwischt hat, wie er unter seinen Wagen gekommen ist, die Sammlung für ihn organisiert hat. Und selbst am meisten gegeben hat. Und dann beim Buchlehner zwei Jahre später auch. Na, und jetzt bist halt einmal du dran. Also nimm es ruhig. Wir alle sind stolz auf deinen Buben, und wenn er seinen Weg geht, dann hat sich die kleine Spende da hundertfach rentiert."

Bielohlawek presste die Zähne zusammen. Er fühlte ganz deutlich, wie ihm Tränen in die Augen stiegen. Er war so gerührt, dass er nicht merkte, wie fassungslos auch Fanny war, die nicht mit einer solch stolzen Summe gerechnet hatte. Sie packte ihren Mann am Oberarm und hielt ihn ganz fest. „Fritzl, das reicht für die ganze Schulzeit", brachte sie beinahe tonlos hervor. Bielohlawek aber kämpfte gegen eine sich füllende Nase. Er gab sich einen Ruck und wuchtete sich hoch. „Genossen! Ihr alle wisst, dass ich mit meinen 40 schon ein alter Hund bin. Und dass ich viel erlebt hab in meiner Zeit. Aber abgesehen von meiner Hochzeit und von dem Tag der Geburt vom Wickerl ist das heute der schönste Tag in meinem ganzen Leben. Ich ... kann euch gar nicht sagen, ... wie unendlich dankbar ich euch bin."

„Ist schon recht, Fritzl. Solidarität ist konkret. Wie heißt's beim Dumas Xandl? Einer für alle, alle für einen." Bielohlawek kam nicht dazu, über den letzten Satz seines Freundes irritiert zu sein, denn schon schallte ihm ein dutzendfaches „Freundschaft" entgegen. Verlegen und etwas umständlich setzte er sich wieder. „Genossen! Wenn der Bub die Matura hat, dann lad ich jeden Einzelnen von euch zum *Finken* ein. Ehrenwort. Ich fang gleich heute an zu sparen."

Wenn er ehrlich zu sich selbst war, dann bekam er von dem anschließenden Vortrag über proletarische Literatur kein einziges Wort mit. Er registrierte lediglich eine nicht enden wollende Ergriffenheit in sich, gepaart mit dem einzigen Gedanken, wie er sich für so viel Güte angemessen erkenntlich zeigen konnte. Und erst ganz gegen Ende der anschließenden Diskussion streifte ihn auch die Erkenntnis, dass ihn Fanny offensichtlich ganz schön hinters Licht geführt hatte. Und wenn er sich auch vornahm, darüber kein Wort zu verlieren, so konnte er dennoch nicht anders, als die Sache auf dem Heimweg anzusprechen.

„Weißt du, Fritz, du bist der hilfsbereiteste Mensch, der mir je untergekommen ist", sagte Fanny da mit einem entwaffnenden Lächeln auf den Lippen, „aber hie und da muss man eben auch dir helfen. Und wer soll das machen, wenn nicht ich, deine Frau." Fritz blieb stehen, sah sie lange an, dann legte er seine Hände auf ihre Wangen und drückte ihr einen innigen Kuss auf die Lippen.

Herbst 1926

Glickstein rieb sich die Schläfen. Die Sekretärin hatte ihm eröffnet, dass der „Herr Doktor" jetzt da sei, und wiewohl ihm dessen Eintreffen keineswegs überraschen konnte, da er selbst es ja gewesen war, der Doktor Federn um einen Besuch gebeten hatte, so fühlte er sich nun ratlos und verunsichert. Wie erzählte man einem Fremden, an den man sich nur gewandt hatte, weil Senatsrat Ehrlichmann sich für ihn verbürgt hatte, davon, dass man sich um die geistige Gesundheit der eigenen Gattin sorgte?

Doch es blieb keine Zeit zum Überlegen. Schon war Federn eingetreten und nahm, von Glickstein dazu aufgefordert, in dem bequemen Ledersessel Platz, der sonst ihm, Glickstein, als Sitzgelegenheit während dienstlicher Besprechungen diente. Eine kleine Weile noch konnte der Baron das Unvermeidliche hinauszögern, indem er sich bei Federn erkundigte, ob dieser Tee oder Kaffee und vielleicht auch eine Zigarre wünsche, doch nachdem dieses Geplänkel erledigt war, musste sich Glickstein den Tatsachen stellen.

„Ich weiß nicht ganz, wo ich beginnen soll, Herr Doktor. Aber ich habe ein Problem, und man hat mir versichert, Sie wären eventuell dazu in der Lage, mir bei der Lösung desselben behilflich zu sein." Und nach einer kleinen Pause: „Es handelt sich um meine Frau."

Federn sah den Baron einfach nur an und schwieg. Wahrscheinlich, so dachte Glickstein, wurde ein solches Verhalten von einem Psychiater erwartet. Ein „So, so, was fehlt ihr denn, der Frau Gemahlin?" war für einen Seelenkundler mutmaßlich viel zu banal. Und hieß es nicht von diesen Vogeldoktoren, dass ihre Heilmethode in einer Gesprächstherapie lag? Das hieß dann wohl, dass er dem Doktor alles haarklein erzählen musste, und dann erst begann der Psychiater mit der Analyse der Psyche.

Glickstein sah sich in dieser Vermutung bestätigt, als Federn auch nach einer weiteren verstrichenen Minute kein Wort sagte. „Ich bin auf diesem Gebiet natürlich kein Experte, deshalb habe ich ja darum gebeten, dass Sie mich aufsuchen mögen, aber ich fürchte, meine Frau leidet an einer klinischen Depression."

Als habe er jetzt erst den richtigen Knopf gedrückt, kam Bewegung in Federn. „Das, lieber Herr Baron, ist ein ziemlich überstrapazierter Begriff. Seit Kretschmer diesen Terminus aufgebracht hat, hat er nahezu eine inflationäre Verbreitung erfahren, und aus meiner eigenen Erfahrung kann ich sagen, dass bei weitem nicht jeder Mensch, der traurig oder niedergeschlagen ist, tatsächlich depressiv genannt werden kann." Federn nippte an seiner Kaffeetasse. „Oft genug gibt es berechtigte Gründe, welche einen Menschen in eine Lage bringen, in der sich sein Gemüt, nun, sagen wir, verdunkelt. Ich würde also an Ihrer Stelle keinesfalls sofort vom Schlimmsten ausgehen, Herr Baron."

Glickstein versuchte, die Worte des Psychoanalytikers als erleichternd zu empfinden, doch es gelang ihm nicht. „Ich fürchte, im Falle meiner Hetty gibt es solche Gründe nicht. Ja, sie mag darunter leiden, nach der Geburt unserer Tochter ihr Studium nicht wieder aufgenommen zu haben, aber ehrlich, Herr Doktor, daran kann es doch nicht liegen."

Federn machte eine vage Geste mit der rechten Hand. „Ohne dass ich mit ihrer Frau gesprochen habe, kann ich natürlich überhaupt keine Diagnose stellen. Aber es könnte sich als hilfreich erweisen, wenn Sie mir Ihre diesbezüglichen Beobachtungen ein wenig mehr verdeutlichen würden."

Ein Räuspern entrang sich der Kehle des Barons. „Was soll ich Ihnen da sagen? Als wir uns vor etwa 14 Jahren kennengelernt haben, war Hetty das blühende Leben. Blitzgescheit, selbstbewusst und voller Witz und Esprit. Und in den Jahren, die seitdem ins Land gezogen sind, ist von diesen Eigenschaften, die mich so sehr für sie eingenommen haben, praktisch nichts mehr geblieben. Sie ist teilnahmslos, hat keinen Appetit, lacht nie. Sie sitzt immer nur da und hält ein Buch in ihren Händen, in dem sie aber doch nicht liest. Stattdessen starrt sie stundenlang ins Leere und ist dabei vollkommen abwesend, sodass sie nicht einmal mitbekommt, wenn Caroline etwas von ihr will."

Glickstein wurde in seiner Rede immer langsamer. Er musste sich eingestehen, er hatte nicht damit gerechnet, wie sehr es ihn aufwühlen würde, jemandem von Hettys Zustand zu berichten. „Glauben Sie mir, ich habe versucht, was in meiner Macht stand, um sie aus dieser Lethargie zu holen. Doch was auch immer ich unternommen habe, ob ich ihr eine Gesellschafterin zuführte, Ausflüge mit ihr unternahm oder ihr Tees verabreichte, von denen es hieß, sie könnten die Stimmung aufhellen, ich bin gescheitert. Und offen gestanden, Herr Doktor, ich weiß mir mittlerweile keinen Rat mehr."

Der ernsten Miene Federns entnahm Glickstein, dass der Zustand seiner Frau tatsächlich Anlass zur Sorge gab. Der Baron rückte ganz nahe an den Seelenklempner heran. „Ich sollte vielleicht erwähnen", flüsterte er, „dass sie bereits einmal versucht hat, sich das Leben zu nehmen." Federn richtete sich instinktiv auf. „Ja, diese Information ist tatsächlich von allergrößter Wichtigkeit", sagte er knapp.

„Das heißt, Sie werden sich meiner Frau annehmen?"

„Sie sollte auf jeden Fall einmal untersucht werden, ja." Glickstein blieb in unmittelbarer Nähe des Arztes. „Aber bitte, tun Sie das bei uns zu Hause. Keinesfalls in einem Spital oder einer Klinik. Das würde sie, davon bin ich überzeugt, nicht verkraften. Und gehen Sie bitte auch äußerst behutsam vor. Sie ist, wie Sie sich nun sicher vorstellen können, überaus empfindlich."

Zwei Tage später empfingen die Glicksteins den Doktor Federn zum Tee. Man tauschte einige oberflächliche Höflichkeiten aus, als ein Telefonanruf den Baron in sein Arbeitszimmer rief. Er kehrte zurück, völlig untröstlich, und erklärte, er müsse ganz dringend eine geschäftliche Angelegenheit regeln, die eine kurze Zeitspanne in Anspruch nehmen werde.

„Hetty", so bat er seine Frau, „leiste doch dem Herrn Doktor so lange Gesellschaft. Ich sehe zu, umgehend wieder zu erscheinen." Glickstein wartete keine Antwort ab und schloss hinter sich die Tür, ganz so, wie er es zwei Tage zuvor mit Federn vereinbart hatte.

Zwischen dem Doktor und der Glickstein dehnte sich eine Pause. „Verzeihen Sie mir, wenn ich das sage", begann Federn vorsichtig, „aber irgendetwas sagt mir, dass Sie, nun, ein wenig unglücklich sind."

„Wie sollte ich es auch nicht sein", kam wie geistesabwesend Hettys Antwort, ohne, dass Hetty ihren Gast dabei angeblickt hätte. „Pardon, aber das müssen Sie mir jetzt erklären."

„Ich habe auf der ganzen Linie versagt", platzte es aus Hetty, die darob dennoch bemerkenswert gleichmütig blieb, heraus. „Ich berechtigte einst zu den allergrößten Hoffnungen. Eine zweite Possanner hätte ich werden können, eine, die wie Elise Richter Professorin wird. Doch ich habe nicht eine einzige Prüfung abgelegt. Und auch als Ehefrau bin ich gescheitert. Sieben Jahre musste mein Gatte warten, bis ich ihm endlich Nachwuchs bescherte, und selbst dann war es nur ein Mädchen. Ich sitze hier in einer palastartigen Villa, gehe keiner sinnvollen Beschäftigung nach und werde einfach nur alt. Und da soll ich nicht unglücklich sein?" Sie sah Federn immer noch nicht an und wirkte in ihrer Rede, als führe sie ein Selbstgespräch.

„Das will mir doch als gar zu strenges Urteil erscheinen, Frau Baronin. Sie dürfen nicht so hart sein gegen sich selbst."

„Ach, papperlapapp." Unerwartet scharf kam ihre Replik. „Ich bin ein schmarotzender Versager, der vom Geld meines Mannes lebt. Ich sollte ihm eine Stütze sein und bin ihm doch nur eine Last. Kein Wunder, dass er sich von mir abgewendet hat, da ich schwach und unbrauchbar bin."

„Sie glauben, er vernachlässigt Sie?"

„Er ist doch mit seiner Brauerei verheiratet. Jede freie Minute widmet er dem Unternehmen. Und wenn er doch einmal einen Nachmittag zu Hause weilt, dann spielt er mit unserer Tochter. Sein Privatleben hat er so organisiert, dass er sich mit seinen Geschäftsfreunden trifft, mit denen er bis spät in die Nacht politisiert und philosophiert. Und wenn er sich einmal dazu entschlossen hat, Zeit mit mir zu verbringen, dann gehen wir in die Oper oder ins Theater, wo ich mich ebenso langweile wie hier, wo ich tagein, tagaus nur herumsitze und darauf warte, dass die Zeit vergeht. Aus Minuten werden Stunden, aus Stunden Tage, aus Tage Wochen, und so geht das Leben an mir vorbei, bis ich endlich tot bin."

Federn musterte Hetty aufmerksam. „Ich will ja nicht anmaßend erscheinen, aber wäre es nicht denkbar, eigene Aktivitäten zu entwickeln?"

„Mit wem denn? Meine Familie stammt aus Salzburg. Hier kenne ich auch nach eineinhalb Jahrzehnten praktisch niemanden. Hie und da kommen die Gattinnen der Geschäftsfreunde meines Mannes zu uns, und da wird von mir erwartet, dass ich mich mit ihnen über Mode, Kindererziehung und die Trägheit des Personals unterhalte. Ebenso trostlos wie langweilig. Sie machen sich keine Vorstellung davon, wie hohl diese Personen allesamt sind. Unsagbar beschränkt und dumm, diese geistlosen Geschöpfe. Und gerade darum so beneidenswert."

„Beneidenswert?"

„Ich bin der festen Überzeugung, dass eine Kuh keinen Anstoß daran nimmt, eine Kuh zu sein. So ein Tier reflektiert nicht über seine Existenz, sein So-Sein. Eine Kuh ist einfach nur eine Kuh. Sie steht auf der Weide, frisst Gras und wird ab und zu gemolken." Endlich richtete Hetty ihren Blick auf den Doktor aus. „Aber stellen Sie sich, Herr Doktor, nur für einen Moment vor, Sie müssten dieses Kuh-Sein durchleben. Wäre das nicht ein härteres Schicksal als das Schmachten im finstersten Kerker?"

Federn ließ die Sätze Hettys eine gute Weile nachklingen. Er trank einen Schluck, stellte die Tasse dann sorgsam zurück auf den Beistelltisch. „Kein Schicksal, meine Gnädigste, ist unabänderlich. Wir alle, in welcher Lage wir uns auch immer befinden mögen, sind Herren über unser Fatum. Und so möchte ich Ihnen an dieser Stelle sagen, Frau Baronin, Sie tragen Verantwortung. Für sich selbst, aber auch für Ihre Tochter. Und in gewisser Weise auch für Ihren Mann, so wie dieser wiederum Verantwortung für Sie trägt." Er beugte sich leicht nach vor: „Ich würde Ihnen gerne näher ausführen, was ich mit diesen Sätzen meine. Denken Sie, wir könnten uns öfter einmal zu einer Unterhaltung treffen?"

„Glauben Sie ernsthaft, ich wüsste nicht, welche Scharade hier gespielt wird? Mein Mann hat Sie doch hergebeten, damit Sie mir in den Kopf schauen. Aber bitte! Warum nicht? Ein wenig Abwechslung in der ewigen Eintönigkeit der Existenz. Aber an Ihrer Stelle würde ich mir nicht allzu viel von diesen Gesprächen erwarten."

An der Pforte fand Glickstein endlich die Gelegenheit, Federn nach dessen Einschätzung zu fragen. „Ich fürchte, der Fall ist sehr komplex. Stellen Sie sich auf eine langwierige und möglicherweise auch schwierige Analyse ein. Ihre Frau besitzt einen sehr starken und ausgeprägten Charakter, was prinzipiell ja positiv ist. Aber es steht zu befürchten, dass sie ihre Fähigkeiten nicht in den Dienst der Heilung stellen wird, sondern sie vielmehr dafür einsetzt, sich einer Heilung zu widersetzen. Ich sage das jetzt nicht, damit Sie den Mut sinken lassen, werter Herr Baron, die Sache ist alles andere als aussichtslos. Nur erwarten Sie bitte keine allzu schnellen Resultate."

„Aber Sie sehen Hoffnung?", hakte Glickstein nach.

„Hoffnung, werter Herr Baron, gibt es immer. Und in diesem Fall gibt es auch Grund dazu."

Glickstein gestand sich, als er langsam wieder die Treppe zum Salon hinanstieg, ein, er hätte gerne eine optimistischere Diagnose von Federn gehört. Doch das wäre wohl der Erwartung zu viel gewesen. Immerhin aber war er schon mit ganz anderen Problemen fertig geworden, und so würden sie gemeinsam auch diese Klippe meistern. Es hieß eben, sich in

Geduld zu wappnen und das Ziel mit Zähigkeit und Energie zu verfolgen. Dann würde der Erfolg nicht ausbleiben. Der Baron sprach sich Mut zu und kam endlich am Treppenabsatz an, als ihm plötzlich und unerwartet Caroline entgegenlief, die offenkundig ihr Spielzimmer verlassen hatte. Glickstein beugte sich zu seiner Tochter hinab und hob sie hoch. „Ja wen haben wir denn da?", flötete er, „wenn das nicht mein kleiner Engel ist." Das Mädchen kicherte vergnügt. „Was ist? Wollen wir zur Mama gehen?" Caroline nickte. Mit ihr auf dem Arm trat er in den Salon, wo er Hetty zurückgelassen hatte. Sie saß reglos da und starrte an die Decke. Der Baron trat ganz nah an sie heran und gab Caroline frei, sodass sie von ihm zur Mutter klettern konnte. Diese bemühte sich, ein Lächeln zustande zu bringen. Glickstein aber sah sie lange an und sagte dann: „Wenn du es wirklich willst, Hetty, dann wird alles gut." Und er sagte sich diesen Satz selbst noch einmal vor, als er sich leise aus dem Salon zurückzog und sich wieder in sein Arbeitszimmer begab.

Juli 1927

Der Sommer war herangebrochen. Wickerl und Turl verbrachten jede freie Minute auf der Marswiese, wo sie dem runden Leder nachjagten. Genau genommen, war ihr Ball weder rund noch aus Leder, doch das tat ihrer Begeisterung ebenso wenig Abbruch wie der Umstand, dass die letzte Meisterschaft der lokalen Hernalser Mannschaft schon wieder fünf Jahre zurücklag. Wickerl und Turl waren immer noch die Kanhäuser-Brüder, Beer, Zankl oder Powolny. Vor allem Letzterer war das unumstrittene Idol der beiden, hatte es Powolny doch als Legionär bei Inter Mailand eben erst zum italienischen Torschützenkönig gebracht. Während die beiden ihr Fetzenlaberl über die Wiese jagten, kommentierten sie ihre Aktionen eifrig, als müssten sie eine Radioübertragung bestreiten. „Und Powolny bricht durch", schrie Wickerl, als er Turl wieder einmal überspielt hatte, „nimmt Maß und donnert den Ball Richtung Gehäuse." Tatsächlich rollte die Wuchtel langsam über die mit Stöckchen markierte Begrenzung. „Tor! Tor! Tor! 2:0 für den Wiener Sportclub! Eine herrliche Partie, die die Dornbacher heute wieder spielen."

Müde und abgekämpft fanden sich die beiden nach einigen Stunden des Tobens und Tollens wieder in der heimatlichen Gasse ein. Wickerl klopfte dem Freund noch einmal aufmunternd auf die Schulter, dann verschwand er hinter der Wohnungstür. Kaum aber hatte er die elterliche Küche betreten, kam ihm seine euphorische Stimmung jäh abhanden. Vater und Mutter saßen mit ernsten Mienen am Tisch und sahen besorgt in seine Richtung.

Hektisch überlegte Wickerl, was er angestellt haben könnte. Ungemach von der Schule war unmöglich, denn sie hatten ja Ferien. Doch auch sonst fiel ihm nichts ein, was den Unwillen der Eltern hätte erregen mögen. Dennoch hörte er deutlich die Worte seines Vaters, die ihn an den Tisch beorderten. Zögerlich trat er näher und rutschte schließlich auf den ihm zugewiesenen Sessel.

„Heute haben s' die Mörder von Schattendorf freigsprochen", begann der alte Bielohlawek mit gallenbitterem Ausdruck auf seinem Gesicht. „Das ist eine Provokation, die wir nicht hinnehmen dürfen, mein Sohn." Mutter Fanny nickte bedeutungsschwanger. Undeutlich erinnerte sich Wickerl an die Sache. Ein halbes Jahr zuvor hatten einige rechtsextreme Rabauken, die sich selbst „Frontkämpfer" nannten, aus einem Gasthaus auf vorbeiziehende Arbeiter geschossen und dabei einen Kriegsinvaliden und ein Kind ermordet. Nun erfuhr Wickerl, dass der Richter den Verbrechern Notwehr zugebilligt hatte.

„Das muss natürlich Konsequenzen haben", statuierte Fritz. „So arg war's ja nicht einmal in der Monarchie, dass uns Arbeiter einfach irgendwer abknallen durfte und damit auch noch durchgekommen ist. Ich werd gleich nachher in die Sektion gehen und dort sagen, dass wir auf jeden Fall streiken müssen. Weil wenn wir uns so etwas gefallen lassen, dann lassen wir uns alles gefallen."

Wickerl blickte zwischen Vater und Mutter hin und her. In ihrem Gesicht las er Betroffenheit, aber auch Furcht, zumindest jedoch Besorgnis. Den Vater jedoch hatte er niemals so entschlossen und kampfbereit gesehen wie in diesem Augenblick. „Mit diesem Schandurteil haben sie einfach eine Grenze überschritten", fuhr Fritz fort, „die glauben, sie haben jetzt wieder Oberwasser." Er schnaubte verächtlich. „Vielleicht war es doch ein Fehler, im 18er Jahr nicht gleich

Nägel mit Köpfen gemacht zu haben", setzte er nachdenklich hinzu.

Ganz plötzlich und unerwartet wurde Wickerl der Ernst der Lage bewusst. Das Urteil, das richtete sich nicht nur gegen die Opfer der Gewalttäter, das richtete sich ganz allgemein gegen die Arbeiterschaft. Also auch gegen seine Eltern und ihn. Was ihm die Lehrer in der Grundschule beigebracht hatten, dass dieses Land alle seine Bürger gleich behandle und keine Privilegien und Vorrechte kenne, das stimmte also offensichtlich gar nicht. Wickerl starrte auf den Tisch. Aber wenn er es recht bedachte, dann war das gar keine so neue Erkenntnis. Seit er auf das Gymnasium gewechselt war, wurde er doch pausenlos mit der himmelschreienden Ungleichheit zwischen seinesgleichen und den Bürgerkindern konfrontiert. Nicht nur, dass diese ihn permanent wissen ließen, dass er in ihren Augen gar nicht hierher gehörte, sie erzählten sich auch gegenseitig ohne Unterlass von luxuriösen Urlaubsreisen ins ferne Sankt Moritz zur Weihnacht oder nach Altaussee im Sommer. Sie bekamen Uhren, kostbare Federhalter oder gar Pferde zum Geburtstag, trugen Maßanzüge und schon in ihrem Alter teure Budapester, während er sein Gewand schon zum zweiten Male hatte wenden lassen müssen. Sie berichteten von Galadiners, welche im Elternhause stattfanden, von Schubertiaden und von der Renitenz der Dienerschaft, bei welchen Ausführungen sie dann immer einen scheelen Blick auf ihn oder auch auf Turl warfen. Vor allem aber redeten sie sich immer noch mit Graf oder Baron an, so, als ob der Adel niemals in dem Lande abgeschafft worden wäre. Das „Proletengesindel", das er und Turl für sie darstellten, war höchstens dann einer Kontaktnahme würdig, wenn es galt, schnell die Lateinaufgabe abzuschreiben oder sich in Mathematik aushelfen zu lassen.

„Papa, du hast Recht. So ist das nicht unser Staat." Wickerl erschrak regelrecht, als er plötzlich seine eigene Stimme im Raume hörte. Der Vater aber sah ihn einen Moment lang an, dann wanderten dessen Augen zur Mutter, und die Mundwinkel zogen sich langsam, aber unaufhaltsam nach oben. „Hast das ghört, Fanny? Unser Bub wird erwachsen." Fritz klopfte Wickerl fest auf die Schulter. „Na, da wirst du ja bald ein waschechter Genosse sein und deinen alten Herrn noch stolzer machen, als er eh schon auf dich ist." Jäh durchzuckte den Alten eine Idee. „Weißt was, heut kommst mit in die Sektion."

Wickerl konnte nicht anders, als über das gesamte Gesicht zu strahlen. Er hatte eben den väterlichen Ritterschlag erhalten.

Keine Stunde später betraten sie das muffige Kellerlokal in einem der neuen Gemeindebauten. Wickerl brauchte eine Weile, bis er sich in dem Dunst zurechtfand, denn schwere Rauchschwaden zogen durch den gesamten Raum. Sämtliche Stühle waren besetzt. Vor den Männern standen Biergläser, je nach Temperament des jeweiligen Genossen mehr oder weniger geleert. Die Lärmkulisse war beeindruckend, denn jeder sprach mit jedem, über Tische, Stühle und andere Menschen hinweg, ein wildes Durcheinander, das es einem unmöglich machte, sich auf ein konkretes Gespräch zu konzentrieren. Wickerl fühlte sich eingeschüchtert und drängte sich unbewusst näher an den Vater, der von allen Anwesenden freudig begrüßt wurde. Wickerl fragte sich, wo der Vater einen Platz finden würde und staunte nicht schlecht, als dieser zielstrebig nach vorne marschierte und sein kleines

Notizbüchlein, das er bei solchen Gelegenheiten immer bei sich führte, auf dem Präsidium ablegte. Fritz nickte einem Genossen zu und bat diesen, noch einen weiteren Stuhl zu holen. Dann griff er nach der Glocke, die vor seinem Sessel abgestellt war und läutete heftig. „Genossen, das ist mein Bub, der Wickerl. Der wird einmal Teil der jungen Garde sein." Beifälliges Nicken war die Reaktion, einige klatschten sogar, und Wickerl fühlte sich alles andere als wohl. Eine beleibte Mittfünfzigerin, von der Wickerl erfahren sollte, dass sie die Resi war, legte ihre fleischigen Hände auf seine Wangen und strahlte ihn an. „Komm, Wickerl, setz dich da zu uns. Bei uns bist richtig." Sie führte ihn zu einem Extratisch, um den sich der weibliche Teil der Sektion gruppiert hatte. Und Wickerl war froh, nicht länger im Mittelpunkt der allgemeinen Aufmerksamkeit zu stehen.

„Genossen! Genossen! Ruhe bitte!" Mühsam verschaffte sich Fritz Gehör. „Ich beantrage, die Tagesordnung der heutigen Sitzung um den Punkt Schattendorfer Prozess zu ergänzen." Die heftige Zustimmung, die zu diesem Vorschlag kam, überzeugte Wickerl davon, dass dieser ohnehin schon die gesamte Zeit über Thema gewesen war. Dementsprechend heftig verlief auch die Debatte. Die meisten der anwesenden Genossen stimmten Bielohlaweks Vorschlag, am kommenden Tag zu streiken, zu, doch etlichen ging dieser Schritt nicht weit genug. Einer stand auf und stützte seine Hände auf den Tisch: „Seit Jahren tanzen uns die Großkopferten auf der Nase herum. Und was tun wir? Wir demonstrieren. Oder wir streiken ein paar Stunden! Was juckt das die? Gar ned. Die wissen genau, dass sie Oberwasser haben, seit wir sie im 18er Jahr davonkommen haben lassen. Damals hamma die Chance ghabt, alles von Grund auf zu ändern. Jetzt müss ma schauen, dass wir ned untergehen. Und daher sag ich: Wenn wir jetzt nicht zurückschlagen, dann erledigen die uns endgültig."

„Aber geh, Pauli, jetzt lass die Kirche aber im Dorf", wiegelte ein anderer ab, „natürlich hätten die gern wieder die Verhältnisse, wie sie vor zehn Jahren waren. Aber die kommen nicht wieder. Wir sind in Wien 400.000 Genossen, eine einzige große Armee der Arbeiterschaft. Die ist unüberwindlich, und wenn das den Pfaffen von Erdberg noch so fuchst."

„Vielleicht könnten wir streiken und gleichzeitig einen Protestzug vor das Gericht machen?", schlug ein Dritter vor. „Denen geht sicher der Allerwerteste auf Grundeis, wenn sie auf einmal Zehntausende Arbeiter vor ihren grauen Mauern versammelt sehen."

„Poldl, das ist gar ned so a schlechte Idee. Das sollten wir direkt der Wienzeile weitergeben. Damit die anderen das auch wissen." Wickerl schwirrte der Kopf von den vielen Reden und Gegenreden, vor allem, weil er die Hälfte des Gesagten nicht verstand. Warum sollte eine Aktion der Arbeiterschaft ausgerechnet einen Pfarrer aus Erdberg ärgern? Und was war in der Wienzeile? Was war 1918 gewesen? Das hatte ja schon der Vater erwähnt. So viele Fragen tauchten im Kopfe Wickerls auf, dass er gar nicht wusste, wonach er sich beim Vater auf dem Heimweg zuerst erkundigen sollte. Doch die Debatte dauerte noch lange an, und irgendwann verspürte Wickerl eine gewisse Müdigkeit in sich aufsteigen. Die Sprache, die da geredet wurde, sie war ihm völlig fremd, mit den Themen wusste er nur wenig anzufangen, und schließlich obsiegte in ihm der Wunsch, einfach nur noch nach Hause zu gehen.

Tatsächlich neigte sich die Sitzung gegen 10 Uhr ihrem Ende zu. Eifrig memorierte Wickerl noch einmal die Punkte, die er ansprechen wollte. Doch der Vater wurde auf dem Weg zurück in seine Wohnung bis zuletzt von mehreren Genossen begleitet, sodass Wickerl seinen Wissensdurst auch da nicht stillen konnte. Doch er lag noch lange wach und ging das Erlebte wieder und wieder durch. Irgendetwas Faszinierendes, dessen war sich Wickerl sicher, wohnte der Partei inne, und es musste etwas Besonderes sein, ihr angehören zu dürfen. Tatsächlich schlich sich Wickerl, da die Eltern schon längst schliefen, ins Vorzimmer, wo er die kleine Biographie über Victor Adler aus dem Regal stibitzte. Er war begierig, zu erfahren, wie die Arbeiterbewegung ihren Anfang genommen und welchen Anteil Adler daran gehabt hatte. Doch viel weiter als bis zur bürgerlichen Revolution von 1848 kam er nicht, denn endlich fielen auch ihm die Augen zu.

Am nächsten Tag verspürte Wickerl keine allzu große Lust auf die Marswiese. Er überredete Turl dazu, sich schon am frühen Morgen zur Brauerei zu begeben, wo sie auf dem gegenüber liegenden Gehsteig Aufstellung nahmen, um die weiteren Ereignisse im Auge behalten zu können. Tatsächlich waren sie kaum zehn Minuten vor Ort gewesen, als sich die Tore des Brauhauses öffneten und ein Zug von mehreren 100 Arbeitern ins Freie strömte. Wickerl achtete sorgsam darauf, nicht von seinem Vater gesehen zu werden, und forderte Turl dann auf, der Demonstration in sicherem Abstand zu folgen.

Alsbald überquerte man den Gürtel, dann ging es über die Alser Straße in Richtung Ring. Wickerl war überwältigt, als er den gewaltigen Strom an Menschen sah, der dort auf das Parlament zuhielt. Instinktiv sprang er in die Höhe, um irgendwo, vorne oder hinten, ein Ende des Zuges zu sehen. Doch so weit sein Auge reichte, allüberall quoll es über vor

Männern und Frauen, die ihren Unmut über die Schandjustiz kundtun wollten. „Ein Wahnsinn, das ist ja halb Wien", bilanzierte denn auch Turl, der nicht minder beeindruckt war.

Eben reihte sich eine Gruppe sozialistischer Jugendlicher in den Tross ein, und Wickerl las die Aufschrift auf deren Transparent. „Republik, das ist nicht viel, Sozialismus heißt das Ziel." Ja, dachte er. Da mochte etwas Wahres dran sein, denn in der Republik waren ja offenbar immer noch nicht alle gleich. Was zählte, war nur das Geld, das man hatte, denn das verlieh einem mehr Macht, als die Stimmen der Arbeiterschaft je würden verleihen können. Instinktiv ballte er seine Hand zur Faust, streckte sie in die Höhe und rief mit einem beschämenden Diskant „Vorwärts zum Sozialismus". Sein Ruf verhallte weitgehend ungehört, nur ein paar Umstehende, die ihn doch wahrgenommen hatten, wandten sich um und zeigten sich erstaunt darüber, dass sich ein Dreikäsehoch als Revolutionär gerierte. Und der wiederum genierte sich dafür, ausgerechnet jetzt in den Stimmbruch zu kommen.

Um von der Peinlichkeit abzulenken, trieb er Turl an, weiterzugehen. Sie ließen die Universität und den Rathausplatz rechts liegen und gelangten in die Nähe des Parlaments. Dort hatte die Polizei Sperren errichtet, die verhindern sollten, dass das Volk zum Haus seiner vorgeblichen Vertretung vordrang. Wickerl verfolgte voller Aufregung hektische Dispute, die mehr und mehr an Aggressivität gewannen. Ein Wort gab das andere, bald schon flogen die ersten Fäuste. Die Exekutive schickte Reiter vor, die auf die Demonstranten einschüchternd wirken sollten. Doch die Arbeiter waren nicht willens, klein beizugeben. Einige von ihnen machten sich an einer Straßenbahngarnitur zu schaffen, die nicht mehr weiterfahren konnte, da durch den Streik der Strom abgestellt worden war. Der Wagen schwankte mehr und mehr, um schließlich unter ohrenbetäubendem Getöse den Gesetzen der Schwerkraft folgend längsseits umzukippen. Andere Demonstranten gruben Pflastersteine aus und schleuderten sie auf die Polizisten, die mit Gummiknüppeln gegen die Protestierenden vorgingen und dabei keinerlei Unterschied zwischen Männern, Frauen und Jugendlichen machten.

Wickerl verspürte keine Lust, eine Tracht Prügel auszufassen, und so wich er mit seinem Freund in großem Bogen aus, um sich unerwartet vor dem Justizpalast wiederzufinden. Aus dem Gebäude drang Rauch. Allem Anschein nach waren einige Männer in den Sitz des Oberstgerichts eingedrungen und darangegangen, dort irgendwelche Akten zu vernichten. Doch noch ehe er Schlüsse aus dieser Tat für sich selbst ziehen konnte, knallte es ganz in seiner Nähe. Überrascht sah er sich um. Keine drei Meter von ihm entfernt sank eine Frau mit verdrehten Augen zu Boden. Er dachte noch, die Dame sei ob all der Aufregung ohnmächtig geworden, doch dann erblickte er den roten Fleck an ihrer Hüfte, der immer größer wurde. „Die schießen", schrie er entsetzt zu Turl, „die schießen wirklich!"

Tatsächlich ging eine weitere Salve aus den Gewehren der Polizei auf die Demonstranten nieder. Das Herz klopfte Wickerl bis zum Hals. Der Mann, der vor ihm einfach niederfiel, hatte ein riesiges Loch in der Stirn. Es konnte kein Zweifel bestehen, der Mann war tot. So leicht war es also, sein Leben zu verlieren. Wickerl wollte nicht sterben. Er hatte doch noch kaum zu leben begonnen. Weg! Nur weg! In wilder Panik versuchte er, sich irgendwie durch das Menschenknäuel zu drängen, doch da alle Rettung vor der todbringenden Ladung suchten, sah er sich bald hoffnungslos eingeklemmt. Und seine Todesangst wuchs.

Nach vorne ging rein gar nichts. Zurückfallen lassen war auch keine Option, denn die Polizei rückte mit aufgepflanzten Bajonetten gegen die Flüchtenden vor. Endlich erkannte Wickerl einen Ausweg. Er zog Turl am Rock seitwärts in Richtung Schmerlingplatz. Die Menschentraube entfernte sich, und bald schon waren sie für sich. Dennoch konnten sie sehen, wie die berittene Polizei mit gezücktem Säbel Attacken ritt und wahllos auf die Menge einhieb. Selbst zu diesem Zeitpunkt also, wo niemand von den Arbeitern mehr an Rebellion dachte, wo die Transparente der Jusos schon beschmutzt auf dem Boden lagen, machte die Obrigkeit immer noch Jagd auf das Volk. Wickerl wollte die Augen vor all dem verschließen und sah dennoch schreckensbleich mit an, wie einem alten Mann von einem Polizeisäbel der Schädel in zwei Hälften gespalten wurde. Ein letzter, verzweifelter Blick des Sterbenden, der die einzige Frage nach dem Warum enthielt, grub sich Wickerl ins Gedächtnis ein, und ohne es zu wollen, sank er weinend auf die Knie. Turl neben ihm hatte schon seit längerem kein Wort mehr herausgebracht. Er zitterte am ganzen Körper und wirkte, als sei er nicht mehr er selbst. Es war dieser Schockzustand, der Wickerl dazu brachte, sich wieder zu fassen. Er griff nach dem Freund und zerrte ihn über die Zweierlinie hinüber in die Josefstadt. „Wir müssen da weg. Komm schon Turl, weg! Wir müssen weg", wiederholte er immer wieder, und erst als sie die Albertgasse erreicht hatten, wagte er, ein wenig zu verschnaufen.

Eine ganze Weile harrten sie im Park gegenüber dem *Café Hummel* aus, und erst, als es allmählich zu dämmern begann und sie wieder zu Kräften gekommen waren, setzten sie ihren Heimweg fort. Endlich zu Hause angekommen, schlüpfte Wickerl an seiner Mutter vorbei und legte sich sofort im Kabinett nieder, dankbar für den Irrglauben der Mama, er wäre müde vom neuerlichen Fußballspiel.

An jenem Abend kam der Vater spät. So spät, dass Wickerl schon ernsthaft in Sorge um ihn war. So viele Menschen waren von der Obrigkeit an jenem Tag ermordet worden, dass es durchaus in den Bereich des Möglichen fiel, dass sie auch den Vater getötet hatten. Doch wie sich zeigte, hatte er im Anschluss an die Ereignisse noch an einer Krisensitzung in der Ottakringer Parteizentrale teilgenommen, zu der auch die Hernalser Bezirksorganisation beigezogen worden war. In knappen Worten berichtete er Fanny, was sich alles zugetragen hatte, und Fanny musste sich an ihrer Kredenz anhalten, um nicht vor lauter Schreck umzufallen. „Zum Glück", meinte er am Ende seines Vortrags, „hat der Wickerl das nicht miterleben müssen. Stell dir vor, der hätte einen Schaden fürs Leben." Und nach einer kleinen Pause: „Wo ist der überhaupt?"

Von Fanny diesbezüglich aufgeklärt, hielt Fritz im Kabinett Nachschau. Wickerl lag in seinem Bett und starrte an die Decke. „Ich hab gehört, was heute passiert ist", begann er vorsichtig, „ich möchte auch unbedingt in die Partei. Wir müssen denen Einhalt gebieten." Fritz setzte sich vorsichtig an den Bettrand und strich dem Sohn sachte über das Haar. „Dafür bist du noch ein wenig zu jung. Aber ich freue mich sehr, dass du Verantwortung für deine Klasse übernehmen willst. Wirst sehen, in zwei Jahren schicken wir dich zur Arbeiterjugend, und nach der Matura kannst dich dann der Sektion anschließen."

„So lange will ich aber nicht warten. Wer weiß, ob es die Partei dann überhaupt noch gibt."

Bielohlawek lächelte milde. „Die Partei, Wickerl, die wird's immer geben. Wir sind schon so oft verboten, bedrängt und drangsaliert worden, und alles hat nichts genutzt. Wir sind immer wiedergekommen. Glaub mir, deine Zeit kommt noch. Und es wird die Zeit der Vollendung sein." In Wickerl drängte einiges danach, dem Vater zu widersprechen, ihm auseinanderzusetzen, dass es in zwei Jahren vielleicht schon zu spät sein konnte. Doch dann hätte er zugeben müssen, selbst am Ort des Geschehens gewesen zu sein, und eine derartige Eröffnung war den Eltern nicht zuzumuten. Also schluckte Wickerl seine Bedenken hinunter und nickte nur. „Gut, Vater, dann warte ich noch", sagte er artig.

„Bist ein braver Bub", erklärte Fritz und strich Wickerl noch einmal über den Kopf. In diesem Moment fiel ihm das Buch auf, das links unter Wickerls Polster hervorlugte. Automatisch griff er danach. „Ah, ich sehe, du bereitest dich wirklich sorgfältig vor", meinte er mit einem Lächeln. „Du wirst einmal ein bedeutender Genosse und Parteiführer, das seh ich jetzt schon. Wer weiß, vielleicht hängst mir in 30 Jahren eine Ehrenplakette für 50 Jahre Mitgliedschaft um."

„Das darf er gerne machen. Aber zuerst macht er einmal die Schule. Und dann lernt er was Gscheites. Partei machen kann er in seiner Freizeit, aber zuerst wird was Ordentliches studiert!" Ohne dass die beiden es gemerkt hatten, war die Mutter in die Tür getreten und hatte offenkundig den letzten Teil des Gesprächs mitangehört. Sie stemmte die Hände in die Hüften und bemühte sich um einen strengen Gesichtsausdruck. „Aber Fanny", nahm ihr Fritz den Wind aus den Segeln, „das brauchst grade dem Wickerl nicht zu sagen. Dafür ist er viel zu gscheit. Wirst sehen, der steckt sie noch alle in die Taschen. Gell, Bub!" Und wieder nickte Wickerl brav.

Es war schon lange nach Mitternacht, und Wickerl fand immer noch keinen Schlaf. Wann immer er die Augen schloss, drängten sich die Toten des Tages wieder in sein Gedächtnis. Wickerl ertappte sich bei der Frage, ob er irgendjemandem hätte helfen, irgendeinen Tod hätte verhindern können. Ob er durch seine Flucht jemanden im Stich gelassen hatte, der durch eine andere Haltung Wickerls noch leben könnte. Die Schuld lastete auf seinen Schultern, und gerne hätte er sich jemandem anvertraut, um sich den Schmerz von der Seele zu reden. Doch ihm blieb nur, darauf zu hoffen, dass er eine zweite Chance bekam und es beim nächsten Male besser machen würde.

Immer wieder schreckte er in der Nacht hoch, gepeinigt von Nachtmahren, in denen ihm die schrecklichsten Traumgesichte erschienen. „Wenn es nur endlich tagte", dachte er sich und beschloss, nicht noch einmal einzuschlafen. Besser war es, über das Erlebte nachzugrübeln, als abermals von Albträumen heimgesucht zu werden. Er verschränkte also die Arme hinter dem Kopf und wartete auf die Dämmerung, wobei er sich darum bemühte, seine Gedanken auf die Zukunft zu richten, da er ein vollwertiger Genosse sein würde, der über die Rechte der Arbeiterklasse Wache hielt.

„Lass ihn schlafen, Fanny. Er hat ja Ferien, da muss er nicht so früh aus den Federn. Schau nur, wie tief und fest er schläft. Als wäre er noch unser kleiner Wutzl."

Oktober 1929

Glickstein wurde durch das Telefon aus seinen Gedanken gerissen. „Hast schon die Zeitung glesen?" Er verneinte die Frage und erklärte, die lese er immer erst zum Frühstück, das er eben einzunehmen gedachte. „Na, dann bereit dich besser auf was vor. Da braut sich irgendwas um die Bodencredit zusammen. Und ich hab ghört, der Verwaltungsrat pilgert heute nach Canossa."

Der Baron benötigte geraume Zeit, um die Informationen des Freundes zu verarbeiten. Die Bodencreditanstalt war die Hausbank der Hernalser Bräu, seit der alte Isidor Mautner dem Herrn Papa dieses Bankinstitut ans Herz gelegt hatte. Und Salomon, der alte Fuchs, dem man in Sachen Geschäfte niemals etwas hatte vormachen können, war mit seinem Kapital in die Bank eingetreten, da er die Ansicht äußerte, eine Gesellschaft, welcher auch das Kaiserhaus sein Vermögen anvertraue, sei solider als der stärkste Wall. Und so war es für Friedrich Wilhelm logisch gewesen, die Verbindung zur Bodencredit auch nach dem Ableben des Vaters unverändert aufrechtzuerhalten.

Ein Entschluss, der, wie er sich nun erinnerte, über viele Jahre üppig Früchte trug. Die Bodencredit expandierte auch nach dem Untergang der Monarchie munter weiter, und die Dividenden, die Glickstein als Aktionär der Bodencredit einstreifte, brachten ihm mitunter mehr Gewinn als die Exporte der Brauerei. Doch wenn er nun genauer nachdachte, dann waren da schon vor geraumer Zeit erste Warnzeichen wahrzunehmen gewesen, die er gleichwohl ignoriert hatte. Der alte Mautner war durch sein Engagement im Bankhaus seines Sohnes in finanzielle Schwierigkeiten geraten und hatte erst im Vormonat seinen Restbesitz an die Bodencredit verkauft, die jedoch alle Mautnerschen Unternehmen umgehend stillgelegt hatte. Warum, so fragte sich Glickstein jetzt mit aufsteigender Bangigkeit, erwarb man etwas, das man gleich danach liquidierte? Der Anrufer hatte Recht, da war in der Tat etwas oberfaul.

Glickstein rief seinen Prokuristen an. „Wie sehr sind wir in die Bodencredit involviert", fragte er grußlos, „und wie schnell kommen wir aus diesem Engagement gegebenenfalls wieder heraus?"

Die Antwort, die der Baron erhielt, gefiel ihm keineswegs. Wenn es stimmte, was ihm seine rechte Hand erzählte, dann war es unmöglich, die Anteile ohne größten Verlust zu veräußern. „Herr Baron, wir stehen und fallen mit dieser Bank. Wenn der Bodencredit etwas passiert, dann sind wir petschiert. Und ehrlich gesagt will ich nicht daran denken, was ein Konkurs der Bodencredit für die Hernalser Bräu bedeutet."

Glickstein fuhr hoch. „Jetzt sagen S' mir aber nicht, wir haben uns da so weit aus dem Fenster glehnt, dass wir unser Stammkapital in der Brauerei angetastet haben?" Der Prokurist seufzte. „Wir haben das Stammkapital nicht angetastet, Herr Baron, wir haben es zur Gänze in die Bodencredit eingebracht."

Glickstein war verwirrt. „Was soll das heißen? Drücken Sie sich deutlich aus um Himmels willen." Am anderen Ende der Leitung war ein gurgelndes Geräusch zu hören. „Unter Ihrem Vater selig, Herr Baron, war unser gesamtes Kapital als Einlage in der Bodencredit und in der Creditanstalt deponiert. Sie selbst, Herr Baron, haben dann gemeint, wozu sich auf ein paar läppische Zinsen beschränken, wenn man mit der Umwandlung des Kapitals in Aktien Anteile der Bank erwerben und somit kräftige Rendite machen kann."

Glickstein erinnerte sich nicht, das jemals gesagt zu haben, doch konnte er es auch nicht ausschließen, immerhin hatte er, zumal in jungen Jahren, mitunter zu impulsiven Entscheidungen geneigt. „Ist das möglich? Ist das legal?"

„Legal ist es eigentlich nicht, Herr Baron. Aber Sie wissen schon, wo kein Kläger kein Richter. Anstatt also unser Stammkapital fest zu verzinsen und entsprechende Reserven als Rücklage bereitzuhalten, haben wir halt kräftig in die Bodencredit investiert, um uns auf diese Weise auch Einfluss auf die Politik der Bank zu sichern. Wir sind also, um es salopp zu formulieren, einer der bedeutendsten Eigner der Bodencredit."

„Wissen Sie, dass die gerade Bankrott macht", schrie Glickstein hysterisch ins Telefon. „Wenn die untergeht, sind wir am Ende, dann können wir zusperren und müssen froh sein, wenn uns jemand die Brauerei um eine solche Summe abkauft, die es uns ermöglicht, wenigstens noch den Strick zu kaufen, an dem wir uns dann aufhängen." Er schnappte panisch nach Luft. „Aber wahrscheinlich geht das gar nicht mehr, weil die Brauerei als Sicherheit verpfändet wird, sodass wir über sie gar nicht mehr disponieren dürfen." Er hielt den Hörer von seinem Gesicht weg und stieß einen lauten, derben Fluch aus. Dann führte er die Sprechmuschel wieder zu seinem Mund. „Sie Unglückswurm, Sie nehmen jetzt sofort Ihre Beine in die Hände, rasen zur Börse und versuchen dort, so viel an Aktien loszuschlagen, wie Sie nur irgend können, ohne fatale Aufmerksamkeit zu erregen. Dann schauen S', was wir an Bareinlagen in der Bodencredit deponiert haben. Das ziehen Sie alles ab. Alles! Haben Sie mich verstanden?"

Der Prokurist bejahte. „Und was soll ich mit dem Geld machen?" „Legen Sie's in die Creditanstalt ein. Und machen S' ein paar Überweisungen an die Kantonalbank in Zürich. Am besten postalisch, damit's nicht auffällt. Wenn wir jetzt nicht schnell sind, dann sind wir geliefert." Glickstein hörte nicht auf die Einwände seines Untergebenen. Vielmehr ärgerte er sich über all die Mahnungen, die er ignoriert hatte. War nicht sogar schon im „Österreichischen Volkswirt" die Lage der Bank als angespannt bezeichnet worden? Wie konnte ihm nur ein derartiger Fehler unterlaufen? Wenn sogar eine Gazette schon von der Malaise wusste, dann war wirklich Feuer am Dach. „Mir ist das ganz gleichgültig, wie unser Verhalten auf Dritte wirkt", schrie er in den Hörer, „wir müssen unser Geld und damit unsere Zukunft retten. Allein das zählt. Auf meinen Ruf geb ich einen feuchten Kehricht." Und als der Prokurist auch weiterhin versuchte, Gründe anzuführen, die gegen die Vorschläge des Barons sprachen, überschlug sich Glicksteins Stimme endgültig: „Sie machen jetzt sofort, was ich Ihnen gesagt habe, oder Sie gehen morgen stempeln." Wütend knallte der Baron den Hörer in die Gabel.

Unmittelbar darauf läutete es. Glickstein war sich sicher, sein Mitarbeiter unternähme einen weiteren Versuch, ihn von seinem Vorhaben abzuhalten. „Sind Sie vollkommen geisteskrank, Sie Volltrottel", knurrte er, ehe ihn die Antwort „anscheinend" irritierte. Die Stimme war nicht die seines Prokuristen. „Louis?", fragte er nach einer Schrecksekunde. Der andere Teilnehmer bestätigte die Vermutung. Und Glickstein wurde des Umstands gewahr, dass anscheinend auch schon Louis Nathaniel Rothschild von der Misere wusste. „Was verschafft mir die Ehre deines Anrufs", fragte Glickstein so beherrscht wie möglich.

„Was ich weiß, stecken deine ganzen Effekten in der Bodencredit, und darum hab ich mir gedacht, ich muss dich unbedingt anrufen. Der Kanzler hat mir gerade ausrichten lassen, ich muss die Bank kaufen, damit sie nicht bankrottgeht."

Glickstein schloss für einen Moment die Augen. Diese Neuigkeit musste erst einmal eingeordnet werden. Im Geiste ging der Baron die einzelnen Optionen durch. Angenommen, Rothschild kaufte die Bodencredit, was bedeutete das dann für ihn? Wie konnte er sie überhaupt erwerben? Doch nur, indem er sich in den Mehrheitsbesitz der Aktien brachte. Genau darin lag seine, Glicksteins, Chance.

„Friedrich? Bist du noch da?"

„Ja, bin ich. Was wirst du machen?"

„Ich muss wohl in den sauren Apfel beißen. Der Schober wird nicht nachlassen, wenn ich mich dem Ansinnen nicht beuge. Und ich muss dir wohl nicht sagen, welchem Druck ich mich in diesem Land ohnehin schon ausgesetzt sehe – als jüdischer Bankier." In die letzten beiden Worte hatte Rothschild einiges an Verachtung gelegt.

„Und wie willst du vorgehen?"

„Also, da die Bodencredit eine AG ist, kann ich sie nicht einfach so kaufen, wie ich ein Einzelunternehmen akquirieren würde. Ich brauche die Mehrheit der Aktien, dann erst kann ich alles Weitere in die Wege leiten. Und …"

„… da komme ich ins Spiel", ergänzte Glickstein.

„Genau. Soviel ich weiß, hältst du 10 Prozent der Aktien der Bodencredit."

„Es sind wohl eher so um die 15", präzisierte Glickstein, „so, wie du ja auch."

„Eben. Gemeinsam wäre ich bereits der größte Einzelaktionär. Auf dem ließe sich aufbauen."

„Welchen Preis machst du mir?" Glickstein war selbst überrascht, mit welcher Klarheit er plötzlich wieder Geschäftsmann war. Rothschild erklärte, er befände sich selbst in einer Ausnahmesituation, doch auch Glicksteins Position stelle sich nicht gerade gefestigt dar. „Wenn ich nicht kaufe, dann ist die Bank morgen Geschichte. Und damit dein Vermögen auch. Ich erwarte also, dass du mir beim Preis entsprechend entgegenkommst." Glickstein wusste sich noch mehr zu erstaunen, indem er eine obszön hohe Summe nannte. „Das ist jetzt nicht dein Ernst, Friedrich", fauchte Rothschild, „damit würdest du sogar noch Gewinn machen! So kannst du dich in einer solchen Situation nicht verhalten." Glickstein gluckste: „Ich geb dir eine Viertelstunde Bedenkzeit. Ruf mich an, wenn du zu einer Entscheidung gekommen bist."

Glickstein legte auf, kurbelte sofort wieder an und verlangte seinen Prokuristen zu sprechen. „Sind Sie noch nicht unterwegs? ... Nein, nein, keine Rechtfertigungen, das ist gut. Neuer Plan. Halten Sie unser gesamtes Aktienpaket zur Verfügung. Gehen Sie nur in die Teinfaltstraße und beheben Sie dort unsere gesamten Geldeinlagen. Mit denen verfahren Sie dann so, wie ich Ihnen gesagt habe. Über den Rest disponieren wir später."

Endlich konnte sich der Baron zurücklehnen. Er griff in seine Zigarrenkiste und holte eine Havanna hervor, die er sodann formvollendet anrauchte. Die Panik war abgeklungen, und Glickstein empfand wieder Zufriedenheit mit sich.

Rothschild blieb unter den gegebenen Bedingungen gar nichts anderes übrig, als auf sein Angebot einzugehen, und so war es ihm gelungen, die drohende totale Niederlage sogar noch in einen Sieg umzuwandeln. Die Hernalser Bräu würde stärker denn je aus der Krise hervorgehen. Papa wäre stolz auf ihn, dessen war sich Glickstein sicher.

Während er es sich in seinem Chefsessel bequem machte, dachte er weiter. Für Rothschild konnte dieses Engagement allerdings tatsächlich fatale Folgen haben. Seit dem Börsenkrach, als in Amerika ganz plötzlich alles fürchterlich durcheinandergeraten war, standen alle Geldinstitute mit dem Rücken zur Wand. Eine kleine Imbalance konnte da die verheerendsten Folgen haben. Aber andererseits war die Creditanstalt schlicht zu bedeutend für das Land, als dass es die Regierung riskieren konnte, die in Konkurs gehen zu lassen. Würde Rothschild sich also tatsächlich übernehmen, dann stünde wohl die Republik parat und verstaatlichte die Bank kurzerhand, um größeren Schaden abzuwenden. Er brauchte sich also um das private Vermögen seines Geschäftspartners keine Sorgen zu machen.

Zu diesem Schluss war offenbar auch Rothschild selbst gekommen, denn tatsächlich rief er wenig später an, um Glicksteins Konditionen anzunehmen. „Sehr gut. Dann sind wir uns ja einig. Ich habe das Paket bereits schnüren lassen. Mein Prokurist kommt bei dir vorbei." Rothschilds Zustimmung klang erwartungsgemäß wenig euphorisch.

Wenige Tage später konnte Glickstein sich sogar noch mehr freuen, als bekannt wurde, auf welche Art Rothschild das Problem gelöst hatte. Beide Institute waren, nachdem der Staat entsprechende Haftungen eingegangen war, einfach fusioniert worden. Dabei erhielten die Aktionäre der

Bodencredit Anteile an der Creditanstalt im Ausmaß eines Achtels des eigentlichen Wertes. Hätte er, Glickstein, nicht so schnell reagiert, er hätte sieben Achtel seines Vermögens verloren. So aber war er völlig unbeschadet aus der Sache hervorgegangen. Besser hätte es der alte Salomon auch nicht machen können, sagte sich der Baron und gönnte sich wieder eine Zigarre.

September 1930

Hetty krümmte sich vor Qualen. Seit Tagen schon hielten sie fürchterliche Kopfschmerzen im Griff. Der Portier des „Panhans", der ihr den lokalen Arzt geschickt hatte, meinte ja, dies läge an der Inversionswetterlage, also am Föhn halt, doch Hetty wusste es besser. Ihr Körper ließ sie im Stich. Und wie auch nicht, war doch ihr Geist, wie stets, zurückgeworfen auf sich selbst. Und dieses ewige Leiden schlug sich ihr auf den Magen. Oder, anders gesagt, es ging ihr einfach nicht in den Kopf, dass die Dinge sich niemals änderten.

Mit besonderer Bitterkeit dachte sie an die letzten Jahre zurück. Diese fruchtlosen Sitzungen mit dem Doktor Federn, die daran anschließenden Auseinandersetzungen mit Friedrich und die ständigen Vorhaltungen der Schwiegermutter, sie, Hetty, lasse sich gehen, anstatt sich um Mann und Kind zu kümmern. Was wusste denn diese selbstgerechte Matrone davon, wie es war, sich immer nur allein zu fühlen. So unendlich allein. So ganz und gar furchtbar allein.

Irgendwann war sie während ihres Forschens nach den Gründen für die vielen Niederlagen in ihrem Leben auf das Schicksal der Kaiserin Sisi gestoßen. Der war es haargenau so ergangen, stellte sie fest. Und seit dieser Zeit war Sisi ihre beständige Begleiterin geworden. Wie diese reiste sie rastlos durch die Gegend, verbrachte einmal zwei Monate in Abbazia, dann eine Zeit in Karlsbad, dann wiederum in Bad Ischl. Natürlich stets allein, nur in Gesellschaft einer Biografie der Kaiserin.

Und derweilen wuchs Caroline heran. Sie war jetzt schon zehn Jahre alt, ging bereits aufs Gymnasium. Doch je älter sie wurde, desto fremder wurde sie ihr. Solange Caroline noch ein kleines Kind gewesen war, hatte sie sie ab und zu auf den Schoß gesetzt und ihr Kinderlieder vorgesungen. „Heidschi bumbeidschi" und dergleichen. Doch irgendwann zerriss auch dieses letzte Band, das sie verbunden hatte. Nun wusste sie nicht mehr, was sie mit der Tochter anfangen sollte. Und was noch schlimmer war, Caroline wusste ihrerseits nicht, was sie mit der Mutter anfangen sollte. Wann immer sie zu dritt zusammensaßen, dann hieß es nur „Papa hier" und „Papa da". Von „Mama" war nie die Rede. Und als sie sich bei Friedrich über dieses Verhalten beklagte, da äußerte der sogar noch Verständnis für die Kleine. Sie sehe ihre Mutter eben viel zu selten, um ein inniges Verhältnis zu ihr aufbauen zu können. Mehr hatte er nicht gebraucht! Er durfte sich alles, aber auch wirklich alles anhören, was er in all den Jahren falsch gemacht hatte, und an seiner Miene, die Betroffenheit ebenso wie Traurigkeit widerspiegelte, hatte sie ersehen können, dass ihn ihre Vorwürfe wirklich trafen.

Dabei, darüber war sie sich im Klaren, handelte sie ungerecht ihm gegenüber. Kaum ein anderer Mann hätte so viel Geduld aufgebracht, wäre derart tolerant geblieben. Gerade in seinen Kreisen reagierte man auf solche Zerwürfnisse damit, sich einfach eine junge Geliebte zuzulegen und die Frau sich selbst zu überlassen. Friedrich aber kämpfte um sie. Immer noch. Ließ nichts unversucht, sie aus ihrer Isolation herauszuholen. Als die Psychoanalyse keine Ergebnisse zeitigte, da bemühte er sich, in ihr Interesse für fernöstliche Philosophien zu wecken, legte ihr Theosophen ans Herz und brachte ihr andauernd neue Lektüre mit, um ihren Geist zu stimulieren. Doch sie war längst über ein solches Stadium hinaus. Sie hatte das Fegefeuer, in dem man noch auf Erlösung hoffen durfte, hinter sich gelassen. Die sieben Pforten der Hölle befanden sich geschlossen hinter ihr, und sie sah nur noch den ewigen Qualen der Verdammnis entgegen, die in ihrem Falle niemals enden würden.

Vor zwei Jahren, sie urlaubte gerade im Salzkammergut, da waren diese fürchterlichen Kopfschmerzen das erste Mal in dieser Form aufgetreten. Kein Pulver hatte ihr Erleichterung verschafft, und da war ihr das Laudanum wieder eingefallen. Seitdem nahm sie es regelmäßig, doch ihr entging natürlich nicht, dass sie die Dosis beständig erhöhte. Nun freilich schien sie an einem Punkt angekommen, an dem auch die größtmögliche Dosis keine wirkliche Erleichterung mehr brachte. Und wenn sie es genau bedachte, dann fühlte sie sich in der Tat so elend, dass sie nur noch sterben wollte.

Federn hatte ihr einmal erklärt, sie solle doch, anstatt laufend Gründe zu finden, warum es sich zu sterben lohne, an jene Gründe denken, für die es sich lohnte, weiterzuleben. Doch solche Gründe konnte sie beim besten Willen nicht finden. Damals, ein, zwei Jahre nach Carolines Geburt, damals wäre es vielleicht noch möglich gewesen, der eigenen Existenz eine Wende zu geben, da war sie erst Ende 20 gewesen. Aber nun, mit 36? Sie war definitiv zu alt, um doch noch mit dem Studium zu beginnen, und sicherlich hatte sie in der Zwischenzeit auch das Lernen verlernt. Und erst die politische Großwetterlage! Überall waren dumpfe Nationalisten im Vormarsch. Die Krise erfasste immer mehr Teile der Bevölkerung, machte die Menschen wütend und aggressiv. Und nur unverbesserliche Optimisten konnten glauben, die Talsohle würde bald durchschritten sein, sodass es in Bälde wieder aufwärts ging. Im Gegenteil, es würde immer nur noch schlimmer werden.

Doch selbst wenn es eine Änderung zum Besseren gäbe, sie profitierte davon ohnehin nicht. Für sie blieb alles finster und trostlos.

Hetty setzte sich an den Bettrand und besah sich die Medikamente, die der Arzt dagelassen hatte. Mit dem Zeug, so wusste sie, konnte sie rein gar nichts anfangen. Nicht einmal, wenn sie dazu allen Schnaps des Hotels trinken würde. Außerdem hatte sie etwas Derartiges schon einmal versucht. Und es hatte nicht funktioniert.

Sie stand auf und ging ins Badezimmer. Dort legte sie ihren Morgenmantel ab, zog erst das Unterhemd, dann den Büstenhalter und schließlich die Unterhose aus, sodass sie nackt vor desm Spiegel stand. Aufmerksam betrachtete sie ihre schweren Brüste, an welchen die Gesetze der Schwerkraft bereits erkennbar wirkten. Sie griff sich mit beiden Händen in ihr Bauchfleisch, sodass sich um ihre Körpermitte eine Art Ring bildete, der ihr die Sicht auf ihre Scham nahm. Seufzend ließ sie wieder los und trat näher an den Spiegel heran. Auf ihrem Kopf fanden sich bereits erste graue Haare, wie sie feststellte. Instinktiv blickte sie nach unten und forschte nach, ob sich auch in ihrem üppigen Schamhaar silberne Strähnen ausmachen ließen. Angewidert von ihrem Spiegelbild wandte sie sich ab und ließ Wasser in die Wanne laufen. Während sie darauf wartete, dass die Wanne mit genügend Inhalt gefüllt sein würde, ging sie zurück ins Schlafzimmer, entnahm der Medikamentenpackung drei Schlafpulver, steckte sie sich in den Mund und spülte sie anschließend mit einem kräftigen Schluck Whiskey hinunter. Dann ging sie zurück ins Bad, wo sie noch einige Minuten dastand, ehe sie in die Wanne stieg. Zuvor aber hatte sie ihr Necessaire an sich genommen, das sie nun, da sie endlich in dem weißen

Emailbehältnis lag, öffnete. Hetty holte die kleine Nagelfeile hervor, die sie eine gute Weile fixierte, während sie die Wärme des Wassers auf ihren Leib wirken ließ. Dann setzte sie das spitze Ende der Feile etwa zwei Zentimeter unterhalb des Handballens an und zog eine blutige Linie über den gesamten Unterarm. Ein Vorgang, den sie sodann auch am anderen Arm vornahm.

Überrascht nahm Hetty zur Kenntnis, dass sie keinerlei Schmerz verspürte. Sie ließ die Arme langsam ins Wasser gleiten und beobachtete, wie dieses sich nach und nach rot verfärbte. Hetty verfolgte diesen Prozess mit einem nachgerade wissenschaftlichen Interesse, aufmerksam und doch merkwürdig distanziert, so, als ginge es dabei nicht um sie selbst, um ihren Körper, um ihr Leben. Wenigstens am Ende bin ich doch noch zur Forscherin geworden, sagte sie sich. Zur Medizinerin, die eine Operation an sich selbst durchführt.

Eigenartig, dass mich all das so überhaupt nicht berührt, obwohl ich mir doch der Konsequenzen meines Tuns überaus bewusst bin. Doch mich dauert nichts. Ich empfinde nur noch Müdigkeit. Für einen Moment noch kreisten ihre Gedanken um den unausweichlichen Ausgang ihres Experiments, dann schloss sie die Augen und lehnte ihren Kopf an die Kante der Wanne. Sie nahm noch die Wärme des Wassers wahr, bald darauf registrierte sie nicht einmal mehr das.

Dezember 1932

„Warum, um Himmels willen, willst denn ausziehen?" Fassungslos sah Fanny ihren Sohn an. „Es geht dir doch gut bei uns. ... Und überhaupt, ein halbes Jahr vor der Matura. Wickerl! Das ist doch ein Blödsinn!"

„Mama, bitte, ich hab mir das wirklich gut überlegt. Das Kammerl kostet fast nichts. So eine Gelegenheit kommt vielleicht nie wieder. Schon gar nicht in so schwierigen Zeiten. Ich muss einfach strategisch denken. Wenn ich jetzt warte, bis ich endlich Student bin, dann sind die Preise vielleicht so explodiert, dass ich mir nicht einmal mehr ein Bett in der Meldemannstraße leisten kann."

Fanny schüttelte tadelnd den Kopf. „Jetzt übertreib nicht gleich so. Ein Kammerl ohne Küch und Klo, das wird's auch in einem halben Jahr noch geben, da mach dir einmal keine Sorgen. Außerdem baut die Partei doch eh einen Gemeindebau nach dem anderen, da findet sich sicher etwas Besseres. Und schau, wenn du jetzt auch ein bisserl ein Geld hast, spar das doch lieber für die Universität. Bei uns hast auch ein Kammerl. Da hast du genauso deine Ruh. So wart doch halt noch ein wengerl."

Wickerl saß da und sah seine Mutter schweigend an. Sie kannte ihn gut genug, um zu wissen, dass er seine Entscheidung getroffen hatte. Jedes weitere Wort war verschwendet. „Schau, Mutter", fing er nach einer kleinen Weile an, „es ist ja quasi eh ums Eck. Ich wander ja ned nach Amerika aus oder so. Aber ich werd jetzt bald 18, da wird's Zeit, dass ich auf eigenen Beinen steh. Außerdem ist's für euch doch auch besser so. Da könnts ihr euch im Kabinett wieder ein eigenes Schlafzimmer einrichten. Ich bin mir sicher, das tät dem Papa gfallen."

„Was dem Papa zu dieser Sache einfällt, das werden wir schon noch hören", bemühte sie sich um ein letztes Wort, ehe sie sich demonstrativ umwandte, um das Abendessen zuzubereiten. Wickerl aber blieb nichts anderes übrig, als sich wieder über seine Bücher zu beugen.

Bielohlaweks Reaktion auf Fannys Eröffnung, der Bub wolle in eine eigene Wohnung ziehen, überraschte beide. Er sagte nur „aha" und verlangte dann eine weitere Scheibe Brot. Das Thema selbst war im wahrsten Sinne des Wortes vom Tisch. Sie aßen beinahe wortlos zu Abend, dann half der Sohn der Mutter mit dem Abräumen, während sich der Vater auf den Diwan fallen ließ und sich in die Lektüre seines Buches vertiefte. Fanny häkelte noch ein wenig, verbannte dann aber, nicht gerade gut gelaunt, ihre beiden Männer in die Küche, da sie, wie sie meinte, müde sei und schlafen wolle.

Draußen nahm sich Fritz ein Glas Wasser und setzte sich dann seinem Sohn gegenüber an den Küchentisch. Er sah ihn prüfend an. „Mir kannst du's ja sagen. Geht's um ein Mädel?" Wickerl blickte gequält auf. „Papa! Wie kommst denn auf so etwas?" Fritz lächelte. „Ob du's nun glaubst oder nicht, aber ich war auch einmal jung. Und daher kann ich mir gut vorstellen, dass es, wie sagt man, peinlich ist, wenn man als jugendlicher Galan zugeben muss, dass man noch zu Hause wohnt. Und hinter der Hecke ist es im Winter halt auch nicht sehr romantisch." Fritz registrierte, wie sein Sohn im Gesicht krebsrot wurde. „Geh bitte! Das ist doch ungustiös! Glaubst du, ich bin irgendein Hallerwachel, der nur den Weiberröcken hinterher ist?"

„Natürlich nicht, Wickerl. Aber ich versteh deine Mutter. Mir leuchtet nämlich auch nicht ein, warum du partout jetzt von heut auf morgen ausziehen willst. Dazu hast du doch nach der Matura auch noch Zeit genug. Das musst du ja nicht übers Knie brechen." Der Sohn seufzte. Rang mit sich. Dann stöhnte er kurz auf. „Schau, Papa, mir ist ganz was anderes peinlich. Die Genossen in der SAJ, die sind zum Teil jünger als der Turl und ich. Und doch arbeiten die alle schon. Die verdienen ihr eigenes Geld. Und wir, wir sind die Gstudierten, die Kopflastigen, die noch daheim bei Mama und Papa wohnen. Es ist ja nicht gerade so, dass sie uns nicht für voll nehmen. Aber ganz ernst nehmen tun s' uns auch nicht. Und ich will halt …, ich will zeigen, dass ich auf eigenen Beinen steh" Langsam suchte Wickerls Blick den des Vaters, und in seinem Gesicht spiegelte sich die Frage nach Verständnis.

Fritz nahm einen tiefen Schluck. „Das kann ich verstehen", sagte er schließlich. „Aber nur, weil die anderen Lehrbuben sind, werden s' jetzt auch nicht im Schloss Neuwaldegg logieren, oder?" Wickerl schüttelte den Kopf. „Natürlich nicht. Die meisten von denen wohnen eh auch noch z'haus. Aber weißt, eigene Arbeit werd ich noch länger keine vorweisen können, daran lasst sich vorerst nichts ändern. Aber dann kann ich wenigstens sagen, dafür hab ich halt eine eigene Wohnung."

Der Vater nickte und schwieg eine Weile. Dann fragte er nach: „Und die Genossen sind echt nicht gut auf euch zu sprechen?" Wickerl zuckte mit den Schultern. „So kannst das jetzt nicht sagen. Es sind mehr so die Kleinigkeiten, die Schmäh, die sie machen, die Wuchteln, die sie schieben. Also nicht beim politischen Teil des Abends, aber danach dann, wenn's privat wird. Weißt, für die ghören wir gar nicht zu ihnen. Wir sollten, meinen sie, bei die Mittelschüler sein.

Aber genau das will ich nicht. Ich bin der Sohn von einem Arbeiter, und daher ghör ich auch in die Arbeiterjugend. Und das will ich ihnen beweisen."

„Mit einer eigenen Wohnung?"

„Wenn's anders nicht geht, ja." Fritz schwieg eine Weile, dachte nach. „Und dass du es ihnen beweist, indem du in der politischen Arbeit eben noch fleißiger bist als sie?" Wickerl lachte. „Das sind wir doch sowieso. Ich mein, versteh mich jetzt nicht falsch, aber wir sind es, die die Flugblatt-Texte schreiben und die Artikel für die Bezirkszeitung. Ist ja auch klar, warum denn nicht, immerhin tun wir uns da leichter als die anderen. Und der Turl und ich, wir gehen auch plakatieren und so Sachen. Aber für die anderen bleiben wir halt trotzdem die, die nicht wirklich dazughören."

„Aber du willst dazughören, richtig?" Wickerl schnitt ein Gesicht. „No na ned!" Bielohlawek stand für den Sohn unerwartet auf, ging zur Kredenz, öffnete eine Tür und holte eine alte Dose hervor. Er öffnete den Deckel und langte hinein. Ein Sparbuch der Arbeiterbank kam zum Vorschein. Mit einer leichten Bewegung seiner rechten Hand beförderte er es auf den Küchentisch. „Seit du vor siebeneinhalb Jahren ins Gymnasium kommen bist, hab ich da Woche für Woche einzahlt. Ich hab mir gsagt, entweder, es is für deine Matura, für deine Hochzeit oder für eine eigene Wohnung. Und jetzt, jetzt is es ja wohl so weit." Wickerl starrte erst das kleine Buch, dann den Vater an. „Das ist jetzt nicht dein Ernst, oder?" Fritz nickte. „Sicher. Dafür sind Eltern doch da. Wir Alten müssen euch Jungen das Fliegen beibringen. Und jetzt, Wickerl, jetzt bist flügge worden." Wickerl atmete tief durch und verspürte dabei eine nennenswerte Trockenheit im Mund. Gleichzeitig war ihm, als würden ihm die Augen feucht. „Ich weiß echt nicht, Papa, was ich sagen soll", brachte er mühsam hervor. Der Vater setzte sich wieder an den Tisch. „Jetzt brauchst gar nix sagen. Aber weißt, was mich freuen tät? Wennst einmal einen Buben hast, der dann so alt ist wie du jetzt, und der auch seine eigene Wohnung will, dann hab ein Sparbuch für ihn parat, gib es ihm und erzähl ihm, dass es dein Vater so mit dir gehalten hat und das er es eines Tages mit seinem Sohn so halten soll." Wickerl sank förmlich in sich zusammen. „Papa, am liebsten tät ich dich jetzt abbusseln." Fritz machte lachend eine abwehrende Geste. „Das spar dir besser für die Mädel auf", um, ehe Wickerl noch reagieren konnte, seinen Oberkörper halb über den Tisch zu hieven. Fritz senkte die Lautstärke seiner Rede zu einem Flüstern. „Aber der Mama sagen wir nix davon. Die weiß von dem da", dabei klopfte er mit den Fingerknöcheln auf das Sparbuch, „nix, und so soll es auch bleiben, gell?!" Automatisch signalisierte Wickerl Zustimmung.

„Gut", Fritz erhob sich wieder und klopfte dem Sohn aufmunternd auf die Schulter, „ich geh dann mal schlafen. Sonst glaubt die Fanny noch, wir zwei verschwören uns gegen sie." Wickerl lag in dieser Nacht noch lange wach.

Zwei Tage später begab er sich zu dem alten Zinshaus an der Ecke Beheimgasse und Rokitanskygasse, trat durch das Tor und klopfte an die Tür der Hausbesorgerwohnung. „Ich bin der Wickerl Bielohlawek", stellte er sich vor, „ich komm wegen dem Kabinett im zweiten Stock." Der Hausmeister nickte wissend, kramte in einer Kiste nach den Schlüsseln und trat auf den Gang. „Na, dann gemma ma amoi aufe." Sie stiegen die zwei Treppen aufwärts. Währenddessen betete der Hausmeister eine Art Hausordnung herunter. „Ans sog i dir glei. Lärm gibt's bei uns do kan, damit des amoi kloa is. Des Haustor wird um sechse auf- und um neune am Abend zuagsperrt. Wennst bis zu dera Zeit ned do bist, dann kannst auf da Gossn schlofn, hast mi, weu wegen an Sperrsechserl kräu i da auf d' Nocht sicher ned aus da Hapfn." Wickerl nickte artig. „Und Flitscherl brauchst aa kane mitbringan, des is do a urndliches Haus. Kane Tschecheranten, kane Puderanten und kane von der Galerie! Wir san ollas ehrenwerte Leute." Bei den letzten beiden Worten hatte sich der Hausmeister um eine hochdeutsche Aussprache bemüht. „Sie werden keinerlei Schwierigkeiten mit mir haben, gnädiger Herr."

„Gnädiger Herr? Ham s' da ins Hirn gschissen, Bua? I bin ka gnädiger Herr, i bin da Hausmaster, host mi?" Wickerl rang ob des Griffs in den verbalen Unrat um Worte. „Klar", antwortete er. Der Hausmeister aber lachte derb. „Scheiß di ned an, Bua, i hob di doch nua am Schmäh! Mia is des ollas wuascht, wos do rennt, solaung i mei Ruah hob. Oisdern, do samma." Er schloss behände auf und ließ Wickerl eintreten. „Bitte. Ritz is es kaans, oba zum Lebn is groß gnua. Zins zahlst bei mir, und immer im Voraus. Und waun wos is, des Häusl im Oasch, die Bassena eingfrorn oder sonst irgenda Schas, daun kummst owe zu mir, und waunst des Losungswort waaßt, daun richt i da des."

„Aha, und was ist das Losungswort?" Der Hauswart grinste immer noch. „Doppler. Ober ned gredt. Mitbracht!" Das Grinsen ging in ein heiseres Lachen über.

Februar 1933

Turl schlug erleichtert die Bücher zu. Seine Mutter hatte ihn eben zum Abendessen gerufen. Wenigstens für eine halbe Stunde war er nun ganz offiziell davon befreit, sich mit Physik und Naturkunde herumschlagen zu müssen. Da nahm er sogar in Kauf, dass es wieder nur Kohlgemüse mit Erdäpfeln gab. In anderen Haushalten, so dachte er, während er darauf wartete, dass der Vater den Löffel in die Hand nahm, mochte es ja verständlich sein, sich mit solch karger Kost zu begnügen. Aber als Prokurist verdiente der Vater wahrlich genug, um das schale Gericht wenigstens durch eine Braunschweiger oder eine Knackwurst ein wenig zu verfeinern.

Als hätte der alte Strecha die Gedanken des Sohnes erraten, meinte er leichthin, es würden bald wieder bessere Tage folgen, und dann wäre Fleisch jeden Tag auf dem Speisezettel. „Bekommst eine Gehaltserhöhung?", fragte Turl ehrlich interessiert. „Aber woher denn. Doch ned bei dem alten Geizkragen! Nein, aber wennst die Zeitung glesen hast, dann ist dir sicher nicht entgangen, dass im Reich drüben jetzt Adolf Hitler an der Macht ist. Und der wird erst Deutschland retten, und dann uns."

„Aha. Und inwiefern soll der uns retten?" Turl ahnte, was folgen würde, doch gegen seine Natur kam er nun einmal nicht an. „Frag ned so blöd", herrschte ihn sein Vater an. „Der macht jetzt Schluss mit der Finanzdiktatur und mit der Zinsknechtschaft. Da gibt's keine Krise mehr, weil das raffende Kapital, das hat jetzt ausgespielt. Ab jetzt wird ein neues Deutschland geschaffen, und das wird uns Österreicher heim ins Reich holen. Dann sind wir endlich wieder wer."

„Aha, und wer?"

Der Vater schlug mit der Hand auf den Tisch, sodass die Mutter zusammenzuckte. „Glaubst du, ich bin am Isonzo im Dreck glegen, damit sich irgendsoein jüdischer Börsenspekulant noch einen Palast unter den Nagel reißen kann? Oder dafür, dass irgendein jüdischer Bolschewist mir mein Erspartes wegnimmt? Du kannst mir gestohlen bleiben mit deinen sozialistischen Phrasen! Blut ist dicker als Wasser! Wir sind ein Volk, und bald werden wir ein Reich unter einem Führer sein. Und dann wird die Welt vor uns Deutschen erzittern, denn dann werden wir Versailles und die ganzen Schandverträge ungeschehen machen."

„Wir Deutsche?" Turl sah den Vater leicht spöttisch an.

„Wir Deutsche!", erklärte dieser bestimmt.

„Drum haben wir auch einen zutiefst deutschen Namen. Strecha nämlich."

Als hätte ihn etwas gestochen, fuhr der Prokurist hoch. Er rieb mit der rechen Hand auf. „Du, so alt kannst du gar ned sein, dass ich dir nicht eine auflag, wennst mir frech kommst, Rotzbub, du!"

„Aber Hermann, jetzt reg dich doch nicht gleich so auf", versuchte die Mutter zu begütigen. Ihr Mann schenkte ihr einen wütenden Blick: „Du misch dich da nicht ein! Außerdem ist sowieso alles deine Schuld!"

Die Mutter lehnte sich zurück, während sich in ihrem Gesicht deutlich der Gram über die eben erlittene Verletzung widerspiegelte. „Was, bitte schön, ist meine Schuld?", klagte sie. „Verzogen hast den Fratzen da. Alles durchgehen hast ihm lassen. Kein Wunder, dass der da jetzt zu die roten Weltverbesserer ghört, zu die Minderleister und Tachinierer. Ist ja viel einfacher, wenn man sich gar nicht erst anstrengen muss. Aber eins sag ich dir", und dabei wandte sich der Alte wieder an seinen Sohn, „mit der Tour kommts ihr vielleicht beim Iwan durch, aber nie und nimmer bei uns. Der Deutsche ist nicht so faul und verschlagen wie der Russ, der ist schöpferisch und strebsam. Immer wieder ist der Deutsche von den Neidern, die ihn umgeben, um die Früchte seiner Arbeit gebracht worden. Doch diesmal wird alles anders, und wenn es deine Sozis noch so fuchst." Turl ertappte sich bei der Frage, ob Physik pauken nicht doch seine Vorzüge hatte.

„Und eines sag ich dir, Rotzlöffel du! Wenn du endlich die Matura hast, dann ist Schluss mit diesem blöden Politisieren. Dann schick ich dich nach Deutschland zum Studieren. Dort werden sie dir deine Flausen schon austreiben ..."

„Und mir die Hammelbeine langziehen, ich weiß. Ich kenne diese Sprüche", gab Turl gelangweilt von sich.

„Jetzt geb sich einer, wie frech dieser Kerl ist. Du sitzt an meinem Tisch! Du isst, was ich nach Hause bringe! Du trägst am Leibe, was von meinem Geld gekauft ist. Also halt gefälligst deinen Schnabel und lerne Respekt! Lernen ist überhaupt das Stichwort! Wenn ich so viele Chancen gehabt hätte wie du, dann wäre ich heute Direktor. Also zumindest. Und du setzt dich da einfach ins gemachte Nest und lässt es dir gut gehen. Aber eins sag ich dir: Damit ist bald Schluss. Sehr bald sogar!"

„Du wiederholst dich. Sogar in deiner Wortwahl."

Obwohl Turl versucht hatte, den Vater nicht aus den Augen zu lassen, sah er dessen Rechte nicht kommen. Ansatzlos landeten deren Finger auf Turls Wange, sodass sein Kopf nach rechts geschleudert wurde und Turl Mühe hatte, nicht vom Stuhl zu fallen.

„Hermann!", schrie die Mutter, während beide Männer aufsprangen. „Und wennst jetzt nicht sofort stad bist, fangst noch eine", zischte der alte Strecha, seine Frau weiter nicht beachtend. „Das schau ich mir an", hielt Turl entgegen. „Einmal, wennst mich noch schlagst, ich schwör dir, ich hau zrück."

„Verschwind aus meiner Wohnung! Aber sofort!" Strecha schrie so laut, dass die Gläser klirrten. Die Mutter schlug die Hände vor dem Gesicht zusammen und ließ dahinter ihren Tränen freien Lauf, während Turl ohne weitere Widerrede in sein Zimmer ging, seinen Pappkartonkoffer vom Schrank nahm und eilig ein paar Hemden, seine beiden Hosen und etwas Unterwäsche einpackte. Darauf legte er seine Schulbücher, dann verschloss er das Gepäckstück, kehrte in die Küche zurück, drückte der Mutter einen Kuss in das Haupthaar und trat durch die Wohnungstür auf den Gang. Ohne sich noch einmal umzudrehen, strebte er dem Haustor zu, die klagenden Rufe seiner Mutter ignorierend.

Eine Viertelstunde später klopfte er bei Wickerl an die Tür. „Mein Alter hat mich rausgschmissen. Kann ich für eine Zeit bei dir unterkommen?"

„Klar, Turl. Komm nur rein." Der junge Strecha stellte seinen Koffer ab und sah sich ein wenig ratlos um. „Kennst dich ja eh aus. Groß is es ned, aber dafür ghörts uns. Nimmst dir halt den Diwan. Magst was trinken?"

„Ehrlich gsagt, einen Schnaps könnt ich schon brauchen auf den Schreck."

Es dauerte drei volle Gläser, ehe Turl dem Freunde alles berichtet hatte, was vorgefallen war. „Es tut mir leid, dir das sagen zu müssen, aber dein alter Herr war eigentlich immer ein Nazi", resümierte Wickerl. „Wem sagst du das! Ehrlich gsagt, versteh ich ja gar nicht, was meine Mutter an dem alten Grantscherm je gfunden hat."

„Eh nix", kam es leichthin von Wickerl.

„Wie meinst das jetzt?"

„Na ja, Krieg war. Dein Vater hat einrücken müssen, und du warst unterwegs. Da hat man halt geheiratet, damit das Kind einen Namen hat, ned wahr! Das war damals bei vielen so."

„Aber ned bei deine Eltern, was ich weiß. Die waren damals schon eine Ewigkeit zsammen, hat mir dein Vater einmal erzählt."

„Ja, die zwei haben sich gesucht und gefunden. Obwohl die Mama immer sagt, der Papa hat trotzdem Starthilfe gebraucht, sonst hätt er sich nie getraut, sie zu fragen."

Erstmals an diesem Abend entkam Turl ein Lächeln. „Erzähl", ermunterte er den Freund. Wickerl holte etwas Brot von der Kredenz, schnitt es auf und reichte es seinem Gegenüber, während er selbst sich eine Zigarette anzündete. „Gsehen hat mein Vater meine Mutter das erste Mal bei einer Silvesterfeier im Arbeiterheim in der Kreitnergassen. Da hat sie bei der Schank ausgholfen. Er ist ihr ja auch sofort aufgefallen, aber sie hat natürlich nichts gsagt. Hat auch nichts sagen können, weil so etwas wär damals ja nicht gegangen."

„Geht eigentlich heute noch nicht", schränkte Turl ein. Wickerl war kurz irritiert und schien zu überlegen, ob er auf den Einwurf eingehen sollte, entschied sich aber dann dazu, sich auf die eigentliche Geschichte zu konzentrieren. „Jedenfalls hat sie sich anfänglich darüber amüsiert, dass der Papa bei jeder Gelegenheit im *Café Arbeiterheim* aufgetaucht ist, und zwar immer dann, wenn sie dort Schicht ghabt hat. Ein Genosse hat ihr gsteckt, dass sich der Vater sogar nach ihrer Einteilung erkundigt hat. Und jedes Mal, wenn er da war, hat sie den Eindruck ghabt, jetzt sagt er aber einmal was. Doch er hat sich einfach nicht getraut. Und mit der Zeit hat sie sich schon Sorgen gemacht, dass das überhaupt nix mehr wird. Und dann kam der 1. Mai."

„An dem was war?", forderte Turl Wickerl auf, fortzufahren.

„Da hat die Bezirksorganisation am Nachmittag einen Ausflug ins Grüne organisiert. Irgendwo oben am Wilhelminenberg. Und die Mama hat Brote gemacht und so Sachen halt. Und da hat s' jemanden gebraucht, der ihr beim Tragen hilft. Hat sich mein Vater gemeldet. Und damit es dieses Mal wirklich klappt, hat sie sich den Papa direkt in die Wohnung bestellt, damit sie endlich einmal allein waren." Wickerl nahm einen Schluck Schnaps und grinste verschlagen. „Du kennst ja meinen alten Herrn! Der ist eine echte Respektsperson, gegen den so leicht keiner aufkommt. Aber bei meiner Mama war er immer schmähstad."

„Das heißt, die Partei hat die beiden zusammengebracht?"

„Letztlich ja. Ist doch eine nette Gschicht. Und die zwei sind immer noch ein Herz und eine Seele. Nach über 25 Jahr."

„Ja, Wickerl, in der Hinsicht hast ein echtes Glück. Und ned nur, was deine Eltern anbelangt. Du bist auch blitzgscheit. Ich hab heute, bevor das alles passiert ist, versucht, dass ich ein bisserl Physik lern, aber ich kann dir sagen, für mich ist das alles ein Buch mit sieben Siegeln. Ich begreif das alles ned."

„Tu dir nix an, Turl. In drei Monat hamma Matura, und danach kannst den ganzen Blödsinn einfach vergessen."

„Wenn's nur so leicht wär! Ich hab doch keine Ahnung, was ich danach machen soll. In die Brauerei geh ich sicher ned, und das mit dem Studieren, das hat sich nach der heutigen Aktion sicher auch besprochen. Und als Arbeitsloser find ich nie ein Mädel." Turl erschrak. Der letzte Satz war ihm einfach so rausgerutscht. Betroffen sah er Wickerl an. Der zuckte nur mit den Schultern. „In dem Punkt brauchst mich nicht anschaun. Da bin ich um kein Haar besser dran als du."

„Ich frag mich, wie der Schurli das macht. Der schaut doch objektiv unmöglich aus mit seine dicken Brillen und die Unmengen an Haarn, die ihm vom Kopf stehen wie ein Urwald. Aber die Mentscher, die fliegen auf ihn. Ich versteh des ned." Wickerl lachte. „Ja, der Schurli, der hat den Schmäh raus, das ist einmal sicher. Der wird noch als 80-Jähriger die Damen reihenweise einwickeln. Ein echter Bel Ami, der Schurli."

„Darauf trink ma!" Turl hob sein Glas. Wickerl tat es ihm gleich, und sie stießen an. „Auf den Schurli, den alten Hallodri."

„Wo ist der überhaupt? Hast du eine Ahnung?"

„Du, der war gestern schon ganz damisch. Kaum, wie das mit den Nazis in Berlin bekannt worden ist, hat der Schurli seine Sachen zsammpackt und ist abpascht wie ein Vierzgerzwirn. Irgendwie hat er noch was gmeint von wegen, jetzt müssert man Widerstand organisieren. Aber was genau des bedeutet, das hat er mir schon nicht mehr auseinanderdividiert."

Wie aufs Stichwort klopfte es an der Tür. „So spät? Wer kann denn das jetzt noch sein?", fragte Wickerl mehr sich selbst als Turl. Er erhob sich und öffnete die Pforte. Es war Georg, der davorstand. Wortlos hielt er die Zeitung vom Tage hoch. „Samstag: Massenaufmarsch auf der Ringstraße. Eine Riesendemonstration des Wiener Volkes gegen die Hitlerschmach", verkündete die Schlagzeile. „Ich hab ja gsagt, ich mach was dagegen. Das ist mein allererster Artikel. Und gleich eine Titelseite. Burschen, ich brauch einen Schnaps."

„Da bist nicht der Einzige", erwiderte Wickerl. „Na, komm eine da." Während er Georg passieren ließ, nahm er diesem die Zeitung ab und las den Artikel. Demnach würden sich die diversen Sektionen wie an einem 1. Mai zu Bezirkszügen formieren und von ihrem jeweiligen Sekretariat sternförmig auf den Ring zumarschieren. Über den Schwarzenbergplatz ginge es sodann zum Parlament, wo eine Kundgebung geplant sei, die gegen 16 Uhr beginnen solle. Die Parolen seien, so las Wickerl, „Nieder mit dem Faschismus! Für ein sofortiges umfassendes Arbeitsbeschaffungsprogramm!" Wickerl sah Georg an, der sich mittlerweile neben Turl gesetzt und auch ein Glas genommen hatte. „Und der Artikel ist wirklich von dir?" Georg nickte erst, machte dann aber eine vage Geste mit der rechten Hand. „Na ja, genau genommen nicht zur Gänze. Ich hab den Genossen in der Redaktion gsagt, da muss man doch unbedingt was machen. Die haben dann in der Parteileitung nachgfragt, und dann hamma den Artikel quasi auf Basis der Vorgaben vom Parteivorstand zusammen geschrieben."

„Na aber immerhin. Alle Achtung!" Wickerl signalisierte Georg, dass er beeindruckt war. „Siehst, Turl, wenigstens einer von uns, der weiß, was er nach der Matura macht."

„Genau! Und dann gehst als Korrespondent nach Paris", lachte Turl.

„Und machst nach den Wiener Mädeln auch die Pariser verrückt."

Georg starrte die beiden fassungslos an. Ihm blieb völlig unerklärlich, weshalb seine Freunde einen Heiterkeitsausbruch bekamen und sich schier nicht mehr beruhigen konnten. Immer wieder prusteten sie aufs Neue los. „Ich weiß echt nicht, was ihr zwei habt! Da draußen geht die Welt zugrunde, und ihr zwei habts es lustig. Und mit so was soll man Revolution machen!" Georg seufzte, genehmigte sich dann aber doch ein zweites Glas Schnaps.

4. ABENDS (1934-1938)

Neujahr 1934

Seit sieben Tagen war Hetty wieder zu Hause in der Villa der Glicksteins. Der Baron hatte darauf bestanden, seine Frau wenigstens über die Weihnachtsfeiertage zu sich nach Hause zu nehmen und sich dazu bereit erklärt, die Verantwortung für diesen Schritt zu übernehmen. Seit dem zweiten Selbstmordversuch am Semmering waren mehr als drei Jahre vergangen, doch eine Besserung, gleich welcher Art, konnte immer noch nicht diagnostiziert werden. Mit Schrecken dachte Glickstein daran, an welch seidenem Faden das Leben seiner Frau damals gehangen war. Hätte nicht das Stubenmädel just zu jenem Zeitpunkt das Hotelzimmer geöffnet, um sauberzumachen, seine Frau wäre unmöglich rechtzeitig gefunden worden. Doch nüchtern betrachtet hatte ihr Martyrium da erst so richtig begonnen.

Natürlich bestanden die Ärzte diesmal darauf, Hetty in ein Sanatorium einzuweisen, und all der Einfluss des Barons reichte nicht aus, diese Maßnahme abzuwenden. Zunächst hatte es geheißen, man werde sie lediglich eine Woche stationär behandeln, so lange, bis ihr Gemüt wieder stabilisiert wäre. Doch aus Wochen wurden Monate und aus Monaten schließlich Jahre. Kein Arzt fand sich, Hetty die erforderliche Gesundung zu attestieren, und was für Glickstein fast noch schlimmer schien, war der Umstand, dass er sich an Hettys Abwesenheit gewöhnt hatte. Anfangs besuchte er sie noch jedes Wochenende, doch mit der Zeit wurden seine Ausflüge in den Wienerwald seltener. Es war auch jedes Mal eine kräftige Enttäuschung gewesen, wenn er in dem Sanatorium in Purkersdorf eintraf, und Hetty ihn gar nicht wahrnahm. Sie saß einfach teilnahmslos in ihrem Zimmer, so, als sei sie gar nicht da. Und in gewisser Weise schien das auch zuzutreffen, denn die Doktoren versicherten dem Baron, Hettys Geist habe Zuflucht in andere Welten genommen, da er das vermeintlich Wahrgenommene nicht zu ertragen wisse. Und auf seine Frage, wann denn ihr Geist wieder in die Wirklichkeit zurückfinden werde, hatte er nur ausweichende Antworten erhalten.

Eine gute Weile hatte er sich darum bemüht, Hetty durch beständiges Zureden irgendwann aus der Reserve zu locken. Doch welches Thema er auch immer anschnitt, sie blieb vollkommen emotionslos und starrte einfach durch ihn hindurch. Als besonders fatal erwiesen sich die Visiten, bei denen er Caroline mitnahm. Das Kind löste keinerlei Reaktionen bei seiner Mutter aus, was die Tochter nachhaltig verstörte. Glickstein verzichtete daher schließlich darauf, Caroline weiter solchen Begegnungen auszusetzen.

Und auch er selbst fand immer öfter einen Vorwand, weshalb er nicht nach Purkersdorf fuhr. Und sein schlechtes Gewissen schwand umso eher, als ihm die Ärzte versicherten, es mache für Hetty keinen Unterschied, ob er bei ihr sei oder nicht. Allerdings, so ergänzten sie, heiße das leider nicht, dass Hetty völlig apathisch geworden sei. Immer wieder flackere ihr Unfrieden mit der Welt doch auf, und dann müsse man sie besonders gut beobachten, da sonst die Gefahr bestehe, dass sie sich abermals ein Leid zufüge. Auch diese Erkenntnis trug nicht gerade zu Glicksteins Wohlbefinden bei.

Mehr und mehr vermied er also persönlichen Kontakt mit seiner Gattin, was er sogleich zutiefst bedauerte, als ihn Ende 1932 der Leiter des Sanatoriums anrief, um ihm mitzuteilen, Hetty hätte einen neuerlichen Suizidversuch unternommen. „Wir waren uns so sicher, dass Derartiges nicht vorfallen würde. Doch dann fanden wir sie am Fensterkreuz hängend." Glickstein schluckte und rang um Fassung. „Wie um Himmels willen konnte denn das geschehen?"

„Sie hat ihre Decke abgezogen und den Überzug als Strick benutzt. Der war zum Glück für ein solches Vorhaben völlig ungeeignet, sodass es ihr zwar die Luft abschnürte, sie aber in keinem Moment Gefahr lief, wirklich dadurch stranguliert zu werden. Sie keuchte, schnaufte und strampelte im Bemühen, die Schlinge eng genug zu bekommen, doch genau dadurch erweckte sie natürlich die Aufmerksamkeit unseres Pflegepersonals, das so einschreiten konnte, ehe ernste Schäden eintreten konnten. Es ist also alles gut gegangen."

Glickstein beschloss, sich mit dieser Antwort zufriedenzugeben, doch auch er wusste, dass dies nur eine euphemistische Deutung der Wahrheit war. Der Chefpsychiater beendete das Gespräch und war davon überzeugt, dass es richtig gewesen war, Glickstein nicht davon zu berichten, dass Hetty, kaum aus ihrer Schlinge befreit, zum ersten Mal seit zwei Jahren wieder voller Emotionen gewesen war. „Warum lasst ihr mich nicht endlich sterben?", hatte sie geschrien. „Ich will nicht mehr! Ich will einfach nicht mehr! Aus! Aus!", war es unter Tränen aus ihr hervorgebrochen. Für den Doktor war dies ein besonders tragischer Augenblick gewesen, denn er musste sich eingestehen, dass er Hettys Zustand gänzlich falsch eingeschätzt hatte. Sie war gar nicht katatonisch, ihr Mutismus offensichtlich nicht vollkommen akinetisch, auch wenn gerade diese Diagnose so umfassend auf Hettys Zustand gepasst hatte.

Wenn allerdings doch nicht jedweder Antrieb fehlte, dann gab es vielleicht doch noch irgendeine Möglichkeit, zu ihr durchzudringen, dachte der Arzt. Die Frau hatte schlicht ihren Willen verloren, und daher brauchte es einen Weg, diesen wiederzufinden.

Als Glickstein im Sanatorium eintraf, setzte ihn der Anstaltsleiter von dieser seiner These in Kenntnis. Glickstein aber verspürte keinen neuen Optimismus. Vielmehr nur weitere Resignation. „Herr Doktor, das haben Sie mir schon vor zwei Jahren gesagt, und doch hat sich rein gar nichts zum Besseren gewandt. Ich weiß mir ehrlich nicht mehr zu helfen, Herr Doktor. Machen Sie mir nicht Hoffnung, wo keine ist."

„Ich weiß, das ist alles andere als leicht für Sie. Aber Sie müssen auch verstehen, dass die Medizin gerade in solchen Fällen noch in den Kinderschuhen steckt. Wir haben eben keine Möglichkeit, in die Köpfe der Menschen hineinzusehen. Daher können wir nur Vermutungen anstellen und verschiedene Ansätze ausprobieren, in der Hoffnung, dass sich einer davon als erfolgreich erweist."

„Das ist mir schon klar. Aber Sie gehen jetzt schon, verzeihen Sie, dass ich so offen spreche, eine ganze Weile fehl, und darum bezweifle ich allmählich, dass Sie den richtigen Weg jemals finden werden."

„Ich verstehe Ihre Haltung nur zu gut, Herr Baron, aber es gibt nun einmal Dinge zwischen Himmel und Erde, bei denen die Medizin völlig machtlos ist. Und der Fall Ihrer werten Gattin kommt dem leider doch recht nahe. Ich wüsste aber beim besten Willen nicht, welche Alternative es zu unserem Vorgehen geben könnte."

Glickstein sah auf. „Gibt es nicht irgendwo Experten für eine solche Problematik? Was weiß ich, in der Schweiz, in Amerika? Sie wissen, dass Geld keine Rolle spielt. Aber ich muss endlich Ergebnisse sehen." Und als er dies sagte, ahnte er bereits, dass sein Gegenüber genau das nicht garantieren konnte.

Und so war ein weiteres Jahr ins Land gezogen, ohne dass es zu einer erkennbaren Besserung gekommen war. Die Ärzte dokterten im Wortsinn herum, Glickstein wurde immer mutloser, und Caroline reagierte mit Traurigkeit, dann mit Aggressivität und schließlich mit Gleichgültigkeit auf den Zustand ihrer Mutter. Hetty aber verfolgte, was niemand bemerkte, all diese Entwicklungen mit größter Aufmerksamkeit. Ihre Antriebslosigkeit resultierte aus der fatalen Erkenntnis, dass, was immer sie auch unternahm, keine Änderung ihres Status bewirken konnte. So saß sie denn auch an jenem Neujahrsmorgen in ihrem Lehnstuhl und ließ die letzten Jahre Revue passieren. Sie war es, die jeden Ansatz ausprobiert hatte, ohne dabei zum gewünschten Ergebnis zu kommen. Sie erinnerte sich an die rationalen Diskussionen mit Federn, in denen es ihr darum gegangen war, dem Psychoanalytiker zu verdeutlichen, warum sie mit sich und der Welt so unzufrieden war. Und als sie niemand verstand, war sie eben deutlicher geworden, hatte getobt und war laut geworden. Doch anstatt, dass man ihr nun endlich Gehör geschenkt hätte, war sie eingesperrt worden. Dagegen hatte sie erst recht protestiert. Aber jede ihrer Interventionen war nur gegen sie verwendet worden. Es hieß, ihr fehle die Einsicht in ihre Lage, und solange sie sich gegen therapeutische Maßnahmen verwahre, müsse davon ausgegangen werden, dass sie noch nicht einmal annähernd den Weg der Heilung zu beschreiten in der Lage sei. Also schlug sie eine neue Taktik ein und wurde ganz ruhig. Was man ihr auch immer antat, sie ertrug es schweigend, leistete keinerlei Widerstand mehr, gab sich vollkommen gefügig und kam ihrer Freiheit dennoch keinen Zentimeter näher. Denn nun hieß es auf einmal, sie sei katatonisch. Willenlos, antriebslos, von progressivem Autismus befallen. An dieser Stelle hätte sie beinahe die Contenance verloren und ihre Wärter angeschrien, was sie denn tun solle, damit man ihr endlich ihren eigenen Willen lasse. Doch es war ihr vollkommen klar, dass auch diese Regung rein gar nichts bewirkt hätte. Und seit ihr dritter Selbstmordversuch ebenfalls fehlgeschlagen war – es war ja auch zu töricht gewesen, zu glauben, man könne sich mit einem Betttuch an einem Fensterkreuz aufhängen –, stand sie nur noch mehr unter Beobachtung, damit sie ja keine Gelegenheit erhielt, einen vierten Versuch zu unternehmen.

So dauerte es eben bis Weihnachten, ehe man sie erstmals wieder das Sanatorium verlassen ließ. Für eine kleine Weile schöpfte sie neue Hoffnung, dachte, die familiäre Umgebung könnte ihr wieder ein wenig Kraft geben. Doch auch diese Vorstellung erwies sich als Wunschdenken. Die Tochter ignorierte sie, der Mann bedauerte sie schweigend, und die Dienstboten taten so, als sei sie ein debiler Pflegefall. Vor allem aber, dessen war sie sich sicher, hatte Friedrich die Order ausgegeben, sie keinen Moment aus den Augen zu lassen.

Erst am Morgen des Neujahrstages sah sie sich unbeaufsichtigt. Ihr Mann, der wohl länger als geplant gefeiert hatte, schlief noch tief und fest. Die Tochter war bei Freundinnen, und vom Personal standen lediglich Robert und die Köchin zur Verfügung, die beide in der Küche damit beschäftigt waren, das Frühstück zuzubereiten. Und so war Hetty das erste Mal seit sehr langer Zeit wieder allein. Und hatte die Gelegenheit zu einer Entscheidung.

40 Jahre. Verschwendet. Gescheitert. Auf der ganzen Linie. Ein einziger schmerzvoller Weg nach Golgatha. Nichts mehr zu erhoffen als eine Fortsetzung des Martyriums. Und das mit der Gefahr verbunden, nicht einmal mehr den Zeitpunkt bestimmen zu können, wann die Qualen endlich endeten. So lange Hetty auch nachdachte, ihr fiel kein einziger Grund ein, warum sie nicht tun sollte, wozu sie sich entschlossen hatte. Sie warf noch einen langen Blick aus dem Fenster, dann seufzte sie. Hier saß sie und konnte nicht anders.

Sie erhob sich langsam aus ihrem Sessel. Durchquerte den Salon. Lenkte ihre Schritte zum Ende des Korridors. Bog nach rechts in das Arbeitszimmer ihres Mannes ab. Trat an den Schreibtisch. Zog die Schublade auf. Sah, was sie sehen wollte. Griff danach. Blickte in die Trommel. Geladen. Überzeugte sich, dass eine Patrone im Lauf war. Entsicherte die Waffe. Steckte sie in den Mund. Drückte ab.

Der Knall des Schusses zerriss die Stille in der Villa. Während Robert und die Köchin erschreckt zusammenzuckten, wirbelte Friedrich, von einer bangen Ahnung ergriffen, hoch. Ohne sich auch nur die Hausschuhe anzuziehen, stürzte er die Treppe hinunter und lief in sein Arbeitszimmer. An der Tür blieb er wie versteinert stehen. Der Anblick, der sich ihm bot, würde nie mehr aus seiner Erinnerung weichen.

Februar 1934

Am 12. Februar des Jahres 1934 saß Wickerl über seine Bücher gebeugt, um sich auf seine für Anfang März anstehenden Prüfungen vorzubereiten. Wie stets war er noch vor dem Morgengrauen aufgestanden, hatte sich Malzkaffee zugestellt und war dann, bewaffnet mit einer Schale heißen Gebräus und einer filterlosen Zigarette im Mund, an seinen Tisch zurückgekehrt, um sich ein weiteres Mal mit dem komplizierten Stoff auseinanderzusetzen. Anfänglich war seine Glühbirne die einzige, die in der ganzen Gasse brannte, doch nach und nach gingen auch anderswo die Lichter an. Ein Viertel erwachte und bereitete sich auf einen weiteren Arbeitstag vor.

Wickerl memorierte eben einen besonders verschachtelten Satz des Lehrbuchs, als das Licht ausfiel. Für einen kurzen Moment saß er verdattert in der Dunkelheit, dann unterdrückte er einen Fluch. Entweder hatte die Birne ihren Geist aufgegeben, oder die altersschwachen Sicherungen waren wieder einmal gegangen. Und da es einfacher war, zuerst im Sicherungskasten Nachschau zu halten, stapfte Wickerl zur Tür. Automatisch drehte er am Lichtschalter, doch auch hier tat sich nichts. Der Fehler lag also eindeutig außerhalb seiner vier Wände. Quod erat demonstrandum, sagte er sich und erreichte mit wenigen Schritten den besagten Kasten. Er öffnete ihn, entflammte ein Streichholz und leuchtete hinein. All die runden Dinger darin hatten ihren Knopf genau da, wo er sein sollte. In der Wohnung war also offensichtlich alles in Ordnung.

Wickerl kehrte zurück in sein Kammerl und blickte auf die Straße. Diese war gänzlich in Dunkelheit gehüllt. Ein flächendeckender Stromausfall! Nur für die kurze Spanne eines Gedankens war er der Überzeugung, es handle sich um ein simples Problem der Elektrizitätsversorgung. Gleich danach aber sickerte die Erkenntnis in sein Gehirn, dass diese Unterbrechung der Stromzufuhr ganz andere Gründe hatte als eine Fehlleistung in irgendeinem Umspannwerk. „Es ist so weit", sagte er sich. Die Partei reagierte endlich. Elf Monate nach der Abschaffung des Parlaments, neun Monate nach dem Verbot des traditionellen Maiaufmarsches, nach unzähligen Schikanen, Perlustrierungen, Unterdrückungen, nach Zensur, Illegalisierung und Inhaftierung schlug die Partei nun endlich zurück. Die Genossen vom E-Werk hatten das Signal zum Generalstreik gegeben.

Nicht länger zählte der lebensferne Lehrstoff. Jetzt wurde Geschichte gemacht. Und er musste dabei sein. Eilig zog er sich seine Stiefel und seinen abgetragenen Eisenbahnermantel an, schnappte schnell Zigaretten und die letzten zwei Schilling, die er noch in seiner Schatulle finden konnte, und eilte auf die Straße. Genau vier Minuten später klopfte er an Turls Tür.

Verschlafen und zweifellos ein wenig ramponiert von der letzten Nacht tauchte der Freund schließlich im Türrahmen auf. „Wickerl", murmelte er tonlos, „was ist denn los, dass d' mich rauspumperst mitten in der Nacht."

„Generalstreik ist. Das ist los. Die Partei wehrt sich endlich", sprudelte es aus Wickerl heraus. Und als hätte er Turl eben einen Eimer kalten Wassers ins Gesicht gekippt, war dieser mit einem Mal hellwach. „Wir müssen zum Arbeiterheim! Aber sofort." Wickerl nickte nur.

Turl verzichtete auf jedwede Morgentoilette. Er sprang in seine Goiserer, zog eilig den Mantel an und folgte Wickerl, der bereits wieder auf den Gang getreten war. Im Laufschritt bewegten sie sich auf die Kreitnergasse zu, die sie in kurzer Zeit erreicht hatten. An der Ecke zur Thaliastraße hielten sie kurz inne. „Schurl?"

Der hagere Georg wusste also auch schon Bescheid. Er hatte sich aus der Josefstadt zu Fuß zum Arbeiterheim durchgeschlagen. „Ja, wie das Licht ausgangen ist, hab ich gleich gwusst, was gspielt wird." Georg sah die beiden Freunde angespannt an. „Das Problem ist nur, die Polizei hat die Kreitnergasse schon zerniert. Zum Arbeiterheim kommen wir nicht mehr durch. Aber ein Genosse hat mir gsagt, dass sich überall in den Gemeindebauten die Leut versammeln, um Widerstand zu leisten."

„Vielleicht gemma nach Sandleiten", schlug Wickerl vor, „dort brauchen s' uns sicher." Die drei drehten sich um und liefen die Thaliastraße entlang, die für einen Montagmorgen gespenstisch ausgestorben wirkte. „Wenn wir gradaus rennen, dann kommen wir direkt zum Kommissariat, das wär ned so gut", gab Schurl zu bedenken, und so kürzten sie über die Arnethgasse ab und sahen alsbald die mächtigen Trutzburgen des Ottakringer Proletariats vor sich.

„Anscheinend haben sich die Faschisten noch nicht bis hierher getraut", mutmaßte Wickerl, während er sich die Szenerie besah. „Und was jetzt?", fragte Turl ratlos. „Zum Parteilokal", gab Schurl die Linie vor. Dieses aber wirkte vollkommen verwaist. Die drei blickten nach links und dann nach rechts, doch sie konnten niemanden erblicken. „Jetzt schaun wir schön blöd aus der Wäsch", meinte Turl resigniert.

„He! Heast! Ihr da!" Ein Rufen aus einem der oberen Stockwerke ereilte sie. Unwillkürlich sahen sie hinauf und suchten die Fenster ab. Bei einem wurden sie fündig. Ein markiger Mitdreißiger starrte sie an. „Das ist der Genosse Denk vom WAT", meinte Wickerl nur und entschloss sich zu einem Winken. „Kummts aufe da, aber gach a no", zischte Denk, ehe sein Antlitz auch schon wieder verschwunden war.

„I waaß genau, was es Lauser da wollts. Aber glaubts mir, des wird nix mehr! Alles, was ihr damit erreichts, is, dass euch einkasteln. Und des gaunz laung." Denk sah die drei mit einer Mischung aus Mitgefühl und tiefer Traurigkeit an. „Voriges Jahr, da hätt ma uns wehren müssen. Wenigstens dann. Jetzt is alles z' spät."

„Aber wir müssen es wenigstens versuchen, verstehst, Genosse", drang Wickerl in den Funktionär. „Ich weiß genau, dass die Genossen vom Schutzbund sich da irgendwo verschanzt haben. Genau zu denen wollen wir."

„Ja", lenkte Denk ein, „die sind drüben auf der 5er Stiegen. Aber ich sag euch, das wird alles böse enden."

„Weißt eh, Genosse, auf zum letzten Gefecht. Die Internationale erkämpft das Menschenrecht!"

„Ja, ja, das hört sich alles schön an. Aber die Wirklichkeit ist dann halt doch ganz anders. Und als Tote nützts ihr der Bewegung gar nichts." Denk breitete die Arme aus und bemühte sich um eine einladende Geste. „Trinkts lieber bei mir einen Kaffee und dann schauma, wie sich das alles weiter entwickelt. Abwarten war noch nie eine schlechte Strategie."

„Abwarten, lieber Genosse Denk, war immer schon eine schlechte Strategie", hielt dem Wickerl entgegen. „Seit ich denken kann, wartet die Partei immer nur ab. Wie s' den Schutzbund verboten haben, haben wir abgewartet. Wie s' unsere Zeitung unter Vorzensur gstellt haben, haben wir abgewartet. Wie s' uns den Maiaufmarsch untersagt haben,

haben wir abgewartet. Wie s' den Nationalrat zugsperrt haben, haben wir abgewartet. Immer nur warten! Worauf, frag ich dich?"

„Genau", sprang Georg ihm bei, „das Abwarten hat schon im 18er Jahr angefangen. Damals hat in Bayern und in Ungarn gleichzeitig der Sozialismus gesiegt. Alles, was die Genossen dort gebraucht haben, war, dass Österreich in ihrer Mitte ihnen beispringt. Aber was hat der Genosse Bauer gsagt? Abwarten, hat er gsagt. Und was ist passiert: Getrennt sind Bayern und Ungarn von der Reaktion gschlagen worden."

„Ich bitt euch, Genossen. Es ist ja das Vorrecht der Jugend, radikal zu sein, aber ..."

Denk kam nicht dazu, weiterzureden. „Erspar uns den Bebel, Genosse Denk. Mit dem kommen wir jetzt nicht weiter. Was wir jetzt brauchen, ist der Lenin."

Abermals erhielt Wickerl durch Schurl Flankenschutz. „So ist es. Und das hat sogar der Genosse Bauer gesagt. Wenn der bürgerliche Gegner nur einen Schritt weitergeht, werden wir russisch reden. Und? Ist der bürgerliche Gegner vielleicht ned weitergangen? Viel weiter ist er gangen. Also!"

„Aber ..."

Heftiges Pochen an die Eingangstür unterbrach die Debatte. Alle vier starrten unweigerlich in die Richtung, aus der das fordernde Geräusch kam. War das am Ende bereits die Polizei? Vorsichtig näherte sich Denk der hölzernen Barriere. „Jokl", kam es von draußen, „Jokl! Mach auf! Es pressiert!" Denk stieß einen erleichterten Seufzer aus. „Der Bertl. Wart!", rief er nach draußen, „ich mach auf."

Denk und die Jungen blickten in das abgehetzte Gesicht eines Schutzbündlers. „Jokl", keuchte der, „waaßt du, wo die Waffen sind?"

„Aber wieso soll denn grad ich das wissen?", kam es verwundert aus Denks Mund. „Ich bin der Obmann vom WAT und ned vom RSB." Der andere bekam seinen Atem immer noch nicht unter Kontrolle. „Den haben s' aber schon kassiert. Gleich in der Früh, keine zehn Minuten, nachdem der Strom abgstellt worden ist. Und vom Fredl keine Spur. Zum Genossen Sever kommen wir nicht mehr durch, der is im Arbeiterheim schon von der Schmier umzingelt. Jetzt", Bertl rang abermals nach Luft, „haben wir halt gehofft, du waaßt vielleicht, wo die Karabiner eingmauert sind."

„Die sind eingemauert?", entfuhr es Turl mit einem sichtlichen Ausdruck der Überraschung. Und als ob Bertl erst jetzt von den Jugendlichen Notiz genommen hatte, sah der Mann den Jungen direkt an: „Na, was glaubst du denn? Dass wir die Puffn im Sektionslokal aufgschlichtet haben wie die Mai-Abzeichen und die Beitragsmarken?" Der unverhohlene Spott traf Turl hart, und er sah mit mahlendem Kiefer zu Boden.

„Die Tanzschul", platzte es aus Denk hervor, „die hat hinten so ein Abstellkammerl. Was mir der Ferdl derzählt hat, is dort dahinter so ein Hohlraum …"

Bertl zuckte mit den Schultern. „Na, probieren geht über … na, waaßt eh." Grußlos wandte sich Bertl wieder dem Stiegenhaus zu und wurde sich erst nach einigen Stufen des Umstands bewusst, dass ihm die drei Jungen auf den Fersen waren. Für einen Moment schien es, als wollte er innehalten und die drei wegscheuchen, doch dann besann er sich anders und setzte seinen Weg mit gesteigerter Geschwindigkeit fort. Vor dem Haus warteten einige Männer mit entschlossenen Mienen, die Bertl sofort auf seine Begleitung ansprachen. „Wer san de doda?"

„Hawara vom Jokl", kam es kurz zurück.

„Genossen von der SAJ", ergänzte Wickerl. Vorläufig war diese Antwort genug, und die Gruppe folgte Bertl in die Tanzschule. Mit einem Zweiten betrat er die hintere Kammer und blickte sich um. Tatsächlich. Hinter dem hölzernen Gestell, auf dem einige Instrumente und ähnliches Gerät verstaut waren, leuchtete nicht etwa das Weiß der Mauer, sondern der matte Braunton einer gleichfalls hölzernen Verschalung. Eilig schoben die beiden die Stellage beiseite, dann klopfte Bertl. „Hohl", konstatierte er. Sie griffen sich die mitgebrachte Brechstange und gingen daran, die schmalen Bretter zu beseitigen. „Na wer sagt's denn", entkam Bertl erstmals an diesem Tage ein Lächeln. „Da sind s' ja." Sein Begleiter stieß einen Pfiff aus, und alsbald hatte sich eine Reihe vom Hinterzimmer bis hinaus auf die Straße gebildet, durch deren Hände die Gewehre ins Freie gelangten.

„Und was jetzt?", fragte einer der Männer. Alle blickten ratlos auf Bertl, der aber nur mit den Schultern zuckte. Ein Arbeiter mit wettergegerbtem Gesicht trat vor. „Wenn sie wirklich kommen, dann müssen wir sie von einer erhöhten Position aus unter Feuer nehmen können. Das haben wir am Isonzo auch so gemacht."

Auf den Gesichtern der ihn Umstehenden zeichnete sich Erleuchtung ab. „Rauf in die obersten Stockwerke", lautete die Maxime. „Verschanzt euch am Dachboden", unterstrich Bertl. Jeder schnappte sich ein Gewehr und eilte dorthin, wo es ihm am günstigsten zu sein schien. Schließlich stand Wickerl da und verlangte gleichfalls eine Waffe.

„Und was wollts ihr da?", kam es unwirsch von jenem, der die Büchsen verteilte. „Na mitkämpfen", kam es wie selbstverständlich zurück.

„Wissts ihr überhaupt, wie man mit so einem Schießprügel umgeht? Ha, wissts ihr das?" Die drei zögerten einen Moment zu lange. „Das hab ich mir gleich denkt. Kommts, Burschen, reißts ab von da. Da könnts ihr uns nicht helfen. Wenn ihr schießt, dann zerreißt euch der Rückstoß die Schulter. Und treffen tätets auch nix. Also lassts uns das über."

„Aber wir können doch nicht tatenlos zusehen, wie uns die Faschisten die Gurgel abdrehen", empörte sich Georg. Bertl trat an ihn heran. „Ihr schauts aus wie Gstudierte. Gehts lieber zum Schani in die Druckerei. Was wir nämlich auch brauchen, das sind Flugblätter. Wir müssen auf unsere Situation aufmerksam machen. Den Leuten sagen, was los ist. Sonst hören die nur den Regierungsfunk und gehen der faschistischen Propaganda auf den Leim. Also setzts euch hin und verfassts ein ordentliches Pamphlet. Damit alle erfahren, was da gspielt wird."

Wickerl unternahm einen halbherzigen Versuch, Bertl zu widersprechen, aber Turl zupfte ihn am Arm. „Lass es, Wickerl, es ist vielleicht besser so." Es war Wickerl deutlich anzusehen, dass er mit sich rang. Doch schließlich gab er sich geschlagen. „Wo ist die Druckerei?" Man wies ihnen den Weg.

Dort angekommen, sahen sie einen alten Mann mit schlohweißem Haar, der sich verlegen am Kopf kratzte. Nachdem man sich bekannt gemacht und sich einander über den aktuellen Stand der Dinge in Kenntnis gesetzt hatte, klagte Schani den Jungen sein Leid. „Die Partei hat einen Aufruf vorbereitet. Den hat mir grad ein Radler aus Favoriten vorbeibracht, wo die Genossen Bauer und Deutsch sich verschanzt haben. Ich soll den jetzt abziehen. Aber ..."

„Was aber?"

„Na schauts euch das an! Das ist keine Flugschrift, das ist ein gottverdammtes Buch! Wenn ich das so setz, dann hat das locker vier, fünf Seiten. Dabei sind zwei schon z' viel. Weil doppelt abziehen vertragt die Maschin ned. Heften geht auch nicht, weil wir keine Klammern dahaben. Außerdem gibt's ned so viel Papier."

„Na, dann müssen wir's kürzen", erklärte Georg pragmatisch.

„Du kannst doch nicht den Genossen Bauer kürzen", erwiderte Schani schreckensstarr.

„Ach was, papperlapapp. Wir sind ja nicht die Nazis, wo jedes Wort des Führers unantastbar ist", mischte sich Wickerl ein. „Wenn wir wollen, dass die Leut erfahren, was los ist, dann müssen wir uns halt auf das Wesentliche konzentrieren."

„Aber da sind die klügsten Köpfe der Partei zusammengsessen und haben ein historisches Dokument verfasst. Die haben sicher an jedem Satz stundenlang herumgefeilt und nach allen Seiten ausdiskutiert", gab Schani sich noch nicht geschlagen.

„Die klügsten Köpfe der Partei werden bald so wie wir im Häfen sitzen. Dort können s' dann jahrelang nach allen Seiten herumfeilen und diskutieren. Also besser, der Text kommt gekürzt, als er kommt gar nicht", beschied Wickerl.

Und so beugten sich die drei über den Aufruf und lasen ihn aufmerksam. Ab und an deutete einer von ihnen auf eine Passage und meinte „Das ghört raus", dann ergänzte ein anderer „und das auch". Schließlich meldete sich der dritte mit „auf das können wir auch verzichten."

Endlich diktierten sie Schani, der hektisch nach seinen Lettern suchte, exakt eine Seite in seinen Setzkasten. Draußen wurde es erstmals seit dem Morgen laut. Während es Georg übernahm, Schani den Text vorzusagen, liefen die anderen beiden auf die Straße, um Nachschau zu halten.

Tatsächlich versuchten Einheiten der Polizei, auf das Gelände vorzudringen. Erste Schüsse fielen. Augenscheinlich waren die Genossen darum bemüht, den Gegner zu schonen, denn die Kugeln bohrten sich drei, vier Meter vor den Uniformierten in die Erde. Die Exekutive verstand das Signal und zog sich eilends wieder zurück.

„Wir haben gesiegt", triumphierte Turl und riss die Arme nach oben. „Freu dich nicht zu früh. Die kommen wieder. Dann aber mit Verstärkung. Und mit weiß Gott was für Waffen." Wickerl machte kehrt und ging in die Druckerei zurück. Dort hatte Schani mittlerweile den Text vorbereitet und begann mit dem ersten Abzug. Enervierend lange dauerte es, bis endlich eine Handvoll Flugblätter vor ihnen lag. „Wenn das so weitergeht, brauchen wir heute gar nicht mehr mit dem Verteilen beginnen", statuierte Georg bitter.

„Habts ihr auch so einen Hunger? Ich bin seit sechs auf und hab immer noch nix gegessen", meldete sich Turl plötzlich und erntete dafür vernichtende Blicke seiner Freunde. „Wie kannst du in so einem Moment nur ans Essen denken?" Der zog ein Gesicht. „Ich mein ja nur", maulte er.

Vor dem Gemeindebau tat sich wieder etwas. Wickerl sah aus dem Fenster. „Scheiße", entfuhr es ihm, „die haben die Alarmkompanie mobilisiert." Sofort waren Georg und Turl neben ihm. „Das sind ja mindestens 100 Leut!"

„Und da, schauts, da kommen Soldaten! Was haben die da bei sich?"

„Kruzifix, das sind Kanonen. Und Maschinengewehre haben sie natürlich auch."

„Sind das da drüben nicht Minenwerfer?"

„Verfluchter Mist. Die wollen den ganzen Bau einäschern."

„Aber das können die doch nicht machen. Da sind ja Frauen und Kinder zu Hause."

„An die 5.000", ließ Schani sie wissen, der das Drucken der Flugblätter eingestellt und sich zu ihnen gesellt hatte.

„Bist du deppert! Das ist ja Wahnsinn!" Turl blieb der Mund offen. Und er hatte nicht einmal die Gelegenheit, sich wieder zu fassen, als ein Genosse zu ihnen gelaufen kam. „Im Kongresspark haben s' Kanonen aufgestellt. Die wollen uns da anscheinend wirklich planieren. Wir müssen abpaschen. Und das schnell auch noch!"

„Wie willst denn das machen? Wir können abhauen, aber die Frauen und die Kinder? Und die Alten, die da wohnen? Wo sollen die denn hin?"

„Das können die doch nicht machen", rief sich Turl wieder in Erinnerung. „Und ob die das machen können", bekräftigte der Neuzugang. Wie zur Bestätigung dieser Worte begann das ohrenbetäubende Geknatter von Maschinengewehren. Deutlich konnten sie das Einschlagen der Kugeln in das Mauerwerk hören. Mörtel und Ziegelteile spritzten in hohem Bogen auf die Straße, und obwohl sie sich in der Druckerei leidlich sicher wähnten, gingen sie allesamt hinter den Tischen in Deckung. „Unser einziges Glück ist", sagte Schani, „dass es bald dunkel wird. In der Nacht werden sie einen Sturmangriff nicht wagen. Der wird aber dann umso sicherer morgen kommen."

Tatsächlich wurde der Gemeindebau noch eine gute Weile mit den MG und auch mit Karabinern beschossen, ehe in der Dämmerung allmählich Ruhe einkehrte. Seitens der Schutzbündler war schon länger kein Schuss mehr abgegeben worden, und niemand wusste, ob sie sich überhaupt noch in dem Komplex befanden. Schani riet jedenfalls seinen Gästen dazu, sich schleunigst aus dem Staub zu machen. „Ihr seids noch jung. Die Bewegung braucht euch noch. Schauts, dass ihr euch aufhebts für einen anderen Tag."

„Und was ist mit dir?", fragte Wickerl.

„Ach, ich komm schon zurecht. Macht euch um mich keine Sorgen. Und jetzt schauts, dass weiterkommts."

Die drei taten wie geheißen und nutzten die einsetzende Dunkelheit, um sich in großem Bogen zum Gürtel durchzuschlagen. Erst, als sie das Josefstädter Landesgericht am Hernalser Gürtel hinter sich wussten, wagten sie, wieder aufrecht zu gehen.

Später am Tag

Müde und erschöpft erreichten die drei schließlich die kleine Bleibe Georgs in der Feldgasse. Unwillkürlich zuckten sie zusammen, als sie vor dem Gebäude eine kleine, gedrungene Gestalt stehen sahen. Sofort drückten sie sich eng in einen Mauerspalt und linsten dann vorsichtig hinüber. „Ob das einer von der Heh ist?", zischte Wickerl.

„Blödsinn! So wichtig simma jetzt auch wieder nicht", entgegnete Georg, „außerdem kommt mir die Statur bekannt vor." Er wagte sich aus der Deckung und ging auf den Mann zu. „Josef?"

„Da seids ihr ja endlich! Den ganzen Tag hab ich gsucht nach euch!" Georg trieb die Freunde zur Eile an, und so saßen sie schließlich zu viert um den kleinen, wackeligen Tisch in Georgs Einraumwohnung, während Georg Tee zustellte und alles auf den Tisch räumte, was essbar schien. Josef platzte sofort mit seinen Nachrichten heraus.

„Gleich in der Früh, wie ich gmerkt hab, was los ist, bin ich rüber zum Reumannhof. Ich sag euch, dort hat sich's abgespielt, kein Dreck. Die Genossen haben sich im zentralen Block verschanzt, wissts eh, zwischen 8er und 9er Stiege. Da sind's ganz oben rauf, und wie dann die Schantis kommen sind, haben sie eine Warnsalve vor deren Füße abgegeben. Ihr hättets sehen müssen, wie schnell die grannt sind."

Sepp bemühte sich, zu Atem zu kommen. „Na ja, aber dabei ist es natürlich nicht geblieben. Die sind mit Armeeverstärkung wieder angerückt und haben den ganzen Bau mit Maschinengewehren unter Feuer genommen. Und in der Deckung von den MG-Nestern haben sich einige Soldaten zu den Stiegen vorgekämpft und in die Fenster Handgranaten reingeworfen." Wieder atmete er hektisch. „Ich sag euch, das war eine Schweinerei dort. Fensterglas hat's zerfetzt, Türen sind aus dem Rahmen geflogen, und ganze Mauerteile sind einfach umgfallen. Da war klar, jeder weitere Widerstand ist zwecklos. Zum Glück konnten die Genossen nach hinten hinaus fliehen. Sie sind einfach über die Begrenzungsmauer gsprungen und dann über die Gärten hinüber Richtung Favoriten. Ein paar aber, die was verwundet waren und so, die konnten nicht schnell genug flüchten, und so wurden sie von den Faschisten erwischt. Ich weiß echt nicht, was die mit ihnen machen werden."

Er schnaubte. „Na ja, ich hab gwusst, da kann ich eh nix machen, und bin weiter Richtung Parteizentrale. Aber dort war's noch schlimmer. Wenn ich euch das jetzt sag, dann glaubts ihr mir das nicht. Aber die haben dort einfach die Tore zugmacht und sind heimgangen. Ich hab noch einen Genossen anghalten und hab zu ihm gsagt, das geht doch nicht. Man kann doch ned das Hauptquartier der Bewegung einfach so preisgeben. Hat der gsagt: Welche Bewegung? Siehst jemanden? Also! Und hat mich stehenlassen. Einfach so. Und ich hab gschaut. Da war tatsächlich niemand. Jahrelang haben wir gewartet auf das entscheidende Gefecht, und dann kapitulieren wir einfach so."

„Partei, Partei, wer wollte sie nicht nehmen, die stets die Mutter aller Siege war", zitierte Georg mit gebrochener Stimme einen Vers von Georg Herwegh.

„Mutter aller Niederlagen ist passender", resümierte Wickerl gallig. Josef aber, der vermeiden wollte, aus der Rolle des Erzählers gedrängt zu werden, fuhr unbeirrt fort: „Und schließlich komm ich, völlig fertig, wie ihr euch vorstellen könnt', ins *Café Westbahn*, wo ich endlich ein vertrautes G'sicht seh. Sitzt dort der Genosse Forstner."

„Der von die Transportarbeiter?"

„Genau der. Der hat mich erkannt. Er hat mich ganz traurig angschaut und gmeint, ihr seids arm. Ihr seids grad noch zum Zusperren zrechtkommen. Und das war's. Er hat gseufzt, hat sein Kaffee zahlt und ist gangen. Wie die ganze Partei."

Die vier schwiegen bedrückt. Konnte das wirklich das Ende sein? War vom Bauvolk der kommenden Welt wirklich nichts mehr übrig? Es war Georg, der in dieser trostlosen Situation den Überblick behielt. „Fürs Erste müssen wir einmal schauen, dass sie uns nicht auch noch erwischen. Und dann, wenn sich die Nebel wieder lichten, dann müssen wir uns neu organisieren. Der Kampf, sag ich euch, geht weiter." Er blickte entschlossen drein. Und es entging ihm dabei nicht, dass seine Pose auf die anderen ermutigend wirkte.

Einige Tage später

Am Samstag nach den Kämpfen kam Georg bei Wickerl vorbei. Er wirkte gehetzt, als sei er auf der Flucht. Und das, so dachte Wickerl, wahrscheinlich nicht einmal zu Unrecht. Mehr als die anderen hatte sich Schurl im letzten Jahr exponiert, hatte Artikel in der Arbeiterpresse veröffentlicht, Reden bei Kundgebungen gehalten und bis zuletzt zum Widerstand gegen den Faschismus aufgerufen. Da war es ratsam, nicht des Nächtens ruhig in der eigenen Wohnung zu schlafen. Wickerl bat den Freund herein und bot ihm Tee und ein Butterbrot an, was dieser gerne akzeptierte. „Der Kampf ist noch nicht vorbei, er tritt nur in eine neue Phase über", begann Georg. „Einige Genossen treffen sich morgen im Wienerwald an der berühmten Lichtung, du weißt schon. Da soll diskutiert werden, wie es jetzt weitergeht."

Wickerl wiegte skeptisch den Kopf. „Na ja, was gibt's da groß zu diskutieren? Die Partei ist untergegangen. Die Führung hat versagt, weil sie viel zu lange zugewartet hat. Jetzt tragen wir alle an den Folgen dieser falschen Strategie."

„Eben. Deshalb müssen wir etwas Neues schaffen", ereiferte sich Georg. „Denk daran, Lenin und Trotzki, die waren vor einem Vierteljahrhundert noch im Exil. Die Bolschewiki zählten kaum hundert Leute, und das in einem Riesenreich wie Russland. Sie wurden gnadenlos von der Ochrana verfolgt, und daraus haben sie ihre Schlüsse gezogen. Und genauso müssen jetzt wir unsere Schlüsse ziehen."

„Wer kommt da morgen so aller?", erkundigte sich Wickerl. „Der Bruno, der Roman, die Paula. Der Sepp natürlich. Und wir, wenn wir wollen."

„Na ja. So einfach aufgeben sollten wir auch nicht, was?

Irgendwas muss man ja tun, auch wenn es vielleicht gar nichts bringt. Aber ich seh's an meinem alten Herrn. Dem hat die ganze Sache das Herz herausgerissen. Ich hab ihn noch nie so mutlos und verzweifelt gesehen. Für den war die Partei einfach sein Ein und Alles."

„Ich hab immer gesagt, mit Konzilianz kommen wir nicht weiter. Ich mein, der Otto Bauer hat tatsächlich geglaubt, wenn die Sozialdemokraten jemals an der Urne die Mehrheit kriegen, dann sagen die Bürgerlichen einfach, na gut, dann lassen wir euch jetzt den Sozialismus aufrichten." Georg schüttelte pikiert den Kopf. „So geht das aber nicht! Der Kapitalismus wird niemals freiwillig weichen. Den kannst du nur mit Gewalt beseitigen."

„Ja, meine Illusionen in die bürgerliche Demokratie hab ich auch schon längst verloren", stimmte Wickerl zu. „Solange die Linke für die Herrschenden keine Gefahr darstellt, solange darf sie am Tisch der Mächtigen sitzen und sich an deren Speiseresten gütlich tun. Damit liefert sie nämlich den Ausbeutern ein Alibi, weil die dann sagen können, sie sind ja eh so tolerant gegenüber Andersdenkenden. Aber wenn's ans Eingemachte geht, dann heißt es beinhart wir oder sie."

„Genau. Das ist die Lektion, die wir aus Russland, aber auch aus Bayern und Ungarn zu lernen haben. Volksfeindliche Regimes können nur durch Revolutionen überwunden werden. Die Gewalt der Unterdrücker muss durch die Gewalt der Unterdrückten beseitigt werden."

Wickerl lehnte sich an die Fensterbank und nickte bedächtig, während er Schurls Worte in sich nachwirken ließ. Schurl aber kam erst so richtig in Fahrt. „Schau dir einmal die Sowjetunion an. Da gibt es keine Arbeitslosigkeit! Die Macht der Konzernherren ist gebrochen, die Fabriken gehören denen, die in ihnen arbeiten. Und so ist es auch mit den Feldern und Äckern. Die Wirtschaft wird dort auf wissenschaftlicher Grundlage geplant, keine sinnlose Marktkonkurrenz mehr, die nur zu Überproduktionskrisen oder zu Mangelwirtschaft führt. Und den Menschen werden Wohnungen zugewiesen, die sie praktisch nichts kosten. Da gibt es keinen Mietwucher, keine Delogierungen oder eine künstlich herbeigeführte Wohnungsnot."

Schurl war mit seiner Aufzählung noch lange nicht zu Ende, er hielt ein richtiges Referat, was Wickerl darauf reduzierte, gelegentlich zu nicken oder auf andere Weise Zustimmung zu signalisieren. „Das heißt also", fasste Georg schließlich seine Ausführungen zusammen, „morgen geht es darum, eine wahrhaft revolutionäre Organisation ins Leben zu rufen, die sich zum Ziel setzt, eine gänzlich neue Gesellschaftsformation zu schaffen. Eine Rückkehr zum Zustand der 20er ist da entschieden zu wenig."

Am Nachmittag erhielt Wickerl abermals Besuch. Diesmal war es Turl, der bei ihm vorbeischaute, und Wickerl weihte ihn in die Pläne für den kommenden Tag ein. Turls Begeisterung hielt sich in Grenzen. „Ich glaub nicht, dass das was bringt. Die sind uns schon bisher auf der Nase herumgetanzt, und jetzt werden sie sich schon gar nicht vor uns fürchten."

„Na, willst gar nix machen? Das alles einfach so hinnehmen?"

„Mein Vater sagt, uns können nur die Deutschen retten. Die hassen den Dollfuß genauso wie wir. Und Sozialisten sind s' ja irgendwie auch. National halt, aber gleichviel. Mein Vater sagt, die tun enorm viel für das einfache Volk. Ferienheime bauen sie an der Ostsee, neue Wohnungen errichten sie, und es gibt endlich wieder Arbeit für alle."

Wickerl sah den Freund entgeistert an: „Hat's dich jetzt oder wie? Seit wann hörst du denn auf deinen Vater, den alten Trottel? Kannst dich nicht erinnern, was die Nazis gleich am Anfang mit unseren Genossen gmacht haben? Ins Lager haben sie sie gesteckt. Also diejenigen, die sie nicht gleich totgeschlagen haben. Es heißt immer, die Nazis drangsalieren die Juden. Was ja stimmt. Aber im Vergleich zu unseren Genossen aus KPD und SPD geht's den Juden noch direkt Gold. Die verlieren vielleicht ihre Beamtenposten, aber die Genossen verlieren ihr Leben."

„Hast eh Recht", steckte Turl zurück. „Aber letztlich ist's wurscht", nahm er nach einer kurzen Weile einen neuen Anlauf, „weil jetzt geht's einmal gegen diese klerikalen Tyrannen. Die müssen wir mit allen Mitteln bekämpfen. Was danach kommt, das können wir uns dann ja immer noch überlegen."

Wickerl sah den Freund von der Seite an. Irgendwie fühlte er sich unwohl. Auf Turl musste man offenbar ein Auge haben. Bei passender Gelegenheit sollte er die Sache mit Schurl und Sepp besprechen, denn wenn man nicht rechtzeitig eingriff, dann driftete Turl in eine Richtung ab, die nicht nur falsch, sondern für sie drei auch gefährlich war. Wickerl verfluchte den Augenblick, in dem Turl sich den Studienplänen des Vaters gefügt hatte. Seitdem war er seinem alten Herrn auf Gedeih und Verderb ausgeliefert und wagte keinen Widerspruch mehr. Dabei tat sich Turl beim Lernen ohnehin überaus schwer. Doch es gab so oder so keine Alternative für ihn, denn Arbeit war für einen Maturanten keine zu finden. Schon gar nicht bei Turls Hintergrund. Das wusste er selbst nur allzu gut. Er, Wickerl, konnte froh sein, dass sein mickriges kleines Kabinett verhältnismäßig günstig war, denn sonst müsste er, wie eben auch Turl, der reumütig zu den Eltern zurückgekehrt war, immer noch bei Mama und Papa wohnen. Allerdings war mit Nachhilfe, die immer noch seine Haupteinnahmequelle darstellte, immer weniger zu verdienen, denn seine Klientel hatte selbst fast kein Geld mehr. Es musste sich also grundlegend etwas ändern – und das nicht nur politisch.

Am nächsten Vormittag spazierte Wickerl in einem wilden Zickzack durch die Wälder, denn auch wenn er sich sicher war, dass ihm niemand folgte, so konnte man dennoch nicht vorsichtig genug sein. Das faschistische Regime von Dollfuß zeigte sich gnadenlos gegenüber dem besiegten Gegner. Ein gutes Dutzend Genossen war von den Faschisten hingerichtet worden, einen von ihnen hatte man sogar auf der Bahre zum Galgen geschleift. Und zahllose weitere Sozialdemokraten schmachteten in Lagern. Die Christlich-Sozialen hatten Ernst gemacht. Wer von den Parteiführern nicht wie Otto Bauer rechtzeitig ins Ausland geflüchtet war, der saß jetzt wie Wiens Bürgermeister Seitz oder Bundesratspräsident Körner im Kerker. Selbst die unbedeutendsten kleinen Sektionssubkassiere wurden von der Geheimpolizei überwacht. Also war es durchaus möglich, dass die Faschisten auch auf Wickerl ein Auge hatten. Immer wieder hielt er deshalb mitten im Gehen inne und sah sich um. Und erst, als er völlig sicher war, wirklich allein auf weiter Flur zu sein, schlug er den Weg zu der vereinbarten Lichtung ein.

Vorsichtig näherte er sich seinem Ziel. Tatsächlich standen dort schon zehn, zwölf Leute beisammen, und schon aus der Ferne erkannte er Georg mit seiner charakteristischen Mähne. Er atmete noch einmal tief durch und gesellte sich dann zu den anderen. Schurl und Sepp begrüßten ihn euphorisch und stellten ihm jene Leute vor, die er nicht kannte. Derjenige, den sie Bruno nannten, fragte in die Runde, ob man noch jemanden erwarte. Nachdem dies verneint worden war, fasste er die Ereignisse der letzten Tage zusammen und votierte dann dafür, eine neue Jugendorganisation zu gründen.

„Ich meine, wir sollten sie Revolutionäre Sozialistische Jugend nennen. Revolutionär deshalb, weil nur eine Revolution die Demokratie zurückbringen kann."

„Moment einmal", fuhr Schurl dazwischen, „was heißt da, die Demokratie zurückbringen? Willst du wirklich wieder den jämmerlichen Zustand von anno 1932 zurückhaben? Also ich nicht. Ich will endlich den Sozialismus. Ohne die ganze bürgerliche Verlogenheit."

„Der Schurl hat Recht", sprang ihm Wickerl sofort bei, „was hat uns die Demokratie gebracht? Wählen hamma dürfen, gut. Und was hat das bewirkt? Gar nix. Die Hausherren haben immer noch über uns drüberfahren dürfen, und Arbeit hat's auch bald keine mehr gegeben. Der Bauer und die Leut, die haben uns das Blaue vom Himmel versprochen – und was ist davon wahr geworden? Nix!"

„Das ist, weil wir 1918 auf halbem Wege stehengeblieben sind", assistierte Sepp. „Die Welt schauert ganz anders aus, wenn wir damals den Bayern und den Ungarn beigestanden wären. Dann wäre Europa jetzt sozialistisch, wir hätten Arbeit und Brot und müssten uns nicht in dieser Saukälten den Arsch abfrieren." Einige sahen ihn ob seines letzten Satzes pikiert an. „Na, weil's wahr ist", setzte Sepp hinzu.

„Also ich hab nichts gegen die Gründung einer Organisation, die sich revolutionär nennt. Aber sie muss auch revolutionär sein. Das heißt", unterstrich Wickerl wieder, „sie muss über das hinausgreifen, was wir schon einmal hatten, denn das hat sichtlich nichts getaugt."

„Vor allem aber sollten wir die Spaltung der Arbeiterbewegung überwinden. Wann, wenn nicht jetzt, wo wir alle gleichermaßen verfolgt werden, egal, ob wir Sozialdemokraten oder Kommunisten sind. Ich denke, wir sollten uns, zumindest für die Zeit, die wir illegal arbeiten müssen, mit dem KJV zusammentun." Das war wieder Schurl gewesen.

„Genau. Recht hat er", rief einer, „der Bauer hat immer wieder angekündigt, dass wir eines Tages russisch reden werden. Jetzt sollten wir das wirklich machen."

Bruno und seinem Kompagnon Roman wurde unbehaglich. Offenbar hatten sie nicht mit derart viel Widerspruch gerechnet. Ein Zusammengehen mit den Kommunisten kam für sie jedenfalls nicht in Frage. Doch sie kamen nicht dazu, ihre Ablehnung auch zu formulieren, denn schon streckte Wickerl die geballte Faust in die Höhe und rief: „Vom schwarzen Februar zum roten Oktober! Es lebe die Revolution!"

Die Zusammenkunft war letztlich ergebnislos auseinandergegangen. Die eine Hälfte der Anwesenden hatte es mit den Kommunisten gehalten, die andere Hälfte hielt weiterhin der nun im Exil befindlichen Parteiführung um Otto Bauer die Treue. Auf dem Weg zurück in die Stadt waren sich Schurl, Sepp und Wickerl sicher, dass mit den anderen kein effektiver Widerstand zu organisieren war. Wenn man die Faschisten schlagen wollte, dann musste man sich an die KPÖ halten.

Einzig Turl war nicht von dieser Strategie überzeugt. „Die Kommunisten sind doch noch weniger als wir. Die reißen auch nichts. Und glaubts ihr ernsthaft, der Stalin wird unsretwegen quer durch Ungarn marschieren, damit er uns hilft?

Nein! Wenn einer mit den Faschisten fertig wird, dann sind es die Nazis. Auf die müssen wir jetzt hoffen!"

Wickerl fuhr jäh herum. „Turl, jetzt reicht's mir aber! Hör endlich auf mit dem blöden Gerede über die Nazis. Die sind nicht unsere Rettung, die sind unser endgültiger Untergang."

Turl nahm eine Abwehrhaltung ein. „Ich mein ja ned, dass man sich denen anschließen oder mit denen auch nur kooperieren sollt! Ich mein das jetzt … geopolitisch." Die anderen drei starrten ihn an. „Na, wenn wir wollen, dass der Dollfuß wegkommt, dann müss ma darauf hoffen, dass ihn die Nazis wegputzen. Wer anderer schafft das ned."

„Doch! Wir! Ganz allein wir. Wir brauchen keinen Hitler und keinen Stalin, wir schaffen das auch so. Wir müssen nur den Arbeitermassen die nötige Anleitung geben, dann werden sie sich selbst befreien. Gerade jetzt, wo sie sehen, dass sie zwei Jahrzehnte lang einer falschen Führung nachgelaufen sind, die sie sträflich im Stich gelassen hat. Jetzt werden die Proletarier erkennen, dass sie niemand anderer aus dem Elend erlösen kann als sie selbst. Und dann kommt die Stunde für uns alle."

„Gut gesprochen, Genosse! Das müssen wir dann halt auch den Arbeitern so sagen. Immer und immer wieder. Bis sie verstehen."

„Genau. Und morgen fangen wir an."

März 1934

„Der Hermann und i, wir sind gschiedene Leut!" Wütend schleuderte Fritz seine Tasche in die Ecke, gleich, nachdem er die Wohnung betreten hatte. Dann erst sah er, dass Fini auch in der Küche saß. „Tut mir leid, Fini, aber dein Mann ist ein echtes Oaschloch!" Fanny tadelte ihn stumm mit ihren Augen. Er hob entschuldigend die Arme. „Was wahr is, is wahr! Der hat vollkommen vergessen, wo er herkommt … und vor allem, wer ihm gholfen hat."

Bielohlawek goss sich ein Glas Wasser ein, dann setzte er sich auf den einzigen freien Sessel, den es noch in der Küche gab. „Du weißt, Fini, wer deinem Hermann damals die Hackn in der Brauerei besorgt hat. Das war ich. Und ich hab auch nichts gsagt, dass er auf einmal nimmer in die Sektion kommen ist, bloß, weil ihm der Glickstein zum Buchhalter befördert hat." Gierig trank er einen Schluck. „Und bei seine dauernden blöden Bemerkungen über Volk und Rasse hab ich auch weggehört, das weißt du genau. Aber nach dem, was er sich heut geleistet hat, ist es das gewesen mit uns. Mit dem red ich kein Wort mehr."

Nun machte sich auch Fanny ernste Sorgen. Sie legte ihre Hand beruhigend auf Fini, die im Begriff war, sich gleich fürchterlich aufzuregen, wandte sich dann aber ihrem Fritz zu. „Jetzt sag schon, was ist denn passiert?"

Bielohlawek räusperte sich umständlich, stellte dann das Glas auf den Tisch. „Das hat schon gleich in der Früh angfangen. Ich komme in den Hof, will wieder auf meinen Bock kraxeln, kommt er vorbei und fragt mich, ob ich Tachinierer endlich wieder zrück bin bei der Arbeit." Mit wutglimmenden Augen sah er Fini an. „Dabei weiß der Hundling ganz genau, dass ich den ganzen Februar über mit einer Lungenentzündung im Bett glegen bin. Dass ich ein mordstrum Glück ghabt hab, dass ich ned krepiert bin daran. Und das Gfrast tut so, als ob ich mich wegen der ganzen Februargschicht versteckt hätt! Dabei hätt ich am 12. Februar ned einmal ein Gwehr in die Hand nehmen können, wenn ich nichts mehr als das wollen hätt auf der Welt."

Fini kullerten Tränen über die Wangen. Sie presste die Handballen gegen die Augen und schluchzte laut auf. „Ich schäm mich so für den Deppen", brachte sie mühsam hervor. „Grad vorgestern hat er mir noch Vorhaltungen gmacht, dass ich euch einen Tee und eine Hühnersuppe vorbeibring. Da hat er ganz genau gwusst, dass du immer noch im Bett liegst."

„Eben", nickte Bielohlawek heftig. „Na ja", fuhr er dann in ruhigerer Tonlage fort, „eigentlich hätt ich da schon explodieren wollen. Aber ich hab mir denkt, das bringt ja eh nix. Also hab ich's runtergschluckt. Später, ich komm grad von der zweiten Fuhr, zitiert er mich in sein Büro." Bielohlawek beugte sich vor: „Zitiert mich in sein Büro", wiederholte er bedeutungsschwanger. „Also komm ich halt hin. Der bietet mir keinen Sessel oder was an. Nein, der lasst mich stehen wie einen Schulbuben vor dem Lehrer. Sagt, er hofft, dass mir schon klar ist, dass jetzt Schluss ist mit dem ganzen Betriebsratsquatsch, mit der Mitbestimmung und dem ganzen Zeug." Er nickte. „Wirklich! Er hat tatsächlich Quatsch gesagt. Und wie dreckig er dabei gegrinst hat. Von einem Ohr zum anderen. Widerlich. Absolut widerlich." Fritz brauchte noch einen Schluck, um sich ein wenig zu beruhigen. „Und dann, dann sagt er mir, es würden in der Hernalser Bräu jetzt andere Saiten aufgezogen, und so Minderleister wie mich, die hätte er im Visier. Und es seien ohnehin zu viele Sozis im Betrieb, während … wart, wie hat er das gnennt … ach ja, aufrechte Volksgenossen darben müssten. Ehrlich, ich hab glaubt, ich muss dem Falotten eine einehauen."

Fini griff in seine Richtung, ohne seine Hände zu erreichen. „Fritzl, es tut mir so leid, ehrlich. Ich weiß auch nicht, was den alten Trottel reitet. Der wird immer verblödeter. Kennts euch noch erinnern, wie er den Turl von zu Hause vertrieben hat? Seitdem ist das nur noch schlimmer gworden. Dauernd redet er von seinem Hitler und von dem ganzen depperten Deutschtum, und dass die Juden alle wegghören. Vor allem der Glickstein. Weißt, dabei wären wir verhungert im 18er Jahr, wenn der Glickstein ihn nicht eingestellt hätt. … Auf deine Fürsprache hin", fügte sie hinzu.

„Glaubst, ich erinnere mich da nicht mehr dran? Nur er hat das vergessen!" Immer noch zornig starrte er düster vor sich hin. „Am besten is, ich mach uns einmal einen Kaffee", beschied Fanny und ging zum Herd, um sich dort an der Kaffeemaschine zu schaffen zu machen. „Glaub mir, der Hermann tut sich selbst nichts Gutes, wenn er so weitermacht. In der Brauerei sind immer noch fast alle Genossen, auch wenn die Partei jetzt verboten ist und wir illegal sind. Unsere Leut geben die Gesinnung ned an der Garderobe ab. Und wenn er sich weiter so aufspielt, dann wird irgendwann jemandem die Hutschnur reißen. Verstehst, Fini. Das ist keine Drohung, das ist eine Prophezeiung."

„Ich weiß ja eh", maulte Fini, „aber er hört auf nix und niemanden mehr. Ich hab ja so gehofft, dass du ihn zur Vernunft bringen kannst. Aber das kann ich jetzt auch vergessen." Fini weinte nun nur noch heftiger. Ihr ganzer Körper bebte, sodass ihr üppiger Busen auf und ab wogte. „Ich versteh dieses Mannsbild ned. Ich mein, er hat doch eh so viel erreicht in sei'm Leben. Was will er denn noch? Und allerweil dieser Hass, dieser nicht enden wollende Hass auf alles im Leben. Überall füllt er sich zrückgsetzt, beleidigt, übergangen, zu kurz kommen. Dabei ist der aus dem Nichts Prokurist worden. Ich mein, das werden andere ihr ganzes Leben ned!" Sie sah sich hilfesuchend nach Fanny um, die eben den Kaffee an den Tisch brachte. „Ich mein, wir könnten uns schon längst eine bessere Wohnung leisten. Oder wenigstens so ein Automobil oder einen Urlaub am Semmering. Aber nein, der tragt jeden Groschen auf die Bank und gönnt uns gar nix. Aber ned, dass d' glaubst, es warat wegen dem Buben. Dem will er keinen Schilling vererben, sagt er. Ich weiß ned, was ihm da durch den Schädel geht. Manchmal denk ich mir, er will das ganze Gerstl ins Grab mitnehmen. Hauptsach, niemand hat was davon, ned einmal er."

Fanny blieb nichts anderes übrig, als Fini tröstend die Hand zu tätscheln. Bielohlawek war eben im Begriff, die Unterhaltung wieder aufzugreifen, als schwere Schritte vor der Tür davon kündeten, dass nun auch Hermann nach Hause kam. In Fini machte sich Hektik breit. Wie von der Tarantel gestochen, sprang sie auf. Ihr fiel der Kaffee ein, den sie, Fanny zuliebe, nicht verkommen lassen wollte, und trank ihn stehend aus. Dann eilte sie zum Lavoir, spritzte sich schnell etwas Wasser ins Gesicht, um ihr verheultes Gesicht ein wenig zu neutralisieren. Sie kehrte zum Tisch zurück, beugte sich hinunter, um ein Einkaufsnetz an sich zu nehmen, in dem ein Salathäuptl baumelte. Fini hob die Hand zum Gruß und stahl sich zur Tür hinaus. Neugierig folgte ihr Bielohlawek und linste aus dem Spalt, den Fini offen gelassen hatte, nach draußen. So konnte er erkennen, dass Fini auf Zehenspitzen zur Treppe schlich, dort die letzten beiden Stufen laut auftrat und dann in normalem Schritt den Gang hin zu ihrer eigenen Wohnung durchmaß. Bielohlawek hörte gerade noch ein grollendes „Wo warst denn?", auf welches Fini „Ich hab den Salat vergessen" antwortete, ehe die Tür zur Nachbarwohnung geschlossen wurde.

Mai 1934

Glickstein hatte sich darum bemüht, die politischen Umbrüche, so weit es ihm möglich war, zu ignorieren. Für ihn gab es keine Veranlassung, irgendwelche Arbeiter zu entlassen, nur weil sie Funktionäre einer nun verbotenen Partei waren. Solange die Leute brav arbeiten, ist mir wurscht, was sie privat denken, erklärte er. Und auch wenn er sich politisch nach wie vor nicht exponierte, so machte er dennoch kein Hehl daraus, die Politik des Bundeskanzlers schlicht für Unfug zu halten, was insbesondere für die neue Verfassung galt, die Dollfuß dem Land ausgerechnet am 1. Mai, dem erklärten Feiertag der Arbeiter, gab. Sie begann offiziell mit den Worten „Im Namen Gottes, des Allmächtigen, von dem alles Recht ausgeht, erhält das österreichische Volk für seinen christlichen, deutschen Bundesstaat auf ständischer Grundlage diese Verfassung." Umso erstaunter war er, als er wenige Tage später Besuch von Handelsminister Stockinger erhielt. Der Baron wies seine Sekretärin an, den hohen Gast umgehend in sein Büro zu führen und für eine ansprechende Bewirtung zu sorgen.

„Sehr verehrter Herr Minister, lieber Fritz", begann Glickstein beinahe devot, „was verschafft mir die Ehre deines Besuches." Stockinger ließ sich schwerfällig auf den Fauteuil fallen und wartete, bis Getränke und ein Imbiss vor ihm standen und die Sekretärin sich wieder zurückgezogen hatte.

„Weißt, Fritz, mein Besuch bei dir, der ist ein wengerl heikel. Was ich dir zu sagen hab, das darf diese Wände da nicht verlassen. Es sei denn natürlich, wir werden uns einig."

„Einig? Na, das klingt aber spannend. Ich bin ganz Ohr." Glickstein zündete sich eine Zigarre an und lehnte sich zurück.

„Die Regierung will nach den Turbulenzen der letzten Monate das Staatsschiff wieder in ruhige Gewässer steuern. Handwerk, Handel und Gewerbe sollen sich wieder lohnen. Der Fleiß des Unternehmers, der viel zu lange geknebelt war durch sozialistischen Pöbel und die Beschränkungen einer parlamentarischen Demo ..."

Glickstein blies Rauch aus und winkte mit der linken Hand ab. „Ja, ja, ist schon gut, Fritz. Spar dir die Propagandareden für die Eröffnung der Welser Messe. Komm zur Sache: Was willst du von mir?"

Stockinger zuckte merklich zusammen. Für einen Augenblick hatte der Baron den Verdacht, der Minister fühle sich derart brüskiert, dass er sofort den Rückzug antreten würde. Doch Stockinger würgte an Glicksteins Worten eine Weile herum, um sie dann doch widerspruchslos hinunterzuschlucken. Glickstein grinste innerlich. Stockinger war also sichtlich nicht aus eigenem Antrieb gekommen. Er hatte vielmehr irgendeinen höheren Auftrag zu erfüllen, der jedenfalls mehr Wichtigkeit besaß als Stockingers Stolz.

„Kennst du unsere neue Verfassung?", fragte Stockinger schließlich.

„Mir hat der erste Satz greicht. Ein ausgemachter Topfen, wennst mich fragst. Aber bitte. Mir sind Verfassungen prinzipiell Powidl, für mich zählt nur ein rechtskräftiger Vertrag unter Handelspartnern." Dabei lächelte Glickstein schmal.

„Wie auch immer", konzentrierte sich Stockinger auf seine Aufgabe. „Du wirst vielleicht bemerkt haben, dass die Regierung beabsichtigt, neue Formen der Legislative auf ständischer Grundlage zu schaffen. Wir wollen statt der bisherigen Krakeeler ... ja, ja, ich weiß, keine Reden ..., also statt dem bisherigen System wollen wir jetzt Experten aus dem jeweiligen Gebiet in die gesetzgebenden Körperschaften berufen, damit die so entstehenden Gesetze von Leuten gemacht werden, die von der jeweiligen Materie auch etwas verstehen. Kurz und gut, ich soll dich im Auftrag vom Engelbert fragen, ob du dich nicht in den Bundeswirtschaftsrat berufen lassen würdest."

„Du beliebst zu scherzen, oder?" Glickstein hatte mit vielem gerechnet, unter anderem damit, dass ihm die Regierung zu irgendwelchen Konzessionen sein Bier in großem Rahmen abnahm, aber dass Dollfuß ihn wirklich fragen ließ, ob er im neuen Ständestaat einen christlich-deutschen Politiker mimte, das kam denn doch überraschend. „Du weißt schon, wer dir gegenübersitzt, oder?"

„Ja, eben genau deshalb", nickte Stockinger, „du bist einer unserer erfolgreichsten Wirtschaftstreibenden, bist hoch geachtet und genießt international den besten Ruf. Du bist bekannt als Wohltäter, Mäzen und als Mann von Welt, und niemand kann dir unterstellen, du seist ein bezahlter Büttel der Regierung. Von dir, deiner Stellung und deinem Sachverstand kann unser Land also nur profitieren!" Der Minister sah Glickstein erwartungsvoll an.

„Sag mir einen einzigen vernünftigen Grund, warum ich auf meine alten Tag in die Politik gehen sollt? Einen einzigen!"

„Na, das tät sich doch wirtschaftlich lohnen zum Beispiel. Du könntest in offizieller Mission in unsere Nachbarländer reisen. Da machst ein wenig auf gut Wetter für unser neues System, und dann schließt ein paar fette Verträge für deine eigenen Firmen ab. Das wär doch was!"

„Stocki, du solltest eigentlich ziemlich genau wissen, dass ich mein Bier praktisch ausnahmslos in Österreich verkauf. Wir haben ein paar Margen, die nach Ungarn gehen, und ein bisserl was verkaufen wir in die deutschsprachigen Gebiete in Mähren, aber das war's dann auch schon. Mit so einem Argument kannst mich also nicht ködern. Da solltest dich schon an jemanden wie den Demand halten. Der verscherbelt seine Konserven nach halb Europa."

„Aber der Demand ist ein Jud", platzte es aus Stockinger heraus.

„Das bin ich auch", erwiderte Glickstein frostig, „zumindest in den Augen der Nazis."

„Ned, dass d' mich jetzt falsch verstehst, Fritz, wir haben gar nichts gegen die Juden, überhaupt nichts. Im Gegenteil, wir haben sogar viele Freunde unter denen. Aber die öffentliche Meinung, weißt! Das wär halt heikel."

„Seit wann schert ihr euch um die öffentliche Meinung? Wenn's danach ginge, müsstet ihr doch alle sofort zurücktreten." In Glicksteins Gesicht spiegelten sich Spott, aber auch Verachtung.

„Na ja, sagen wir so, wir müssen halt Rücksicht nehmen auf die Fanatiker in unseren Reihen. Die eine Hälfte liebäugelt eh schon mit dem Hitler, und die andere tät's machen, wenn wir uns in so einer Frage noch mehr exponieren. Erst unlängst hat sich sogar seine Eminenz der Herr Kardinal darüber beschwert, dass wir nicht katholisch genug wären."

„Na siehst es, dann pass ich ja erst recht hin in euren Rat. Denn ich bin formal Protestant. Was mir mein Vater selig um ein Haar nicht verziehen hätt. Wenn's nach ihm gegangen wär, dann wär ich heute Vorstandsmitglied in der IKG. Also ehrlich, wie soll ein evangelischer Hebräer in einen katholischen Ordensstaat passen."

„Ständestaat, nicht Ordensstaat", verbesserte Stockinger indigniert.

„Wurscht. Jedenfalls ghör ich da nicht hin. Und ich sag dir noch etwas ganz offen. Ihr werdet euch gar nicht lange genug halten, um eure Verfassung in die Wirklichkeit überzuführen. Ihr seids schneller weg vom Fenster, als du Bundeswirtschaftsrat sagen kannst."

„Wie kommst du denn auf die Idee? Unsere Regierung sieht sich eines Sinnes mit der von Ungarn, und über unsere besonderen Beziehungen zum Duce brauch ich dich wohl auch nicht belehren."

„Ja, aber damit war's das auch schon wieder. Mit dem Westen habt ihr es euch nach den Februarereignissen für immer verscherzt, die Tschechoslowaken und die Jugoslawen halten auch nicht viel von euch. Und ob die Ungarn und die Italiener für euch den Kopf hinhalten, wenn der Hitler Appetit auf uns verspürt, das bleibt jedenfalls abzuwarten. Ich glaub eher, der Mussolini wird abwägen, was ihm mehr bringt, ein Bündnis mit den Nazis oder eines mit euch. Und offen gesagt, da muss niemand lange nachdenken. Beim Horthy wird's nicht viel anders sein, nebenbei bemerkt."

Stockingers Miene verdüsterte sich. „Ich hätte dich, lieber Fritz, für etwas weitsichtiger gehalten. Aber wenn ich mir hier so anhöre, was du von dir gibst, dann ist es vielleicht wirklich besser, wir verzichten auf deine Dienste."

„Ja, das seh ich auch so", nickte Glickstein. „Nichts für ungut, ich hab nichts gegen euch. Aber so, wie ihr die Dinge anpackt, kann das nur schiefgehen."

„Dann bleibt wohl nichts mehr zu sagen." Stockinger gab sich keine Mühe, seine Verärgerung zu verbergen, und erhob sich. In frostiger Stimmung reichten die beiden sich die Hände, dann blieb der Baron allein in seinem Büro zurück. Während er den Rest der Zigarre aufrauchte, sann er darüber nach, ob er sich richtig verhalten hatte, kam aber zu dem Schluss, er habe gar nicht anders handeln können. Dem Dollfuß-Regime blieb keine lange Zeitspanne mehr, und wenn er, Baron Friedrich Wilhelm Glickstein, nicht untergehen wollte, dann war es besser, sich nicht in der Nähe dieser Unglücksraben aufzuhalten.

Allerdings stand es um sein Unternehmen nicht wesentlich besser als um die Regierung. Durch das Verbot der Sozialdemokratie und ihrer Teilverbände waren der Hernalser Bräu viele einträgliche Lieferverträge abhandengekommen, die nun irgendwie kompensiert werden mussten. Er trat an die Landkarte heran, die hinter der Sitzgruppe an der Wand hing. In Nieder- und Oberösterreich gab es genug Brauereien, ebenso in der Steiermark und in Kärnten. Auf diese Bundesländer brauchte er also gar nicht erst zu setzen. Das Burgenland aber war eine Option. Zwar waren die Bewohner dieses Landes dafür bekannt, Wein zu bevorzugen, was vielleicht der Grund dafür war, warum sich dort keine Brauerei etabliert hatte, aber einen Versuch war es allemal wert. Vor allem auch, weil die Transportwege dorthin überschaubar waren. Schließlich durfte man auch auf Tirol hoffen, wo es ebenfalls keine nennenswerte eigene Bierproduktion gab. Diese beiden Märkte galt es also, gezielt in Angriff zu nehmen. Dann mochte man die Verluste, die sich in Wien ergeben hatten, wieder wettzumachen. Glickstein fühlte sich erleichtert.

Einige Tage später

„Fritzl. Du sollst zum Chef kommen. Gleich, hat's gheißen."
Seit Bielohlawek nicht mehr Betriebsrat war, gab es eigentlich keinen Grund mehr, dass ihn der Baron zu sich bat. Dementsprechend groß war seine Neugier, was der Alte von ihm wollen könnte. Er stellte seinen Wagen ab und begab sich in den Bürotrakt. Die Sekretärin beschied ihm, der Herr Baron warte schon auf ihn, er solle einfach weitergehen. Also klopfte Fritz, wartete auf das „Herein" und öffnete dann die Doppeltür.

Für einen Augenblick zuckte er zurück, als er am Tisch Strecha sitzen sah. Auf der Stelle blieb er stehen. „Herr Baron, Sie haben mich rufen lassen", sagte er in möglichst neutralem Ton. „Ganz genau", erwiderte der Baron und erhob sich aus seinem Schreibtischsessel. „Wenn Sie die Güte hätten, sich zu uns an den Tisch zu begeben. Es gibt etwas zu bereden." Na, der macht es aber spannend, dachte sich Bielohlawek, leistete aber der Aufforderung Folge.

„Sie sind, lieber Bielohlawek, einer meiner wichtigsten Mitarbeiter. Und dass Sie aus der Politik derzeit Gegenwind haben, das dürfen Sie ruhig bedauerlich finden. Ich würde da an Ihrer Stelle nicht anders handeln. Ich rechne es Ihnen umso höher an, dass ihre Arbeitsleistung nicht unter den politischen Umständen gelitten hat und dass ich mich weiter voll auf Sie verlassen kann. Das wollte ich Sie wissen lassen, lieber Bielohlawek. Ein Glaserl Sprudel gefällig? Oder vielleicht eine Limonade? Ich kann auch die Sekretärin einen Kaffee machen lassen, wenn Ihnen das lieber ist."

Woher diese übertriebene Freundlichkeit, fragte sich Fritz. Was war da im Busch? „Eine Limonade wär nicht schlecht, vielen Dank", hörte er sich selbst sagen. Glickstein griff nach hinten und holte aus der Anrichte eine Flasche und ein Glas hervor, um beide Gegenstände vor Bielohlawek abzustellen. Dann erst setzte er sich nieder. „Aber ich bitte Sie in einem Punkt um Verständnis: Der Herr Strecha hier, der ist mein Prokurist. Auch er ist für das Unternehmen unverzichtbar. Und er hat sich bei mir darüber beklagt, dass ihn die Arbeiter schneiden, weil er eine andere politische Einstellung hat als sie." Ah, daher wehte der Wind, begriff Bielohlawek und unterdrückte ein Schmunzeln. „Sie kennen meinen Standpunkt in dieser Sache. Politik ist für mich, wie übrigens die Religion auch, Privatsache. Das mag jeder halten, wie er will, mir ist das ganz gleich. Aber die Arbeit, die darf darunter nicht leiden. Dienst ist Dienst, und Schnaps ist Schnaps, wie man so schön sagt. Von mir aus kann jeder im Wirtshaus politisieren, bis der nächste Morgen graut. Aber da, in der Brauerei, erzielen wir nur Ergebnisse, wenn jedes Zahnrad in das nächste greift und die Handlungsabläufe reibungslos vonstattengehen." Fritz hob seine Hände zu einer theatralischen Geste, die besagen sollte, er habe sich in dieser Hinsicht nichts vorzuwerfen. Glickstein winkte gleich ab. „Nein, nein, nicht, dass Sie jetzt denken, lieber Bielohlawek, ich hätte ausgerechnet Ihnen irgendetwas in eine solche Richtung vorzuwerfen. Nein, im Gegenteil, ich wollte Sie an dieser Stelle um etwas bitten." Der Baron machte eine dramatische Pause, in der er kurz zu Strecha blickte, ehe er sich nach vorne zu Bielohlawek beugte. „Könnten Sie nicht mäßigend auf ihre Genossen einwirken, dass die mir den armen Herrn Strecha ned immer so schlecht behandeln?"

Bielohlawek atmete kurz durch. „Ich wüsste nicht, dass es irgendjemand im Betrieb an jenem Respekt fehlen lässt, der dem Herrn Prokuristen gebührt", erklärte er kühl. Strecha fuhr auf. „Red keinen Topfen. Schneiden tuts mich. Alle. Du auch."

„Keiner verweigert dir die Zusammenarbeit. Aber Freund sind wir deswegen keine. Und das liegt ned an uns, das weißt du genau."

„Nach sicher liegt das an euch, ihr sturen Hund, ihr. Ihr ..."

„Bitte, meine Herren", kam es schneidend vom Baron, „so kommen wir doch nicht weiter. Das ist hier eine international operierende Firma und kein Schulhof. Ich bitte um Mäßigung. Und um die nötige Professionalität." Beide Zuhörer schwiegen pikiert. „Sie, Herr Bielohlawek, erfüllen mir diese kleine Bitte, ja? Und Sie, Herr Strecha, Sie sind ein bisserl weniger wehleidig. Haben wir uns verstanden?"

Mai 1935

Die Hoffnung, vom schwarzen Februar binnen weniger Monate zu einem roten Oktober zu gelangen, zerschlugen sich schnell. Das Regime hatte durch zahlreiche Hinrichtungen und die Schaffung eigener Anhaltelager für Anhänger der Arbeiterbewegung rasch den Widerstandswillen der Sozialisten gebrochen. Nur ab und zu sorgte eine rote Fahne, die auf einem Fabriksschlot aufgezogen worden war, für kurzfristige Irritation, doch so schnell, wie sie jemand dort angebracht hatte, war sie auch wieder eingeholt.

Wickerl, Georg, Turl und Sepp stellten heimlich Flugschriften her, die sie dann in nächtlichen Aktionen auf die Straßen warfen, dies in der vagen Hoffnung, irgendjemand würde sie aufheben und lesen. Doch bald schon mussten sie sich eingestehen, dass die Herrschaft des Engelbert Dollfuß dadurch nicht zu erschüttern war.

„Wir müssen irgendwie danach trachten, dass wir wirklich mit den Arbeitern in Kontakt kommen. Vielleicht wäre es klug, wenn wir uns selbst einstellen lassen. Als einer der ihren können wir leichter mit ihnen diskutieren."

Georg sah Sepp mitleidig an. „Erstens gibt es nach wie vor keine Arbeit. Im Gegenteil. Die Leute werden eher entlassen als aufgenommen. Zweitens merkt doch jeder sofort, dass wir noch nie körperlich gearbeitet haben. Nein. Diese Strategie kannst du gleich wieder vergessen. So kommen wir nicht weiter."

„Aber es gibt immerhin ein paar Arbeiter, die wir persönlich kennen und von denen wir wissen, dass sie auf unserer Seite stehen. Vielleicht können wir denen die Flugblätter zustecken, damit sie die dann in die Fabriken schmuggeln."

Wickerl sah hoffnungsfroh in die Runde.

„Gut. Das könnte funktionieren. Aber es ist natürlich auch riskant", gab Georg zu bedenken. „Die Regierung hat genau diese Genossen sicher rund um die Uhr im Auge. Da müssen wir doppelt vorsichtig sein, denn sonst bringen wir sie und uns in Gefahr."

Turl nannte den Namen eines Arbeiters in der Manner-Süßwarenfabrik. „Der ist hundertprozentig zuverlässig. Der wartet nur darauf, auch etwas tun zu können. Dem könnten wir die Druckschriften geben." Wickerl nickte. „Ja, den kenn ich auch. Den können wir vor der Fabrik abpassen. Das könnte funktionieren." Sepp sah Georg an. Der nickte. Sepp drückte Wickerl etwa 200 Flugblätter in die Hand. „Gut, dann macht das so. Und gebt uns dann gleich Bescheid, wie es gelaufen ist."

Tatsächlich standen Turl und Wickerl um 7 Uhr früh an der Ecke jener Straße, die zur Süßwarenfabrik führte. Ob der frühen Stunde war es noch ziemlich kühl, und sie zogen sich in einen Hauseingang zurück, um dem Wind nicht ausgesetzt zu sein. Endlich sahen sie den Genossen auf seinem Waffenrad näherkommen. Turl trat aus der Deckung. Der Mann erkannte ihn und verlangsamte sein Tempo. „Servus, Turl", begann er, während er kurz von seinem Rad abstieg. „Servus. Du, es heißt, du willst was gegen die Faschisten machen." Dabei öffnete Turl kurz seinen Mantel, sodass der Packen Flugblätter in der Innentasche sichtbar wurde. Der Arbeiter zuckte zusammen. „Ned da, um Himmels willen", zischte er. „Wir werden beim Rein- und Rausgehen ganz genau kontrolliert."

Instinktiv sah Turl sich nach allen Seiten um. „Wann dann?" Der Arbeiter überlegte kurz. „Kommt am Abend so gegen zehne zum Weinhaus auf der Wattgasse. Dort trinken wir ganz unverfänglich was und müssen dann zufällig zeitgleich aufs Häusel." Dabei zwinkerte er rasch und setzte ein schiefes Grinsen auf.

Zur Mittagszeit informierten sie Sepp von der Planänderung, dann zogen sie sich in Wickerls Kammer zurück, um auf den genannten Zeitpunkt zu warten. Kurz nach 9 Uhr abends gingen sie wieder auf die Straße. Und obwohl die Gassen um diese Zeit verwaist vor ihnen lagen, drehten sie sich doch immer wieder nach allen Seiten um, denn die Angst, verfolgt zu werden, saß ihnen im Nacken.

Endlich hatten sie das Gasthaus erreicht. Sie traten ein und sahen ihren Mann ganz allein an einem Tisch inmitten des Raumes sitzen. Turl wollte schon auf ihn zugehen, streckte bereits halb die Hand aus, als Wickerl lauter als nötig sagte. „So blöd, jetzt hab ich mein Portemonnaie vergessen." Er blickte Turl direkt ins Überraschung zeigende Gesicht und zuckte dabei nervös mit dem rechten Auge. „Und weil du ja prinzipiell kein Gerstl hast, müssen wir jetzt zrück, um mein Börsl zu holen." Immer noch sprach er viel zu laut. Turl konnte sich auf all das keinen Reim machen, wollte schon protestieren, wurde aber beinahe brüsk von Wickerl aus dem Lokal bugsiert.

„Spinnst jetzt komplett", fuhr Turl den Freund an, als sie wieder auf der Straße standen, „was hat das jetzt sollen?"

„Hast du's nicht gesehen? Alle seine Genossen sind an der Bar gestanden. Schweigend. Nur er sitzt allein an einem Tisch. Und gleich links vom Klo und rechts bei der Tür zwei grobe Gestalten mit viel zu teuren Mänteln", flüsterte Wickerl. „Was sagt dir das?"

„Die Heh", dämmerte es Turl. „So ist es", statuierte Wickerl. „Wir haben ein Mordsglück ghabt, dass wir denen nicht in die Falle getappt sind."

„Glaubst du, er hat uns verpfiffen?"

„Nein. Sicher nicht. Das schaut nach Routineüberwachung aus. Ich hab ghört, das machen die andauernd irgendwo."

„Und was machen wir jetzt?"

„Na, was sollen wir schon tun? Heimgehen. Und zwar am besten getrennt. Du schlaf bei deinen Eltern oder sonstwo, ich geh zu mir. Oder, besser noch, ich geh auch zu meinen Eltern. Wenn s' uns schon im Visier haben, dann überwachen s' mein Kammerl vielleicht auch."

Am nächsten Tag wollte sich Wickerl mit Georg treffen, um diesem von der missglückten Aktion zu berichten. Doch Schurl war nicht zu Hause. Wickerl ging daher zu Sepp, da er vermutete, Schurl könnte eventuell bei diesem Unterschlupf gefunden haben. Doch kaum hatte er den Hausflur betreten, als ihm eine verdächtige Person entgegenkam. Alles in Wickerl schlug sofort Alarm. Die Art, wie der Mann gekleidet war, ließ nur einen Schluss zu. Staatspolizei! Offenbar hatte sich Sepp irgendwie verraten. „Tschuldigung der Herr", ging Wickerl in seiner Verzweiflung in die Offensive, „können Sie mir sagen, wo da die Frau Wejwoda wohnt?" Der Beamte sah ihn von der Seite an. „Ich bin ned von da", blaffte er dann barsch. „Aha. Nix für ungut." Wickerl tat, als würde er weiter die Treppen aufwärtsgehen. „Jessas", rief er dann übertrieben theatralisch. „Jetzt hab ich erst die Zeitung vergessen, hoffentlich schaff ich's noch in die Trafik." Er drehte eilig um und sah zu, dass er aus dem Haus kam, ehe der Staatsdiener Verdacht schöpfte. Kaum wieder auf der Straße, rannte Wickerl, als wäre der Teufel hinter ihm her. An der nächsten Ecke bog er eilig ein, und erst, als er einige 100 Meter zwischen sich und Sepps Bleibe gebracht hatte, erlaubte er sich, innezuhalten und ein wenig zu verschnaufen.

Er wartete eine gute Weile, dann schlug er den Weg zu Georgs Eltern ein, die in Margareten wohnten. Er brauchte eine gute Stunde, um dorthin zu gelangen. Georgs Mutter öffnete die Tür, blickte ängstlich nach links und nach rechts, dann zerrte sie Wickerl nachgerade mit Gewalt in die Wohnung, ehe sie die Tür eilig wieder schloss. Sie machte eine hilflose Geste. „Tut mir leid, Wickerl, wir sind im Moment ein wenig echauffiert." Er folgte ihr ins Wohnzimmer, wo er Sepp sitzen sah, der heftig atmete. „Um Himmels willen, Wickerl! Wie kannst du uns so einen Schrecken einjagen?"

„Wie kannst du mir so einen Schrecken einjagen", hielt ihm Wickerl entgegen. „Ich war grad bei dir, und da rennt die Stapo herum. Ich hab glaubt, die haben dich verhaftet."

„Was glaubst du, warum ich da bin? Ich hol nur noch ein paar Sachen für den Schurli. Wir fahren heute noch mit dem 6-Uhr-Zug nach Lundenburg."

Diese Information traf Wickerl unvorbereitet. „Wieso das denn?"

„Na warum, was glaubst? Wir sind aufgeflogen! Wir müssen schauen, dass wir so schnell wie möglich in die Tschechoslowakei kommen. Den Bruno und den Roman haben s' schon einkassiert. Die Paula wahrscheinlich auch. Wenn ich du wär, würd ich auch auf Tauchstation gehen." Wickerl spürte, wie ihm schlecht wurde. Er wünschte Sepp noch viel Glück, ließ Schurli grüßen und eilte wieder nach draußen.

Die nächsten Tage verkroch er sich in seiner Kammer. Er wagte sich nicht nach draußen und zuckte bei jedem Geräusch zusammen. Pausenlos rechnete er damit, verhaftet zu werden. Doch schließlich hielt er es nicht mehr aus. Er musste einfach wissen, ob Georg und Sepp entkommen waren. Und ebenso galt es in Erfahrung zu bringen, was mit Bruno und den anderen nun geschah.

Juli 1936

„Wer sagts denn! Mitunter kommen auch gute Nachrichten aus dem Reich, was, Strecha?" Glickstein empfing seinen Prokuristen mit einer jovialen Fröhlichkeit, die diesen nicht wenig verwirrte. Strecha war es gewohnt, dass der Chef kein gutes Haar an Deutschland ließ, und so kam diese Eröffnung überraschend. Gleichwohl hütete sich Strecha, vorschnell Zustimmung zu signalisieren, denn er ahnte, dass Glickstein von seinen wachsenden Sympathien für die Nazis wusste, was in Zeiten, da diese in Österreich verboten waren, für ihn, Strecha, durchaus gefährlich war. Nicht nur, dass der Baron ihn jederzeit entlassen konnte, es bestand auch die Möglichkeit, dass er ihm die Polizei auf den Hals schickte, die mit Nazis seit dem gescheiterten Putsch vor zwei Jahren nicht gerade zimperlich umging. Strecha beschloss daher, sich abwartend zu verhalten. „Was meinen der Herr Baron jetzt genau?"

„Na haben Ihnen das Ihre Parteigenossen noch gar nicht gsagt?" Glickstein zwinkerte spitzbübisch. „Aber in der Zeitung müssten Sie's doch glesen haben. Die Tausendmarksperre ist endlich aufghoben worden."

Strecha brauchte eine kleine Weile, um sich in Erinnerung zu rufen, worum es dabei ging. Kurz nach ihrem Machtantritt in Deutschland hatten die Parteigenossen ein Gesetz erlassen, wonach jeder Reichsbürger, der nach Österreich zu reisen wünschte, die Summe von eintausend Reichsmark hinterlegen musste. Das entsprach etwa drei Monatsgehältern eines Arbeiters und war daher für die meisten gar nicht leistbar. Doch selbst wer über solche Summen verfügte, überlegte es sich angesichts solcher Auflagen zweimal, in den

Süden zu fahren. Das Kalkül der deutschen Regierung ging auf. Der Tourismus in Österreich, der von den Gästen aus dem Reich abhängig war, kollabierte, und viele Pensionen und Hotels hatten ihre Pforten schließen müssen, was die ohnehin angespannte Wirtschaftslage in Österreich weiter verschlechterte. Strecha war zufrieden mit sich, solcherart wieder im Bilde zu sein, doch war ihm nicht klar, welchen Vorteil die Aufhebung dieser Maßnahme für die Hernalser Bräu bot. Oder anders gesagt: Warum stimmte ausgerechnet diese Nachricht den Baron so fröhlich?

„Volkswirtschaftlich gesehen ist das sicher eine erfreuliche Nachricht, Herr Baron", begann er daher vorsichtig, „aber, mit Verlaub, was haben wir davon?"

Glickstein grinste. „Aber Strecha, simma heute schwer von Begriff oder wie? Was heißt das denn, wenn die Deutschen jetzt wieder nach Österreich kommen?"

„Mehr Einnahmen für die Hoteliers in Kärnten und Tirol?"

„Auch! Aber?"

Strecha wusste beim besten Willen nicht, worauf der Baron hinauswollte. Also zuckte er einfach nur ratlos mit den Schultern. „Das ist doch nicht so schwer, Strecha", erklärte Glickstein mit einem leichten Unwillen in der Stimme, „natürlich wird's ein paar Piefke geben, die sich an irgendwelchen Badeseen im Süden einnisten. Und wieder ein paar fahren sicher in den Westen, damit sie sich dort das Bergpanorama ansehen. Aber das haben sie auch schon bisher ghabt. Entweder daheim in Bayern oder sonst halt in der Schweiz. Nein, nein, Strecha, das ist nicht der Punkt. Der Punkt liegt ganz woanders."

Strecha spürte, wie er ungeduldig wurde. „Und wo liegt er, der Punkt?"

„Na hier in Wien", platzte es aus Glickstein heraus. „Was haben wir, was die Deutschen nicht haben? Unsere traumhafte Wienerstadt. Sie wissen schon, Strecha, Wiener Gemütlichkeit, Heurigenseligkeit, Walzertanz. A Gspusi, a Remasuri, a Hetz. Genau das brauchen die Deutschen. Mehr denn je übrigens, jetzt, wo dort oben alles so markig und todernst ist die ganze Zeit."

Strecha zuckte unwillkürlich zusammen, versuchte aber, sich nichts anmerken zu lassen. „Das ist ja schön und gut, Herr Baron. Aber noch einmal: Was haben wir davon?"

„Jetzt seien S' doch nicht so schwer von Begriff, Strecha! Die Deutschen, die da jetzt nach Wien kommen werden, jetzt, wo diese blöde Sperre endlich aufgehoben ist, die werden kreuz und quer durch die Stadt hatschen, werden sich den Steffl anschauen und das Riesenrad, die Karlskirche, die Hofburg und Schönbrunn. Und weil sie so viel durch die Gegend rennen werden, werden s' einen Durst kriegen. Und womit löscht man diesen Durst? Ha? Na?"

Glickstein grinste von einem Ohr zum anderen, und Strecha musste sich eingestehen, dass der alte Schlawiner tatsächlich schon wieder ein Geschäft roch, wo andere noch damit beschäftigt sein mochten, die Details des Abkommens zu analysieren. Der Baron war eben ein echtes Trüffelschwein und fand immer das Richtige zur rechten Zeit. Und doch war Strecha noch nicht vollends überzeugt. „Das wird also den Bierkonsum insgesamt anheben, was auch gut für uns ist, ja. Aber ob sich das wirklich derart auswirken wird, dass unsere Kassa auch etwas davon spürt?"

„Ich bitt Sie, Strecha! Ex nihilo nihil fit. Natürlich werden wir nicht wirklich etwas davon spüren, wenn wir nicht sofort damit beginnen, das Eisen zu schmieden, jetzt, wo es gerade heiß ist. Die Konkurrenz wird diese Idee sicherlich auch haben, und darum müssen wir die Ersten sein, die reagieren, denn nur das bleibt bei den Kunden hängen. Verstehen S' das, Strecha?"

Der Prokurist war sich ganz und gar nicht sicher, ob er begriffen hatte, worauf der Baron hinauswollte. Doch sicherheitshalber nickte er. Glickstein freilich durchschaute ihn. „Nix haben S' verstanden, hab ich recht?" Strecha machte gegen seinen Willen ein schuldbewusstes Gesicht.

„Na, jetzt schauen S' einmal. Was wird passieren, wenn die Marmeladinger da bei uns einreiten? Die meisten Wirten werden gar nichts machen – und daher auch kein Gschäft. Die, die a bisserl gscheiter sind, die schreiben auf ihre Tafeln irgendwelche deutschfreundlichen Werbesprüche. Da steht dann wahrscheinlich so etwas wie ‚Ein kühles Helles' statt ‚a resches Seidl'. Das wird zwar den Herrschaften aus dem Norden gfallen, den Wienern aber wird das nicht taugen, weil, samma uns ehrlich, Strecha, wir Wiener mögen die Piefke ned wirklich. Ja, ja, ich weiß, was jetzt kommt, aber sparen wir uns das. Faktum ist: Wenn der Wiener in sein Beisl kommt und dort steht was Germanisches, dann hat er schon gfressen, verstehen S'. Unsere Aufgabe ist daher, den Deutschen um den Bart zu gehen, ohne die Wiener dabei zu verärgern."

So hinterlistig, wie der Alte grinste, hatte er bereits die Lösung dieser Frage parat, dachte sich Strecha. Dennoch fragte er: „Was schlagen Sie also vor?" Glickstein lehnte sich zurück. „Strecha, das ist doch ganz einfach! So denken S' doch ein bisserl nach! Wo können wir die Deutschen umwerben, ohne dass die Wiener es mitbekommen?" Strecha fand keine Antwort. Glickstein rieb sich vergnügt die Hände. „Na, wir machen eine Anzeigenkampagne in Deutschland! Suchen S' einfach die wichtigsten Zeitungen dort oben raus, und dort setzen wir dann ein paar Annoncen. Aber nicht, was Sie jetzt glauben, so die üblichen trostlosen Krügelbilder mit irgendeinem Text von wegen Prost und so, nein, das müssen wir viel gewitzter machen."

„Aha. Und wie?"

„Gehn S', Strecha, jetzt stellen S' Ihnen nicht so an. Das ist doch ganz leicht." Glickstein beugte sich vor. „Also, der Ausgangspunkt unserer Kampagne muss natürlich sein, dass die Deutschen jetzt wieder nach Wien fahren dürfen. Also werben wir in unseren Anzeigen vordergründig für Wien. Was weiß ich, tun S' ein malerisches Bilderl vom Steffl rauf oder das Riesenrad, die Karlskirche, was weiß ich. Irgendwas, was der Piefke sofort mit Wien in Verbindung bringt. Dann dazu ein kurzer Text, so à la ‚Wien, Wien, nur du allein …', ‚Im Prater blühn wieder die Bäume' oder so was Rührseliges halt. Und dann, quasi ganz nebenbei: Einen schönen Aufenthalt wünscht Ihnen die Hernalser Bräu. Gepflegte Biere aller Sorten', na und so weiter. Verstehen S'?"

Strecha nickte, wirkte aber nicht wirklich überzeugt. Glickstein verdrehte kurz die Augen. „Aber das ist doch jetzt wirklich ganz einfach, Strecha, das nennt sich Psychologie. Indem wir vermeintlich nur für Wien werben, wir, die Hernalser Bräu, glaubt der Leser der Annonce, es geht um den Fremdenverkehr. Und eine Reise nach Wien wünscht er sich wahrscheinlich eh schon lange, also erweckt unsere Anzeige bei ihm sofort angenehme Gefühle. Ja, mei, Wien, so schön und so weiter. Uns nimmt er bestenfalls am Rande wahr, während er das liest. Wir sind quasi die, die ihm Wien ans Herz legen. Aber wenn er dann in Wien ist, sich über die

Sehenswürdigkeiten, den Wiener Charme, die Wiener Mädel freut und unser Firmenzeichen sieht, dann wird sich sein Unterbewusstsein ganz plötzlich daran erinnern. Ach ja, wird es ihm signalisieren, das waren die, die mich überhaupt erst auf die Idee gebracht haben, hierher zu fahren und all das Schöne da zu erleben. Und dann wird er in ein Gasthaus gehen und ein Hernalser verlangen. Haben Sie's jetzt kapiert?"

„Ich denke schon", replizierte Strecha knapp. „Gut! Dann geben S' die Idee weiter an unsere Zeichner und die, die für die Werbung zuständig sind. Sie selber suchen mir einstweilen ein paar große deutsche Blätter heraus, die eine überregionale Verbreitung haben. Dann erkundigen wir uns dort nach den Anzeigenpreisen, und dann fangen wir an zu schalten."

Strecha zögerte. „Was ist denn noch, Strecha?" Der Prokurist druckste herum. „Na ja, Herr Baron. Die da oben sind ja auch nicht dumm. Die werden sich doch erkundigen, wer hinter der Hernalser Bräu steckt. Und dann könnte es schwierig werden, wenn Sie verstehen, was ich meine."

Glicksteins Gesicht verfinsterte sich. Schon wieder dieser unerträgliche dumme Antisemitismus. Und auch noch vom eigenen Prokuristen vorgetragen. „Normalerweise tät ich jetzt ja sagen, dann inserieren wir halt unter Ihrem Namen. Aber ob ein Böhm für Ihre arischen Brüder so ein Renommee ist?" Glickstein konnte deutlich sehen, dass sein Hieb gesessen hatte. Na bitte, dachte er, jetzt simma quitt. „Wurscht, Strecha, da müssen wir durch. Und außerdem: Geld stinkt nicht. Wenn wir ihnen genug bieten, dann nehmen s' unsere Anzeige auch. Verlassen S' Ihnen drauf. Es muss ja nicht gleich der ‚Völkische Beobachter' sein. Nehmen S' halt das ‚Abendblatt', den ‚Börsen-Courier', den ‚General-Anzeiger', die ‚Frankfurter Zeitung und solche Blätter, die nicht so sehr exponiert sind."

Strecha schien noch etwas erwidern zu wollen, doch mit einer nachlässigen Bewegung der rechten Hand signalisierte der Baron, dass er die Unterhaltung als beendet betrachtete. Der Prokurist nahm seine Materialien an sich, stand auf und verließ das Büro. Zurück blieb der Baron – und eine melancholische Stimmung, welche die eben noch so gute Laune Glicksteins merklich drückte. Wieder einmal hatte es sein Untergebener geschafft, seine Euphorie nachhaltig zu bremsen. Da hatte man eine geniale Idee und scheiterte dann möglicherweise einfach nur an der Borniertheit tumber Toren, die durch eine grausame Laune des Schicksals in entscheidende Positionen gelangt waren. Unwillkürlich musste Glickstein an Cicero denken: O tempora, o mores!

Der Baron zog seine Taschenuhr hervor und las die Zeit ab. Immerhin, ein, wenn auch etwas frühes, Mittagessen würde ihn auf andere Gedanken bringen. Er holte sein Portemonnaie hervor und verließ dann ebenfalls sein Büro. Im Vorübergehen teilte er seiner Sekretärin mit, er gehe in den *Finken* und wünsche nicht gestört zu werden. Als er beim Lokal angelangt war, entnahm er der schwarzen Schiefertafel, dass als Tagesgericht Zwiebelrostbraten angeboten wurde. „Immerhin", sagte sich Glickstein, „noch ist Polen nicht verloren." Mit neu erwachter Begeisterung betrat er die Lokalität und erfreute alsbald Herz und Magen mit den avisierten Köstlichkeiten.

November 1937

Wickerl und Turl lungerten nahe dem Fabrikstor der Hernalser Bräu herum und warteten auf das Schichtende. Sie beabsichtigten, wenn die Arbeiterschaft erst einmal das Areal verlassen hatte, an die Außenmauer des Unternehmens in Balkenlettern politische Parolen anzubringen, zu welchem Zweck sie hinter einem Sandbehälter Farbtöpfe und Pinsel versteckt hatten. Immer wieder sah sich einer der beiden um, ob sie zwischenzeitlich Aufmerksamkeit erregt hatten. Doch noch waren sie unbeobachtet.

Da kam plötzlich ein junges Fräulein in hohem Tempo auf sie zu. Das Mädchen wirkte gehetzt, als würde es verfolgt. Tatsächlich legte die junge Frau, kaum dass sie die beiden erreicht hatte, Wickerl die Hand auf den Unterarm. „Sie müssen mir helfen, meine Herren. Ich werde meinen Tanzpartner nicht los. Der ist gerade zudringlich geworden, weil er seine Stellung missdeutet." Sie hatte den Satz kaum fertig gesprochen, als ein bullig wirkender Jüngling um die Ecke kam und auf das Trio zuhielt. „Was soll denn das, Linerl?", rief er schon von weitem, „jetzt hab dich doch ned a so!"

Wickerl klopfte dem Linerl begütigend auf den Arm. „Keine Sorge, gnädiges Fräulein, das haben wir gleich." Er ließ das Mädchen in Turls Obhut und bewegte sich einige Schritte auf den Bullen zu. „Das Linerl hat sich aber so. Also drah di!"

Der verhinderte Galan schnaubte verächtlich. „Das soll sie mir selber sagen. Und du misch dich da nicht ein, du Wichtigtuer." Wickerl trat noch näher an den Ruhestörer heran. Dabei zischte er so leise, dass es gerade sein Gegenüber hören konnte: „Wennst dich nicht sofort schleichst, Depperter, dann wisch ich mit dir da den Boden auf! Hast mi?" Der Tanzschüler bezog Kampfposition. „Na, das werden wir ja sehen", meinte er, während er seine Hände zu Fäusten ballte und sichtlich die Absicht hatte, eine Boxerpose einzunehmen. „Ich bin schon mit ganz anderen …" Weiter kam er nicht, denn Wickerls Faust hatte ihn direkt auf die Nase getroffen, sodass der Kopf zurückschnellte. Der junge Mann torkelte und hatte Mühe, auf den Beinen zu bleiben. Blitzschnell trat ihm Wickerl ins Knie, woraufhin der Widersacher der Länge nach auf die Erde fiel. Wickerl beugte sich zu ihm hinunter. „Wennst gscheit bist, bleibst liegen! Oder ich tanz mit meinen Goiserern auf deinem Blutzer Polka. Verstanden?" Sein Gegner nickte wimmernd. Wickerl erhob sich wieder und ging zurück zu Turl und Linerl. „Meine Gnädigste, ich bin mir sicher, dass Sie dieser Herr da nicht mehr belästigt."

„Sie ahnen nicht, wie sehr Sie mir eben geholfen haben", gab das Mädchen mit kokettem Augenaufschlag von sich. Seine Hand bewegte sich mit dem Rücken nach oben auf Wickerl zu. „Caroline Baronesse …" Wickerl nahm die dargereichte Hand in die seine. „… Glickstein", vervollständigte er den Namen, „wer wüsste das nicht", sagte er noch, ehe er einen leidlich akzeptablen Handkuss zuwege brachte. „Sie sind die Tochter vom Alten … Chef der Hernalser Bräu", statuierte er.

„Ah, da schau her", tat Caroline überrascht, „woher wissen S' denn das?"

„Unsere Väter arbeiten beide für Ihren Vater. Meiner ist Bierkutscher, der vom Turl hier ist sein Prokurist." Caroline wandte sich dem so Vorgestellten zu. „Dann sind Sie der Sohn vom Strecha?"

„So ist es."

„Und wer ist nachher Ihr Papa?" Die Frage galt wieder Wickerl. „Der Herr Bielohlawek", gab dieser zur Antwort. „Bielohlawek und Strecha. Das klingt alles sehr tschechisch. Wollen mich die Herren nicht auf die Aufregung hin irgendwohin auf ein Pilsner oder Budweiser begleiten?"

„Ach, trinken die Dame gar nicht die Erzeugnisse der väterlichen Brauerei?" Nun war es an Wickerl, einen koketten Augenaufschlag zu präsentieren.

„Mir ist das gleich, Hauptsache, es landet schnellstmöglich in meiner Kehle."

„Na dann, gnädiges Fräulein, dann gehn wir mal da rüber zum alten Fink. Da kriegt man Pilsner genauso wie eures."

„Das ist nicht mein Bier", erklärte Caroline bestimmt. „Außer, wenn's vor Ihnen steht. Dann schon", gluckste Wickerl, und Caroline fiel in sein Lachen ein. „Alsdern, meine Herren, gemma."

Und die Wände der Hernalser Bräu blieben in jener Nacht frei von politischen Parolen.

Dafür aber fiel im *Finken* so manches zweideutige Wort. Wickerl – und Turl wohl mit ihm – hätte nicht einmal im Traum daran gedacht, dass ein Mädchen aus gutem Hause einen derart frivolen Ton an den Tag legen konnte. Verzweifelt versuchte er zu ergründen, ob Caroline sie beide nur locken wollte oder ob sie am Ende gar tatsächlich an ihnen, zumindest an einem von ihnen, interessiert war. Denn die kleine Glickstein verteilte ihre Gunstbezeugungen ebenso wohldosiert wie ausgewogen. Einmal durfte er, Wickerl, sich in ihrer vollen Aufmerksamkeit sonnen, dann war er plötzlich von einer Sekunde auf die nächste beinahe Luft für sie, während sie mit derselben Hingabe Turl umgarnte. Doch kurz vor jenem Moment, da er, Wickerl, ernsthaft in

Erwägung zog, das Gasthaus einfach zu verlassen, lehnte ihr Kopf plötzlich wieder an seiner Schulter, während sie davon schwärmte, wie stark und kräftig er doch sei und wie herrlich er den blöden Hias zurechtgestutzt habe. Da konnte man dann doch noch ein Weilchen bleiben.

„Also ich hätt ehrlich nicht geglaubt, dass das heute noch so ein schöner Tag werden könnt", schnurrte sie, „diese Tanzschul, ich sag euch, das ist ja so was von fad. Na ja, war ja auch nicht meine Idee, sondern die vom Herrn Papa."

„Wenn man aus gutem Hause kommt, dann braucht man eben auch Manieren", statuierte Wickerl leichthin. „Glaubst, die hab ich nicht schon längst?", hielt sie dagegen. „Nein, darum geht's gar nicht. Es ist vielmehr so, dass mein Vater glaubt, ich lerne so eine gute Partie kennen." Sie schnaubte. „Dabei muss ich wahrscheinlich noch dankbar sein, dass er mich nicht einfach für eine Firmenfusion verschachert, wie das andere in seinen Kreisen mit ihren Töchtern tun. Pfff." Sie schüttelte sich, um damit ihrem Ekel Ausdruck zu verleihen.

„Aber du gehst doch noch zur Schule, oder?", fragte da Turl. „Da denkt man doch noch nicht ans Heiraten!"

„Ich eh nicht. Aber eben mein Vater. Wenn es nach ihm ginge, dann mach ich nächsten Juni die Matura, und gleich danach wird geheiratet. Egal wen. Und mein Studium besteht dann nur noch darin, wie man dem Manne untertan ist, wie man am schnellsten schwanger wird und welche Anweisungen man einem Kindermädchen gibt."

„Ich hab glaubt, dein Vater ist eh ein Fortschrittlicher …", begann Wickerl vorsichtig. „Glaub mir", tätschelte sie ihm den Unterarm, „das hat seine Grenzen. Und in meinem Fall seine sehr engen Grenzen. Wenn der wüsst, dass ich da mit euch sitz und Alkohol trink, du meine Güte! Der würde mich einweisen lassen!"

„Dann sollten wir aber etwas Richtiges trinken. Damit es sich auszahlt", grinste Turl. „Herr Wirt", rief er laut, „noch drei Vierterl und drei Klare!" Er wandte sich an Caroline: „Zum Warmwerden", erklärte er mit einem Lächeln.

„Puh! Is mir schwindlig", murmelte sie, als sie wieder auf der Straße standen, da der Wirt auf seiner Sperrstunde bestanden hatte. „Ich glaub, ich vertrag die Frischluft nicht." Du verträgst etwas ganz anderes nicht, dachte Wickerl, unterließ es aber, diesen Satz laut auszusprechen. „So, die Nacht ist noch jung", übertönte Turl die Szene, „was machen wir?"

„Ich denke, für heute reicht es", statuierte Wickerl. „Wir sollten die liebe Caroline nach Hause bringen und dann auch schlafen gehen." Turl grinste unbeholfen in die Richtung des Mädchens. „Du entschuldigst uns einen Augenblick?" Er fasste Wickerl am Ärmel und zerrte ihn aus der Hörweite Carolines. „Sag einmal, bist du ganz deppert worden?", zischte er. „Siehst du nicht, wie bsoffen die ist? Wenn wir jetzt mit ihr zu dir gehen, dann haben wir beide was davon!" Dabei blickte er erwartungsvoll drein.

„Also wirklich, Turl! Willst du ihre Lage ausnutzen? Das ghört sich nicht!", tadelte ihn der Freund. „Na geh", jammerte Turl, „wer weiß, wann sich wieder einmal so eine Chance ergibt. Willst du es nicht auch einmal?"

„Das ghört jetzt nicht her!" Er riss sich von Turl los und ging auf Caroline zu. „Wir dürfen dich nach Hause geleiten?" Sie zog eine Schnute. „Es ist doch eh noch nicht so spät. Warum gehn wir nicht noch wo hin?"

„Ich glaube, in deinem Zustand ist es besser, für heute Schluss zu machen. Du hast schon ein bisserl einen sitzen, und da …"

Caroline grinste kindisch. „Genau. Ich hab einen Spitz. Aber weißt was? Ich bin auch spitz!" Die kokette Bewegung, die sie dazu machte, ließ sich in keiner Weise missinterpretieren. „Na siehst du? Sie will eh auch", argumentierte Turl ungeniert für seinen Standpunkt. „Genau", bekräftigte sie mit schwerem Zungenschlag, „gehn wir zu irgendso einer Nachtbar. Über das Geld braucht ihr euch keine Gedanken zu machen. Das hab ich."

Wickerl rang mit sich. Er hätte lügen müssen, wenn er hätte behaupten sollen, er sei an solch einer Fortsetzung des Abends gänzlich uninteressiert. Aber er wusste, es war nicht recht. Sie würde noch betrunkener werden, dann vielleicht tatsächlich irgendwelche Gunstbezeugungen akzeptieren, oder diese möglicherweise sogar selbst verteilen, doch am nächsten Tag würde sie sich im günstigsten Fall gar nicht mehr daran erinnern, oder, was objektiv noch schlimmer war, sich sehr wohl daran erinnern und sich – und damit auch ihn – dafür hassen. „Wisst ihr was? Macht, was ihr wollt, ich geh jetzt nach Hause. Gute Nacht." Ohne länger auf die Zurufe der beiden zu achten, stapfte Wickerl davon.

Als er am nächsten Morgen auf Turl traf, strahlte der wie ein frisch lackiertes Hutschpferd. Wickerl versuchte, dessen Grinsen zu ignorieren, doch da Turl seine Haltung partout nicht änderte, blieb ihm schließlich nichts anderes übrig, als die unvermeidliche Frage zu stellen. „Du bist also mit ihr noch wohin gegangen, habe ich Recht?" Eifrig nickte Turl. „Ein Wahnsinn, sag ich dir. Wir sind in irgend so ein Lokal für Reiche gegangen, und sie hat alles bezahlt." Wickerl konnte nicht behaupten, diese Nachricht sonderlich gut zu finden. „Stell dir vor, das war so ein Nobelschuppen, da war sogar ein Pianist, der die ganze Zeit für das Publikum gespielt hat."

„Aha", machte Wickerl säuerlich. Doch Turl ließ sich nicht einbremsen. „Sie ist immer lustiger geworden. Und am End, stell dir vor, am End hat sie mich sogar geküsst." Wickerl versuchte, ruhig zu bleiben. Einerseits drängte es ihn, das falsche Verhalten des Freundes zu tadeln, andererseits ertappte er sich dabei, wie er Turl um dessen nächtliches Abenteuer beneidete. Er war 22 Jahre alt, und die paar Male, da er ein Mädchen geküsst hatte, konnte er wohl an den Fingern einer Hand abzählen. Von einem so schönen Wesen wie Caroline ganz zu schweigen.

„Und dann?"

„Na nix dann. Dann hab ich sie nach Hause gebracht. Ich weiß ja, was sich ghört. Aber es war sicher schon 5 Uhr vorbei." Und immer noch grinste Turl von einem Ohr zum anderen. Und da von Wickerl weiter nichts kam, setzte er nach. „Du, die steht auf mich. Da bin ich mir sicher." Das glaubst auch nur du, dachte sich Wickerl, blieb aber stumm. „Und stell dir einmal vor! Ich und die Tochter vom Chef unserer Alten. Das wär doch was, oder?"

„Ja, das wär was. Fraternisieren mit dem Feind, nennt man das." Er wusste selbst nicht, warum er so hart und feindselig reagierte, aber ihm war klar, dass mit dem Freund unter solchen Vorzeichen nichts anzufangen war. Er wollte allein sein, darum erfand er schnell einen Vorwand, um sich zurückzuziehen. Turl sah ihm noch eine Weile indigniert nach, dann zuckte er mit den Schultern und schlug die entgegengesetzte Richtung ein.

Wickerl nahm den Weg über die Innenstadt. Bei der Universität hörte er, wie sein Name gerufen wurde. Erschrocken drehte er sich um. Auf der anderen Seite der Straße stand Caroline. „So ein Zufall! Was machst du denn da?", fragte sie ihn, nachdem sie zu ihm aufgeschlossen hatte. Wie selbstverständlich hakte sie sich bei ihm unter. „Wo gemma denn hin?"

„Ich geh nach Hause. Wo du hingehst, weiß ich nicht", bemühte Wickerl sich, abweisend zu klingen. „Ah, und wo wohnst du?"

„In der Gablenzgassen. Gleich neben dem Numismatiker", fügte er unmotiviert hinzu. „Na", lächelte sie, „da hamma ja fast denselben Weg. Irgendwie." Wickerl musste gegen seinen Willen auch grinsen. „Aber nur sehr irgendwie!" Und er spürte, wie sie ihn in die Seite stuppste.

„Sag", fuhr sie fort, „ist das eigentlich wahr, was der Turl gestern gsagt hat. Dass du so ein guter Schüler warst und so?"

„Na ja, wie man's nimmt. Die Noten waren jedenfalls gut."

„Ich hab keine Ahnung von irgendwas. Ich denk mir die ganze Zeit, ich fall bei der Matura mit Pauken und Trompeten durch. Dem Vater kann ich natürlich nichts davon sagen, sonst kriegt der den Rotlauf und nimmt mich von der Schule. Also bräuchte ich Nachhilfe. Und das dringend."

„Wo bist denn schwach?"

„Frag mich lieber, wo ich nicht schwach bin. Das ginge schneller."

„Gut. Wo bist du am schwächsten?"

„Latein. Tät ich sagen." Sie tat, als hätte sie eben einen Einfall. „Sag, könntest du mir da nicht helfen? Wenn du doch so ein guter Schüler warst?"

„Warum lässt du dir nicht vom Turl helfen? Mit dem warst ja gestern auch bis 5 in der Früh unterwegs." Sie sollte ruhig wissen, dass ihn dieser Umstand nicht gerade fröhlich stimmte. „Bist leicht am End gar eifersüchtig?" Sie sah ihn schalkhaft an. „Blödsinn", grummelte er. „Weil Grund hättest keinen. Er hat sich wie ein Ehrenmann verhalten, und ich, ja meiner Seel, ich wüsst nicht, was mich an ihm interessieren sollt."

„Na zu einem Busserl hat's immerhin glangt", erklärte er vorwurfsvoll und hoffte dabei, sie würde selbiges in Abrede stellen. Doch zu seiner großen Überraschung stellte sie sich auf die Zehenspitzen und drückte ihm einen fetten Kuss auf die Wange. „So, jetzt seids quitt, ihr zwei." Wickerl spürte, wie er verlegen wurde. Er vergrub die Hände in den Hosentaschen und stapfte schweigend weiter.

„Hilfst mir jetzt oder nicht?", insistierte sie.

„Von mir aus", kam es halblaut von ihm. „Bumsti. Das ist urlieb von dir. Eigentlich könnten wir doch gleich anfangen. Du willst eh nach Haus, und ich, ich hab Zeit."

„Ich glaub nicht, dass das geht. Wir haben ja keine Lehrbücher oder so etwas", bemühte er sich um hinhaltenden Widerstand. Doch Caroline zog flugs zwei Bücher aus ihrem Mantel. „Alles da!" Und Wickerl ergab sich in sein Schicksal.

Dezember 1937

Baron Glickstein saß in seinem ehrfurchtgebietenden Büro im Nebengebäude des Brauhauses und studierte den „Börsen-Courier", als es klopfte. Er wartete einen kleinen Moment, dann rief er laut und vernehmlich „Herein". Wie von ihm erwartet, erschien seine Sekretärin im Türrahmen. „Der Herr Strecha wär jetzt da", sagte sie tonlos. „Soll hereinkommen", statuierte der Baron.

Hermann Strecha näherte sich dem wuchtigen Schreibtisch gemessenen Schritts und verharrte einem Meter vor dem klobigen Möbel, darauf wartend, dass ihm der Baron einen Platz anbieten würde. Glickstein tat, der Szene willen, noch einen Augenblick so, als sei er in gänzlich andere Materien, die seiner Aufmerksamkeit gleichfalls bedürften, vertieft, ehe er endlich aufblickte. „Hermann, nehmen Sie doch Platz."

Der Prokurist setzte sich auf den schlichten Holzsessel, der einen merkwürdig befremdlichen Kontrast zu dem mächtigen Lederstuhl bildete, auf dem der Chef thronte. „Es geht um das Firmenjubiläum", begann er.

„Ich weiß. 100 Jahre. Ganz schön lange Zeit, was?", bemühte sich Glickstein um einen Hauch Jovialität. „Also, was schlagen Sie vor?"

„Wir dachten an eine eigene kleine Festschrift", begann Strecha vorsichtig, „so ein kurzer, historischer Überblick und dann eine Art Katalog, was die Brauerei gegenwärtig alles zu bieten hat. Eine Leistungsschau, wenn Sie so wollen."

Glickstein blickte versonnen an die Decke. Eigentlich gab es kaum etwas, das ihn weniger berührte als der Umstand, dass es die „Hernalser Bräu" seit nunmehr 100 Jahren gab. Im November 1837, so erinnerte er sich an die alten Aufzeichnungen seines Vaters, hatte das Stift Klosterneuburg, das damals noch im Besitz der Gemeinde gewesen war, auf deren Boden die Brauerei stand, einem gewesenen Bäcker die Erlaubnis erteilt, am Ortsrand von Hernals Bier zu brauen. Der Mann schien ebenso dilettantisch wie von sich überzeugt gewesen zu sein, denn er benannte das Brauhaus nach sich selbst, erzeugte aber kaum genügend Ausstoß, um wenigstens die benachbarten Wirtshäuser mit genügend Gerstensaft versorgen zu können. Es dauerte nicht lange, und der Mann war bankrott. Das war der Zeitpunkt gewesen, an dem Glicksteins Großvater auf den Plan getreten war.

Ja, die Familie! So, als wäre Strecha gar nicht im Raum, träumte sich Glickstein zurück in seine früheste Kindheit, als er noch auf dem Schoß des Großvaters, der die Geschäfte damals schon an seinen Sohn übergeben hatte, saß, während der ihm Geschichten aus der alten Heimat erzählte. Großvater Glickstein hatte den Vornamen David erhalten, damit er, wie einst der große König, der Familie ein Reich erobere. Die Glicksteins konnten damals schon auf einen weiten Weg zurückblicken, den sie, Generation für Generation, zurückgelegt hatten. Seit den Tagen des alten Salomon ben Zwi hatten sie sich immer mehr der österreichischen Gesellschaft angepasst und betrieben im mährischen Lundenburg, wo man ihresgleichen mit wesentlich mehr Toleranz als anderswo begegnete, ein kleines Handelshaus. David aber, der das Licht der Welt just an jenem Tag erblickte, da Napoleon in Waterloo all seine Hoffnungen für immer begrub, wollte mehr als ein kleines Glück am Ufer der Thaya. Und so borgte er sich von seinem Vater eine kleine, nicht unbillige Summe und strebte der Reichshaupt- und Residenzstadt zu, um dort sein Glück zu machen.

Da kam ihm der bankrotte Bäcker gerade recht. Er zahlte den verzweifelten Mann aus und übernahm das Brauhaus samt Einrichtung und Personal für den sprichwörtlichen Pappenstiel. Sofort benannte er das Unternehmen in „Hernalser Bräu" um und sah erst einmal zu, sich eine entsprechend große Klientel für sein Unternehmen zu sichern.

Es waren im doppelten Sinn des Wortes die Arbeiter gewesen, die den Aufstieg der „Hernalser Bräu" zur größten Brauerei Österreichs ins Werk gesetzt hatten. Denn wenn es eine Bevölkerungsgruppe in Hernals gab, die so zahlreich wie keine andere war, dann waren es die Proletarier. Die freilich waren in den gutbürgerlichen Gasthäusern der Vororte, in Dornbach, Neuwaldegg oder auch in Pötzleinsdorf, nicht gern gesehen. Also ließ sich David Glickstein einige ihrer Vertreter zu sich kommen und schlug ihnen kurzerhand vor, sie sollten sich ihre eigenen Etablissements schaffen. Er würde ihnen das Geld dafür vorstrecken. Im Gegenzug sollten sie sich verpflichten, ausnahmslos sein „Hernalser" zu zapfen. Die Idee fand weiträumig Gefallen, und bald schon schossen in Hernals, in Ottakring, in Rudolfsheim, in Fünfhaus und an vielen anderen Orten die Arbeitergastwirtschaften aus dem Boden wie Pilze nach dem Regen. Und auf all diesen Schenken stand in Balkenlettern der Schriftzug der „Hernalser Bräu" zu lesen. Beständig wuchs die Nachfrage, beständig wuchs daher auch die Brauerei. Da wurde ein größeres Lager angelegt, dort ein neuer Gärkeller errichtet, und selbst dem Kaiserhaus blieb der ökonomische Erfolg des David Glickstein nicht verborgen. Der Lundenburger verstand den dezenten Hinweis, den er aus der Hofburg erhielt, sofort, und so errichtete er mit eigenem Geld ein Gemeindespital für Hernals, das kaum eröffnet war, als sich Glickstein auch schon mit dem Prädikat „Hoflieferant" schmücken durfte. Und just in jenem Jahr, da sein Sohn zum ersten Male Vater wurde, da erhob ...

„Herr Baron?"

Strechas insistierende Nachfrage riss Glickstein aus seinen Gedanken. Irritiert blickte er auf. „Eine Leistungsschau also", wiederholte er automatisch die letzten Worte seines Prokuristen, die ihm noch im Gedächtnis haften geblieben waren. „Und woraus sollte die Ihrer Meinung nach bestehen?"

„Nun ja, wir könnten einen Überblick geben über die Entwicklung unserer drei Kronjuwelen. Das Helle, das Dunkle, das Gemischte. Der Reinhartinger meint, wir könnten das zum Beispiel mit dem Wandel der Flaschen, der Etiketten und so weiter illustrieren." Strecha bemühte sich um ein gewinnendes Lächeln.

„Und wen soll das interessieren? Wer schaut sich in solchen Zeiten alte Flaschen an? Rennen doch eh genug gegenwärtige herum." Ohne zu wissen warum, verspürte der Baron einen nachhaltigen Groll in sich aufsteigen.

„Wie meinen?" Strecha war sichtlich verwirrt.

„Flaschen, meine ich", grunzte der Baron verächtlich. „Überall nur Flaschen. In der Politik, in der Kunst, in der Wirtschaft. Sind doch alles nur Windbeutel heutzutage. Schaumschläger, Großkotze, Gernegroße. Schmalspurentrepreneure, die auf großem Fuße leben, obwohl ihnen die Schuhe ihrer Vorgänger gleich mehrere Nummern zu groß sind. Machen wir uns doch nichts vor, Strecha! Österreich ist am Ende! Alles ist verludert und verlottert in diesem Land. Kein Wunder, dass hier alles zugrunde geht und die Nazis vor der Tür stehen. Unser Land verfault von innen her. Alles ist heruntergekommen, vermodert und verfallen. Abyssus abysssum invocat, sage ich nur."

Glickstein wunderte sich selbst über seine Tirade. Eben war er doch noch guter Dinge gewesen. Woher kam plötzlich dieser Stimmungswechsel? Ob es daran lag, dass ihn wieder die Leber zwickte? Oder an den Kopfschmerzen, die ihn periodisch immer wieder heimsuchten? Oder schlicht daran, dass es tatsächlich wenig Grund gab, dem neuen Jahr 1938 optimistisch entgegenzusehen?

„Es stimmt schon", lenkte Strecha ein, „die letzten Jahre waren wirtschaftlich nicht gerade erfolgreich. Aber das ist bloß ein Grund mehr, sich entsprechend in Szene zu setzen. Schließlich begeht man ein Hundertjahrjubiläum nicht alle Tage. Und gerade in solchen Zeiten sollte man Flagge zeigen."

„Ach, für wen denn? Die Leute haben heutzutage ganz andere Sorgen. Die lesen ja nicht einmal mehr die Zeitung, geschweige denn ein gutes Buch. Wer wird da schon so einen Prospekt zur Hand nehmen? Sind doch alles Analphabeten heutzutage. Lauter Halbdebile, die Leute. Halbdebile und, wenn man so durch die Straßen geht, Tobsüchtige. Jawohl", Glickstein schlug mit der flachen Hand auf den Tisch, „Tobsüchtige, sage ich. Und wir liefern ihnen auch noch das Elixier dazu, ihr Delirieren entsprechend zu intensivieren."

„Vielleicht wollen Herr Baron ein anderes Mal ..."

„Wissen S' was, Strecha, lassen S' mich einfach aus mit dem ganzen Blödsinn. Mir ist das alles wurscht. Produzieren Sie so ein Heftl oder tun Sie's nicht, mir ist das egal. Wenn S' ein Vorwort oder so was brauchen, sagen S' das meiner Sekretärin, die stellt Ihnen was zsamm. Und jetzt lassen S' mich bitte in Ruh. Ich glaub, mir wird schlecht."

„Herr Baron! Soll ich vielleicht den Arzt …" Strechas Gesichtsausdruck verriet ernste Besorgnis.

„Ach was! Ich geh einfach einmal an die frische Luft. Dann wird's gleich besser. Dauernd dieser penetrante Malzgestank da, das hält ja kein Ochse aus."

Glickstein erhob sich und zwang Strecha, gleichfalls schnell aus seinem Sessel zu springen. Der Baron strebte eilig der schweren Doppeltür zu und hatte Strecha dabei in seinem Schlepptau. Diesem gelang es, den Chef elegant zu umrunden, sodass er noch vor diesem den vergoldeten Griff erreichte. Er öffnete servil die Pforte und ließ Glickstein, wie es sich gehörte, den Vortritt. Der Baron verharrte eine Sekunde auf seinem Platz und wendete sich dann dem Prokuristen zu. „Ist schon recht, so, wie Sie das geplant haben. Machen S' das. Sie haben völlig freie Hand."

„Sie werden sehen, Herr Baron, Sie werden es nicht zu bereuen haben. Rechtzeitig zum Jubiläum wird alles fertig sein."

Ja, dachte Glickstein. Dann wird alles fertig sein. Die Festschrift, er – und Österreich auch.

Ende Dezember 1937

Seit mehreren Wochen schon gab Wickerl Caroline nun Nachhilfe. Doch es wäre vermessen inadäquat gewesen, die privaten Instruktionen erfolgreich zu nennen. Nicht nur, dass Carolines Zensuren unverändert negativ waren, auch die gemeinsame Paukerei verlief höchst frustrierend. Wenn Wickerl eine ehrliche Diagnose abgab, dann musste er resümieren, dass Caroline einen Akkusativ nicht von einem Nominativ unterscheiden konnte. Eine „AcI-Konstruktion" war für sie ganz generell ein Buch mit sieben Siegeln, und mit dem Ablativus Absolutus fing sie in etwa so viel an wie ein Aschanti-Neger mit einem Iglu. Dabei hatte Wickerl versucht, ihr die Sache so leicht wie nur irgend möglich zu machen, indem er ihr sogar gestattete, das Wörterbuch zu verwenden, was in der Schule ja strikt verboten war. Doch selbst da fand Caroline mit traumwandlerischer Sicherheit die falsche Option. Mit Schaudern dachte er an den simplen Satz „Cum Caesar in Galliam venit, duae erant ibi factiones", den Caroline in erstaunlicher Selbstsicherheit mit „Mit Caesar ging er in Gallien und irrte dort zweimal in Bezug auf die Partei" wiedergab. Wickerl nahm Zuflucht zum Kirchenlatein und stöhnte nur „Sancta Simplicitas", ehe er Caroline verdeutschte, wie der Satz wirklich zu übersetzen war.

„Na geh! Das ist doch alles so wurscht! Wer braucht den verstaubten Blödsinn noch?", nörgelte sie. „Machen wir doch lieber etwas, das mehr Spaß macht." Er sah irritiert aus seinem Buch auf. „Und was sollte das sein?" Sie schmiegte sich eng an ihn. „Das weißt du genau." Wickerl spürte, wie sein Mund trocken wurde. Verzweifelt bemühte er sich darum, zwischen sich und sie wieder einen schicklichen Abstand herzustellen. Sie aber rückte prompt nach. „Jetzt hab dich doch nicht so." Gleich danach fuhr sie hoch. „Oder hast vielleicht eine andere?"

„Sei doch nicht komisch! Wie sollte ich eine andere haben?" Ich hab ja nicht einmal dich, dachte er und schielte wehmütig auf ihren Busen. „Na, dann passt's doch eh", erwiderte sie mit koketter Miene. „Ich brauch's. Und du brauchst es auch. Und was ist schon dabei? Das ist immerhin das Natürlichste auf der Welt." Er merkte, wie seine Mundwinkel nervös zu zucken begannen. „Ich bin nicht gut in Naturgeschichte", fuhr sie fort, „aber das weiß ich auch. Ohne Pempern wären wir schon längst ausgestorben."

Ihre lockere Sprache war ihm schon vor Wochen ungut aufgefallen, und so ertappte er sich dabei, wie er einfach nur „Wär vielleicht eh besser gwesen" antwortete. Doch Caroline war sichtlich nicht willens, sich geschlagen zu geben.

„Ich hätte gar nicht gedacht, dass der kleine Kanonenofen da hinten so viel Wärme erzeugen kann. Bei dir ist es ja heiß wie in einem finnischen Dampfbad."

Natürlich übertrieb sie maßlos. „Ich kann ihn gerne ein wenig zurückfahren, wenn du magst." Sie schüttelte den Kopf. „Nein, nein. Lass nur. Etwas Wärme tut ohnehin gut. Muss man wenigstens nicht so viel anhaben." Und ohne eine weitere Reaktion von Wickerl abzuwarten, zog sie ihr Jäckchen aus, sodass sie nur noch mit einer weißen Bluse bekleidet dasaß. Deutlich konnte Wickerl darunter den ebenso weißen Büstenhalter erkennen, und mit einem Mal wurde ihm bewusst, dass es tatsächlich unerträglich heiß in seinem Zimmer war. Ihr Vorschlag, er möge doch nun auch seinen Strickpullover abstreifen, kam ihm daher gar nicht mehr so absurd vor.

„Weißt du", sagte sie plötzlich und unvermittelt, während ihre Hand sanft über seine Brust strich, „was wirklich wichtig ist an Latein, das kann ich doch schon. Amo, amas, amamus." Sie führte ihre Lippen ganz nah an die seinen und öffnete dabei leicht den Mond. Wickerl gab nun endgültig jeden Widerstand auf und küsste sie voller Inbrunst. Während beide den Überblick darüber verloren, wo sich aktuell ihre Hände befanden, sanken sie langsam abwärts und kamen, eng aneinander gedrängt, auf dem Diwan zu liegen. Caroline öffnete eilig die oberen Knöpfe ihrer Bluse und deutete mit dem Zeigefinger auf jenen Teil ihrer Brust, der aus dem BH herausragte. Wickerl verstand den Hinweis wohl zu deuten, und nur eine Sekunde später bedeckte er jeden Quadratzentimeter ihrer nackten Haut mit seinen Lippen. Caroline gab ein leises Schnurren von sich und streckte ihren Oberkörper in seine Richtung. Sein Mund wanderte ihren Oberkörper aufwärts zu ihrem Hals, dann küsste er sich weiter zu ihrem Ohr, dessen Läppchen er schließlich mit beiden Lippen umschloss. Zeitgleich spürte er, wie ihre Hände sich an seinem Hosenbund zu schaffen machten. Irgendwie gelang es ihr, zwischen Stoff und Haut zu gelangen, und ihre Finger auf seinem Hinterteil steigerten seine Erregung nur noch weiter. Er sprang auf und entledigte sich hektisch seiner Kleidung, bis er gänzlich nackt vor ihr stand. „Na aber hallo", flüsterte sie animiert, während ihr Zeigefinger sanft über Wickerls Hoden strich, „da ist aber jemand ganz besonders neugierig." Mit einem überraschend festen Griff packte sie seinen erigierten Penis und zog ihn daran, als handelte es sich um eine Leine, hinüber zum Bett, wo sie ihn derb auf die Matratze warf. „Bleib so. Genau so", befahl sie ihm, wobei sie das dritte Wort extra betonte. Dann zog sie ihre Bluse aus, hakte mit einer gekonnten Handbewegung den Büstenhalter auf und streifte auch diesen ab. Mit dem Rock und dem Unterrock tat sie sich ein wenig schwerer, und Wickerl hatte Mühe, sich zu beherrschen. Doch endlich fiel auch das Höschen, und Wickerl starrte fasziniert auf das Büschel Haare, welches das Dreieck zwischen ihren Schenkeln bedeckte. „Du bist so schön", hörte er sich mit der Stimmlage eines zurückgebliebenen Kindskopfes sagen und schämte sich gleich darauf dafür. Sie aber schwang sich eilig über ihn, griff abermals nach seinem Schwanz und führte ihn sich augenblicklich ein. Deutlich konnte Wickerl sehen, wie Caroline die Augen verdrehte und genussvoll aufstöhnte. Sie ließ ihr gesamtes Körpergewicht auf ihn absinken und sich selbst dabei nach vorne fallen, sodass sie sich mit ihren Händen links und rechts von Wickerls Kopf abstützte. Ihre Brüste baumelten direkt vor seinem Gesicht auf und ab, während sie begann, am Schaft seines Genitals auf und ab zu rutschen. Ab diesem Zeitpunkt war Wickerl nur noch Mittel zum Zweck. Alles, was ihm blieb, war, seine Hände auf ihre Hüften zu legen und darauf zu warten, dass sie ermattet auf ihn niedersank. Und inständig hoffte er, dass er so lange würde durchhalten können.

Einige Minuten später kuschelte sie sich unter seiner Decke ganz eng an ihn. „Das habe ich gebraucht", sagte sie mit einer Stimme, die tiefe Zufriedenheit ausdrückte. „Du aber offenbar auch", fügte sie neckisch hinzu. Er wusste nicht, was er darauf antworten sollte. Jedes Wort schien ihm im Angesicht dessen, was gerade zwischen ihr und ihm vorgefallen war, banal und nichtssagend zu sein. So beschränkte er sich darauf, den Arm um ihre Schulter zu legen und ihr einen Kuss auf die Stirn zu drücken. „Amavimus", kam es schließlich aus seinem Mund, und er bemühte sich um ein Lächeln. „Falsch, Schüler Bielohlawek. Amamur!" Etwas Schelmisches blitzte in ihr auf, und Wickerl vermochte nicht zu sagen, ob sie nun zum Ausdruck hatte bringen wollen, dass sie geliebt worden war oder ob sie ihm diese Selbstaussage nahelegte, dass also er geliebt worden war. „Wie auch immer, in der Ars Amandi brauchst du jedenfalls keine Nachhilfe", hielt er schließlich fest.

„Ja, da bin ich ein Naturtalent", schnurrte sie. Er wusste genau, er durfte die Frage, die ihm auf der Zunge lag, nicht stellen, und doch konnte er nicht anders: „Hast du schon mit vielen Männern Liebe gemacht?" Tatsächlich verdunkelte sich ihr Blick für eine gefühlte Zehntelsekunde, ehe sie leichthin meinte, mit einem Mann habe sie es überhaupt noch nie gemacht. „Also nur mit so Jünglingen wie mir?", fragte er nach und biss sich gleich darauf auf die Zunge. Sie schüttelte langsam den Kopf. „Nur mit der Milli und mit der Gerti. Aber das zählt wohl nicht so richtig." Unweigerlich richtete er sich auf. „Das heißt, das eben war dein erstes Mal?" Sie beugte sich zu ihm hinüber und küsste ihn auf den Bauch. „Lange trainiert, endlich in die Praxis umgesetzt." Dabei lächelte sie selig.

Silvester 1937

Schon seit dem frühen Morgen war Turl nervöser als jemals zuvor in seinem Leben. Caroline hatte ihm versprochen, den Jahreswechsel mit ihm zu verbringen, und er zitterte unausgesetzt vor Angst, sie würde im letzten Augenblick noch absagen. Doch die Schmach wurde ihm erspart. Zur festgesetzten Zeit machte er sich auf den Weg zu jener Adresse, die Caroline ihm genannt hatte. Ein klein wenig kam er sich schäbig vor, dass er Wickerl von der Abendgesellschaft nichts erzählt hatte. Doch, so rechtfertigte er sich vor sich selbst, Wickerl war ja ohnehin andauernd mit Caroline zusammen, wenn es auch nur um Nachhilfe ging, wie beide nicht müde wurden, zu behaupten. Nachhilfe, freilich. Nicht einmal der alte Glickstein würde das glauben!

Er war viel früher als vorgesehen am angegebenen Ort, und so wunderte er sich auch nicht, dass außer Caroline noch niemand anderer anwesend war. „Schicke Hütte", stellte er fest, „wem gehört die?" Caroline zuckte nachlässig mit den Schultern. „Ach, das ist eine der Immobilien, die mein Vater während der Inflation damals erworben hat." Turl hob fragend die Augenbrauen. „Haben wir in Geschichte nicht aufgepasst, Schüler Strecha", neckte sie ihn. „Unser Geschichtsunterricht hat irgendwo beim Sieg über Napoleon aufgehört", erklärte er aufgeräumt. „Na, so vor zehn, fünfzehn Jahren, da haben wir noch in Kronen gezahlt, und die waren dann plötzlich gar nichts mehr wert. Inflation eben. Wenn du da viel Geld gehabt hast, warst du im Handumdrehen bettelarm. Und damit das nicht passiert, hat Papa damals in ganz Wien Wohnungen und Häuser aufgekauft, denn die verlieren ihren Wert nie. Na, und die da, die soll mir einmal als Bleibe dienen, wenn ich eines Tages Studentin bin, sagt mein Papa. Also benutze ich sie jetzt schon von Zeit zu Zeit."

Turl pfiff durch die Zähne. So etwas „Bleibe" zu nennen, kam ihm direkt frivol vor, denn er würde sich eine solche Wohnung nicht einmal in 20 Jahren leisten können. Caroline erkannte, dass Turl sich irgendwie beschämt fühlte und reichte ihm rasch ein Glas. Er nahm einen Schluck und sah verunsichert aus. „Wein ist das aber keiner. Was ist das?"

„Das nennt man Champagner. Kommt aus Frankreich", erklärte sie leichthin. „Warte, ich leg etwas Musik auf." Sie ging in die Ecke des Salons, wo sich ein Grammophon befand. Sanfte, einschmeichelnde Rhythmen erfüllten den Raum. „Na, fordert mich der Herr vielleicht zum Tanzen auf?" Turl stand das Glück ins Gesicht geschrieben. Bald würde er nicht mehr mit ihr allein sein, dann war ein derartig intimer Moment gänzlich unvorstellbar. Also galt es ihn zu nutzen. „Aber mit dem allergrößten Vergnügen."

Die beiden bemühten sich um einen Walzertakt, doch war ihnen anzumerken, dass sie nicht besonders firm in der Kunst des Tanzens waren. Immerhin aber konnte Turl seine Hand auf ihrem Rücken platzieren, und er fühlte sich wohlig warm angesichts der Nähe ihres Körpers. Tatsächlich wiegten sie sich eine gute Weile eng umschlungen, ehe sich Caroline aus seinen Armen löste. „Noch etwas Sprudel?", wollte sie wissen.

Als die erste Flasche leer war, fühlte sich Turl ein wenig schwindlig, und so ließ er sich auf die Chaiselongue plumpsen. Wo die anderen Gäste wohl blieben? Immerhin war es 10 Uhr vorbei. „So, die Flasche ist leer. Zeit für etwas Stärkeres, meinst du nicht?" Turl nickte.

Bald darauf hielt er ein Schnapsglas in seinen Händen. „Austrinken! Das versteht sich, oder?", kommandierte sie. Und es blieb nicht das einzige Glas. Er registrierte, dass ihm das Reden zunehmend schwerfiel. Und immer noch keine anderen Gäste. „Es is fffast elff. Wo bleim djandern?", lallte er.

„Welche anderen?", erkundigte sie sich kokett. „Da sind nur du und ich. Und ich habe das als eine Art Prüfung für dich gedacht. Ich wollte wissen, ob der Turl jemand ist, der auch ohne Wickerl etwas tun darf." Turl straffte sich und versuchte, nüchterner zu wirken als er war. „Na aber sichaaa. Ich brauch kein Aufpassa!"

„Na dann ist es ja gut." Sachte nahm sie ihm das Glas aus der Hand und setzte sich zu ihm auf die Chaiselongue. „Dann wollen wir mal sehen, womit wir uns die Zeit bis Mitternacht vertreiben können." Turl ließ sich nicht lange bitten. Eine solche Chance bekam er vielleicht nie wieder, und so folgte er Caroline bereitwillig ins Schlafzimmer.

„Jetzt mach dir einmal keine Vorwürfe." Sie streichelte ihn sanft an der Schulter. „Nach dem etwas holprigen Anfang war's dann doch eh sehr schön. Ein wenig kurz, vielleicht, aber schön. Und glaub mir, das wird schon noch. Ich bin sicher, du wirst mit jedem Mal noch besser werden." Turl hob den Blick. „Du redest so, als ob du jede Menge Erfahrung mit solchen Dingen hättest." Sie fuhr wortlos fort, ihn zu streicheln. „Hast du schon oft mit jemandem geschlafen", fragte er angstvoll. „Nur mit der Milli und der Gerti. Aber das zählt ja wohl nicht wirklich", antwortete sie sanft. Gleich danach setzte sie sich auf. „He, in zehn Minuten ist Mitternacht. Dann bricht das neue Jahr an. Ich denke, das verlangt nach einer weiteren Flasche Champagner."

„Ich weiß nicht, ich fühle mich immer noch ziemlich betrunken." Caroline sah ihn tadelnd an. „Jetzt zier dich nicht. Jahreswechsel ist Jahreswechsel. So etwas gehört gefeiert."

Eine Viertelstunde später lauschte er dem fernen Glockenklang und war sich nicht sicher, was er von diesem neuen Jahr halten sollte. Einerseits schien es ihm die Gelegenheit zu bieten, weiter mit Caroline zusammen zu sein, andererseits konnte es, zumindest politisch, nur noch schlechter werden. Er musste unbedingt mit Wickerl reden. Der Widerstand, den sie leisteten, der machte überhaupt keinen Sinn mehr. Er hatte, genau genommen, überhaupt nie Sinn gemacht, denn niemals war durch ihre Aktivitäten irgendetwas anders geworden. Im Gegenteil. Georg und Sepp hatten flüchten müssen, andere waren sogar ins Gefängnis gewandert. Vielleicht, so dachte er, während er noch einmal an dem Champagnerglas nippte, war es Zeit, seinen Frieden mit dem System zu machen. Egal, wie es aussah. Es sprach generell recht wenig dafür, weiterhin auf eine proletarische Revolution zu setzen, hingegen sprach wesentlich mehr dafür, endlich wieder ein Leben in Sicherheit und ohne Angst zu führen. Und seit den letzten Minuten des alten Jahres war ein gewichtiger Grund hinzugekommen. Ein entscheidender Grund.

Neujahrstag 1938

Nach dem Frühstück hatte sich der Baron in seine Bibliothek zurückgezogen, wo er über alten Folianten zu brüten beabsichtigte. Von seinem Vater selig hatte er eine schier unüberschaubare Zahl an Büchern geerbt, die sein Prokurist Hermann Strecha einmal auf 14.000 Bände geschätzt hatte. Vor allem die Sammlung von Werken Albrecht Dürers und etliche Autographen von Immanuel Kant waren der ganze Stolz des alten Salomon gewesen, und es hatte diesen mit nicht geringem Stolz erfüllt, dass er Teile seines Besitzes der Preußischen Akademie der Wissenschaften leihweise hatte überlassen können, womit der Name Salomon von Glickstein auch in den breiten Avenuen Berlins zu einem Begriff geworden war. Nebenbei war es dem alten Fuchs auf diese Weise auch gelungen, sein Hernalser Bier in Charlottenburg, Köpenick und anderen Stadtteilen der Spree-Metropole zu etablieren, was, wie der Alte bei mehreren Gelegenheiten betonte, einmal mehr zeigte, dass auch die Wissenschaft ökonomisch profitabel sein könne.

Doch an jenem Morgen konnte sich der Baron partout nicht auf seine Lektüre schöngeistiger Texte konzentrieren. Zu sehr lasteten Sorgen mannigfacher Art auf seinen Schultern. Von seinen Glaubensgenossen aus dem Reich wusste er, dass die Nazis, einmal an die Macht gekommen, nicht zögern würden, ihn um seinen Besitz zu bringen. Und gerade in Zeiten ökonomischer Zwangslagen war es alles andere als leicht, den eigenen Reichtum in Sicherheit zu bringen. Angesichts der schmählichen Rolle, die Kanzler Schuschnigg gegenüber Hitler einnahm, stand Glicksteins Wohlstand auf tönernen Füßen, und als wäre dies nicht schon des Ungemachs genug, musste Glickstein tagtäglich mitansehen, wie sein einziges Kind völlig unbedarft in den Tag hineinlebte und sich dabei die eigene Zukunft verbaute.

Gut, man mochte meinen, für eine Tochter aus gutem Hause – und das war jenes der Glicksteins nach wie vor – genügte es, halbwegs manierlich auszusehen und in eine finanziell gut abgesicherte Ehe zu gehen. Doch selbst diese Option wurde mehr und mehr durch Carolines Treiben geschmälert, entging es doch auch der Bekanntschaft nicht, wie flatterhaft, genusssüchtig und leichtlebig das Fräulein Tochter durch die Welt ging.

Potentielle Freier gab es gleichwohl immer noch mehr als genug, doch musste man sich bei nüchterner Betrachtung der Fakten eingestehen, dass diese weit mehr an Glicksteins Vermögen denn an seiner Tochter interessiert waren. Und war dieses erst einmal durch die Nazis verloren, dann blieb für das liebe Kind kaum noch Hoffnung auf gesicherte Verhältnisse.

Wie aufs Stichwort kam Bewegung ins Obergeschoß. Caroline war offenbar erwacht und strebte nun, wie Glickstein dem Knarzen der Treppe entnehmen konnte, dem Speisezimmer zu. Der Baron erhob sich und begab sich nach nebenan, wo er zeitgleich mit seinem Kinde eintraf. Und als hätte ihn ein Peitschenschlag getroffen, zuckte er zusammen, als er seiner Caroline ansichtig wurde. Sie trug praktisch nichts am Leibe. So schamlos, dachte der Baron, durfte man sich nicht einmal der Dienerschaft gegenüber zeigen. Ein Nichts von einem Höschen bedeckte ihre untere Leibesmitte, darüber war eine kaffeeoberfarbene Combineige erkennbar, die von einem beinahe völlig transparenten Morgenmantel überdeckt war. Diese Adjustierung legte Carolines Schenkel vollkommen bloß, und ihre milchig-weiße Haut blitzte im Sonnenlicht, das den Raum durchflutete, auf. Der Baron war sich sicher, dass die Damen der Nacht in den einschlägigen Innenstadt-Etablissements kaum weniger verhüllt waren, wenn sie sich ihrer Galane annahmen. Noch schrecklicher als diese Erkenntnis war freilich die Tatsache, dass Caroline sich Robert derart unbefangen präsentierte, als wäre es das Natürlichste auf der Welt, sich solcherart an den Frühstückstisch zu begeben. Der Baron fühlte eine bemerkenswerte Trockenheit in seinem Munde, sodass er erst einmal seinen Unterkiefer in Bewegung setzen musste, um den Rachen ein wenig anzufeuchten. Schließlich brachte er ein markantes Räuspern zustande. Caroline sah auf, lächelte den Vater an und sandte ein kindlich-unschuldiges „Guten Morgen, Papa" in seine Richtung.

„Quousque tandem, Carolina, patientia nostra abutere?"

„Wie belieben, Papa?"

Glickstein schritt forsch auf den Tisch zu und blieb direkt neben der Tochter stehen. „Das war Latein, mein Engel. Eines der Fächer, von denen zu befürchten steht, dass deine Zensuren negativ ausfallen werden. Vor allem, wenn du so weitermachst."

Am anderen Ende des Raums erschien die Gestalt Roberts, der sich anschickte, der jungen Dame das Frühstück zu reichen. Als er jedoch den Blick des Barons auffing, hielt er mitten in der Bewegung inne und zog sich, rückwärts gehend, wieder zurück. Glickstein aber kniff die Augenbrauen zusammen und bemühte sich um den strengsten Blick, den seine Mimik aufzubringen in der Lage war.

„Wie kannst du nur so schamlos bei Tisch erscheinen, Caroline? Willst du mich vor meiner Zeit ins Grab bringen?"

„Aber Papa! Hier sieht mich doch niemand. Du bist mein über alles geliebter Vater, und der alte Robert, der hat doch eh schon längst vergessen, was man angesichts eines schönen jungen Frauenkörpers empfinden sollte." Dabei lächelte sie maliziös.

„Wie soll ich das verstehen?", stammelte der Baron, sichtlich aus dem Konzept gebracht.

„Dass er keinen mehr hochkriegt, Papa! Zu alt!"

Glickstein schnappte nach Luft. Seine rechte Hand krallte sich in die Lehne des Sessels, der vor ihm stand. „Wo ... hast du ... um Himmels willen ... diese Ausdrucksweise her? ... Hast du denn gar keinen Genierer mehr?"

„Ach, Papa, so reg dich doch nicht gleich so auf. Ich weiß schon noch, was sich gehört. Aber wenigstens in den eigenen vier Wänden will ich es mir ein wenig bequemer machen. Draußen muss ich doch ohnehin immer herumlaufen, als wäre ich eine katholische Nonne."

Glickstein, der immer noch um Fassung rang, fand keine adäquaten Worte. Die Tochter aber fuhr unbeirrt fort. „Weißt du, wir haben jetzt andere Zeiten. Die Epoche, in die Frau im Hinterzimmer weggesperrt wurde und nur für Kinder und Küche zuständig sein durfte, ist vorbei. Hast du schon einmal von Josephine Baker gehört?"

Der Baron sah sich nur noch mehr aus dem Konzept gebracht. „Wer soll das sein?"

„Eine Bühnendarstellerin. Die tanzt vollkommen nackt. Dagegen bin ich doch direkt züchtig."

Diese Provokation ging dem alten Glickstein nun endgültig zu weit. Er spürte, wie der Zorn in ihm aufstieg. Ein Zorn, den er nicht zu unterdrücken beabsichtigte. „Jetzt hör mir einmal gut zu, junge Dame! Verglichen mit einem Mörder wirkt auch ein Räuber anständig. Aber ein Verbrecher ist er trotzdem."

Für einen Augenblick schien es, als wollte die Tochter den Konflikt durch eine weitere unbedachte Äußerung weitertreiben, doch dann besann sie sich eines Besseren. „Das Letzte, was ich will, Vater, ist dir Ungemach bereiten. Wenn es dich also beruhigt, so werde ich schnell noch einmal nach oben gehen und mich etwas präsentabler kleiden."

„Ich bitte darum", erwiderte der Baron trocken.

„Robert kann ja in der Zwischenzeit schon einmal das Frühstück auftragen", sicherte sich Caroline, während sie auf die Treppe zuhielt, das letzte Wort.

Um ihr zu zeigen, dass er ihr Einlenken zu schätzen wusste, leistete der Baron Caroline während des Essens Gesellschaft. Er sah ihr zu, wie sie eine Semmel in zwei Hälften teilte, die sie dann erst mit Butter, dann mit Marmelade beschmierte, ehe sie herzhaft in die erste Hälfte hineinbiss.

„Weißt du, Papa", sagte sie, nachdem sie den ersten Bissen geschluckt hatte, „wegen meiner Matura brauchst du dir keine Sorgen zu machen. Das wird schon. Schwach bin ich nur in Latein, Altgriechisch und Mathematik. Bei den ersten beiden Fächern hilft mir der Wickerl, und in Mathematik hilft mir der Turl. Du siehst also, alles in Ordnung."

Der Vater sah auf. „Wickerl? Turl? Wer sind denn die schon wieder?"

„Aber Papa, das weißt du doch. Der Turl ist der Sohn von deinem Prokuristen. Der studiert an der Technischen Hochschule. Und der Wickerl ist sein Freund. Der wird Lehrer."

Dunkel dämmerte es Glickstein. Er kannte die beiden jungen Herren tatsächlich vom Sehen. Strecha hatte ihm seinen Buben mehr als nur einmal ans Herz gelegt und wollte, dass der Baron ihn nach Abschluss der Studien in seinem Unternehmen unterbrachte. Und der andere war der Sohn vom Bielohlawek, einem seiner Bierkutscher, der in den Tagen des Zusammenbruchs eine nicht unwesentliche Rolle für die Brauerei gespielt hatte und danach lange Jahre als Betriebsrat nicht ohne Einfluss gewesen war. Doch soweit er sich erinnerte, waren diese beiden Jünglinge ziemliche Radikalinskis, auf die die Polizei beständig ein Auge hatte. Kaum also der richtige Umgang für eine Dame aus dem Hause Glickstein.

„Sind die zwei nicht so Umstürzler?", fragte er daher vorsichtig.

„Sie sind jedenfalls nicht in der Vaterländischen Front, falls du das meinst, Papa. Aber du auch nicht, oder?" Caroline legte die angebissene Semmelhälfte zurück auf den Teller und ihre rechte Hand auf den Unterarm des Vaters. Dabei sah sie ihm tief in die Augen. „Du sorgst dich zu viel, Papa, das bekommt dir nicht. Das mit der Matura wird schon klappen, du wirst sehen. Wir heißen nicht umsonst Glickstein, Papa."

„Was meinst du jetzt wieder?", fragte der Baron irritiert.

„Aber Papa, du selbst hast mir doch die Geschichte erzählt, wie wir zu unserem Nachnamen gekommen sind."

„Habe ich das?" Glickstein war der Zweifel deutlich ins Gesicht geschrieben. Sofort richtete sich die Tochter kerzengerade auf und legte ihre Hände flach auf den Tisch, als begänne sie einen Vortrag. „Es war zu der Zeit, da unser Ahne Salomon ben Zwi sich wie alle aus unserem Volk bei der Obrigkeit melden musste, damit die ihm einen landesüblichen Namen gab. Viele vor ihm hatten diesen Weg schon vor ihm angetreten und waren, je nach Laune der zuständigen Beamten, zu Rabinsohn, Goldstücker oder Apfelbaum geworden. Nur Vorfahr Salomon weigerte sich noch, sich dieser

Prozedur zu unterwerfen. Schließlich aber war es seine Frau Sarah, die ihn davon überzeugte, dass er diese Schlacht nicht gewinnen konnte und dass es besser war, zu überleben für einen anderen Tag, da unser Volk erneut aus seiner Gefangenschaft ins gelobte Land geleitet werden würde. Und so ging Salomon zu den Beamten hin, bereit, sich einen neuen Namen geben zu lassen. Und da sagte der kaiserliche Schreiber zu ihm, er habe ein Glück, dass er doch noch gekommen sei, denn sonst hätte er ihn steinigen lassen. Und so kam es, dass wir die Glicksteins wurden."

Caroline sank wieder ein wenig in sich zusammen und sah den Vater strahlend an. Der aber konnte nicht umhin, angesichts der Erzählung zu lächeln. „Das hast du dir gemerkt, Kind?"

„Aber sicher doch, Papa. Ich merke mir alles, was du zu mir sagst. Du bist doch mein Allereinziger." Dabei beugte sie sich blitzschnell nach vor und drückte dem Baron einen Kuss auf die Wange. Der Alte spürte eine ungeahnte Wärme in ihm aufsteigen und war sich sicher, eben errötet zu sein.

Jänner 1938

Es war ein großer Widerwille in ihm, als der Baron nach den Neujahrsfeierlichkeiten wieder in die Brauerei kam. Und es war keineswegs das Hundertjahrjubiläum des Unternehmens, das wie ein Alb auf seinen Schultern lastete. Zum ersten Mal in seinem Leben fühlte er sich alt und den Aufgaben der Zukunft nicht mehr gewachsen.

Er war schließlich nicht naiv. Auch wenn er sich nach Tunlichkeit bemühte, die Ereignisse in Deutschland aus seiner Wahrnehmung auszublenden, so gelang es ihm dennoch nicht, die Tatsache zu ignorieren, wie Leute, von denen die Nazis sagten, sie seien Juden, im sogenannten Dritten Reich behandelt wurden. Mit jedem neuen Jahr wurde es schlimmer, und es stand außer Zweifel, dass er seine Unternehmungen keinen einzigen Tag mehr würde leiten dürfen, wenn sich die Nazis erst einmal Österreich einverleibt haben würden. Was sollte dann werden?

Dabei machte er sich nicht Sorgen um sich selbst. Er war alt, verbraucht und noch dazu Witwer. Seine Tochter war es, um die er sich ängstigte. Als ob das kleine Ding nicht jetzt schon genügend Probleme bereitete. Glickstein war wahrlich kein Anhänger dessen, was man gemeinhin Psychoanalyse nannte, doch es war offenkundig, dass Caroline nach dem Tod ihrer Mutter aus der Bahn geworfen worden war. Bis zum Eintritt in ihre Backfischzeit war Caroline ein mustergültiges Kind gewesen. Ebenso streb- wie sittsam, sanftmütig, gutwillig und wohl erzogen. Dann, mit 14, wurde sie ganz offensichtlich ein vollkommen anderer Mensch.

Zuerst geschah dieser Wandel beinahe unauffällig. Ihre Zensuren sanken ins Mittelmaß ab, sie begann, sich abends noch außer Haus zu begeben, und sie erzählte mit einem Mal am Frühstückstisch derbe Witze, die sie offenkundig in der Nacht zuvor im Kreise ihres zweifelhaften Umgangs aufgeschnappt hatte. Sie fand Gefallen daran, ihren Vater zu brüskieren. Zunächst immerhin noch, wenn sie unter sich waren, bald aber auch schon in größerer Runde. Mit Entsetzen erinnerte sich Glickstein, dass Caroline bei einem Souper, kaum 15 Lenze zählend, erklärt hatte, sie wisse nicht warum, aber sie sei so rollig wie eine Katze. Er war ob dieser Bemerkung so sprachlos gewesen, dass er sie nicht einmal hatte tadeln können.

Wenig später war sie eines Tages am Morgen nicht bei Tisch erschienen. Einer dunklen Ahnung folgend schickte der Baron nicht Robert nach oben, um dort nach dem Rechten zu sehen, sondern ließ sein Frühstück halb konsumiert zurück und ging selbst in den 1. Stock, um Nachschau zu halten. Durch die Tür zu ihrem Zimmer hörte er unzweifelhaft heftiges Stöhnen, und er sorgte sich, die Tochter sei am Ende schwer erkrankt. Gänzlich gegen seine Gewohnheiten klopfte er nicht an, sondern trat sofort ins Zimmer, von Panik ergriffen, er könnte nach dem Tod seiner geliebten Hetty nun auch das einzige Band, das ihm noch mit seiner Frau verband, verlieren. Unmittelbar danach freilich reute ihn sein Tun über alle Maßen, und er ertappte sich dabei, erstmals in seinem Erdendasein um eine gnädige Ohnmacht zu flehen. Sein Ein und Alles lag splitterfasernackt in ihrem Bett und hatte ihre rechte Hand tief in ihrer Scham vergraben, während die linke Hand merkwürdige Verrichtungen an jenem Körperteil vornahm, der dazu bestimmt war, irgendwann einmal einem Enkelkind des Barons Nahrungsquelle zu sein. Glickstein stürzte wortlos auf den Korridor, wankte wie ein

Schlagfüßiger die Treppe abwärts und genehmigte sich ungeachtet der frühen Stunde einen Cognac. Und nachdem der so gar nicht half, setzte er die Kur mit Kirschbrand fort, bis sein Gehirn benebelt genug war, um das Bild, das sich unauslöschlich in sein Gehirn gebrannt hatte, wenigstens ansatzweise undeutlich werden zu lassen.

Es war zu erwarten gewesen, dass Caroline im Gefolge dieses Vorfalls nicht mehr mit dem Vater sprach. Doch der Baron konnte die Sache natürlich nicht auf sich beruhen lassen. Es erforderte konkrete Maßnahmen, wenn eine Fünfzehnjährige so erschütternd sittenlos und verderbt war. Die Triebhaftigkeit führte schließlich auch die männliche Jugend ohne jedweden Umweg in die ultimative Verderbnis, die aus Rückgratverkrümmung und Gehirnerweichung bestand, welche in irreparabler Debilität mündete. Doch war es immerhin möglich, die jungen Männer rechtzeitig durch körperliche Ertüchtigung, harte Arbeit und militärische Disziplin vor einem solchen Schicksal zu bewahren. Bei Frauen brauchte es da schon ganz andere Geschütze, um sie vor der fatalen Last der Lust zu retten.

Gegen ihren Willen schleifte der Baron die Tochter daher zu einem befreundeten Neurologen, hoffte er doch, dieser kenne eine Kur, die Caroline von diesem teuflischen Hang zur Verderbtheit befreien mochte. Doch nach einer eingehenden Examinierung, die zu des Barons Missfallen ohne seine Gegenwart vonstattengegangen war, erklärte der Primar dem Freunde schlicht, Autoerotik sei in Carolines Alter durchaus nichts Ungewöhnliches. Der junge Mensch erkunde seinen Körper und finde heraus, was ihm Wohlgefallen bereite. Das sei nur natürlich und kein Grund zur Besorgnis. Und als ob diese Einleitung nicht schon erschütternd genug gewesen wäre, traf den Baron jedes Wort des folgenden Satzes wie ein

Peitschenschlag. „Solange sie nicht pausenlos masturbiert, ist alles in Ordnung." Glickstein meinte, sich auf der Stelle übergeben zu müssen.

Vor allem aber hatte er mit dem Aufsuchen des Arztes auch schon sein ganzes Pulver verschossen. Ihm fiel auch beim besten Willen niemand ein, den er in einer solch delikaten Angelegenheit ins Vertrauen hätte ziehen können. Schlimm genug, dass der Doktor nun wusste, wie es um sein sittenloses Kind stand, da konnte er nicht noch eine vierte Person auf diese Tatsache aufmerksam machen. Eine Zeitlang bemühte er sich darum, in einschlägigen Büchern, die er heimlich zu Rate zog, wenn er sich gänzlich unbeobachtet fühlte, eine Lösung zu finden. Er hatte gehofft, es gäbe irgendwelche Kräuter oder sonstige natürliche Substanzen, welche Carolines überbordende Libido zügeln könnten, indem man sie ihr heimlich in ihre Getränke mische. Doch scheiterte er beim Finden einer solchen Therapie ebenso wie bei seinem Bemühen, Carolines schulische Leistungen in den Griff zu bekommen.

Ein Nachhilfelehrer nach dem anderen resignierte und kapitulierte vor Carolines trotziger Verweigerung jedweder Kooperation. Am Ende des Schuljahres blieb dem Baron nichts anderes übrig, als den Gang nach Canossa anzutreten. Eine Taschenuhr aus massiven Gold und ein Paket Aktien der Hernalser Bräu bewirkten schließlich mehr als all die Unterrichtseinheiten in der Villa an den unzähligen Nachmittagen. Caroline passierte die Klasse und durfte aufsteigen.

In letzter Zeit schien sie etwas ruhiger geworden zu sein, was der Baron darauf zurückführte, dass es ihm gelungen war, die Tochter für einige Aktivitäten zu begeistern, die sie von jedweder Zügellosigkeit fernhielten. Vor allem die Tanzschule, die Caroline seit dem vergangenen Herbst besuchte, schien es ihr angetan zu haben. Und dass er seinen Fahrer angewiesen hatte, Caroline an ihren freien Tagen aufs Land zu fahren, um sie dort das Automobil selbst lenken zu lassen, war offenkundig auch eine gute Idee gewesen, denn Caroline erwies sich als begeisterte Autofahrerin von, wie Jean statuierte, großem Talent. Vielleicht, so dachte der Baron, hatte sie ja doch endlich etwas gefunden, das ihr Ablenkung und Freude bot.

Doch wenn sich auch die Wolken am familiären Firmament ein klein wenig aufzulockern begannen, zogen sich jene am politisch-ökonomischen Horizont immer drohender zusammen. Im Geschäftsjahr 1937 hatte die Hernalser Bräu erstmals Umsatzeinbußen hinnehmen müssen, und mancher Aktionär rümpfte offen die Nase über die mageren Gewinne, vor allem aber über die noch magereren Dividenden, die daraus resultierten. Zwar war der Konsum der Hernalser Gerstensäfte in Österreich ungebrochen zufriedenstellend, doch brachen die Exporte in beunruhigender Weise weg. Und als schließlich jedwede Bestellung aus Deutschland unterblieb, ja sogar mehr und mehr Wirte aus Österreich auf andere Biere umstiegen, da begann sich der Baron ernsthaft um sein Unternehmen zu sorgen.

Immer und immer wieder ging er mit seinem Prokuristen Strecha die Bilanzen durch und suchte nach Wegen, wie man die Verluste in Deutschland durch das Erschließen neuer Märkte wettmachen könnte. Strecha wirkte dabei freilich mehr als lustlos, und Glickstein hatte ihn bald schon im Verdacht, in pectore ganz anders über die Dinge zu denken. Und so nahm sich der Baron vor, aus Anlass des neuen Jahres mit seinem Prokuristen Tacheles zu reden.

„Strecha", begann er also, nachdem dieser sich in Glicksteins Büro eingefunden hatte, „reden wir nicht länger um den heißen Brei herum. Es steht Spitz auf Knopf, das wissen wir beide. Die Aktionäre waren im Vorjahr schon unglücklich, wenn wir ihnen jetzt die heurige Bilanz vorlegen, dann wird das allgemeine Jammern und Wehklagen ungeahnte Dimensionen erreichen. Wir müssen denen also irgendeinen Knochen hinwerfen, der sie weiter an uns glauben lässt. Also, Strecha, welchen Pfeil haben wir da noch im Köcher?"

„Ehrlich?"

„Ich bitte darum."

„Gar keinen!"

„Jetzt sind S' nicht gleich so pessimistisch, Strecha. Irgendwas geht immer. Wir sind schließlich in Wien. Das wär ja gelacht, wenn uns da nicht etwas einfiele."

„Sehen S', Herr Baron, genau das ist das Problem. Dieser Wienerische Schlendrian, dieses Es-geht-schon-Irgendwie. Mit dem reißen S' heute nix mehr. Aber auch schon gar nix! Wer etwas gelten will in der Welt, der muss forsch auftreten, der muss sich nehmen, was er will. Diese lasche Haltung da in Wien, die ist ja der eigentliche Grund für den Niedergang dieses Landes."

Glickstein winkte gelangweilt ab. „Jetzt kommen S' mir nicht mit dieser markigen Attitüde. Die kenn ich schon. Zäh wie Leder, flink wie Windhunde und so weiter. Das bringt uns auch keine neuen Kunden."

„Aber Ihnen ist schon klar, dass wir genau deshalb die alten Kunden verlieren. Weil wir uns eben gegen die neue Zeit stellen. Schauen Sie doch einmal, wie es in Deutschland an allen Ecken und Enden aufwärts geht. Die dortige Führung hat den unsäglichen Parteienhader überwunden, hat die ganzen Parteiungen und Interessenverbände aus Deutschland hinausgefegt. Dort gibt es jetzt nur noch ein einziges und einiges Volksganzes, das gemeinsam ein neues Deutschland aufbaut, das allen anderen Staaten dieser Erde turmhoch überlegen sein wird."

„Strecha", sagte Glickstein mit gallenbitterer Miene, „ich muss mich sehr wundern. Jetzt sagen S' mir bloß nicht, Sie gehen diesem Hitler wirklich auf den Leim."

„Was heißt da dieser Hitler, Herr Baron? Deutschland stand, so wie Österreich heute, nebenbei bemerkt, am Abgrund. Jetzt ist die Krise überwunden. Die Leute haben wieder Arbeit und Brot, schöne Wohnungen und bezahlten Urlaub. Das hat Weimar nicht zusammengebracht. Und Wien bringt das schon gar nicht zusammen."

„Ihnen ist aber schon klar, Strecha", hielt der Baron unter Aufbietung all seiner Beherrschung, zu der er in jenem Moment noch fähig war, fest, „was das für mein Unternehmen bedeutet." Und um zu verhindern, dass Strecha wirklich das Unausweichliche aussprach, fuhr Glickstein eilig fort. „Ich weiß überhaupt nicht, was alle Welt an diesem Emporkömmling findet. Haben S' das glesen von ihm, das, na, wie heißt's noch einmal? ‚Mein Kampf'! Haben S' das glesen, Strecha? Also ich schon. So weit ich halt kommen bin damit. Grauslich, einfach grauslich. Sprachlich elend und gedanklich in höchstem Grad schlampig. Ein krudes Sammelsurium subjektiver Eitelkeit. Schauen Sie sich doch einmal einen Text von Kant oder Schopenhauer an, von Goethe ganz zu schweigen, dann sehen S' selbst, wie turmhoch die deutsche Literatur dieses Pamphlet überragt."

Strechas Kopf war während der letzten Worte immer roter geworden. Mit gepresster Stimme quetschte der Prokurist ein

„Herr Baron, ich verbitte mir eine solch unqualifizierte Kritik an unserem Führer" hervor. Glickstein riss die Augenbrauen hoch. „Ach, jetzt ist er schon unser Führer, der Schreihals aus Braunau? Na ja, braucht mich eigentlich nicht zu wundern, dass Sie den gut finden. Mit seinem gewichsten Bärtlein ist er wohl das perfekte Idol für einen ... Dienstboten."

Strecha zuckte zusammen, und Glickstein blieb nicht verborgen, dass sein Gegenüber die rechte Faust ballte. Die Beleidigung hatte gesessen, sie hatte aber wohl auch jedwede Möglichkeit einer gütlichen Einigung verbaut. Der Rubikon war überschritten. Jetzt blieb nur noch die Frage, wer Caesar und wer Pompeius war.

„Ich sag Ihnen eins", behielt der Baron die Initiative, „was Sie privat für politische Ansichten vertreten, ist mir rechtschaffen egal, das wissen Sie. Aber solange Sie in meinem Unternehmen beschäftigt sind, enthalten Sie sich gefälligst jedweder Aussage in eine derartige Richtung! Haben wir uns verstanden?" Strecha presste die Lippen aneinander und blieb stumm. „Ob wir uns verstanden haben?", wiederholte der Baron eine Nuance lauter. Eine kaum merkliche Bewegung von Strechas Kopf konnte bei viel gutem Willen als ein Nicken interpretiert werden. „Strecha, wenn Ihnen das nicht passt, dann können S' selbstverständlich jederzeit kündigen", blieb Glickstein kompromisslos. „Und jetzt gehen S' bitte, bevor das da alles wirklich unappetitlich wird."

Ohne ein weiteres Wort, ja ohne jeden Gruß, verließ Strecha das Büro. Glickstein aber griff nach dem Cognac, der hinter ihm auf der Anrichte stand, und schenkte sich ein Glas ein. Dabei merkte er, dass seine Hand zitterte. Eilig stürzte er den Trunk hinunter und goss augenblicklich nach. Erst als auch dieser Inhalt sein Körperinneres wohlig wärmte, fühlte der Baron, dass sich seine Aufregung ein wenig legte. Dennoch wollte er nicht länger in seinem Zimmer bleiben. Er wies seine Sekretärin an, dem Chauffeur mitzuteilen, er möge den Wagen vorfahren. Glickstein sammelte eilig seine persönlichen Effekten zusammen, dann eilte er nach draußen. „Jean", raunte er, nachdem er sich in den Fond hatte fallen lassen, „führen S' mich in die Innenstadt. Irgendwohin, wo's ein gepflegtes Papperl gibt." Dann lehnte er sich zurück und schloss die Augen.

Februar 1938

„Jetzt sag schon! Was bedrückt dich denn gar so, Bub?" Obwohl Fritz Bielohlawek solche Gespräche aufrichtig hasste, sah er keine andere Möglichkeit mehr, als Wickerl direkt mit der Tatsache zu konfrontieren, dass weder Fanny noch ihm entgangen war, wie sehr sich der Sohn zuletzt verändert hatte. „Ist am End gar ein Mädel schuld daran, dass du so zdruckt bist, ha?"

„Ja." Eigentlich hatte Wickerl gar nicht beabsichtigt, dem Vater von seinen Liebeswirren zu berichten, doch die Frage war so unerwartet gekommen, dass er gar nicht anders konnte, als sie zu bejahen. Und er fühlte sich sogar erleichtert, endlich darüber reden zu können, denn seit Wochen trug er dieses eine und entscheidende Thema in seinem Herzen, sodass er praktisch an nichts anderes mehr denken konnte. Ursprünglich war er ja willens gewesen, sich Turl zu offenbaren, doch zu seinem eigenen Entsetzen hatte er bemerken müssen, dass Caroline auch mit dem Freund tändelte. Ja, dass Turl in diesem Punkt jedwede Loyalität fahren ließ und sich ungeniert selbst um Caroline bemühte, obwohl er längst wissen musste, wie sehr Wickerl an dem Mädchen hing.

Und Caroline? Keine Frage, er liebte sie. Sie aber schien sich gar nicht zwischen ihm und Turl entscheiden zu wollen. Und wer konnte sagen, wie viele andere Männer es da noch in ihrem Leben gab. Wickerl staunte nicht schlecht, als all diese Überlegungen nur so aus ihm heraussprudelten, als hätte man einen Damm zum Einsturz gebracht. „Und weißt, Papa, wenn wir zusammen sind, wenn sie neben mir liegt und ich sie im Arm halte, dann ist die Welt so schön, dass ich mir wünschen tät, es käme nie wieder ein anderer Moment. Aber dann, dann geht sie, und sie geht zu Turl oder zu sonst wem, und ich weiß genau, bei dem liegt sie dann auch daneben und der hält sie auch im Arm. Ach Papa, ich bin für so etwas einfach nicht gebaut, weißt?"

Bielohlawek nickte bedächtig. „Ich kann mir sehr gut vorstellen, wie es da drinnen ausschaut bei dir. Das ist eine sehr schwierige Lage, in der du dich befindest. Weißt, bei mir war das seinerzeit einerseits leichter, aber andererseits war es auch nicht so leicht."

„Wie meinst das jetzt?"

„Na ja, deine Mutter ist natürlich nicht herumgflogen oder so etwas. Das war schon einmal gut. Aber ich, ich war schüchtern. Ich hab mich lange nicht getraut, sie anzureden. Und, na ja, da macht man sich dann auch so seine Gedanken. Oder anders gsagt, ich hab' damals auch eine Menge gelitten. Aber dann hab ich mir gsagt, sie ist die Richtige. Und ab dann war eigentlich alles ganz einfach." Bielohlawek sah seinen Sohn von der Seite an. „Und? Ist die Caroline die Richtige?"

„Ich weiß es nicht, Papa. Ich weiß es wirklich nicht."

„Liegt's daran, dass sie die Tochter von meinem Chef ist. Eine Gstopfte halt. Und du nur ein Arbeiterkind?"

Wickerl schüttelte heftig den Kopf. „Nein, gar nicht. Die Caroline hat da keinerlei Standesdünkel. Aber weißt, ich wissert eben nie, ob sie mir treu ist, ob sie mich so liebt wie ich sie. Und da ist dann halt auch noch die Gschicht mit dem Turl. Wir waren einmal die dicksten Haberer, aber jetzt ist alles ganz anders. Und er wird auch sonst immer komischer. Beinahe, so kommt mir vor, wird er wie sein alter Herr in letzter Zeit."

Sofort verdüsterte sich die Miene Bielohlaweks. „Erinnere mich nicht an den ausgschamten Lumpenhund. Der ist die größte Enttäuschung in meinem Leben. Und du weißt, ich hab da immer Rücksicht auf dich gnommen, weil ich gwusst hab, wie sehr du den Turl magst. Aber andererseits heißt es nicht umsonst, dass der Apfel nicht weit vom Stamm fällt."

„Ja, na gut, der Turl ist mir eigentlich eh wurscht. Aber das mit der Caroline, ich weiß einfach nicht, was ich machen soll. Und vor allem, jedes Mal, wenn ich mir denk, dass es so nicht weitergeht, wenn ich mich dazu entschlossen hab, die Verbindung zu ihr abzubrechen, dann steht sie, ganz so, als ob sie das spüren tät, plötzlich unangekündigt vor meiner Tür, nimmt mich, busselt mich ab und, na ja, du weißt schon …"

„Wenn du ganz für dich bist, die Augen schließt und einfach nur nachdenkst, darüber, wie dein Leben in der Zukunft verläuft. Was ist dann? Siehst du die Caroline da, oder siehst du sie nicht?"

Für einen Moment sah Wickerl den Vater verwirrt an, dann begann er zu begreifen, worauf dieser hinauswollte. Wickerl überlegte eine Weile. „Eigentlich seh ich mich mit ihr alt werden, ja."

„Dann ist sie die Richtige. Und dann musst du auch um sie kämpfen. Gegen den Turl, gegen die anderen und gegen ihre Zweifel. Aber wenn du sie wirklich und aufrichtig liebst, dann wirst du sie auch gewinnen. Das war noch immer so."

Wickerl begann ganz leicht zu lächeln. Das Lächeln wurde immer breiter, und er stieß den Vater in die Seite. „Hast mir wieder einmal etwas beigebracht. Ganz so wie früher." Nun musste auch der alte Bielohlawek grinsen. „Na ja, ich kenn mich halt aus mit die Weiberleut." Dabei fing er laut zu lachen an.

„Ich denke", begann Wickerl von neuem, als sie sich wieder etwas beruhigt hatten, „ich werde Caroline bei nächster Gelegenheit vor die Wahl stellen. Ich sage ihr einfach, wie sehr ich sie liebe und dass sie sich jetzt entscheiden muss, ob sie bei mir bleibt oder ob es aus ist zwischen uns. Und wenn sie auch nur ein bisserl was für mich empfindet, dann wird sie wissen, was sie zu tun hat." Er machte eine kleine Pause. „Und wenn nicht, dann war sie eben doch nicht die Richtige."

„Siehst es, genau so machst es. Und wirst sehen, sie wird nicht Nein sagen."

Die beiden schwiegen eine Weile. „Hast es ghört? Die Genossen kommen aus dem Häfen heraus", sagte der Vater plötzlich und unvermittelt. Wickerl hob erstaunt die Augenbrauen. „Wie das denn?" Bielohlawek lächelte schief. „Das ist ein echter Hintertreppenwitz, aber das verdanken wir dem Adolf." Und als der Sohn ihn verständnislos anstarrte, ergänzte er. „Na wegen der Generalamnestie, die der Hitler dem Schuschnigg diktiert hat. Die hätt natürlich nur für die Nazis gelten sollen. Aber so weit kann sich der Schuschnigg jetzt auch wieder nicht in Geiselhaft begeben. Also hat er verfügt, dass alle politischen Gefangenen freigelassen werden sollen. Unsere Leute eben auch."

„Na, das ist doch einmal eine gute Nachricht", statuierte Wickerl. „Wie man's nimmt." Bielohlawek teilte den erwachten Enthusiasmus seines Sohnes nicht. „Ich fürchte nämlich, dass das für uns nur eine Atempause ist. Der Hitler wird sich mit dem Abkommen da nicht zufriedengeben. Der wird erst saturiert sein, wenn ihm Österreich ganz ghört. Als Teil von seinem Dritten Reich sozusagen. Na, und wie's den Genossen draußen in Deutschland geht, das brauch ich dir ja wohl nicht erst zu sagen. Und so gesehen schaut's à la longue trotzdem eher schlecht aus."

Wickerl seufzte. „Irgendwie arg, dass alles grad jetzt so unkommod sein muss. Als ob es nicht reichen tät, dass ich vor lauter Caroline nimmer weiß, wo mir der Kopf steht, haben wir jetzt auch politisch wieder Zores. Das ist zum Krenreiben, aber wirklich."

Bielohlawek klopfte seinem Sohn aufmunternd auf die Schulter. „Na wer weiß, vielleicht kommt ja alles ganz anders. Die Nazis lassen uns in Ruh, und du bekommst deine Carolin. Wär doch möglich." Der Vater zeigte ein optimistisches Lächeln. „Weißt, der Schuschnigg braucht uns jetzt mehr denn je, denn er weiß ganz genau, wir sind die Einzigen, die ihm gegen die Nazis beistehen können. Er wird zwar die Partei nicht wieder zulassen oder gar zur Demokratie zurückkehren, weil er genau weiß, dann ist seine Herrschaft auch vorbei, aber er wird uns zumindest nicht mehr verfolgen. Und irgendeine Art Bündnis wird er anstreben, da bin ich mir sicher. Also, Bub", schlang Bielohlawek seinen Arm um Wickerls Schultern, „in der Hinsicht brauchst dich nicht zu sorgen. Du kannst dich also ganz auf dein Mädel konzentrieren."

Wickerl bemühte sich um eine positive Miene. „Weißt du, Papa, ich sollte eigentlich mit den Genossen gegen die Diktatur kämpfen. Ich sollte Flugblätter verfassen, Agitation betreiben und mithelfen, die Arbeiter gegen das Unrecht zu organisieren. Und wenn ich das schon nicht mach, dann sollt ich wenigstens ordentlich studieren, damit sich all die Mühen auszahlen, die ihr auf euch genommen habt. Aber was soll ich machen, ich kann die ganze Zeit nur an sie denken. Nichts bewegt mich so sehr wie Caroline."

Der Vater nickte wissend. „Schon klar, Bub. Das ist halt so. Wir leben eben in bewegten Zeiten." Dabei blitzte der Schalk in des Vaters Augen auf. Beide lachten, und für beide hatte dieses Lachen etwas Erleichterndes, etwas Befreiendes. Sie fühlten sich wenigstens für einen Augenblick all der Sorgen des Alltags enthoben. Schließlich drängte Bielohlawek darauf, schlafen zu gehen. „Sonst glaubt die Fanny noch, wir sind ins Wirtshaus gangen", erklärte er. Wickerl wiegte den Kopf hin und her: „Als ob du jemals ins Wirtshaus gehen tätest am Abend." Der Vater reagierte mit einer abwehrenden Handbewegung. „Wer weiß, vielleicht hast mich ja entführt." Und wieder lachten beide herzlich.

März 1938

Die Tage nach Berchtesgaden trugen nicht gerade zum Wohlbefinden Glicksteins bei. Schuschnigg war von dem Treffen am Berghof als gebrochener Mann zurückgekehrt. Noch bevor der Februar vollständig ins Land gezogen war, besaß Österreich in Arthur Seyß-Inquart einen hochrangigen Nationalsozialisten als Innenminister. Zudem war der Kanzler gezwungen gewesen, den auf seiner Seite stehenden Generalstabschef abzulösen und durch einen weiteren Nazi zu ersetzen.

Das ganze Land befand sich im Zustand der Lähmung, und niemand dachte mehr daran, dass Österreich noch lange im Kreis der souveränen Staaten verbleiben würde. Und so kam es durchaus überraschend, dass Schuschnigg in einer letzten, verzweifelten Aktion eine Volksabstimmung über die Unabhängigkeit Österreichs ankündigte, die schon wenige Tage später durchgeführt werden sollte.

Als Glickstein davon aus der Zeitung erfuhr, war er nicht weniger erstaunt als alle anderen. Wie wollte die Regierung ein so großes Unterfangen wie eine landesweite Wahl innerhalb von 48 Stunden organisieren? Noch dazu, wo die Stimmung allerorten überaus feindselig gegenüber dem Regime war.

Glickstein trat an das Fenster seines Büros in der Brauerei und blickte hinab in den Hof. Dort sah er den alten Bielohlawek, der wie jeden Morgen zu seiner Tour aufbrach. Die Sozialdemokraten, die würde Schuschnigg jetzt brauchen. Denn wenn man es recht bedachte, dann war Österreich in drei gleich große Lager gespalten. Ein Drittel der Bevölkerung hielt, allen Widrigkeiten zum Trotz, immer noch der Arbeiterbewegung die Treue, auch wenn diese illegalisiert und an den Rand gedrängt worden war. Auf der anderen

Seite war wohl schon jeder Dritte ein Sympathisant der Nazis, und hinter der Regierung stand so im besten Falle lediglich das dritte Drittel. Mit seinen Anhängern allein konnte Schuschnigg also keinesfalls triumphieren.

Gerüchteweise hatte er vernommen, dass die Sozis von sich aus das Gespräch mit Schuschnigg gesucht und erklärt hatten, die Volksabstimmung sei nicht der Zeitpunkt, dem Kanzler das Misstrauen auszusprechen, sondern der Moment, dem Nationalsozialismus eine klare Absage zu erteilen. Doch der sture Tiroler zeigte sich zu keinerlei Konzessionen gegenüber der Arbeiterbewegung bereit, weshalb Glickstein an diesem Freitagmorgen nur noch wenig Hoffnung besaß, die Volksabstimmung ginge wirklich zugunsten eines unabhängigen Österreich aus.

Als der Baron noch so vor sich hin grübelte, kündigte ihm seine Sekretärin Besuch an. Glickstein war nicht wenig erstaunt, denn er hatte für diesen Tag keine Termine vereinbart und war eigentlich bereits im Begriff, sich zu Tisch zu begeben. Doch als er Senatsrat Ehrlichmann in der Tür stehen sah, winkte er ihn freudig zu sich in den Raum.

„Meine Güte, wir haben uns ja schon eine Ewigkeit nicht mehr gsehen", begann der Baron, „seit sie dich im Vorjahr pensioniert haben, glaub ich. Warum bist denn danach nicht mehr zu unseren Mittwochabenden gekommen?"

Ehrlichmann schickte Glickstein einen irritierten Blick, nahm dann aber auf Aufforderung des Barons Platz. „Ich komm grade aus dem Bundeskanzleramt", sagte er mit belegter Stimme. Sein Gegenüber riss die Augen auf. „Und? Gibt es Neuigkeiten?" „Das kann man laut sagen", statuierte Ehrlichmann, während er den dargereichten Cognac und die angebotene Zigarre an sich nahm.

„Ich war dort auf Einladung des Hofrats Billinger, der mit mir über eine kleine Feier aus Anlass der Verleihung des Goldenen Ehrenzeichens für Verdienste um den Staat reden wollt, wen ich gern dabei haben würde, wer die Rede halten soll und so Sachen. Na, wir sind fertig, viel gibt's ja da nicht zum Sagen, ned wahr, und er bringt mich zur Tür, wo wir privat noch ein bisserl weiterplaudern. Gehen an uns der Seyß-Inquart und der Glaise-Horstenau vorbei. Direkt zum Schuschnigg rein. Sind ned lang blieben. Zehn, fünfzehn Minuten vielleicht. Und ich denk mir noch, na gut, die werden halt irgendetwas Regierungsmäßiges gmacht oder was abgeben haben. Aber kurz danach", Ehrlichmann nahm einen großen Schluck aus dem Cognacglas, „steht auf einmal der Rettenbacher, der Kanzlist, vor uns. Kasweiß war der. Und sagt uns: Jetzt haben s' ihn zum Rücktritt aufgefordert. Ich frag noch: Wer wen? Sagt der, na der Innenminister und sein Spezi den Schuschnigg. Die Volksabstimmung wird wahrscheinlich abgsagt."

Ehrlichmann trank sein Glas aus und hielt das leere Behältnis dem Baron entgegen. „Auf den Schrecken brauch ich noch einen." Glickstein füllte nach. „Na ja, ich bin immer noch am Gang gstanden, als der Billinger darüber informiert wird, dass die Ministerratssitzung abgsagt ist. Und wie dann auch noch der Bundespräsident allein und zu Fuß zum Schuschnigg rein ist, hab ich gwusst, jetzt ist alles aus. Und genau deswegen bin ich jetzt bei dir."

Der Senatsrat deutete Glicksteins Haltung richtig. „Na, weil ich das Land verlasse. Jetzt sofort. Verabschieden wollt ich mich", erklärte er dem verblüfften Brauereibesitzer. „Und wenn du meinen Rat hören willst, lieber Friedrich, das würd ich mir an deiner Stelle auch überlegen."

Glickstein kam zu dem Schluss, dass er jetzt auch einen Cognac vertragen konnte, auch wenn er seit dem Frühstück keine feste Nahrung mehr zu sich genommen hatte. Er trank das Glas in einem Zug aus und verspürte sofort eine beruhigende Schwummrigkeit in sich aufsteigen. Die weiteren Worte Ehrlichmanns bekam er nur noch durch einen Schleier mit. Jedenfalls verabschiedete sich der Senatsrat schließlich mit dem Hinweis, er habe vor, sich nach Frankreich durchzuschlagen. Die Côte d'Azur sei auch schon um diese Jahreszeit recht angenehm und jedenfalls wesentlich angenehmer als der tobende Mob, der sich jetzt in diesem Land breitmachen werde.

Die folgenden Stunden durchlebte der Baron wie in Trance. Sein Mittagessen war schon beinahe eine Art Dinner geworden, und als er irgendwann zwischen fünf und sechs wieder in sein Büro zurückkehrte, da war er nicht in der Lage, sich auf irgendein Schriftstück zu konzentrieren. Er starrte minutenlang einfach nur in die Luft, ehe er sich endlich doch einen Ruck gab und ans Fenster trat. Dort stand auf der Anrichte ein Radioapparat, den er nun in Betrieb nahm. Die RAVAG sendete klassische Musik, die auf Glickstein trotz aller bedrohlichen Rahmenbedingungen eine beruhigende Wirkung ausübte. Umso mehr schreckte er hoch, als die Musik plötzlich abrupt beendet wurde.

„Wir unterbrechen unser Programm für eine Rede des die Geschäfte führenden Bundeskanzlers Kurt Edler von Schuschnigg."

Die Ankündigung kam Glickstein bemerkenswert vor. Schuschnigg wurde bereits nicht mehr als Kanzler vorgestellt, sondern als jemand, der die Geschäfte führte. Eigentlich brauchte man die Rede gar nicht mehr anzuhören, man wusste schon zuvor, was es geschlagen hatte. Der Baron stellte den Ton etwas lauter, führte mit leicht zitternder linker Hand eine Zigarre zu seinem Mund, schnappte dann die auf dem Schreibtisch liegenden Streichhölzer und zündete sie an, ehe er sich endlich schwerfällig auf seinen Sessel niederließ. In der Zwischenzeit war knisternd und krachend die brüchige Stimme des Tirolers zu hören.

„Der heutige Tag hat uns", begann dieser, „vor eine schwere und entscheidende Situation gestellt."

Eine glatte Untertreibung, dachte Glickstein.

„Ich bin beauftragt, dem österreichischen Volk über die Ereignisse des Tages zu berichten."

Na bitte, vom Kanzler zum Nachrichtensprecher in weniger als vier Stunden. So schnell konnte es gehen, schoss es dem Baron durch den Kopf. Mit Mühe konzentrierte er sich wieder auf den monotonen Singsang, mit dem der gewesene Regierungschef seine Botschaft verkündete: „Die deutsche Reichsregierung hat dem Herrn Bundespräsidenten ein befristetes Ultimatum gestellt, nach welchem der Herr Bundespräsident einen ihm vorgeschlagenen Kandidaten zum Bundeskanzler zu ernennen und die Regierung nach den Vorschlägen der deutschen Reichsregierung zu bestellen hätte, widrigenfalls der Einmarsch deutscher Truppen für diese Stunde in Aussicht genommen würde."

So weit war es also schon gekommen. Die Nazis setzten Österreich tatsächlich das Messer an die Kehle. Das war pure Nötigung! Im Individualfall eine klare Angelegenheit für den Strafrichter. Aber hier? Das Land musste nach der Pfeife der Nazis tanzen, sonst würde es vernichtet! Glickstein fröstelte, und mit klammen Fingern dämpfte er die Zigarre aus, die er viel zu schnell aufgeraucht hatte. Die Sache war ja vollkommen klar: Hitler würde Miklas dazu zwingen, Seyß-Inquart zum Kanzler zu machen, und dann erhielt der so gedemütigte Präsident eine aus Berlin übermittelte Liste an braunen Lokalgrößen, die er dann kommentarlos anzugeloben hatte, wenn er nicht um sein eigenes Leben fürchten wollte.

Schuschnigg war, während Glickstein noch das eben Gehörte irgendwie zu verarbeiten suchte, mit seiner Rede fortgefahren. Der Baron sah höchst verwundert auf den Apparat. In Österreich gab es Unruhen? Er hatte davon gar nichts bemerkt!

„Ich stelle vor der Welt fest, dass die Nachrichten, die in Österreich verbreitet wurden, dass Arbeiterunruhen gewesen seien, dass Ströme von Blut geflossen seien, dass die Regierung nicht Herrin der Lage wäre und aus Eigenem nicht hätte Ordnung machen können, von A bis Z erfunden sind."

Ach so, atmete Glickstein erleichtert auf. Anscheinend hatten die Nationalsozialisten wieder einmal auf Gräuelpropaganda gesetzt und weiß Gott was erfunden, um ihren Einmarsch im Nachbarland zu legitimieren. Wenigstens das hatte Schuschnigg noch klarstellen können, wenngleich es wohl nichts mehr nutzen würde, dachte er bitter. Die Briten und die Franzosen würden keinen Finger rühren für ein Land, das sie schon 1918 nicht gemocht hatten. Und der Glatzkopf in Rom war seit seinem verunglückten Afrikaabenteuer von Hitler abhängig, der würde sich auch nicht mehr für Österreich exponieren. Österreich war auf sich selbst angewiesen.

„Der Herr Bundespräsident beauftragt mich, dem österreichischen Volk mitzuteilen, dass wir der Gewalt weichen." Na bitte, da war sie, die Kapitulation. Österreich war tatsächlich verloren. Und er mit ihm!

„Wir haben, weil wir um keinen Preis, auch in dieser ernsten Stunde nicht, deutsches Blut zu vergießen gesonnen sind, unserer Wehrmacht den Auftrag gegeben, für den Fall, dass der Einmarsch durchgeführt wird, ohne wesentlichen …"

Plötzlich stockte der Sprecher. Sollte das eine geheime Botschaft sein, die in der Stunde der Not dazu aufrief, die Unabhängigkeit des Landes doch zu verteidigen? Glickstein schöpfte wieder Hoffnung. Vielleicht ging es darum, an einigen zentralen Stellen Position zu beziehen, sich so lange zu wehren, bis London und Paris nicht mehr wegsehen konnten, vielleicht … „ohne Widerstand, sich zurückzuziehen und die Entscheidungen der nächsten Stunde abzuwarten."

Das war es also. Er hatte sich einfach versprochen. Nicht einmal zu einem symbolischen Akt hatte dieses kümmerliche Regime den Mumm. Verbitterung stieg in Glickstein auf. Am liebsten hätte er sich sporstreichs betrunken. Doch irgendetwas hielt ihm am Radiogerät. Er wollte nun auch das Ende der Rede hören.

„Der Herr Bundespräsident hat den General der Infanterie Schilhawsky, den Generaltruppeninspektor, mit der Führung der Wehrmacht betraut. Durch ihn werden weitere Weisungen an die Wehrmacht gegeben." Schuschnigg holte noch einmal kurz Luft: „So verabschiede ich mich in dieser Stunde von dem österreichischen Volk mit einem deutschen Wort und einem Herzenswunsch: Gott schütze Österreich!"

Der Baron glaubte seinen Ohren nicht trauen zu dürfen. Dieser Auftritt war ja noch erbärmlicher gewesen als eingefleischte Regimegegner hätten annehmen dürfen. Das konnte doch unmöglich alles sein! Die Rede war gleichwohl zu ihrem Ende gekommen. Im Hintergrund hörte man ein paar verlorene Stimmen „Österreich" murmeln, ehe der Radiosender abblendete und die österreichische Bundeshymne einspielte, die freilich auch schon als die deutsche Hymne verstanden werden konnte, denn die Melodie war ja dieselbe. Und doch klang die gespielte Version so ganz anders als jene, die üblicherweise aus Deutschland zu hören war. Hier kam kein martialischer Marsch zum Vortrag, sondern ein melancholisches Streichquartett. Es klang wie ein Requiem. Passend, dachte Glickstein und seufzte.

Was, so fragte er sich, blieb jetzt noch zu tun? Nichts! Das große Erbe Österreichs, ohnehin schon dramatisch geschmälert nach dem unglückseligen Ausgang des großen Weltenringens, es war nun endgültig durchgebracht. Der neue Morgen würde einen Nazi als Kanzler sehen, und dann war es nur noch eine Frage der Zeit, bis das Land tatsächlich mit Nazi-Deutschland vereinigt würde, so wie die Nazis es auch schon mit dem Saargebiet gemacht hatten. Glickstein sah sich in seinem Büro noch einmal um, packte einige Zigarren ein, dann verließ er leise und melancholisch den Raum.

Draußen lag der Innenhof der Brauerei leer vor ihm. Keine Menschenseele war zu sehen. Glickstein ging in den Fuhrpark, wo er Jean im Fond seines Wagens ausmachte, der offenbar ein Nickerchen hielt. Der Baron klopfte an die Windschutzscheibe. Jean fuhr hoch. „Fahren S' mich nach Hause, Jean, ich hab genug für heute", sagte er matt.

Bei der Villa angekommen, signalisierte ihm die Trauermiene Roberts, dass man auch hier schon über alles Bescheid wusste. „Wissen S' was, Robert, sagen S' der Clara, heut will ich einen Tafelspitz. Das war das Lieblingsessen von unserem Kaiser selig. Das ist heute gerade passend." Glickstein legte den Mantel ab und schritt gravitätisch zu seinem Arbeitszimmer. „Rufen S' mich, wenn das Essen fertig ist. In der Zwischenzeit bin ich für niemanden außer der Carolin zu sprechen." Sprach's und schloss hinter sich die Tür.

5. Nach Einbruch der Dunkelheit

11. März 1938

Strecha hatte kaum die Rede von Schuschnigg gehört, als er aufsprang und zur Tür eilte. Er riss den daneben befindlichen Kasten auf und holte seine SA-Uniform hervor, die er in hektischer Schnelligkeit anzog. Kaum war er fertig adjustiert, stürzte er auch schon aus der Wohnung auf den Gang. Nach zwei Metern hielt er inne und pochte mit aller Heftigkeit an die Nachbarstür. Verstört öffnete Fanny. „Na warts nur, jetzt seids fällig, ihr Verräter", brüllte Strecha mit sich überschlagender Stimme, ehe er, keine Reaktion von Fanny abwartend, zur Treppe lief. In Windeseile begab er sich auf die Straße und hielt auf den geheimen Treffpunkt der Hernalser Nazis zu, den er schon nach wenigen Minuten erreichte.

Und wie er es erwartet hatte, saßen dort schon etliche Parteigenossen im Lokal, die darauf warteten, wie sie sich nun verhalten sollten. Als Strecha bei der Tür hereinkam, sprangen sie auf und salutierten. „Sieg Heil, Obersturmführer", brüllten sie wie aus einer Kehle. „Männer", antwortete Strecha, „jetzt räumen wir auf mit dem Gesindel. Mir nach!" Sofort kam Bewegung in den Trupp. In geschlossener Formation marschierten sie die Hauptstraße entlang, bis sie an die Grenze zu Dornbach kamen. Von dort ging es an den ersten Villen vorbei in Richtung altes Ortszentrum. Sie näherten sich der Pfarrkirche, als Strecha kurz innehielt. In der Seitengasse, die sein eigentliches Ziel darstellte, parkte ein Wagen. Wollte der alte Fuchs abhauen? Er trieb die Männer zur Eile an.

Tatsächlich setzte sich das Auto in Bewegung. Strecha gelang es gerade noch, es zu erreichen, um einen raschen Blick ins Wageninnere zu werfen. Doch da saß nur das Mädchen.

Das, so dachte Strecha, mochte getrost in den Wind schießen, es kümmerte ihn nicht. Hauptsache, er bekam den Alten.

Der Trupp marschierte durch das offene Einfahrtstor und hämmerte gegen die Haustür. Ein verstörter Robert öffnete. „Die Herren wün…" Weiter kam er nicht. Brutal wurde er von einem der SA-Männer weggestoßen, sodass er das Gleichgewicht verlor und der Länge nach hinfiel. Strecha aber ging den ihm altbekannten Weg bis ans Ende des Korridors und betrat Glicksteins Arbeitszimmer. Wie erwartet saß der Baron hinter seinem Schreibtisch. Er blinzelte nervös in die Richtung der Eindringlinge. Strecha stürmte vor und blieb erst unmittelbar vor dem Schreibtisch stehen. „So, Itzig, jetzt ist's vorbei mit deiner Tyrannei! Dein Scheißsystem hat ausgschissen, jetzt sind wir dran. Und bei uns gibt's keinen Platz für Juden."

Glickstein starrte Strecha durchdringend an, sagte aber nichts. In der Zwischenzeit hatte der Trupp zu seinem Anführer aufgeschlossen, sodass sich ein gutes Dutzend Menschen in dem Raum drängte. „Du überschreibst mir jetzt sofort die Brauerei. Aber dalli!"

„Wie stellen Sie sich das vor?", brachte der Baron mühsam hervor. „Soll ich auf ein Blatt Papier kritzeln, dass die Hernalser Bräu jetzt Ihnen gehört oder wie?" Strecha schlug mit der Faust auf die Tischplatte. „Wie du das machst, ist mir scheißegal. I will den Betrieb. Jetzt. Sofort."

„Aber Strecha …"

„Obersturmführer Strecha", brüllte der Angesprochene und hieb ein weiteres Mal auf den Tisch ein, „du schreibst jetzt eine Besitzurkunde, gemma. Da hauen wir dann den Stempel von der Brauerei drauf, und damit hat sich's."

„Meinen Sie nicht, Herr Oberst, es wäre vernünftiger, ein solches Dokument ordentlich aufzusetzen. So handschriftlich ..."

Strechas Kiefer mahlten in großer Nervosität. Endlich kam er zu dem Schluss, dass der Baron wohl Recht hatte. „Gut, gehen wir in den Betrieb. Sie rufen die Sekretärin an, die, na, die Dings ... Sie wissen schon. Die soll sofort dorthin kommen und das Dokument tippen." Strecha drehte sich um. „Gustl, du holst den Notar. Der soll seine Stempel mitbringen." Dann umrundete er blitzschnell den Tisch, packte Glickstein an der Achselhöhle und riss ihn aus seinem Stuhl. „Und du kommst mit, Saujud, elendiger."

Gemeinsam mit einem zweiten SA-Mann schleifte Strecha den Baron durch den Gang, vorbei an dem wimmernden Robert, der immer noch auf dem Boden lag. An der Haustür angekommen, stolperte Glickstein und schlug hart auf dem Kiesboden auf. Ein dritter SA-Mann trat ihm in die Hüfte. „Steh auf, du Sau. Gemma!" Mühsam rappelte sich der Baron auf und bemühte sich, mit dem enormen Tempo, das Strecha vorgab, mitzuhalten. Begleitet von feixenden Kommentaren und wüsten Beschimpfungen, schleppte er sich durch den Vorgarten, wobei er einen wehmutsvollen Blick auf den Gedenkstein für seine Mutter warf, ehe er endgültig auf die Straße gedrängt wurde.

Strecha trieb ihn hinunter Richtung Dornbacher Zentrum. Kurz vor der Abzweigung nach Hernals kam ihm der alte Hofer entgegen, der schon unter seinem Vater in der Brauerei gearbeitet hatte. „Ja, was ist denn da los?", fragte er, „Herr Baron, brauchen S' a Hilfe?" Strecha herrschte den Weißhaarigen an. „Schleich di, du Depp. Oder willst, dass wir dich gleich mitnehmen. Du kannst gern das Schicksal von dem Judenbuam da teilen." Hofer schreckte zurück und sah betroffen zu Boden. Für einen Moment noch trafen sich sein Blick und jener des Barons, und Hofer las in dessen Augen eine stumme Dankbarkeit, aber auch die fatale Gewissheit, verloren zu sein.

Der Trupp spornte den Baron zu solcher Eile an, dass er Mühe hatte, bei Atem zu bleiben. Auf der Höhe des örtlichen Spitals kam die Greißlerin des Weges. Auch sie dauerte der Baron sofort ob seines Zustands. „Herr Strecha, so geht das aber nicht", erklärte sie resolut, „so geht man mit niemandem um. Schauen S' doch nur, der arme Baron ist ja schon ganz verschwitzt."

„Und was geht dich das an, Vroni. Halt di zruck! Sonst vergiss i, dass du a Freindin von der Fini bist."

„Jetzt sei ned a so", wechselte auch Vroni zur Du-Form. Sie trat ganz nah an den Baron heran. Sofort wollten sie zwei SA-Männer wegstoßen, doch Strecha bedeutete ihnen, die Alte gewähren zu lassen. Vroni holte ein Taschentuch aus ihrem Mantel und wischte Glickstein den Schweiß von der Stirn. „Mehr kann ich leider nicht machen für Sie, Herr Baron", flüsterte sie, ehe sie sich abrupt abwandte und über die Straße eilte, noch ehe Strecha irgendwie reagieren konnte.

Wenig später hatte der Trupp endlich die Hernalser Hauptstraße erreicht. Glickstein keuchte und schwitzte, obwohl er für die Jahreszeit viel zu leicht gekleidet war. Einer der SA-Männer gab ihm, da er kurz angehalten hatte, einen kräftigen Schlag auf die rechte Schulter, sodass Glickstein vornüber kippte und zum zweiten Mal fiel.

Er rappelte sich von neuem hoch und sah sich dabei von einigen Frauen, die beim Stadion des Wiener Sportclubs beisammenstanden, beobachtet. Deutlich stand ihnen der Schrecken angesichts der Szene ins Gesicht geschrieben, und Glickstein war, als weinten die Frauen. Während er weiter vorwärts stolperte, drehte er sich noch einmal nach der Gruppe um und ertappte sich bei dem Gedanken: „Ihr Frauen, weint nicht über mich; weint über euch und eure Kinder! Denn es kommen Tage, da wird man sagen: Wohl den Frauen, die unfruchtbar sind, die nicht geboren und nicht gestillt haben. Dann wird man zu den Bergen sagen: Fallt auf uns! Und zu den Hügeln: Deckt uns zu! Denn wenn das mit dem grünen Holz geschieht, was wird dann erst mit dem dürren werden?" Und während er dies dachte, fiel er zum dritten Mal.

Diesmal jedoch ließ ihm Strecha keine Zeit mehr, wieder auf die Beine zu kommen. Er schleifte den auf dem Boden Liegenden einfach weiter, bis er selbst nicht mehr konnte. Ein Ruck ging durch Strecha, er zerrte am Baron herum und hatte plötzlich dessen Sakko in der Hand. Wütend herrschte er seine Männer an. „Jetzt stellts mir diesen Trottel da wieder auf und schaffts ihn endlich in die Brauerei. Gemma, gemma, kalt is ned."

Der Weg zu seinem Betrieb kam Glickstein zum ersten Mal in seinem Leben wie eine Ewigkeit vor. Er fühlte sich von aller Kraft verlassen, schutzlos und nackt. Strecha hatte ihn vollkommen in der Hand. Er war seinen Peinigern wehrlos ausgeliefert, und das Schicksal geißelte ihn mit ungekannter Grausamkeit. Vor allem aber quälte ihn die Frage, was Strecha mit ihm machen würde, wenn er erst das von seinem Prokuristen so begehrte Dokument unterschrieben haben würde. Dann gab es eigentlich keinen Grund mehr, ihn, Glickstein, am Leben zu lassen.

Sein Herz raste ihm in der Brust, er empfand unbändigen Durst und hätte sonst was für etwas Wasser gegeben. Dankbar registrierte er, dass sie endlich in seinem Büro angekommen waren, wo niemand dagegen Einwände erhob, dass er sich auf einen Sessel fallen ließ. Glickstein war sich sicher, er sah erbärmlich aus.

Dies fiel offenbar auch Strecha auf. „Seht ihn euch an, den Jud. Aufgeführt hat er sich wie ein König. Und was is jetzt aus ihm worden?" Dann feixte er in Richtung seiner Kumpane. „Recht gschieht ihm, dem raffgierigen Plutokraten."

Die Sekretärin und der Notar trafen fast gleichzeitig auf dem Gelände der Brauerei ein. Mit zittrigen Fingern tippte die Frau den Text, den ihr Strecha ansagte. Kaum war sie damit fertig, riss Strecha das Papier aus der Maschine, hielt es Glickstein unter die Nase, der es mit krakeliger Schrift unterzeichnete. Schon drückte der Notar den Stempel auf das Papier, unterfertigte es gleichfalls und meinte schließlich, nun habe alles seine Ordnung. Strecha teilte noch einen Tritt gegen Glickstein aus, der diesen in die Brust traf, sodass er stöhnend vom Stuhl fiel und wie tot liegenblieb. „So, Männer, das hätt ma erledigt. Und jetzt fahren wir in den Ersten. Dort wird heute sicher gefeiert. Alsdern: Sieg Heil!"

Wenige Augenblicke später war die gespenstische Szene vorüber. Zurück blieben ein halb bewusstloser Baron und eine schluchzende Sekretärin, die sich nicht zu helfen wusste. Schließlich griff sie, immer noch vor Angst schlotternd, zum Telefon.

Eine halbe Stunde später hörte sie die Tür zum Bürotrakt aufgehen. Erschreckt sah sie hoch, um erleichtert zu registrieren, dass der alte Bielohlawek wie erhofft ins Zimmer kam. „Der Schurli vom *Finken* hat mich gholt, er ... Jessas!" Bielohlawek sah den Baron auf dem Boden liegen und beeilte sich, ihm aufzuhelfen. „Na servas, die haben sich ausgetobt, was?" Die Sekretärin schluchzte. „Der Hermann war's. Der und seine Nazibuam." Bielohlawek unterdrückte einen Fluch. „Herr Baron! Herr Baron! Verstehen Sie mich?" Glickstein nickte matt. „Ich glaub, Sie gehn heute besser nicht mehr nach Haus. Wer weiß, was denen in dieser Nacht noch einfällt. Wissen S' was, Herr Baron, heut Nacht versteck ich Sie bei mir, und morgen schaun wir dann weiter, ja?"

Glickstein bemühte sich verzweifelt, die Tränen zurückzuhalten, doch war er sich sicher, dass ihm das nur unvollständig gelang. Während Bielohlawek der Sekretärin bedeutete, sie könne getrost nach Hause gehen, er werde sich um alles Weitere kümmern, schulterte er den Baron und schleppte ihn die Stufen abwärts zum Ausgang. Im Innenhof der Brauerei angekommen, setzte er Glickstein auf ein Fass, während er eines der Pferde holte und vor einen Bierwagen spannte. Dann wuchtete er den Baron auf die Ladefläche, setzte sich auf den Bock und lenkte das Gespann sodann zu seinem Wohnhaus. Dort lud er Glickstein wieder ab und brachte ihn zu seiner Wohnung, wo er mit dem Stiefel anklopfte. Als Fanny den ramponierten Chef ihres Mannes sah, stellte sie keine Fragen, sondern öffnete sofort die Tür ins Wohnzimmer, wo Bielohlawek den Baron auf dem Diwan ablegte. Und noch ehe er dazukam, seiner Frau zu berichten, was geschehen war, hatte sich Glickstein bereits in den Schlaf des Vergessens geflüchtet.

Zuvor und währenddessen

Caroline hatte genug gehört. Nach der Rede des Bundeskanzlers war es nur noch eine Frage der Zeit, bis die Bahnhöfe von Leuten überquellen würden, die schnell noch aus dem Land kommen wollten. Es galt also, zuerst da zu sein, um nicht hören zu müssen, alle Züge seien bereits voll. Sie raffte, was sie finden konnte und ihr praktisch erschien, zusammen und packte es in ein kleines Köfferchen. Dann ging sie zu ihrem Vater ins Arbeitszimmer. Der sah sie lange schweigend an, ehe er ein Nicken andeutete.

„Hast Recht, Kind. Wer weiß, was da jetzt passiert mit uns. Da ist es wirklich besser, du wartest erst einmal im Ausland ab, bis wir klarer sehen."

„Du weißt also, was ich vorhabe?"

„Natürlich, mein Kind. Und glaub mir, wenn ich könnte, würde ich mit dir gehen. Aber noch trage ich die Verantwortung für meinen Betrieb und meine Arbeiter. Ich muss zusehen, wie wir diese neuerlichen Klippen umschiffen." Er seufzte tief. „Weißt du schon, wohin du fährst?"

Caroline trat näher an den Schreibtisch heran. „Jetzt geht's erst einmal darum, überhaupt aus dem Land zu kommen. Ich will nach Lundenburg oder Pressburg, das geht am schnellsten. Dort kann ich mich dann immer noch orientieren."

Der Vater stimmte ihr zu. „Ja, das ist das Vernünftigste für den Moment. Aber von dort solltest du schauen, dass du in die Schweiz kommst. Immerhin haben wir in Zürich auf der Kantonalbank eine ganz brauchbare Summe deponiert. Seit fast zehn Jahren schon. Mit der solltest du eine ganze Weile standesgemäß leben können." Glickstein überlegte kurz. „Pressburg wäre die bessere Option, denke ich.

Von dort könntest du dann über Steinamanger nach Agram fahren. Von Agram nach Laibach und dann über Italien in die Schweiz. Das ist sicher die einfachste Route. Oder", er kramte in seiner Schreibtischschublade, räumte eilig ein paar Sachen hin und her, bis er endlich fand, was er offenbar gesucht hatte, „oder du fährst von Lundenburg weiter über Brünn nach Prag. Mit dem da", er zog ein Bündel Geldscheine hervor, „sollte sich ein Ticket im Aeroplan ausgehen. Prag–Zürich, das lässt sich machen. Und du ersparst dir einen Haufen gefährlicher Grenzen. Wenn du einmal in der Schweiz bist, bist du sicher." Er drückte ihr die Banknoten in die Hand. Caroline schluckte. „Papa, ich …" Weiter kam sie nicht, die Stimme versagte ihr. Glickstein stand auf und drückte seine Tochter ganz fest an sich. „Ich weiß, ich war dir nicht der Vater, den du dir gewünscht hättest, aber ich habe mein Bestes gegeben. Du bist alles, was ich noch habe, mein Kind. Und dich in Sicherheit zu wissen, wird mir die Kraft geben, das Kommende irgendwie zu überstehen. Ich liebe dich, mein Herz."

Caroline spürte, wie ihr die Tränen in die Augen schossen. „Ich will dich nicht allein lassen, Papa, ich will …" Er legte seinen Zeigefinger auf ihre Lippen. „Schsch! Kein Wort mehr. Du musst leben. Du hast noch die ganze Zukunft vor dir. Die kannst du nicht aufs Spiel setzen in einem Land, in dem der Wahnsinn regiert. Schau einfach, dass du es nach Zürich schaffst, und ich werde sehen, dass ich so bald wie irgend möglich, nachkomme. Dann sind wir wieder vereint, mein Schatz. Und nun geh!"

Caroline wollte noch etwas erwidern, doch ihr Vater schüttelte nur den Kopf. „Kein Wort mehr, kein Adieu, wir sehen uns wieder. Bald schon. Und ich sag dem Jean Bescheid, er soll dich zum Bahnhof bringen. Du aber kabelst mir, sobald du in der Tschechoslowakei bist. Gut?" Nun war sie es, die nickte.

Als sie endlich vor der Villa stand, fröstelte ihr. Sie sah nach links und dann nach rechts und zuckte unwillkürlich zusammen. Vom unteren Ende der Straße näherten sich Männer, die SA-Uniformen trugen. Nervös hielt Caroline Umschau nach Jean und dem Wagen, der endlich aus der Seitenausfahrt bog und auf die Baronesse zuhielt. Eilig warf sie den Koffer auf die Rückbank und kletterte dann selbst in den Fond, Jean anweisend, er möge zum Franz-Josephs-Bahnhof fahren. Das Automobil setzte sich eben in Bewegung, als die Nazis es erreicht hatten. Sie warfen einen kritischen Blick ins Innere, entschieden sich dann jedoch dazu, es ziehen zu lassen. Offenbar galt ihr Interesse einem anderen Ziel.

Die Straßen waren wie leergefegt, und dementsprechend schnell erreichte der Wagen den Gürtel. Dort bog er nach links ab, fuhr bis zur Volksoper, wo er wiederum nach rechts abbog, um so zur Nußdorfer Straße zu gelangen. Endlich kam das graue Gebäude des Bahnhofs in Sicht. Caroline raffte ihren Koffer an sich, dankte Jean und lief ins Innere des Gebäudes, wo sie sich sofort in die Schalterhalle begab. Sie stellte sich an den Auslandsschalter, wo sie eine kleine Weile, die ihr dessen ungeachtet wie eine Ewigkeit vorkam, warten musste, ehe sie an der Reihe war. „Lundenburg. Einfach", sagte sie schnell. „Pass haben S' mit?", fragte der Bahnbeamte beiläufig, während er das gewünschte Ticket erstellte. Caroline reagierte mit einem unbestimmten „Mhmm". Der Eisenbahner nannte den zu entrichtenden Preis, gab Caroline sodann auf den erhaltenen Schein heraus. „Wenn S' Ihnen tummeln, erwischen S' den 17.30er noch. Perron 5, Gleis 9." Caroline drehte sich abrupt um und hastete in die angegebene Richtung.

Doch kurz, bevor sie die Bahnsteige erreichte, hielt sie inne. Zwischen den Durchgängen hatten junge Nazis einen Kordon gebildet, der wie eine Absperrung wirkte. An ihrem Äußeren erkannte Caroline einige orthodoxe Juden, die gleich ihr dem genannten Zug zustrebten. Sie wurden von den Nazis wüst beflegelt, in weiterer Folge geohrfeigt, getreten und zu Boden gerissen. Die wie entfesselt wirkenden Jungspunde übertrafen sich gegenseitig in ihren Schimpfkanonaden und machten Anstalten, einzelne Reisende wieder nach draußen zu ziehen, um so ihre Flucht zu vereiteln. Caroline spürte, wie sie zu zittern begann. Nackte Angst bemächtigte sich ihrer, und sie spürte, wie ihr der Mut abhandenkam, sich dieser Situation zu stellen.

Als sie schon ernsthaft erwog, einfach kehrtzumachen, nahm sie an ihrer linken Seite einen gekrümmt daherschlurfenden Dienstmann wahr, dessen graues Haar aus seiner Mütze ragte und tief in sein bärtiges Gesicht fiel. „Hamma ned mehr Gepäck?", quietschte er mit diskanter Stimme, während er ihr wie selbstverständlich den Koffer abnahm und auf seine Rodel legte. Caroline legte Protest ein, meinte, sie brauche keinen Dienstmann, doch der war schon erstaunlich behände zur Kette der Nazischergen enteilt. „Aber gehn S', Fräulein Kaltenbrunner, jemand wie Sie braucht doch an einem solchen Tag sich nicht selber abschleppen." Die Worte des Dienstmanns waren so laut gewesen, dass sie auch die Nazis gehört hatten. Kaltenbrunner? War das eine Verwandte des Stellvertreters von Seyß-Inquart? Deutlich war den Burschen ihre Verwirrung anzusehen. Caroline wollte neuerlich widersprechen, doch ein schneller Blick des Dienstmanns, der ihr bedeutete, um Himmels willen still zu sein, ließ sie schweigen. Der Diener bahnte sich in gebückter

Haltung den Weg durch die Nazis, Caroline folgte ihm mit gesenktem Blick. Tatsächlich ging für sie die Kette auf, einer der SA-Männer salutierte sogar. Endlich war der Zug erreicht. Der Dienstmann stellte den Koffer in den Waggon und trat dann zurück, um Caroline das Einsteigen zu ermöglichen.

Diese kramte in ihrem Täschchen nach ein paar Münzen, um sie der hilfreichen Hand als Trinkgeld zu überreichen, doch der Mann richtete sich nun zu voller Größe auf. Caroline sah in seine Augen und hielt sich instinktiv die Hand vor den Mund. „Wi …" Er legte den Finger auf seine Lippen. „Ich hab mir gedacht", zischte er, „dass du das Land verlassen wirst. Was anderes wär auch gar nicht gscheit jetzt. Aber ich hab dich doch nicht einfach so gehen lassen können, ohne dich wenigstens noch einmal zu sehen und dich zu verabschieden."

Trotz ihrer inneren Anspannung lächelte sie. „Aber warum …", dabei deutete sie auf Wickerls Adjustierung, „hast gwusst, dass die da …?" Wickerl schüttelte den Kopf. „Eigentlich nicht. Aber glaub mir, mich suchen die auch. Die machen jetzt Jagd auf alles, was nicht strikt arisch und hundertprozentig nationalsozialistisch ist. Da ist es besser, man fällt ihnen nicht auf."

Ein durchdringender Pfiff ertönte, und von der Lokomotive marschierte der Schaffner die einzelnen Waggons entlang, um der Reihe nach die Türen zu schließen. „Wohin geht's?", fragte Wickerl schnell. „Lundenburg. Von dort nach Prag und dann hoffentlich nach Zürich." Seine Mundwinkel wanderten nach oben. „Ah, die Schweiz. Schönes Land. Da wär ich auch gern." Caroline sah ihn durchdringend an. „Red mit meinem Vater! Vielleicht könnt ihr gemeinsam nachkommen!" Der Schaffner war nur noch zwei Wagen von Caroline entfernt. „Schöner Gedanke", sagte Wickerl nur, während sich in seinem Gesicht eine gewisse Melancholie breitmachte. Der Schaffner hatte die Tür, in der immer noch Caroline stand, erreicht. Wickerl tat wieder, als wäre er ein normaler Dienstmann. „Ich mach das schon, Herr Schaffner", sagte er in hohem Ton. Der Eisenbahner schenkte den beiden einen skeptischen Blick, entschloss sich dann aber dazu, weiterzugehen, um auch die restlichen Türen noch zu überprüfen. Wickerl wusste, ihnen blieben nur noch wenige Augenblicke. „Weißt, Caroline, egal, was noch kommt, du sollst wissen, ich habe dich vom ersten Moment an geliebt. Und das tue ich immer noch und werde es auch immer tun." Sie beugte sich leicht nach vorn und strich ihm über die Wange. „Das weiß ich doch, mein Liebster." Ein leichter Windstoß ließ beide frösteln. „Du wirst immer bei mir sein. Immer." Vom Ende des Bahnsteigs erscholl die Pfeife des Schaffners, gleich darauf war ein Aufschnaufen der Lok zu vernehmen. Dampf drang über den gesamten Bahnsteig, die Räder ruckelten und gerieten langsam in Bewegung. „Schau, dass d' sicher rüberkommst", sagte Wickerl, während er Caroline sachte ins Wageninnere drückte und die Tür schloss. Sie riss reflexartig das Fenster hinunter und steckte den Kopf durch die Öffnung. „Ich liebe dich auch, Wickerl", kam es merkwürdig krächzend aus ihrem Mund.

„Alles Glück der Erde wünsch ich dir", flüsterte er und setzte, da er mit dem Tempo, das der Zug mittlerweile erreicht hatte, nicht mehr mitkam, zu einem Winken an.

ENDE ERSTER TEIL

Andreas Pittler
Wiener Auferstehung
ISBN 978-3-903113-22-0
ca. 400 Seiten, brosch., € 19,80
Erscheint Jänner 2018

Die große Saga geht weiter.

Im zweiten Teil des „Wiener Triptychon" versammeln sich die überlebenden Mitglieder der Familien Glickstein, Strecha und Bielohlawek wieder in Wien. Zwar ist die Stadt vom Faschismus befreit, doch deswegen sind nicht alle Nazis von der Bildfläche verschwunden. Zwischen alliierter Verwaltung und Wiederaufbau treiben manche von ihnen weiter ihr böses Spiel, und das Ringen um Gerechtigkeit und einen Neuanfang wird zu einer schweren Übung.

Mehr Informationen unter www.echomedia-buch.at

Glossar

a, aa	auch
a poa	ein paar
abkrageln	umbringen
abmarkieren	hier: verschwinden
abpaschen	davonlaufen
(wie a Vierzgerzwirn)	(Vierzgerzwirn = dünner Faden, der leicht abreißt – abreißen ist auch ein Synonym für davonlaufen)
jm. *abpassen*	hier: jm. abfangen
(den ganzen Wienerwald)	(den ganzen Wienerwald)
absageln	absägen: entsetzlich laut schnarchen
abwiegeln	hier: beschwichtigen
Abzwickter	untersetzter, kleiner Mann
Aftermiete	Untermiete
alsdern	also, alsdann
alte Hüttn	altes Haus (kumpelhafte Anrede)
alter Knacker	alter Mann (abwertend)
amol/amoi	einmal
jm. *angehen*	hier: jm. um etwas bitten
Atzung	Verköstigung
auf Anschlag stehen	hier: ständig auf der Türschwelle stehen
Das wär sich nie ausgegangen	Da wäre nicht genug Platz vorhanden gewesen
ausgschamt	unverschämt, durchtrieben
(100 Jahre) auf dem Buckel haben	(100 Jahre) alt sein
Balkanneger	Bewohner der Balkanregion (abwertend)
Bankert	uneheliches Kind
Bassena	öffentliche Wasserstelle in alten Mietshäusern
Bauxerl	kleines Kind, Schätzchen
Das ist kein Beinbruch	Das ist nicht so schlimm
Benzinkutschen	Automobil
besoffene Gschicht	peinliches oder bedenkliches Ereignis durch Alkoholeinfluss
Bestecklade l	Besteckschublade
Bettgeher/-geherin	Mieter/Mieterin für eine Schlafstelle
bisserl	bisschen

Blade	dicke Frau
Blitzgneißer	jemand, der etwas sehr schnell versteht; mitunter ironisch verwendet und dann das Gegenteil meinend
Budel	Schank, Tresen
damisch	verwirrt, nervös
derdrücken	erdrücken
derwischen	erwischen
drah di	verschwinde
eam	ihn
Eine do! Gemma, gemma, kalt is ned.	Hier hinein! Aber flott!
Eine Ruh is da, aber gach aa no!	Ruhe! Aber schnell auch noch!
einen Reibach machen	einen Gewinn machen
jm. eine einehauen	jm. schlagen
einkasteln	einsperren
Elfe is, Leutln!	Elf Uhr ist es, Leute!
Es geht einem Gold	Es geht einem hervorragend
Es setzt mi nieder	Es wirft mich um
etwas springen lassen	etwas hergeben (Geld)
expedieren	wegschicken
extrig	extra
Er hätte schon fällig sein müssen	Er wäre eigentlich schon an der Reihe gewesen
Falott	Gauner
eine fangen	eine Ohrfeige bekommen
fett sein	betrunken sein
Fetzenlaberl	Fußball aus Stoffresten
einen feuchten Kehrricht auf etwas geben	etwas ist einem vollkommen egal
Flasche	ungeschickte, unwissende Person
Flitscherl	leichtes Mädchen, leichtlebige Frau
Fotzen	Ohrfeige
Fratz	schlimmes oder ungezogenes Kind
gach	schnell
Galerie	hier: Bezeichnung für Wiener Unterwelt
jm. geht der Allerwerteste auf Grundeis	jm. hat große Angst

die Gelegenheit beim Schopf packen	die Gelegenheit nützen
Gell/gelt?	Nicht wahr?
gemähte Wiese	von vornherein feststehender Erfolg
jm. mit jm. gemein machen	mit jemandem auf eine Stufe stellen
Gemma!	Gehen wir!
Gerstl	Geld
Gewand wenden	die innere Seite des Gewands nach außen tragen
Gfrast	hier: Widerling, heimtückischer Mensch
etwas schon gfressen haben	etwas nicht mögen, ablehnen
Gnack	Genick
im Gnack sitzen	bedrängen
Grantscherm	missmutiger Mensch
Greißler	Lebensmittelgeschäft, auch der Besitzer eines solchen
Großkopferter	Bonze
Gschamsterer	Verehrer
jm. die Gschicht bügeln	für jm. etwas in Ordnung bringen
Gspusi	Liebschaft
Gstell	Figur (meist einer Frau)
Gstopfter	Wohlhabender, Reicher
Gwand	Kleidung
sich haben (wegen etwas)	hier: sich zieren
Hackn	Arbeit
Häfen	Gefängnis
Hagestolz	(älterer) eingefleischter Junggeselle
Hallerwachel	Schlingel, Tunichtgut
Hallodri	Taugenichts, Luftikus
Hamma	Haben wir
Ham s' da ins Hirn gschissen	Bist du ein Vollidiot?
Hapfn	Bett
(eine Lösung) an der Hand haben	hier: (eine Lösung) parat haben
Hat's dir die Red verschlagen	Hat es dir die Rede verschlagen (im Sinne von: Weißt du nicht, was du sagen sollst?)
Hauserl	kleines Haus
Häusl	Toilette

Es haut mi um	siehe „Es setzt mi nieder"
Hawara/Haberer	Freund, Kumpel
Heh	Polizei
heit	heute
Herst/heast	Hör mal
Hetz	Spaß, Vergnügen
Hieb	Bezirk
hinterfotzig	verschlagen
den Hobel ausblasen	Variation des Götz-Zitats
Hummeln im Hintern haben	aufgeregt, unruhig sein
die Hutschnur reißt	die Beherrschung verlieren
i	ich
I maan, i traam	Ich meine, ich träume
immer feste druff	immer nur fest drauf
Itzig	Jude (abwertend)
Jessas!	Jesus! (Ausruf der Verwunderung)
Jessasmarandanna!	Jesus, Maria und Anna! (Ausruf der Verwunderung)
karniefeln	schikanieren, quälen, hernehmen
Kate	Hütte
keinen Schuss Pulver wert sein	überhaupt nichts wert sein
kellnern	als Kellner/Kellnerin arbeiten
Kieberer	Polizist
knuffen	einen Stoß versetzen
Könn ma?	Können wir?
Korporierte	Mitglieder einer Studentenverbindung
Krakeeler	Unruhestifter
Krakel	kaum leserliches Schriftzeichen
Das ist zum Krenreiben	Das ist sinnlos
Das kriegn wir schon hin	Das schaffen wir schon
Kuchenkastel	Küchenschrank
Lauser	Lausbub
Lavoir	Waschschüssel
leicht	vielleicht
Leiterwagerl	handgezogenes Holzwägelchen
leiwand	ausgezeichnet
Kummerl	Kommunist
Mähre	altes, schlechtes Pferd

Marmeladinger	(despektierlich für) Deutscher, bes. Norddeutscher
Mazzes-Insel	Insel zwischen Donaukanal und Donau; umfasst 2. (Leopoldstadt) und 20. Bezirk (Brigittenau); wegen der jahrhundertelang dort ansässigen jüdischen Bevölkerung M. genannt
Meldemannstraße	ehemaliges Männerwohnheim
Menagereindl	Kasserolle mit Einsätzen zum Transport (vor allem warmer) Mahlzeiten
Mensch/Mentscher	Mädchen
Mit der Hand aufreiben	zu einem Schlag ansetzen bzw. diesen androhen
na/naa	nein
Nachtkastl	Nachtkästchen
narrisch werden	verrückt werden
Nasenrammel	eingetrockneter Nasenschleim
einen Nasenrammel verdienen	ganz wenig verdienen
ned	nicht
ned packen	nicht verstehen, begreifen
ned unter der Tuchent bleiben	nicht verborgen bleiben
Niederlage	hier: Zweigstelle eines Unternehmens
no na ned	selbstverständlich, ganz klar, natürlich
Ober ned gredt. Mitbracht!	Aber nicht nur davon reden. Mitbringen!
Oide	Ehefrau
oisdern	also
Papperl	Speise, Mahlzeit
Papperlapapp	Rede keinen Quatsch
Paradeiser	Tomate
Pawlatsche	hier: hölzerner überdachter Gang
pempern	Geschlechtsverkehr haben
petschiert sein	in einer misslichen Lage sein oder in eine solche kommen
Pfeifendeckel	Offiziersdiener
Pfiat di!	Auf Wiedersehen!
Das ist mir Powidl	Das ist mir egal
pressieren	etwas ist eilig
pronto	sofort

Puderant	männliches Wesen mit ausgeprägtem Sexualtrieb
Puffn	Hand-/Faustfeuerwaffe
pumperlgsund	völlig gesund
Radikalinski	Extremist
ramponiert	hier: angeschlagen
Red i vielleicht chinesisch oder was?	Rede ich vielleicht chinesisch oder wie? (Ausspruch, wenn die angesprochene Person offensichtlich nichts versteht)
Remasuri	Durcheinander, aber auch feuchtfröhliches Fest
ein resches Glas Bier	ein frisches Glas Bier
jm. den Richter machen	hier: jemanden in Selbstjustiz verurteilen
jm. rollen	jm. zum Besten halten
Rotz	Schleim, der durch die Nase abgesondert wird
Rotzbub/Rotzlöffel	schlimmer oder frecher Junge
sich mit Ruhm bekleckern	ruhm-, erfolgreich sein
Salathäuptl	Salatkopf
san	sind
Saubartl	unanständiger Mensch, Schmutzfink
Schaffel	flacher Wasserbehälter (eine Art großes Lavoir)
Schanti	Polizist
Schas	Unsinn, Blödsinn (eigentlich „Darmwind")
Schauma	Schauen wir
Schlawiner	Gauner, Spitzbube
Schleich	Schleichhandel
Schmäh	hier: Trick
schmähstad	sprachlos
Schmier	Polizei, Gendarmerie
etwas schupfen	etwas bewältigen
(gut) in Schuss sein	in Ordnung, gut beieinander sein
Servus/servas	Hallo
schwummrig	schwindlig
simma	sind wir, sind mir
So wos hobt's es jo goa nit in eichan Wean	So etwas habt ihr ja gar nicht in eurem Wien
Spezi	Freund, Kumpel
Spinatwachter	(Streifen-)Polizist
Spitz auf Knopf stehen	auf Messers Schneide stehen

einen Spitz haben	betrunken sein
spitz sein	(lüstern sein)
stad	still
jm. etwas stecken	jm. heimlich etwas verraten
Stetl-Jude	Jude aus einer Siedlung mit hohem jüdischem Bevölkerungsanteil
Tacheles reden	Klartext sprechen, ernsthaft reden
Tachinierer	Faulenzer, Drückeberger
Topfen	Blödsinn
jm. trickern	jm. schlagen
Tschecherant	Gewohnheitstrinker
tumma	tun wir
sich tummeln	sich beeilen
sich übernehmen	hier: sich eine zu große Aufgabe zumuten
mit an jeden umadumpudern	mit jedem schlafen
unkommod	hier: ungemütlich
Untergatte	Unterhose
Unterleiberl	Unterhemd
vermaledeiter Mummelgreis	verdammter alter Mann
vertrödeln	hier: sinnlos verstreichen lassen
Vifzack	gewiefter Bursche
Vogeldoktor	Psychotherapeut, Psychiater
von Fensterkitt leben	bettelarm sein
es warat	es wäre
wengerl	bisschen
Wer san de doda?	Wer sind die da?
Wickel	Streit, Auseinandersetzung
Wuchtel	hier: Fußball
(Das ist) wurscht	Das ist egal
Wuchteln schieben	Scherz, Gags von sich geben
Wutzel	dickes Kind (liebevoll gemeint)
zdruckt sein	niedergeschlagen sein
zernieren	(mit Truppen) umzingeln, einschließen, abriegeln
Zeitungsschmierer	Schimpfwort für Journalisten
Zuständig simma immer noch dort?	Sind Sie immer noch dort gemeldet?
zwicken	hier: kneifen

**Bisher von
Andreas Pittler im
echomedia buchverlag
erschienen:**

Tacheles

ISBN 978-3-901761-87-4
304 Seiten, brosch., € 9,90
Titel auch als E-Book erhältlich.

Nominiert für den Friedrich-Glauser-Preis 2012!

Tinnef

ISBN 978-3-902672-35-3
272 Seiten, brosch., € 9,90
Titel auch als E-Book erhältlich.

Zores

ISBN 978-3-902672-82-7
248 Seiten, brosch., € 9,90
Titel auch als E-Book erhältlich.

Goodbye
ISBN 978-3-902900-74-6
336 Seiten, geb., € 19,80

Charascho
ISBN 978-3-902900-52-4
376 Seiten, geb., € 19,80

Ezzes

ISBN 978-3-902672-08-7
288 Seiten, brosch., € 9,90
Titel auch als E-Book erhältlich.

Chuzpe

ISBN 978-3-902672-22-3
320 Seiten, brosch., € 9,90
Titel auch als E-Book erhältlich.

Goodbye

ISBN 978-3-903113-11-4
336 Seiten, brosch., € 12,90

Charascho

ISBN 978-3-903113-10-7
376 Seiten, brosch., € 12,90

Der Fluch der Sirte
ISBN 978-3-902900-20-3
320 Seiten, geb., € 19,80

**Mehr Informationen unter
www.echomedia-buch.at**